大雅

为一种品格注脚

洛威尔系列

# 臭鼬的时光

## 罗伯特·洛威尔文集

[美] 罗伯特·洛威尔 / 著
罗伯特·吉鲁克斯 / 编
程 佳 / 译

广西人民出版社

桂图登字：202017262

**图书在版编目（CIP）数据**

臭鼬的时光：罗伯特·洛威尔文集 /（美）罗伯特·洛威尔著；（美）罗伯特·吉鲁克斯编；程佳译 .—南宁：广西人民出版社，2020.7
（洛威尔系列）
书名原文：ROBERT LOWELL COLLECTED PROSE
ISBN 978-7-219-10934-2

Ⅰ. ①臭…　Ⅱ. ①罗…　②罗…　③程…　Ⅲ. ①诗歌研究—美国—现代—文集
Ⅳ. ① I712.072

中国版本图书馆 CIP 数据核字（2019）第 277792 号

---

**臭鼬的时光：罗伯特·洛威尔文集**
CHOUYOU DE SHIGUANG：LUOBOTE LUOWEIER WENJI
［美］罗伯特·洛威尔 / 著　［美］罗伯特·吉鲁克斯 / 编　程佳 / 译

出 版 人　温六零
执行策划　吴小龙
责任编辑　唐柳娜
责任校对　李亚伟
装帧设计　刘　凛
责任排版　李宗娟

---

**出版发行**　广西人民出版社
**社　　址**　广西南宁市桂春路 6 号
**邮　　编**　530021
**印　　刷**　恒美印务（广州）有限公司
**开　　本**　889mm × 1194mm　1 / 32
**印　　张**　14.25
**字　　数**　363 千字
**版　　次**　2020 年 7 月　第 1 版
**印　　次**　2020 年 7 月　第 1 次印刷
**书　　号**　ISBN 978-7-219-10934-2
**定　　价**　74. 80 元

献给哈丽特和谢里丹

# 目　录

## 第二辑

## 第三辑



## 附录：致两位总统的公开信

# 导言

罗伯特·吉鲁克斯[①]

罗伯特·洛威尔在世时，已开始写作两部长篇散文著作，但是由于种种原因没有完成。第一部是他的自传，他让我寄给他一份出版合同，并于1955年4月迅速就签了。这可不是他通常的性格——他有时会忘记签合同，或是把合同放错地方弄不见了。此前他也从未主动提出过合同之事——我断定他是希望这份法律文件能成为一个刺激写作的驱动力。他突然对写自传有了兴趣，不能不让人将这件事同他母亲

① 罗伯特·吉鲁克斯（Robert Giroux，1914—2008），美国图书编辑和出版人，曾获美国国家书评人协会颁发的伊万·桑德罗夫终身成就奖。他的编辑生涯始于1940年，在哈考特-布雷斯公司（Harcourt Brace & Co.）工作八年后升至责任主编，后因公司拒绝他出版J.D.塞林格的小说《麦田里的守望者》而失望离开，转而服务于法勒、斯特劳斯公司，并于1964年成为该出版公司的合伙人，1973年成为法勒、斯特劳斯和吉鲁有限责任公司（FSG）的董事长。作为编辑，吉鲁克斯慧眼识才，出版过许多知名作家的处女作，比如琼·斯塔福德、罗伯特·洛威尔、伯纳德·马拉默德、弗兰纳里·奥康纳、杰克·克鲁亚克和苏珊·桑塔格等。

前一年在拉帕罗去世带来的打击联系起来。但如果签合同是为了保证书的完成，那就另当别论。他在接下来的两年写了大约两百页，之后便陷入僵局，或多或少有些放弃。然而，他对过去的探索却产生了一个可喜的成果：1959年出版的《生活研究》中大部分诗都源于此。这本诗集通常被认为是他最好的作品。他还把自传中的一节——《里维尔街91号》——作为散文穿插在该诗集的美国版中。

他在最后几年写的另一部未完成的作品是一本文集，已经拟定了一个书名：《美国诗坛一瞬》。而且据我所知，他在《生活研究》荣获美国国家图书奖时发表的获奖感言中，已经概述了他这一思考已久的主题：

> 大约五十年前，艾略特、弗罗斯特和威廉·卡洛斯·威廉姆斯[①]这一代人掀起了一场惊天动地的运动。我们的诗歌创作深受启发，也许有点类似于波德莱尔[②]之于他的早期继任者，或者类似于垂死的罗马共和国之于早期的罗马帝国，都至关重要，可惜都很短暂。

然而，当我们重温他初步写作的内容时，我指出许多文章似乎都与他的书名相左，这点他也非常清楚。例如，他的书从福特·马多克斯·福特[③]开始（和本书一样）写起，然后评述了荷马、维吉尔、奥维德[④]、霍普金斯[⑤]、艾弗·理查兹[⑥]和其他非美国诗人的作品，以及科

① 详见第44页注释。

② 波德莱尔（Charles Pierre Baudelaire，1821—1867），法国象征主义诗歌的鼻祖和现代主义诗歌的先驱，代表作有《恶之花》。

③ 详见第11页注释。

④ 详见第184页注释。

⑤ 详见第204页注释。

⑥ 详见第72页注释。

顿·马瑟[①]、林肯、霍桑[②]以及其他非诗人的作品。他答应再找一个更合适的书名（或者修订内容以符合书名），但未曾做到；他本打算写一篇序言，却被死亡打断了。他去世之前在写的文章《新英格兰及遥思》，篇幅很长，以未完成的形式收在本书中。他去世之后，我发现除《美国诗坛一瞬》中已定的那些小品文外，他还遗留有其他优秀的散文作品。

做编辑最大的一个乐趣就是发现，这是我在编辑伊丽莎白·毕肖普[③]的《文集》(1984)，通读她的遗作时领悟到的。我发现有七篇——尤其是她写玛丽安·摩尔[④]的那篇绝妙的回忆录——基于一种伊丽莎白式的完美主义风格，都曾被她自己撤稿，拒绝发表。与之相类似，在洛威尔的文章中，我发现有五篇处于不同的完成阶段，其中一些堪称他的最佳作品。按在这本书中出现的顺序，第一篇是《两个矛盾的问题》，写于 T. S. 艾略特 1965 年去世之时。我把它放在了他 1943 年写的一篇评《四个四重奏》的文章之后。二十六岁时的评论家洛威尔那种相当刻板的礼节和宗教性，与他二十二年之后那种放松的个人态度和敏锐的洞察力，风格差异之大，很是惊人。

第二篇，《艺术与邪恶》，是从遗忘中被拯救出来的一篇文章。尽管我还没有找到公开演讲的记录，但显然它是为演讲准备的。文章的

---

① 详见第 221 页注释。

② 详见第 197 页注释。

③ 详见第 101 页注释。

④ 玛丽安·摩尔 (Marianne Moore, 1887—1972)，美国现代女诗人、批评家、翻译家。多次获得各种诗歌奖项，主要诗集有《观察》《何谓岁月》《诗全集》，译有《拉封丹寓言》。她的诗歌以形式创新，措辞精确、讽刺和机智著称。她与毕肖普之间忘年交的友谊常常为评论界津津乐道。

前三分之二是伊丽莎白·哈德威克[①]找到的，写得如此令人着迷，我想即使不完整我也要把它收进来。幸运的是，最后的三分之一在哈佛大学霍顿图书馆被发现——少了一两行，但最后一段以“最后”开头，清楚地表明它已接近尾声。（人们仍然很想知道他说的那个对伊阿古[②]搞的“老掉牙的恶作剧”到底是什么意思，他说伊阿古作恶多端，走得太远，结果却让自己和奥赛罗一同毁灭。洛威尔把这种结局称为“那个怒火中烧的施虐者开的玩笑吧……”，手稿在此中断。）即使有留白，《艺术与邪恶》还是作为他的一篇散文作品首次出现在了这里。

第三个发现是《诗人与戏剧》，这篇文章的主题是诗人对戏剧抱有的那种矛盾的、显然也是同时存在的“痴迷和愤怒”。文章的开场白几乎让我确信它归于这本书：“最令英国戏剧舞台痛苦的人，不是弥尔顿——它的敌人，而是莎士比亚——它的朋友。”也许是被写作的题目“莎士比亚在纽约”误导了，他把这篇文章搁置一旁。他的主题范围远大于此，并没有频频提及纽约，而且他所处理的是三个普遍要素——作为文学的剧本、英语戏剧和（根据他自己的经验来谈的）作为剧作家的诗人。

其他从来没有完整出版过的散文作品——伊恩·汉密尔顿[③]在

---

① 伊丽莎白·哈德威克（Elizabeth Hardwick, 1916—2007），美国作家、文学评论家，曾获美国国家书评人协会颁发的伊万·桑德罗夫终身成就奖。她是罗伯特·洛威尔的第二任妻子（1949—1972），两人育有一女，名叫哈丽特。

② 伊阿古（Iago），莎士比亚戏剧《奥赛罗》中的反面人物，他是奥赛罗手下的一个旗官，为人阴险，嫉妒心强，正是他的阴谋设计，导致了奥赛罗和其爱人苔丝德蒙娜的悲剧发生。

③ 罗伯特·伊恩·汉密尔顿（Robert Ian Hamilton, 1938—2001），英国文学评论家、传记作者、诗人、杂志编辑和出版商。罗伯特·洛威尔的朋友。洛威尔去世后，汉密尔顿为他写了一本很受欢迎的传记。

《罗伯特·洛威尔传》(1982) 中有引用过——包括他自传中两个独立且完成的章节，有他自己所取的章节标题。《战前波士顿》有意呼应了《亨利·亚当斯[①]的教育》一书的开头部分，叙述了第一次世界大战战前和他出生之前那些年的事，重述了他父母的订婚和婚姻状况。另一篇名为《在失衡的水族馆附近》，记录了他在住院治疗期间的情况，是一篇不凡之作，他称之为“病理性激情的爆发”。他的童年记忆，以及父母的死亡与埋葬，都交织其中。很少有病人将自己所患的精神疾病做过如此出色的散文描述，我把这篇文章放在了这本书的最后。

列举这些“发现”，并不等于说所有其他文章就可以在印刷品中轻而易举地找到。第375页[②]的“注释和来源”记述了那些文献的实际存在。例如，他收入《美国诗坛一瞬》的《谈〈葛底斯堡演讲〉》，曾在国会图书馆读过，就发生在肯尼迪总统遇刺的几周后。尽管洛威尔提到林肯和杰斐逊[③]也许是“仅有的能真正使用文字的总统”，他在手稿上还加了一个注：“这句话是在我读到肯尼迪总统未发表的演讲稿之前写的。”（我在注释中引述了这句鲜为人知的话。）他对林肯演讲所做的评论非常简短，我相信他是有意为之，尽量使自己的话不超过演讲原文的270个单词。最后，这本书中为数不多的政治声明之一——其余两篇是附录中他写给罗斯福总统和约翰逊总统的信——是他在1967年的一次诗歌朗诵会上对俄罗斯诗人

① 详见第244页注释。

② 此处的页码是指英文原著中的页码。译文版的“注释和来源”见本书第439页至442页。

③ 托马斯·杰斐逊（Thomas Jefferson，1743—1826），美国第三任总统（1801—1809），同时也是美国《独立宣言》主要起草人，美国开国元勋之一，与华盛顿、本杰明·富兰克林并称为“美利坚开国三杰”。

安德烈·沃兹涅先斯基[①]的介绍，其文字版也是首次收入这本书中与读者见面。

罗伯特·洛威尔从来没有像他同时代的兰德尔·贾瑞尔[②]和约翰·贝里曼[③]在《诗与时代》《诗人的自由》和其他作品中那样真正建立起评论家的地位。弗雷德里克·赛德尔[④]在 1961 年为《巴黎评论》做采访时曾提醒洛威尔说："您本人很少写评论。"在那个时期，赛德尔唯一引用的评论文章就是洛威尔对霍普金斯和理查兹的诗歌的评述。洛威尔对此做出回应时的态度很谦虚，他说自己"害怕写标准的分析文章"，更倾向于"较为松散、较为直观"。当然，他的直觉是对的，这本书表明，他利用了一个高度个性化的诗人的自由来锻造自己的文学鉴赏品牌。虽然他可以像专家一样学识渊博，但他没有那股子学究气。他的散文作品几乎都是受各种场合的触发而作，比如，他对罗伯特·弗罗斯特、约翰·克罗·兰塞姆[⑤]、威廉·卡洛斯·威廉姆斯、贝里曼和贾瑞尔等人的辞世有感而发写下的悼念性文字，以及他对诸如《四个四重奏》和《佩特森》等新书的出版，或者是伊丽莎白·毕肖普的第一本书《北与南》，或者是奥维德《变形记》的新译本，约翰·汤普森[⑥]的学术著作《英语格律之创立》等等表示欢迎的评论文章。

---

① 详见第 151 页注释。
② 详见第 113 页注释。
③ 详见第 133 页注释。
④ 详见第 287 页注释。
⑤ 详见第 29 页注释。
⑥ 详见第 209 页注释。

我们的友谊长达三十六年，卡尔①是一位热情可爱的朋友。我第一次见到他是在1941年，当时他与琼·斯塔福德②结了婚。1947年我把他介绍给了艾略特，此前一年，他的第一本诗集《威利爵爷的城堡》已公开出版（他早先的《异样的国度》是私人印制的）。他的第一本带有“Farrar, Straus and Girous（法拉、斯特劳斯和吉鲁克斯）”印记的书是《献给联邦烈士》（1963），而且他表达友谊的方式很隐蔽，该书的题记写着：“这本书印有我们的名字，充满爱与感激。”在编辑手头这本书时，我常常想起他的同代诗人兼朋友德里克·沃尔科特③所写的那首感人的挽歌：“他在世时，我们看着他那颗硕大的脑袋，听着他讲的软笑话，注视着他在空中挥动的双手，就知道他将成为一个伟大的逝者……那颗脑袋方方正正，很高贵，但那也是一颗平凡的美国人的脑袋，正是拥有这种不屈不挠的平凡心态，他才拒绝背负任何光环。他这个人无比骄傲，又极端谦逊。”我也喜欢诗人弗兰克·比达特④的悼念词，他与晚年的卡尔在工作上有过密切的接触。“脑海里萦绕着瓦雷里⑤关于马拉美⑥的一番话：‘他还活着的时候，在

---

① 卡尔（Cal），罗伯特·洛威尔的小名。

② 琼·斯塔福德（Jean Stafford, 1915—1979），美国作家，曾获普利策小说奖。她是罗伯特·洛威尔的第一任妻子（1940—1948）。

③ 德里克·沃尔科特（Derek Walcott, 1930—2017），圣卢西亚诗人，1992年诺贝尔文学奖得主。沃尔科特在洛威尔去世后为其撰写了一篇感人悼文，收录在其文集《黄昏的诉说》中。

④ 弗兰克·比达特（Frank Bidart, 1939— ），美国诗人、学者，普利策诗歌奖得主，是罗伯特·洛威尔的朋友。洛威尔去世后，他对洛威尔的文稿《史诗》进行编辑并发表在1980年2月21日的《纽约书评》第三页上。

⑤ 保罗·瓦雷里（Paul Valéry, 1871—1945），又译“瓦莱里”。法国象征派诗人。

⑥ 马拉美（Stéphane Mallarmé, 1842—1898），法国诗人、散文家。法国诗坛现代主义和象征主义诗歌的领袖人物。

他身边我就想，他的命运已经实现。’”

在我们所有的谈话中，卡尔关于新药碳酸锂的话令我记忆犹新，这种药物疗效很好，给了他相信自己已经痊愈的理由：“鲍勃，想想吧，我所遭受的一切痛苦，以及我造成的所有痛苦，都有可能是我的大脑缺少一点点盐而引起的，这真是太可怕了。”当然，他为《美国诗坛一瞬》所准备的献词被保留在此——献给他的女儿和儿子。

感谢洛威尔遗产及其执行人罗伯特·西尔弗斯邀请我编辑这本书。感谢手稿馆长罗德尼·丹尼斯、阅览室负责人詹姆斯·刘易斯、哈佛大学霍顿图书馆的工作人员帮助查找手稿并尽可能准确地确定它们的年代。感谢伊丽莎白·哈德威克对《新英格兰及遥思》的编辑工作提出建议。弗兰克·比达特、卡洛琳·布莱克伍德、简·波波克、布莱尔·克拉克、叶夫根妮亚·西科维茨、迈克尔·迪·卡普阿、伊维特·伊斯曼、卡门·戈麦斯普拉塔、伊恩·汉密尔顿、辛西娅·克鲁帕特、凯瑟琳·麦凯纳、杰奎琳·奥纳西斯、弗兰克·帕克、弗雷德里克·赛德尔、彼得·泰勒[①]、约翰·汤普森、德里克·沃尔科特等人，都在不同阶段给予过帮助，我对他们所有人表示感谢。

① 彼得·泰勒 (Peter Taylor, 1917—1994)，美国作家，曾获普利策小说奖，以写美国南部城市生活著称。

# 第一辑

# 福特·马多克斯·福特[1]

我与福特初次见面是在 1937 年，也就是在他的诗集《意外之获》(*Buckshee*) 出版的那一年，两年之后他便故去。1966 年重读这些诗歌，仿若重新步入福特那时的所处之地——巴黎。那时候的他，还有两次大战之间的欧洲，都有一点难以察觉的年轻气息，充满希冀，几乎在时代急流中奇迹般地停顿下来。我在美国认识他时，他既没钱也没品，土得掉渣，灵感正在枯竭。这个身上有着一半德国血统一半英国血统的背井离乡之人正热恋着法国风情，但他的书却只在美国才卖得动。他在年轻妻子的资助下，锲而不舍地穿梭于各种作家大会，最后终于成了密歇根州伟仁大学 (Olivet University) 的驻校作家。

---

① 福特·马多克斯·福特 (Ford Madox Ford, 1873—1939)，英国小说家、诗人、评论家、编辑。他的代表作有《好兵》和《队列之末》，其中《好兵》是现代主义文学的杰作，与《尤利西斯》和《荒原》一同被视为具有突破性的实验作品，名列兰登书屋评选的“20 世纪百部最佳英语小说”。福特对 20 世纪早期英语文学的发展具有重要作用。1908 年，福特在自己创办的《英国评论》上率先刊登了 D. H. 劳伦斯和詹姆斯·乔伊斯的作品。1924 年，福特又在巴黎创办了《大西洋彼岸评论》，发表乔伊斯、海明威、庞德等人的作品。

福特出门在外，不论闲暇时刻还是正式场合，似乎都会把最后那一批忙于创作的爱德华时期[①]的文学巨匠挂在嘴边，比如哈德森[②]、詹姆斯[③]和哈代[④]。他大声疾呼，极力反对显赫、排场以及丁尼生[⑤]、卡莱尔[⑥]和罗斯金[⑦]所过的那种清静生活，仿佛深受其害似的，并认为他们不过是他父辈所信奉的伪神。福特的一生富有个人英雄主义的传奇色彩，大起大落，他写过伟大的作品，生活中充斥着过去的辉煌与过去的耻辱，当过格拉布街[⑧]的文字苦役，也有着贵族式的懒散怠惰。他是所有优秀作家的朋友，他身上似乎暗藏着一把枪，保护自己和这些朋友免遭伤害，因为那些大权在握的编辑、出版方、商人、政客、大学校长、文学代理人——他的权贵密友，像秃鹫一般的掠夺者——只会乱塞乱放，毫无创意。

永远都是作家和作品！然后他便着手写他的最后一本书《文学的行进》（*The March of Literature*），还重读经典原著。每到一所大学，他就把自己泡在勒布古典图书馆的馆藏以及那些未出版的浩瀚手稿当中。在他的生活以及心目中，全都是作家——要发掘的、要指导的、要一起娱乐的年轻作家，要碰头的、要发电报的、要庆祝的同代作

---

① 指1901年至1910年英王爱德华七世在位的这段时期。

② 此处也许是指W. H. 哈德森（William Henry Hudson，1841—1922），英国作家、博物学家和鸟类学家。

③ 详见第243页注释。

④ 哈代（Thomas Hardy，1840—1928），英国小说家、诗人。代表作有《德伯家的苔丝》《无名的裘德》《还乡》等。

⑤ 丁尼生（Alfred Tennyson，1809—1892），英国维多利亚时代最具特色的诗人。

⑥ 卡莱尔（Thomas Carlyle，1795—1881），英国历史学家和散文作家。

⑦ 罗斯金（John Ruskin，1819—1900），英国作家、美术评论家。

⑧ 格拉布街（Grub Street），位于伦敦西区，是为生计挣扎的独立作家、新闻记者和出版商的传统聚居地，也是英国出版业的一个中心。

家，要在逸事中复活的已故友人，以及要被批判或辩护的早已故去的作家。福特块头很大，行动笨拙，走起路来气喘吁吁，身体不太好，看起来有点像英国版的共和党大象。但他的谈话，至少像他写好的回忆录一样，条理清晰，迂回巧妙。他讲述的那些富有传奇色彩的名人故事，精彩变幻，常常比事实更加真实。他说话的声调总是很低，有时带有约克郡人说话时那种低沉的喘息，这使得他只适合小型的聚会。有一次我望见几百观众弃他而去，当时他正极力模仿亨利 · 詹姆斯那种精心设计的迂回冗长的风格，非常滑稽，而且声音低得难以听见。观众们既然不能听清，也就很难给予同情。

广博是描述福特的关键词。他喜欢说记忆是天赋之才。他自己的就像是大象的记忆。没有谁像他那样仰慕前辈或者提携晚辈，一直到生命的终点都是如此。他似乎不喜欢平庸之流，从不错过优秀之人。他的谦卑之外是口齿不清的傲慢。他对各类艺术狂热的生死奉献精神非常凌乱，是不列颠式的、消遣式的。他有着极强的耐力，极不完美但又极度慷慨，这样一颗心似乎太大了，大到他的身体都难以承载。

福特的荣耀和大师级的水准体现在他的两三部小说之中。他也从未停止写散文和谈论散文。对于句子结构和小说技巧的种种可能性，他有着宗教般的迷醉。对于诗歌，他的态度却是矛盾的。他天生就有能力引用优美的、不为人知或早被遗忘的诗行，然而他却把诗歌称为某种类似于“不那么文明的媒介”，认为它粗糙野蛮，裹饰着僵硬的韵律和粗鄙的声响。福特跟鲍里斯 · 帕斯捷尔纳克[①]一样，更欣赏莎士比亚的散文，而不是莎士比亚的无韵诗，而且认为任何诗歌都无法

---

① 鲍里斯 · 帕斯捷尔纳克 (Boris Pasternak, 1890—1960)，苏联作家、诗人、翻译家，作品有诗集《云雾中的双子座星》《生活是我的姐妹》等。其著作《日瓦戈医生》获得 1958 年诺贝尔文学奖。

与福楼拜[①]的小说比肩。

他本人用左手写诗——随意，甚至是即兴而为。他曾给一位刚开始写诗的人提出忠告："忘掉《农夫皮尔斯》[②]，忘掉莎士比亚、济慈、叶芝、莫里斯[③]、英语《圣经》，只须记住，你生活在我们这个精彩的、杂乱的、冷漠的经验时代，这个时代一个问题都没有解决，诗人提出的任何一个'公认的理念'都不再有魔力。"然而，他自己作为诗人，却不可救药地带有他所憎恨的 19 世纪的写作风格，而且最终还不可救药地爱上了它的某些最为撩人的、过度诗意的传统。他的向导常常是"克里斯塔贝尔"[④]，是写《我的上一任公爵夫人》的那个勃朗宁[⑤]，还有罗塞蒂[⑥]、莫里斯以及他们的继承者和后裔。他打心眼里是前拉斐尔派[⑦]的。他们那漂亮的口才、热情率直的性情、古雅的新哥特式、抒写爱情的词汇、激昂的基督精神、游吟诗人般的异端做派，以及极其夸张的韵律，一直都在福特的各个火车站里向外张

---

① 福楼拜（Gustave Flaubert，1821—1880），法国作家，他对 19 世纪法国社会风俗人情进行真实细致的描写记录，是西方现代小说的奠基者，代表作有《包法利夫人》。

② 《农夫皮尔斯》（*Piers Plowman*）是英国中世纪文学的一部重要作品，它保留了古英语头韵体诗的传统，用梦幻故事的形式写成，是一部宗教教诲诗，据说其作者是威廉·兰格伦（William Langland，1332—1386）。

③ 莫里斯（William Morris，1834—1896），英国艺术家、设计师、作家，工艺美术运动创始人。

④ 英国浪漫派诗人柯勒律治的长篇诗作《克里斯塔贝尔》（*Christabel*）中的主角。

⑤ 罗伯特·勃朗宁（Robert Browning，1812—1889），英国维多利亚时期诗人，与丁尼生齐名。他发展和完善了戏剧独白诗（Dramatic monologue），对 20 世纪英美诗歌产生了重要影响。

⑥ 罗塞蒂（Dante Gabriel Rossetti，1828—1882），英国画家。

⑦ 前拉斐尔派（Pre-Raphaelite），又译为拉斐尔前派，是 1848 年在英国兴起的美学流派。前拉斐尔派反对学院派的陈规，作品风格审慎而细致，色调清新，有时呈现出忧郁的情调。代表人物有伯恩·琼斯、罗塞蒂、莫里斯等。

望，在自由诗中散漫游移。

对于福特和他最优秀的同代人——哈代、霍普金斯、豪斯曼[①]、叶芝、德·拉·梅尔[②]、吉卜林[③]和庞德——前拉斐尔派诗人的影响和启发都是不可避免的。他们每个人都在用自己的方式，或模仿，或翻新，或改变，或反叛。福特早期的模仿带有真正的前拉斐尔派的生动气韵，但是他太过放松，又或许是对生活太过感兴趣，反而失去了那种最精致的细腻，缺乏说服力与情感烈度。他的反叛是勇敢的、随机应变的，但是那种僵硬陈旧之风格的灵魂，依然束缚着他。即使在散文写作中，除了《好兵》和《队列之末》，福特也难以获得主流关注；在诗歌方面，他几乎从未获得过主流的青睐。他的好词好句好节奏，因为不耐烦和没信心，只能跛脚前行或单足跳行，很少达到目的。诗句中那打油诗般蹦跳的节奏和陈腐之美，比如：

喷泉上那个圣徒好可怜
矗立在自己的栏柱顶端
举目凝望，忧伤又庄严

（这样糟糕的例子）不断闯入意境优美可爱迷人的行文。他的短诗很轻快，长诗则实在冗赘。

庞德有句著名的指令，说诗歌至少要写得像散文一样好，他肯定是受了福特的启发，尽管我认为福特不太会相信真有那个可能性，或者说他不会真的偏爱那种并不简单、富有诗情画意和田园情调的诗

---

① 豪斯曼（Alfred Edward Housman，1859—1936），英国学者、诗人。
② 德·拉·梅尔（Walter de la Mare，1873—1956），英国诗人、小说家。
③ 吉卜林（Joseph Rudyard Kipling，1865—1936），英国小说家、诗人。

歌。我曾听闻有人让福特谈谈庞德对叶芝后期诗歌风格的影响，福特说：“噢，我过去常常跟庞德讲，叫他不要写毫无文意的诗歌行话。然后他就跑去跟叶芝说了相同的话。”他轻轻松松甩出这么一句话就搞定了，以至于我确信这个传闻一定是无稽之谈。然而多年以后，庞德跟我讲了相同的故事。他也说福特确实过着叶芝所讲的那种英雄式的充满艺术气息的生活。这个故事里一定还有更多的东西。

福特不像叶芝，他没有那种能将口语化的散文习语与宏伟的风格结合起来的天赋。我想，他看着自己小说中那种光芒闪耀的丰富性在诗歌中退缩成某种蹩脚的、心不在焉的、小心谨慎的东西，一定会常常感到非常屈辱吧。他一定已经觉察到，要去掉那些叮叮当当的韵律，掌控诗行以及发掘真正的题材是非常困难的，更难的是，找到了之后还要确保不偏题。即使如《天论》这样一首个人色彩浓厚的原创诗，也总是不断地被哄骗得偏离了主道。但是，在这些凌乱的音步上方，也盘旋着一种壮丽和一种阿尔比教派[①]式的辉煌：在从12世纪的图卢兹通往20世纪的伦敦这条大道上，福特和庞德一路同行。

《意外之获》是福特作为诗人创作的最出色的一本诗集。它同样参差不齐，杂乱无章——参差不齐、杂乱无章、亲密无间、精彩绝伦。在外省拾掇花园，或在巴黎的夜里听钟声报时之时，福特疲惫却潜心思考着自己长时间的劳作，庆祝自己新娶了一位年轻的妻子——啊，从时间逃离片刻吧，当时间短促，空气因纳粹的钢铁和宣传而凝固！福特生命中的最后几年，政治情绪偏左，但他的记忆、步态和品位都是保守的。他不喜欢没有历史的地方。对他而言，历史就是那些布满灰尘的铜锈，“黎塞留的那座维持原貌恒久不变的拉蒂纳庄园”。总之，他憎恨

① 中世纪欧洲一个异端教派，因12—13世纪盛行于法国南部图卢兹的阿尔比城而得名。

被“充满诅咒的疯狂的单调”所统治的世界。我还记得他怎么表达他对美国的绝望，虽然他自己也是其中的一分子，他还幽默地建议我放弃食用玉米，除非我继承了本土印第安人那种狭隘的凶猛与强悍。

《终曲》是这本诗集中最后也是最出色的一首诗。在这首诗中，他回到了巴黎，回到了他那伟大的受到威胁的对文明的热爱与象征中。他在自己黑乎乎的公寓里，望见一辆出租车的车灯照亮两个物体：他妻子画的“苍白的方块”——《卢森堡的春天》和他自己那桨帆船般的手稿，它们就像米开朗琪罗的命运之轴一样，瞬间被照亮。然后他对他的画家妻子说：

> 我知道你不喜欢米开朗琪罗
> 但是宇宙之大，有的是空间
> 让无数神明居于其中。

《意外之获》一路走一路咳，有点跌跌撞撞，但在《乡间生活》《干旱时节》和《终曲》里，福特找到了一波摇曳的灵感。在这些白日幻想之中，他至少把自己说话的声音，以及比这更多的东西，运用到了诗歌当中——这是一个不倦的老人的心声，一个仍在老骥伏枥的大师，信任，宽容，放荡不羁，刚结婚，在法国。

1966 年

# 罗伯特·弗罗斯特

弗罗斯特于20世纪30年代丧妻，此后就开始频繁出现在各种公众朗诵会上。他一定是从成为罗伯特·弗罗斯特，从这个他用天赋之才完美打造的自我形象中获得了慰藉。我曾听他嘲笑说：没有坐满的礼堂简直就是地狱。而他是从未受过此种折磨的，他的朗诵会从来都是座无虚席。他就像鼎盛时期的狄兰·托马斯①一样，年复一年地做着吸引观众的演说。但也有压力，比如，他在朗诵之前从来都吃不下任何东西。我们俩的一个共同朋友曾不无同情地说："他本可以成为一个坦诚的教师，如今却风风火火在全国各地奔波，真是让人感伤。"

弗罗斯特不仅对人群——簇拥在身边的听众，单身的听众——有着永不满足的渴望，甚至对独处也是如此。他说"我选择了一条少有人走的路"，我们信还是不信呢？我以为，他所走的路径无一不是他为自己创造的。爱默生②是对他影响最大的一位思想家兼诗人。两人都可谓礼道十足，然而行的又都是自家礼数，而且在发掘文字意趣上有着相同的本领。两人都四处做演讲，都以大学为依托却又与之对

---

① 详见第127页注释。

② 详见第226页注释。

抗。他们写的诗有几首也几乎可以互换。“五月，海风刺破我们的僻境之时，我发现林中有杜鹃新开。”[①]但弗罗斯特心底对爱默生的主张还是有所保留的。爱默生认为“艺术即伟大，诗人的创作风格就理应是伟大的”[②]，然而弗罗斯特比任何人都清楚，这种风格一定会让他的邻居们觉得十分无聊，难以忍受。所以他想方设法使自己成为一个用计高手，平中见奇，在历经风霜之后变得机敏过人。外表上他几乎就是个农民，然而在这个伪装之下又一直隐藏着一个蹲伏的梵天[③]，一个惠特曼[④]，一个非常体面的游吟诗人。如果上帝出现在他的阳光下，他一定会猛地用胳膊肘或用一个笑话把上帝推开。

早在与外界还没有来往的时候，他甚至算不上一个农夫。他并不怎么为生计奔波，睡到中午才起床。他说他的奶牛往往比邻居更容易习惯他的作息时间。这算不上什么了不起的地方或是不同凡响之处。然而，十五年左右的务农生活之于弗罗斯特，就如同捕鲸生活之于麦尔维尔[⑤]，又或是密西西比的经历之于福克纳[⑥]，对他们而言都十分宝

---

① 引自爱默生的《杜鹃花》(The Rhodora)。

② 引自爱默生的《梅林》(Merlin)。

③ 印度教的创造之神。

④ 惠特曼 (Walt Whitman, 1819—1892)，美国著名诗人，创造了诗歌的自由体 (Free Verse)，代表作有《草叶集》。

⑤ 麦尔维尔 (Herman Melville, 1819—1891)，19 世纪美国小说家，生前未受重视，在 20 世纪 20 年代声名鹊起，被公认为美国文学的巅峰人物之一，代表作有《白鲸》。麦尔维尔年幼时家境富裕，受到良好教育。后来父亲破产，他为摆脱穷困，年轻时曾到海上谋生，在捕鲸船上生活过一段时间，这对他一生影响很大，也为他日后写作《白鲸》提供了创作素材。

⑥ 威廉·福克纳 (William Faulkner, 1897—1962)，美国文学史上最具影响力的作家之一，意识流文学在美国的代表人物，1949 年诺贝尔文学奖得主。代表作有《喧哗和骚动》《我弥留之际》《押沙龙，押沙龙！》等。一生中的绝大部分时间都在密西西比度过，他用自己对故乡的全部爱憎，把城市的历史与现实、时代的沿革与变迁、人们的痛苦与困惑化为灵感之源，创造了一个五光十色的“约克纳帕塔法”世界。

贵。弗罗斯特全然不知，或者很可能是有意如此，他发现自己与别的文人很是不同。他讲过一个与华莱士 · 史蒂文斯[1]同坐火车去佛罗里达的故事，说两位诗人彼此相处时都有些不自在。然而，史蒂文斯更像是在度假，他话语机智，最后说："弗罗斯特，你的诗歌问题在于有题材（subjects）。"我可不想破坏史蒂文斯此番嘲讽中那种离奇古怪的正确性。弗罗斯特好用题材的做法确实不那么时兴了。那题材又是什么呢？

我想，三十年前阅读弗罗斯特的诗歌时，我所喜欢的正是他对新英格兰的描述。我对那个地方的了解大多来自夏天或周末的游历。那是一个孩童的世界，比我所居住的城市更新鲜、更粗粝、更自由。"回去，离开我们现在不能应付的这一切"[2]，"重回那个他们说生活就是苦熬的地方"[3]，"满船的花草都长到了舷边"[4]，"打着柏油绷带的古樱桃树"[5]，一个说："发现他没死，你也没松口气？"另一个回答："是的，但是我不知道——很难说，/我想杀他也不是没有理由。"[6]我常常思索，我所了解的新英格兰是否还有弗罗斯特诗中未描述过的。每当我自己的认知得到肯定，或是学到新的东西来完善我对它的了解，我总是欣喜不已，很少在乎是哪种情况。

艺术所做的运动并非进步，而是潮起潮落。弗罗斯特生于 1874 年，可谓是最后一位坚持传统技法的诗人，对那些试图破除陈规的新技巧完全视而不见。他懂得如何使用写诗的工具，常常是绝妙的工具，但五到十年之后，这些东西就将永远过时。他是一个延续者、完

---

① 详见第 23 页注释。
② 引自弗罗斯特的《指令》(Directive)。
③ 引自弗罗斯特的《投资》(The Investment)。
④ 引自弗罗斯特的《花船》(The Flower Boat)，但引句与原诗有出入。
⑤ 引自弗罗斯特的《黑屋子》(The Black Cottage)。
⑥ 引自弗罗斯特的《准则》(The Code)。

善者，而不是模仿者。他开始写作的时候，美国的文化场景远远不同于我们现在所知，完全无法想象。没有著名的大师可以见面，没有可以模仿的人物。诗歌是伟大的英国浪漫主义派和维多利亚时代的人，以及他们在美国的那些著名官方分支。通过他们的实践、批评和翻译，已知的过去以他们的形象获得了重生。

弗罗斯特有一个上百年的传统可以接受，这点无须质疑，但他必须自学成才。旧有的诗歌已经不再优秀，就像新英格兰乡村一样，它的土壤已经被翻遍，僵死了很久。弗罗斯特重建了这片土壤和这片土地上的诗歌：通过深入乡村和人们的生活，他发现自己被旧的风格迷住了。他成了我们历史上最为严谨的诗人，也成了我们最出色的地方观察家，至少是用韵律来做观察的佼佼者。灵感的高风吹拂着他那漫长、烦琐而又孤立的乡村生活。到了四十岁，到完成他的第二本书《波士顿以北》时，他才开始有所收获。他一步一步验证自己对家乡风土人情的观察，直至他最好的诗歌充满人性，内容丰富堪比伟大的小说。没有人帮助过他，如今也没有人能够做到这点，因为没有人比他写得更好。

兰德尔·贾瑞尔有一个好词，说弗罗斯特有种“实事求是的壮丽（matter-of-fact magnificence）”。他指出那些诗歌的主题是孤立、消亡以及对人类局限的获知。我则认为这三者最后都结合成了一个单一的重要的主题，即一个人穿过无形态、无法则和自由，进入雪、空气、海洋、浪费、绝望、死亡和疯狂。抵达极限之时，有时是几乎越过极限之时，那个人反身而归。

这就是我对弗罗斯特的记忆。他的话声中有音乐，他能让自己的诗歌朗朗上口、悦耳动听，在他的语言之轴上回旋，所具有的那种任性的宽容也很奇怪，是直觉上的。跟其他诗人相比，他缺乏作为文人的专业性，却在个人的好奇心上更胜一筹。

去年（1962年）11月，我经过位于坎布里奇布鲁斯特大街上弗罗斯特的故宅。这栋城镇里的灰色窄木屋与他笔下的那些乡村农舍好比表兄弟，折中矗立在豪华和贫穷之间。它从上个世纪而来，悄无声息地飘过时间之海的边境。有一天晚上，他在这里谈到一个年纪比他小的朋友自杀了，他说有时候他会感到忘乎所以，但一想到自己的身体状况对于身边的人来说没有多少好处，他就会冷静下来。

那个晚上，屋子里的灯熄灭了；它们现在永远熄灭了，但我在脑海里仍可以很容易看见那些有点像酒吧的房间，那些纷杂的烫金旧古典名著，那些乔治亚时代的诗人作品，那本摆放在床边的卡图卢斯诗集，那个他有时用来做饭的铁炉子，还有那张板凳，他把它移到客人的椅子旁，这样他就可以自在地漫谈与倾听。

1963年

# 华莱士·史蒂文斯[1]

华莱士·史蒂文斯是过去半个世纪中最为优秀的诗人之一。纵然他不曾像弗罗斯特那样广为人知，也没有像 T. S. 艾略特和埃兹拉·庞德那样蜚声国际，但就他所接受的评论而言，他还是很幸运的。R. P. 布莱克穆尔[2]在其著作《双重代理》中的评论是一篇富有想象力的阐释杰作。伊沃·温特斯[3]在其著作《废话剖析》中的那篇评论略微逊色，他对史蒂文斯后期作品所持的摒弃态度，在我看来有些过分。但温特斯的评价是对布莱克穆尔溢美之词的矫正，将这两篇文章结合起来读，我们才可以得出一个较为冷静、较为客观的理解。

---

① 华莱士·史蒂文斯（Wallace Stevens，1879—1955），美国著名现代诗人。大学时就读于哈佛，后在纽约法学院获法律学位。1904 年取得律师资格后，在保险公司就业，1934 年就任副总裁。在法律和商务圈之外，史蒂文斯还有另一个身份——诗人。他的主要作品有《簧风琴》《弹蓝色吉他的人》《运往夏天》，以及诗歌文论集《必要的天使》。

② R. P. 布莱克穆尔（Richard Palmer Blackmur，1904—1965），美国诗人、文学批评家，普林斯顿大学知名教授，新批评派代表人物，其著作《双重代理》（*The Double Agent*）出版于 1935 年。

③ 详见第 83 页注释。

《运往夏天》(1947) 中有几首诗非常出色，堪称史蒂文斯自创作《簧风琴》以来写得最好的诗歌。但从整体上讲还是《簧风琴》这部早期作品更让人激动，也更为成功。在我称赞史蒂文斯的精彩之处前，我先来简单描述一下我所认为的他的诗歌主旨、大致的不足，以及他进步或退步的方式。

纵观史蒂文斯的诗歌，其主题就是想象力，还有对形式、神话或隐喻的探寻，希望将现实世界与经验世界连贯一致，没有歪曲或简化。

你必须重新变成无知者
重新用无知的眼睛看太阳
在它的概念中将它看清楚。[①]

这是一个三重处理：去掉僵死的形式，观察赤裸的现实，构建新的更充足的形式。史蒂文斯在后来的诗歌创作中，经常使用一套精巧复杂的抽象机制，但是他言说之事改变甚少。他的世界是一个中立、享乐、投机的世界——他更接近的是柏拉图而不是苏格拉底，更接近乔治·桑塔亚那[②]的哲学和性情，而不是柏拉图的。他的很多思想，都直接或间接地来自黑格尔的辩证唯心主义。

这样一个诗人，一方面说基督教太过朦胧，另一方面又说它太过死板，转而又说“对于想象力而言，撒旦之死/是个悲剧”[③]，他的这种超脱与灵活，总是能够让人放下戒心。这或许也是因为史蒂文斯是

① 引自《运往夏天》中的长诗《通往最高虚构的笔记》。
② 详见第 250 页注释。
③ 引句摘自诗歌《恶之美学》(Esthétique du Mal)。这首诗作于 1944 年，后收入诗集《运往夏天》。

个太过悠闲、太有品位的人吧。就像桑塔亚那的情况一样，你会觉得过于恰当的隐忍和沉静直白无味，觉得人之所以能成为想象力，这个想象力之所以能公正无私、温雅谦恭，只因为支持它的都是工业奴隶。也许，只要存在柏拉图主义者，就一定永远存在奴隶。在任何情况下，史蒂文斯都不具备苏格拉底那丑陋十足的相貌和他所奉行的美德。史蒂文斯去的地方都是一些度假胜地，他打交道的人都是精英，他散发的热情总能给人留下好印象。他的许多诗歌都是以一种极度顽皮、圆滑世故、漫不经心、单调乏味的笔触写成的，诗歌的修辞带有丁尼生式的音响效果，头韵和谐，喜用外来词汇，有时这些修辞手段不过是一种让人迷醉的语态上的曲折变化。

后期的诗作更具有哲理性，对这个黑暗世界的许多事物进行了思考。对于这个黑暗世界（“列宁坐在湖边的板凳上，搅扰了/天鹅的安宁。他不是属于天鹅的那个人”①），《簧风琴》中的那个史蒂文斯一定会认为它毫无诗意，会将它排除在外。他的语言现在更为简单，也更为成熟。但是结构上的不同让所有得到的东西都不牢靠，摇摇欲坠。他再也没有尝试过《星期天早晨》中那种密集、规模巨大的组织结构，或者是《彼得 · 昆斯在弹琴》那种小小的完美。其哲学思想并不像在卢克莱修②的作品中那样得到彻底的探索和编排整理，也很少像多恩③的诗歌那样富有人性和戏剧性。初次读到这些将术语玩弄得如此轻巧、如此微妙的诗歌时，你会拍案叫绝；但是重读它们的时候，就会常常觉得它们显得有些混乱、单薄、重复。你多么希望将其

---

① 引句摘自诗歌《理论之纯善》(The Pure Good of Theory)。

② 卢克莱修 (Lucretius，约前 99—约前 55)，罗马哲学家、诗人。以哲理长诗《物性论》(*De Rerum Natura*) 著称于世。

③ 多恩 (John Donne，1572—1631)，英国玄学派诗人、牧师。著名的诗作有《歌与十四行诗》《挽歌》《跳蚤》《突发事件的祷告》等。

换成《簧风琴》当中那种具体而又华丽的机智。

我说的这些观点可能有些言过其实，但那些诗确实有必要简化。然而，很少有声望高如史蒂文斯的诗人，会轻而易举地丢弃那么多只完成一半的即兴之作。在古怪费解的智性、松散的结构、修辞笔调和意象方式，以及贫乏的创作素材之下，这个诗人身上似乎有某种东西在自我保护着，声称它不需要做过多的努力。

《运往夏天》中最优秀的诗歌，堪比任何现在用英语创作的优秀诗作。这本书中篇幅最长的一首诗——《通往最高虚构的笔记》由三个章节组成，标题分别为:《它必须抽象》《它必须变化》《它必须提供愉悦》。每个章节有十段，每段二十一行，三行为一节，不押韵。尽管有几个漂亮的诗段——尤其是“开始吧，青年，通过感知”，“最初的理念不是我们自己的”，“没有被领会”，“它那个样子感觉很好”，“伟大的雕像”，“一副经久不衰的容颜”——还有许多个美好时刻，但整首诗对我来说是不够成功的。它的结构松散、怪异、重复。它散漫而行，体量并没有增大，许多诗段都是填塞成二十一行的。许多修辞极度做作。某些细节，比如说，坎农 · 阿司匹林[①]，还有南齐亚 · 努齐奥遇见奥兹曼迪亚斯大帝[②]，似乎都是为了展现史蒂文斯个人的私趣。就那些短诗而言，我认为最出色的是《无负鼠，无面包，无土豆》，它的节奏和感悟都很客观、很微妙，当属史蒂文斯那类最具魔力的完美小诗。《运往夏天》中其他一些短小的诗歌，虽写得精彩但都不完美，或者说难以与之相提并论。《雄鹿县的荷兰人坟墓》非常宏大、非常有抱负。过去与现在形成戏剧性的对立:

---

① 见《通往最高虚构的笔记》的第三章《它必须提供愉悦》。

② 见《通往最高虚构的笔记》的第二章《它必须变化》。奥兹曼迪亚斯大帝(Ozymandias)这个人物出自英国诗人雪莱的一首写古埃及法老拉美西斯二世的名诗。

愤怒的人们和狂暴的机器
蜂拥而来，从地平线那点小蓝
汇聚成中天那一片大蓝。
人们散立，遍布云中。
轮子实在太大，碾压一切噪声……

而你们，我的同胞们，一身工装绿，
知道过去并不构成现在。

这几行写得感情十分充沛，凄婉动人，具有强烈的感染力。我认为在世的诗人还没有谁能够在修辞和内韵上的恢宏气势与之一较高下。这首诗中有几句稍稍有点做作，而且诗歌展开得有点长，形式不定，意义模糊。但它确实气势磅礴，完成得很精彩。

《恶之美学》是一首组诗，共有十五段，不押韵，几乎跟 T. S. 艾略特的《四个四重奏》或《圣灰星期三》一样，都是佳作，非常重要。它的主题是：想象力在遭遇痛苦和邪恶之时会如何行动？诗的结构并不是很紧实，有两三段也不是特别的好，其他几段还有好多糟糕或用力过度的诗行。好的部分可以分离出来，但这样就失去了其中的一些动能。《恶之美学》是继叶芝诗歌之后最具庄严风格的一首诗，它让人想起《辛白林》和《冬天的故事》中的某个片段——既慢又快，至简而又华美，机智、精巧、开放，宽容而不冷漠，对活得长久的理解通情达理。

对于想象力而言，撒旦之死
是个悲剧。一个大写的
否定，将他摧毁在租住的屋中，

与他在一起的，是许多蓝色现象。
这不是他预见的终结。他知道
他的复仇又生出了许多
复仇。否定极为古怪。
它不具有任何一片朱利安雷雨云：
刺客闪现，隆隆作响……他不具有。
幽灵，你们留下了什么？什么样的地府？
在什么样的地方，存在还不足以
存在？你们走吧，可怜的幽灵，没有地方
像遮蔽视线的银光，
因为眼睛已闭上……

1947 年

# 约翰·克罗·兰塞姆[①]

## 一、兰塞姆先生的谈话

童贞之女，她的形象委身于那块小小的玻璃，
我一直用它来反对这波徒步旅行之潮，
啊，聆听少女盛会永远歌唱
那遥远的温柔时光。

罗伯特·弗罗斯特、华莱士·史蒂文斯、威廉·卡洛斯·威廉姆斯、埃兹拉·庞德、玛丽安·摩尔、T. S. 艾略特，以及约翰·克罗·

---

① 约翰·克罗·兰塞姆（John Crowe Ransom，1888—1974），20世纪著名文艺批评家、诗人，文学理论新批评派领军人物。兰塞姆是新批评派承上启下的关键人物，他“把新批评建立在明确的文本中心论基础上”。他的重要著作是《诗歌：本体论笔记》。兰塞姆强调文学作品的本体存在，把作品看作是封闭的客观存在物，认为文学批评就应该研究作品的内在因素而不是文学与各种社会现象的联系。

兰塞姆，他们全都出生于1874年至1888年间。在这之前与之后，美国从未出现过这么多的优秀诗人；英国也没有——除非我们回到两百五十年前。谁将谁置于其上，都会遭到非议。但你一定会毫不犹豫地称这七位诗人为伟大的诗人，他们的优秀诗作一定会同这门语言一样永远流传，这点也许无须再怀疑。

兰塞姆的作品不多——他的诗歌选集只有七十五页，人们至少还可以再加入二十多首，但他拒绝了。这是他的毕生之作。重读这本诗集时，我对它的分量惊叹不已——很少有英语诗人写过这么多让人百读不厌的抒情诗。如今的文选编辑很可怜，缺乏能力，总是乱编一气，但凡他们（还有别的人能通过选编诗文来挣取钱财和声望吗？）有点感觉，兰塞姆就会有一定数量的诗歌永远让人阅读和背诵。

为什么轻易就有如此说法呢——这些诗够明确够结实。然而我却不能讲得十分明白。首先是语言。它是圆润精致与坦率钝直、文雅与粗鲁的巧妙结合，堪比亨利·詹姆斯的语言——尤其是这两个特点：极度温文尔雅，并且有一种（你意想不到的）力量，这种力量在一定程度的喘气和流汗的过程中发现自身，将话语推向个人能力的极限——并且超越这个极限。兰塞姆的语言是散文式的、谈话式的，完全体现了他的个性和文化特点。

我想就兰塞姆的教学来说一说。没有哪个美国英文老师像他那样教出过那么多优秀的学生。在过去三十年中，艾伦·泰特①、安德鲁·利特尔②、罗伯特·潘恩·沃伦③、克林斯·布鲁克斯④、兰德

---

① 详见第79页注释。

② 安德鲁·利特尔（Andrew Lytle, 1902—1995），美国小说家、剧作家、散文作家、文学教授。

③ 详见第89页注释。

④ 克林斯·布鲁克斯（Cleanth Brooks, 1906—1994），美国学者、文学批评家。

尔·贾瑞尔和彼得·泰勒都曾师从于他。在他们当中，有几位是这个国家最优秀的教师，有几位是最好的写作者。许多或者任何一个作家，都应该是来自范德比尔特大学（Vanderbilt University）的色雷斯雅典学院，出自田纳西州名称的各种变体（declension），这个说法叫人好生奇怪。或许他们与兰塞姆在一起只是一个毫不相干的巧合。可是，我认为这个教师 定有他的独到之处 很难总结。起作用的不是课堂，而是谈话。过去我们总是习惯于没完没了地背诵、重复和模仿兰塞姆的句子。我们从中学到东西。但不知怎的，人们会把我们内在的某种东西和他放在一起，力争表达清晰、逻辑明确、直截了当、错综复杂——一个人仔细思考过兰塞姆写作中所需的毅力和才智之后，他的种种直觉都会变得更加机敏、更加坚定。可供模仿的地方太多了，但是模仿兰塞姆不同于模仿另一位伟大的教师——伊沃·温特斯。所幸的是，成为副本是不可能的。你只取你能够学到的东西，然后继续，若能达成所愿，就能成为你自己。

这一点关系到兰塞姆诗歌中使用的语言。很少有现代诗——不管多么晦涩、激越、高亢、自命不凡、一字千金——有着卓尔不群的谈话特质。我说的不是那种做作的谈话，不是所谓的英国人在学校里继承或学会的幽默，而是一个男人必须有的那种特质，因为他从不伪造或现学现卖。按常规来讲，搞文学的人一般不像缅因州的农夫有那么多自己的魔力可讲，所以用词也就没那么精确、微妙。但是这点并非我要质疑的。要欣赏兰塞姆的诗歌语言，你必须认识到，这种语言是美国有史以来最优秀的谈话者之一所用的语言：

秋日在我们这一带
是地球上（或者地下水域中）
最无可再用的东西

既不多彩也无更多偏好
跟太湿烧不着的秸秆差不多……

当然，语言只是其中一个品质，也许并不是构成诗歌最重要的东西。我希望有朝一日，我能用恰当的智慧详尽阐述它们是什么。但是顺便提一下，这种风格本身虽然迷人，但也是造成那些分开的诗歌模糊成一片的原因。结构上异常清晰，语调和节奏无可挑剔，轻快活泼、独出心裁，修辞在说明、描写和对话上如烟花般绚丽，但不止于此，还有对具体的人类主题——最难之事的坚守，以及一种平衡，一种气质。所有这些品质对他的写作很有必要，这个世界上很少有诗人写过孩子的夭折、孩子的母鸡或者是幼稚的卖弄风情的女子，即使写过，也通常是些愤世嫉俗、多愁善感或者琐碎之词。这些都是诗歌中最难写的东西，喜欢读这些诗歌的人必须要有像亚历山大·蒲柏[①]那样的敏感度。这些都是兰塞姆必须压缩进他那首《彩绘的脑袋》三十六行诗中的东西，他在几本密切相关的批评理论和美学书籍中都陈述过。他最优秀的诗作有那么十五首左右（要说出它们的标题有些麻烦），拥有马修·阿诺德[②]所推崇并称之为凯尔特的东西。不管它是什么，都是艺术想要愉悦人时一定不会缺少的东西。

① 亚历山大·蒲柏（Alexander Pope，1688—1744），18世纪英国诗人、文学批评家。代表作有长篇讽刺诗《夺发记》和《愚人志》，诗歌体评论《批评集》等。蒲柏对英国新古典主义文学发展做出过重要贡献。另外，双韵体诗在英语诗歌史上经蒲柏完善扩充后（即英雄双韵体），形式更整齐优美，节奏更跌宕变化，成为英国诗歌史上的一项重要成就。

② 马修·阿诺德（Matthew Arnold，1822—1888），19世纪英国诗人、教育家、文化批评家。他在其著作《凯尔特文学研究》中推崇凯尔特文化元素，主张利用它来对抗英国生活和文化方面的庸俗风气和功利主义。

一整天，时钟都会像节拍器一样
设定你殷勤的恐惧；指针滴答响着，
高跟鞋引爆洞穴般的楼梯间。

让蓝色碗里的水变得新鲜
你没有用上全部的爱，那是为蓝莓准备的，
你要去聆听风的低吟，
听松林发出嘶嘶响的警告。

1948 年

## 二、约翰·克罗·兰塞姆（1888—1974）

二十六年前，我写了一篇关于兰塞姆谈话风格的纪念短文，认为他的诗歌是谈话性质的，跟他的批评文章和说话风格非常相似。此后他的形象从未改变过，虽然他还写有六篇关于其他诗人的悼念散文和八首修订得有些古怪而又可疑的诗歌。我也没有什么新的看法，在这里只是想表达我的叹慕。在我的日常印象中，兰塞姆的形象一直都带有点过高的象征意义，但他不可能是这样的。我那时还是十九或二十岁吧，恣意狂放、不修边幅、脾气不好——没有人劝说的话，我一般都不会梳头和系鞋带，出门也不会跟人打招呼道别。虽然我比大多数学生更了解德莱顿[①]和弥尔顿，但哲学家或逻辑学家的书我一个字都没读过。我无法解读约翰（我们毕业三年之后才敢这么称呼他）所讲

① 德莱顿（John Dryden，1631—1700），英国诗人、批评家和戏剧家。他通过戏剧批评和创作实践为英国古典主义戏剧的产生、发展做出了杰出贡献，在欧洲批评史上享有极高的地位。

的那些玄学术语、本体论、情感宣泄论之类的东西，那些朴实的希腊语派生词，在英语中所表达的含义既抽象又准确，跟通常的语言很不一样。

兰塞姆对桂冠荣誉和拜伦式的姿态极其厌恶，但他写诗的强烈欲望都展现在他那精细的词句纤维中，展现在一种羞涩之中。他的娱乐活动是各种游戏，全是轻快而又精确的那种游戏，比如高尔夫球、槌球、填字游戏、桥牌、猜字游戏、打猎。如此和蔼可亲的一个人，竟然因为违规而出人意料地出局了。一个猜字对手曾将 Churchill 拆成 church 和 hill，而不是 church 和 ill，这给了他在美学意义上进行持续谴责的机会，他打槌球也是如此。不在游戏规则内作弊，他也照样能活。他那一排排鲜花似乎都是用量尺量过，按比色图表来摆放的。“我会根据自己的喜好用花来填满那一排排不同的地块；如果对胃口就会把相邻地块之间的草坪修剪得很平整，可以在上面走动。但我会用十株伯比牌的顶级万寿菊来替代下上两个中心地块的尾花，万寿菊花色橘黄，灿烂如火。它们旁边的尾花就种威赛德园艺的紫菀，它开的是亮紫色的花……想想吧，那个农夫和访客们会对前坡边缘的这种错位有多么好奇，而前坡边缘并没有从法定的长度减去 1 英尺[①]。”他的会客厅在连续三栋房子里都是同样的风格，清冷，没有什么摆设，但很舒服，只是进去看看的那种。玩游戏或是学生们坐在地毯上喝啤酒，都对客厅造成不了伤害，也改变不了什么。兰塞姆家的大部分原创画作都是肯庸学院那个美术教授借给他的。它们质地粗糙，画幅很大，对《肯庸评论》那位联合主编的艺术家妻子来说是一种冒犯。兰

① 英尺，英美制长度单位，1 英尺合 0.3048 米。

塞姆会说："默塞先生就像威廉·透纳[①]一样，还是待在海上比待在农场更好一些。"

兰塞姆的嘴很大，在观察思考的时候总是慢慢蠕动，或因单调乏味而颤抖，或紧紧绷着以吓退无知的粗鲁，或做个怪动作以示鼓励，或忙于斡旋调解，但也会放松。这张嘴比他诗歌中的姑娘们那小巧精致的芳唇更善于表达。他喜欢写诗，但却不喜欢被视为诗人。他喜欢乡下牧师或古典文学老师的做派——像他的父辈那样。他经常用细如沙砾的东西将自己美妙的声音弄粗，就像他努力使自己的韵律变得粗糙一样。有一次，我们看着一位身穿杏黄色灯芯绒西装的同学大摇大摆地走过肯庸校园。"我猜纳博是我们肯庸人中唯一裤子跟上衣很搭配的人。"可怜的纳博，他一生中再也没有别的什么是搭配的了。兰塞姆会把教工会议报道给我们听，并且讲得十分有趣。他可以对在我们鼻子底下发生的事大发感慨，即兴来一篇感伤的搞笑杰作。我的古典文学老师兼密友，也是兰塞姆的一个密友，少年天才，十三岁就进了哈佛，后来与另一个少年古典文学天才结了婚——都是出类拔萃的人，但后来离婚了，以悲剧收场。这对夫妻为人直率，话锋带刺，离婚时却是拳脚相加，毫无理性：一张湿湿的床单导致了肺炎；一把刻刀放在楼梯顶，随时有掉下来的危险；女儿无法同时与父母亲相处和交流；失眠、证据、洪水般的劝解、矛盾重重、重复辩论。就在开庭前一天，那位素有讽刺大师之称的法官，被一头骡子踢伤，失去了行

① 威廉·透纳（William Turner，1775—1851），英国画家，以善于描绘光与空气的微妙关系而闻名于世，尤其对水气弥漫的掌握有独到之处。他在艺术史上的特殊贡献是把风景画与历史画、肖像画摆到了同等的地位。主要作品有《雨·蒸汽·速度》《议会大厦的火灾》《战舰归航》《威尼斯风景》《暴风雪》等。

动能力。这个故事他讲了好几个月，仿佛着了魔似的，而且是以一种坦诚的洛可可式的风格讲的，让听故事的道德家们面色发白，十分尴尬。这是一个发生在南部的难以置信的故事，尽管是真的，但却被他讲得很是离奇，趣味盎然。兰塞姆的自然式谈话是抽象概括的，简明扼要的……语调柔和，仿佛他正在引导一个反应迟钝的演员。

兰塞姆谦谦有礼，但有时也礼中带刺，甚至会把艾伦·泰特戳得面色发白，手指抽搐，只要他们的谈话从无所顾忌的崇高之处滚落下来，他就会绵里藏针。在刚刚写给我的一封信中，泰特很自豪地说自己在兰塞姆的那些在世学生中年纪最大。但他们的关系不可能是这样的，他们的才气那么接近，年龄相仿，性格却有不同。兰塞姆故作害怕，是担心无人能及的泰特也许会矜才使气，他是那么接近那些危险区域：法朗士①、兰波②、哈特·克莱恩③、《荒原》；他的口才过于雄辩，晦涩难懂，而且来势汹汹。兰塞姆曾经鼎力支持过“尚农运动”④，但是后来离开了，他仿佛是一个反对奴隶制的南方司令官，身边有许多来自东部的自由主义朋友。

我想我不需要解释田纳西州的尚农分子和传统主义者的那种狭隘的分散主义者的希望。那是一项不切实际的永久事业，现在已远离阳

---

① 法朗士（Anatole France，1844—1924），法国作家、文学评论家、社会活动家。

② 兰波（Jean Nicolas Arthur Rimbaud，1854—1891），19世纪法国著名诗人，早期象征主义诗歌的代表人物，超现实主义诗歌的鼻祖。

③ 哈特·克莱恩（Hart Crane，1899—1932），美国诗人。诗作虽然常被批评晦涩难懂及故弄玄虚，但被普遍认为是20世纪最具影响力的诗人之一。其主要作品包括诗集《白色建筑群》《西锁岛：一束岛》以及代表作长诗《桥》。

④ 尚农运动（the agrarian charge）又译“重农运动”，是美国一群南方文人在20世纪二三十年代发起的一场兼有政治和社会意义的文学运动，他们以田纳西州的范德比尔特大学为活动中心，主张非工业的农业经济，希望确立以南北战争前美国南部为蓝本的地区文化模式。尽管大多数成员最终都偏离了自己的主张，但这场运动对当时的美国政治、经济和文化都具有较大影响，在美国思想史和文学史上都占有一席之地。

光，堕入黑暗。

兰塞姆在俄亥俄州度过了他最后的三十五年，超过了他一生中三分之一的时间。他渐渐喜欢上了先锋派艺术。他的政治观点不再那么尖锐和具有英雄气质。他浓烈的南方初恋渐渐平复，或者淡化为一种不容乐观的北方自由主义。势力强大的中西部农场从来不是他的地盘，或者说不是他的收获之地。他甚至没有去那里观光旅行过。谁又知道正确的选择是什么呢？莫非离开田纳西州靠饮用灵感就增强了体质？体质健康就增强了对职能的照料？

兰德尔·贾瑞尔说过，神明夺走了这位诗人的读者，又还之以学生。没有哪个学生像贾瑞尔那么才华横溢，但优秀的学生兰塞姆有好几十个——艾伦·泰特、罗伯特·潘恩·沃伦、安德鲁·利特尔、彼得·泰勒、约翰·汤普森、罗比·麦考雷①、詹姆斯·赖特②。我们传承了我们的学术品牌，但我们各具特色，难以归类，无法抱团。兰塞姆讲究整齐才导致了这种杂乱。他在全美国的英语系中尽人皆知。在南部的大学里，他就是偶像，每个人都上过他的课，或者知道谁上过他的课。任何一个学生都能重复一点儿他的对话、警句和教义，或者因为听到他打败了某个名人或粗野之辈的传奇故事而哈哈大笑。他的课通常只有一二十个学生。讲义都是自制的，有条不紊，单调乏味。五年之中，他只教授《仙后》③，尽管他认为斯宾塞④的寓言没有任何

① 罗比·麦考雷（Robie Macauley，1919—1995），美国小说家、编辑、文学批评家。

② 詹姆斯·赖特（James Wright，1927—1980），美国诗人，曾获普利策诗歌奖。

③ 《仙后》（*The Faerie Queene*）：英国诗人埃德曼·斯宾塞于1590年出版的史诗，由于其崇尚亚瑟王传奇中的骑士精神，所以效仿亚瑟王传奇的手法，写下史诗中描述骑士霍理士（圣洁）与公主优娜（真理）一同对抗恶龙（邪恶）的故事。《仙后》采取中世纪常用的讽喻传奇的形式，是文艺复兴时期的一部重要的宗教、政治史诗。

④ 斯宾塞（Edmund Spenser，约1552—1599），英国文艺复兴时期的伟大诗人。其代表作有长篇史诗《仙后》、田园诗集《牧人月历》、组诗《爱情十四行诗》、《婚前曲》和《婚礼曲》等。

智力营养，但他却读得津津有味，他是把这本书当作了拼字游戏，或是他的花园蓝图。平时的闲聊反倒是常有精彩之处。有时课上会爆发激烈的争辩，多数时候都涉及美学方面的内容。“我必须用更加准确的术语来转换黑格尔的三段论。当一个老师这么说时，他是在讲他自己。”他对古典浪漫主义的音乐十分熟悉，但都只是知道个大概。有一次上美学课，他带我们去听贝多芬的作品——四重奏第 13 号或第 15 号。它搅乱了兰塞姆对 19 世纪的抱怨，他发现在那片毫无玄学之气的黑暗中到处都有雪莱。“贝多芬是个浪漫主义者……他非常棒。”

《兰塞姆文集》。尽管兰塞姆是一个炫酷而又草率的思想者，但他认为做哲学思考比做文学批评更刺激脑力，做批评比做学问更富有阳刚气质，做学问比做批评更扎实，诗歌比哲学更讲究直觉。技巧是没有直觉的骨架，但直觉没有边际。“男人和女人的头脑长得不一样，我们要怎样来表述他们之间的区别呢？我认为可以这样说：男人处于最佳状态时就成了一个知识化的女人。”或者，“哲学家能够只见木而不见树，他的理论非常概括，他对细节，尤其是对技术产生的细节，不会做持久的或亲密的了解。”在一个情感充沛、艺术特性取之不竭的世界里，孩子、女人、诗歌以及造物，都是完美的，但又几乎完败于那些验证者——没有脑子的躯体。兰塞姆所有的思考都是辩证的，都是对立的棋子游戏。去除或移开哪一个棋子，都得颇费周折。我希望我没有说过在兰塞姆的美学思想中事事都是对等的，他的这种批评观使得大学的课程与课程之间产生尖锐的摩擦，没有任何裁决或结果。但他能够承受破裂与流血，他是一个坚持不懈的建设者。兰塞姆在牛津的古典文学期末考试中因用塔西佗[①]式拉丁语答题而导致成绩偏

① 塔西佗（Tacitus，约 55—约 120），古罗马伟大的历史学家，著有《历史》《编年史》《演说家对话录》等。

低，但还是通过了测试。其他任何一种拉丁语风格都不够接近和紧密。他看待富有浪漫主义气息的人总是带着恐惧和怜悯的心态，从不会把奢靡与庄严混淆。而他本人就是一个浪漫主义者，带有弱者的勇气，他比别人更小巧、更迅速、更伶俐。虽然更容易受伤，但也更为开心。

相比于泰特或兰塞姆，我的朋友贾瑞尔是另一种风格的浪漫。他所受的教育都是20世纪30年代的执念：马克思、奥登[①]、燕卜荪[②]、卡夫卡[③]、平面设计、自弗雷泽[④]以来的人类学，以及当时的新闻。除了兰塞姆那个由希腊语、拉丁语、亚里士多德和牛津构成的封闭而又迂腐的世界里的东西，贾瑞尔无所不知。他的惯用语稚气可爱，他的衣服都是大学生爱穿的那种款式。我们的大学校长，戈登·查默斯博士，是美国伟大的人文主义者保罗·埃尔默·摩尔[⑤]和欧文·白璧德的一名思想轻率的弟子。他不像兰塞姆，他信奉的是自己的反浪漫主义，总是为了尺度、秩序和内省而以粗暴的方式来戒酒。对于他而言，古老的圣贤就是那些新人文主义教师。他看见贾瑞尔穿着那件反常规的不招人喜欢的衣服从滑雪场顶上滑下来时还一边大叫“我感觉就像个天使”。兰塞姆当时就认为贾瑞尔撼动了查默斯博士的信条。亚里士多德派的经验学者是不会认识这样一位热情四射、毫无节制的天使的。“那小子需要更充足的词汇。”当然，就像他们如今所言，贾

---

① 详见第99页注释。

② 威廉·燕卜荪（William Empson, 1906—1984），英国著名文学批评家、诗人。代表作有《朦胧的七种类型》《田园诗的几种形式》《使用传记》等。

③ 卡夫卡（Franz Kafka, 1883—1924），奥地利作家，代表作有《城堡》《变形记》等。

④ 弗雷泽（James George Fraser, 1854—1941），英国著名民族学家、宗教史学家、人类学家，代表作有《图腾崇拜和外婚制》《金枝》等。

⑤ 保罗·埃尔默·摩尔（Paul Elmer More, 1864—1937），美国著名学者、文物学家、哲学家、教育工作者，也是卓有建树的新人文主义者和文艺评论家。

瑞尔那时已经把整本字典都“吞了”。

当兰塞姆不在玩游戏或打高尔夫球时，或者他没有把我们带入远足者的讨论，没有莳花弄草惯常独处时，他就窝在自己的书房里。这是一间紧凑的、没有一点女人味的书房，是又一个“去年已搬离的”书房的翻版，除了飘着一股烟草味，还是清新又安全的。书房里排放着希腊语、拉丁语、英语书籍，一两卷破旧的大学时期买的法语或德语书，密密麻麻的哲学书、批评著作，一两本简·奥斯汀的小说，四本福克纳的，还有一卷不错的现代诗选，其中还掺杂了好些朋友送的签名书。如果可以的话，他会讲形而上学；如果有必要，他会讲诗歌；如果他愿意，也可以聊聊闲话。那些讲话的脉络无法厘清。兰塞姆有个批评术语就叫“怀旧（nostalgia）”。他不像其他诗人，他会写女人，写这个世界上的新鲜事物。

兰塞姆不写诗而改写批评文论时，每个人都问他为什么不写诗了。他们在背后议论，或者默默地盯着他，目光灼痛又带有抚慰。相反的问题也许只有兰塞姆自己问自己了。为什么不写诚实的论说文而要去捣鼓那些优美的韵律呢？批评家在诗人面前摆架子，经常喜欢对诗歌滥发言论加以阐释，甚至兰塞姆也不例外——幸亏他只是在空闲的时候去写批评文章，用句灵活而有节制，语义联系更为严谨。不必用格律去弄出一些绚丽多姿的三段论和诡辩论；不必把热情吹成一个气球。通过写批评文论，兰塞姆的《肯庸评论》创刊了，与其他新批评派的人物建立了通信联系；每年夏天他都要召集批评家们到他所在的“批评学院”去教学。o bel eta del oro[1]，那个时候，批评有一种打败一切的气势！所以当兰塞姆抱着古典的悲观主义声明放弃半带警告的言论时，“他们是不会满意的，因为这项古老的工作并未彻底完成”。可

① 意大利语，意思是：美丽的黄金时代。

不知何故，在下一代批评者那里，这项伟大的分析性的哲学工程就变成了木头，成了这位好为人师者、这位续后之人的强大的惰性。

兰塞姆的诗，不管怎么说，都比他的散文要条理清晰。那些论说文的语言多跟诗歌相同，观点也极为相似。他那篇评论埃德娜·米莱[①]的文章，潇洒、辛辣，对于南方女士来说，简直就像他的另一首诗，机智，调侃，欲诗还文。他的批评文论中，亚里士多德、桑塔亚那、亚瑟·托马斯·奎勒-库奇爵士[②]不再是肖像描述，而是作为知识分子又都活了过来。他镇定的修辞、反对模糊的论点以及曾经看似反常的热情，现在几乎就像一剂药。

兰塞姆想回到诗歌。有人发现他在一个信封上的涂鸦非常怪异、滑稽，不成韵调，没有主题或其他字眼。二战后，他出版了他的第一本《诗选集》，只有轻微改动之处，而且都是神来之笔。之后很长时间，他花了好些年来重写，试图完善他那些几乎是完美的旧作，可他的新式风格简直惨不忍睹。我这么说有些侮慢了。并非兰塞姆所有的改动之处都是灾难性的，有的改动确实有提升，但所有的改动都表现出了令人惊讶之处，有些是整段都改变了。人们总是有上千次机会去做错误的修订，有时候是捡了芝麻丢了西瓜。《黄昏序曲》中一个新的四行诗节，读起来很像莎士比亚的悲剧。兰塞姆在散文《辩护》中说自己修订的新版诗集是自传性的，至关重要；它们有时改变了他的

---

① 埃德娜·米莱（Edna Millay，1892—1950），美国诗人、剧作家，美国历史上第一位获得普利策诗歌奖的女性诗人。

② 亚瑟·托马斯·奎勒-库奇爵士（Sir Arthur Thomas Quiller-Couch，1863—1944），英国作家，剑桥大学英语文学教授，以编著《牛津英国诗歌选》(*The Oxford Book of English Verse*) 而闻名于世，著有《写作的艺术》等作品。

故事。“在第三节中，我用‘chill（发冷）’替代了‘fever（发热）’，做这样的修改有一种难以言说的痛苦；但我一心要改，并尽了我的最大能力。第二行和第三行也许是我所有诗歌中最最悲伤的地方。”不过嘛，我倒是希望最悲伤的诗行还是留在第一个版本中比较好，因为兰塞姆的修订几乎把它们给毁了。

兰塞姆的《诗选集》跟其他诗人的单本诗集相比厚不了多少。所有时髦的诗作都不会超出两本这样厚的集子。有一到两处的添加很有争议性，还有三到四处遗漏，这些疏漏后来又补上了。他熟知哈代、罗宾逊、早期的格雷夫斯、莎士比亚、弥尔顿、《母鹅童谣》、歌谣、柏拉图和亚里士多德，他所写的东西很可能都源于此。他的诗都坚持分开，拒绝融入相邻的诗作。它们看起来没几首，一直到你试图在某个受欢迎的更为多产的作者那里发掘出同样多的诗作。兰塞姆的散文，即使是最炫技写得最有力的那些文章，读起来都像是教导式的诗歌（也许就像奥登的某些诗吧），有点单调，前后不搭。他的诗歌魅力似乎首先在于诗中的色彩和人，在于那些美丽的直观的意象，在于优雅的韵律和节奏——那是他不可阐明的声音。它们都很短。

兰塞姆善写女人、年轻人，觉得他们令人愉悦，撩人心弦，虽为凡胎，但不是普通意义上的人类。他笔下的女人不可能被抽象给糟蹋了，或者被迫做着各种事业。这些女人是配角，他笔下的那个男人处于中心，不论什么时候出现，都几乎是一成不变的——焦虑、憔悴、心思缜密，做着徒劳的哲学思考，是堂吉诃德式的、普鲁弗洛克式的，严肃过头而看不见自己的孩子……显然不像生活中的兰塞姆。男女求爱，争吵，打旋进入不平衡，不是悲剧但很痛苦。虚无之处才是一种无思虑的快乐，一种成熟的天真，在那里可以“聆听少女盛会永远歌唱 / 那遥远的温柔时光”。人们皱着眉而去，有时却发现一种令人困惑的喜悦。

兰塞姆在自己的艺术中也发现了痛苦，或者说是一种不平衡的和谐。他知道我们为何不能回到一张照片中去寻找审美乐趣，不论多么丰富多彩富有戏剧性，也回不去了，即使那是喜欢之人的照片。我们不能像感受绘画那样来感受这位艺术家的用心之作。我曾问过摄影大师沃克勒·伊文斯，维米尔[①]的《台夫特城景色》（那幅也许是第一张逼真的风景错视画）如何不同于一张照片。他停顿了一下，目光凝滞，仿佛他的眼睛不能给出答案。他的回答就是兰塞姆的回答——艺术要求每一个砖斑、每一点油彩都要有智力上的痛楚与慰藉。

兰塞姆并不主张诗歌要有拟声、卓越的怪诞和强烈的感情。他喜欢他的语言是简练的、毫不矫饰的，认为除非质地紧密，诗歌不应与书面或口头散文相去甚远。他希望诗歌能展示出自身的接缝，展示出押韵、压缩、讲求语构正确而造成的粗拙。只有摆脱痛苦才是能隐藏艺术的艺术。对于兰塞姆，旧的意义上的诗意才是全部。他告诉我他的诗歌出自短暂的非诱发的白日梦，是一缕意象，或更好一些——是一个新的寓言。梦做多了，诗就写少了。白日梦停止或者变得不合时宜之时，他的缪斯诗神也就不再活动了。

我景仰兰塞姆，因为弟子必须景仰他心爱的师父。肯庸拥有一座学生们歌颂的高山。我略去了我朋友的个人生活，还有他那个迷人而又健康的家，我同贾瑞尔一起在那里度过了我大学关键的第二年。我也略去了他的妻子，罗波·里薇儿，是她的幽默和独特个性将他从有点玄学的氛围中拉回生活之中。

1974 年

① 维米尔（Johannes Vermeer，1632—1675），荷兰画家，作品大多是风俗题材，善于表现室内光线和空间感，给人一种日常的真实性和信仰上的真实感。代表作有《戴珍珠耳环的少女》《花边女工》等。

# 威廉·卡洛斯·威廉姆斯[①]

## 一、《佩特森》第一卷

兰德尔·贾瑞尔发表过一篇书评，我想这篇书评作为“认知震撼”的一个例子，将会变得很出名。在这篇书评中，兰德尔·贾瑞尔谈到了在《佩特森》短短的篇幅内所能谈到的一切。然而，我用不同的话重复人家已经写过的东西，而且讲得不好，也不觉得尴尬。《佩特森》既没有在小杂志也没有在商业出版社掀起任何波澜。不过，我

① 威廉·卡洛斯·威廉姆斯（William Carlos Williams，1883—1963），20世纪美国最负盛名的诗人之一，与象征派和意象派联系紧密，被称为美国后现代主义诗歌的鼻祖。他既受到庞德等人影响，又继承了浪漫派传统，在诗歌形式方面进行了实验，发展了自由诗体。他反对感伤主义的维多利亚诗风（尤其是T. S. 艾略特），坚持“美国本色”，力求用美国本土语言写作，很少使用普通读者所不熟悉的词汇。1950年获美国国家图书奖，1952年获博林根诗歌奖，并被聘为国会图书馆诗歌顾问。他的主要作品有长篇叙事诗《佩特森》（共四卷，1963年全部发表），它以新泽西州一小城的历史和社会生活为背景，反映美国的文化和现代人的风貌，是当代美国哲理诗的代表作品之一。他还是全科及小儿科医师。

想不起来1946年还出版过其他什么重要的书，也不知道还有哪一位在世的英国或美国诗人写出过比它更好或者更有雄心的作品。

《佩特森》全部完成之时，将长达一百多页，分四卷。因为目前只出版了第一卷，评论家们还面临着诸多不确定的东西，许多的评论也只是猜想[①]。威廉·卡洛斯·威廉姆斯自己所作的那种气喘吁吁、前言不搭后语的题解，也许不会有什么帮助。“一个人本身就是一座城，开始、寻求、实现、结束他的生命，其方式在许多方面都与这座城市所体现的不尽相同——如果可以设想——是任何城市吧，其全部细节都可以被用来为他内心最深处的信念发声。”诗人一开始就用了一个稍微有点不同的陈述表达这个目的：“美的严谨性在于探求。但是，当美被人不顾所有抗议锁在了思想之中，你又如何去发现它呢？”答案是：“从细节处着手……要事实，不要理念。”这个说法或许显得粗糙，模糊不清，但威廉姆斯与那些粗鄙、言辞激昂的感伤主义者不同。那些人中最有代表性的人物就是卡尔·桑德堡[②]，他也写城市和生活在其中的人。相对同代人而言，威廉姆斯在目的和价值观念上更像华兹华斯；我觉得在成熟度、经验和同情方面，《佩特森》堪比《序曲》和《远游》的开篇。

威廉姆斯的方法是否成功或者是怎样成功的，我不确定自己是否能说得明白。通过把佩特森这个地方拟人化，把他自己“佩特森化”，威廉姆斯拥有了他能够使用的一切材料。首先，这座城是他的：它的方方面面，它的过去，它的现在，它的自然特点，它的人

---

① 就像这首诗所表现的那样，它有许多不够相关的琐碎之处。人类几乎完全存在于散文之中，这或许是个缺陷。——原注

② 卡尔·桑德堡（Carl Sandburg，1878—1967），美国诗人、传记作家和新闻记者，代表诗作有《雾》《芝加哥》等，曾获普利策诗歌奖，是美国20世纪二三十年代最受欢迎的诗人之一。

口，还有它的活动，都可以为他所用，他能使其相互关联，产生戏剧性的效果。而且，他也写自己在这座城中的生活——每个细节都是一段经验、一段记忆或者一个象征。从整体上讲，佩特森就是威廉姆斯的生命，而威廉姆斯就是使佩特森充满生机的那个人。

对威廉姆斯而言，人是由其阅历构成的，而且在他的抒情短诗中，他的观察和移情技巧趋于完美。他能从人的外在出发："年沉入夜/心沉入/比夜更低之处/抵达一种空，那里狂风肆虐/没有太阳、星星或月亮/只有一种特殊的思想之光/围着一团黑暗的火飞旋……"或者将观察到的事物拟人化："外表毫无生气，无精打采/昏昏沉沉的春天来了——/他们进入的这个新世界是赤裸的，/冰冷的，一切都不确定/只有他们进来才是确定的事。"他始于哪个端点并不重要。威廉姆斯胜在他的运动感、观察能力以及能将观察纳入适当的节奏之中。

然而，即使这些短诗表明了威廉姆斯是一个优秀的文体家，它们也并没有任何东西能够表明自己在主题结构上可以扩展成一首长诗。关于他是怎么做到的，《佩特森》的各种主题是怎样陈述、拓展、重复、反对、破裂和融合的，贾瑞尔发表在《宗派评论》上的一篇颇具篇幅的文章已有阐述。在这里，我就仅限于引用一些表达主题的诗句，指出一些更为重要的联系和意义。《佩特森》的主题思想只有一个，其他东西都是在这个主题上发展起来的。它是一个三重性的主题：一座城——新泽西州的佩特森——一座山和从山中流进佩特森的一条河——一个男人、一个女人以及这个男人的思想。首先是这座城：

佩特森躺在巴塞克瀑布下方的山谷之中
疲累的水流勾画出他的背部轮廓。他
侧身向右躺着，头枕瀑布
隆隆水声在他梦中轰鸣！永远在酣睡。

梦纷纷漫步城中，在那里他却坚持
隐姓埋名。石耳上有缤纷的蝴蝶停歇。
永生不朽的他一动不动，鲜为人见，
但他在呼吸，他的那些微妙的阴谋
得自闹哄哄倾泻而下的河水，
驱动万千自动机器。

一段并行的诗句将山引入：

那里，背靠着他的是那座低矮绵延的山。
公园是她的头颅，位于瀑布之上，雕琢它的那条河
静静流淌，多彩的水晶藏着岩石的秘密；
农场和水塘，月桂，以及性情温和的野仙人掌，
开满黄色的鲜花……面对着他，枕着他的
臂膀，在岩石谷边沉睡。
珍珠装饰着她的脚踝，头发蓬乱如魔鬼，
上面插着苹果花，这花在偏僻的乡村
到处可见，将他们从梦中唤醒——梦中有鹿儿奔跑
木鸭筑巢，保护他那一身华丽的羽毛。

介绍河流的诗句篇幅太长，无法全部引用。

河水蜂拥而至，逼近
岸边，他的思想
交织着，驱逐一切、切割一切，
遇岩石则腾空而起，转折

但总是永远向前，或者击打出
一个漩涡，打旋，缀上一片
叶子或乳状泡沫，似乎
要遗忘……

男人—城和女人—山还比较容易理解，象征着思想的河流则不然。那是一种难以用语言表述的基本思想，是生命与运动之源。它反复被描述，而且总是精确有力，所以没有人会质疑它的冷峻与力度。它是佩特森城与那座山的内在交流，尤其，它是佩特森城的思潮、人口——是他们生命和话语之后的那种原始活力。后来，这两个有情人在瀑布下相会；在穿插在诗歌中的散文记录里，你会读到那些溺死在瀑布中的男男女女，以及取自水中的珍珠和鱼。这个三重主题在一些更小的主题中被重复，比如，非洲首领和他的七个妻子栖息在一根圆木上，“闪电从两端刺入一个男人的谜团”。它又在两次分离中断裂：大学，如“一片常青的叶芽，/紧紧地卷曲，在人行道上，完美/汁液丰富，但是却分开了，分开了，远离它的同伴，坠入低处——”；那些“姑娘来自的家庭/都破败了/送进了山里……生命甘甜/他们说：好美的语言！/——这语言/同他们的思想分开了”，“无知当中是某种知识，而知识，未被驱散，成就了自身的毁灭”。

这就是佩特森的悲剧，是这首诗真正的含义。它是现代生活的分离，是理性与感性、精神与物质的分离，是你能想到的所有其他日常品类的分离。他的“求美”是指寻找一个完整的人，这个人所有的能力是和谐的，他的语言回应的是具体细节和现实之谜。威廉姆斯是自由主义者，反对正统教义，继承了爱默生和惠特曼的衣钵。但是，如果一个人足够热诚，任何立场极端的、半真半假的陈词都会及时从对立面吸取许多东西。威廉姆斯与信奉天主教的、贵族阶层的以及崇尚农业的作家有许多共同之处。他与他的人民感同身受，他让人感觉到达摩克利斯之剑就高悬于佩特森这座现代城市和这个世界。正如叶芝所言，“万物分崩离析”。受教育者缺乏联系，无知者充满无言的激情。

关于埃兹拉·庞德，威廉姆斯有许多东西可说，他或许羡慕过庞德有能力“逃向周边，去寻找这世上的美好与威信力——他心灵向往的某种春天”。他的一些声明似乎有违常规，甚至癫狂，但在《佩特森》这首长诗中，他的立场有了回报，相比之下庞德就没有。这是某种反诗章（anti-Cantos）的东西，根植于美国，根植于一座城，根植于威廉姆斯了解已久和经常见到的东西。不仅细节丰富，得到经验的证实，而且是一个统一的整体，类似于时间、空间和行动的统一体。

《佩特森》与《桥》非常相似，但哈特·克莱恩的这首长诗，尽管时有精彩绝伦之处，但经不起比较，似乎相对缺乏经验，混乱不堪，都是口头的东西。即使从修辞角度来讲，威廉姆斯也更胜一筹。将《佩特森》和艾略特、史蒂文斯、泰特或奥登的最佳之作相比，是得不到任何结论的，因为写作的风格有千千万万种。但就经验和观察而言，它可以与弗罗斯特的几首诗相提并论，它的丰富性在同时代的诗歌中几乎是首屈一指的。如果第二卷、第三卷和第四卷都像第一卷这么优秀，《佩特森》将是自《序曲》以来最成功的真正意义上的长诗。

1947 年

## 二、《佩特森》第二卷

《佩特森》第二卷是一篇内心独白。一个男人星期天一整天都在新泽西州佩特森城中的公园里度过。他在思考，环顾四周。他的心在沉思，在描述，在评论，在联想，停顿，结结巴巴，像萤火虫一样移动，完全受缚于它的环境。这个人是威廉姆斯，也是任何一个居住在佩特森的人，美国人，男性原则——一个普通男人。他的独白被大块大块的散文打断：旧报纸上的文章、课本、一个受到伤害又在伤人的女诗人的信件。这些材料都是作者选的。能让诗歌不加掩饰地将其消化掉，靠的是力量和胆量——敢于简单；因为紧凑的风格只有在经验世界的支撑下才可能退居二线，让位于这个文选家。《白鲸》中的说教章节有类似的功能，它们正是支撑亚哈船长斗争的基石。

公园是普通女人，任何女人，女性原则，亚美利加。滔滔河水直流而下，从公园流到佩特森，这是生活的原则。岩石是死亡，是负面，是 nul[①]，被雕刻，被赋形，它代表想象，“像一只红色玄武岩似的蚂蚱，腿长，眼睛像窗户”。那些标志不是寓言性的，它们松散、直观、变化无常。

《佩特森》，像哈特·克莱恩的《浮士德与海伦的婚礼》一样，谈的也是婚姻。“美的严谨性在于探求。”这部诗作中的每一件事物都具有男性或女性的特征，每一件事物都在为婚配做不懈的努力。但婚姻从未取得成功，想象中的除外，即使在想象中，这样的婚姻也是脆弱的、支离破碎的、不确定的。“离婚是我们这个时代的知识标记。”人们“反思的不是美而是粗俗……除非是即将生成的美，它在任何地方，在欲望中芬芳四溢”。“那些年轻姑娘们丑陋的腿，就像毫无精致感的活塞”，“并非不庄重”，“工人阶级中间发生了某种破裂”。传教士在第二部分中被他三个中年女门徒的“钢铁笑容”伺候，被板凳伺候，“板凳上坐着几个孩子，为他们撑腰的是其他反对他们逃跑的人”，“传教士弯腰跪着，用重力拼命将自己的身体直起来——就像贝多芬从管弦乐中振作起来”——无效、可怜，还有点假。他已经放

① 拉丁语，意思是：无；零。

弃，或者说他已经放弃了一种幸运，为的是耶稣基督的无限财富。穿插在他的布道之中并作为一个讽刺性对题的，是亚历山大·汉密尔顿，他丰饶的想象力策划出国债，将佩特森展望成一个伟大的制造业中心。但没有人获胜。“教堂的塔尖依然对天空耍尽心机。”“石板桌上满是野餐者的靴钉划痕，多过冰川的痕迹。”伟大的工业家们是“那些有罪的混蛋……他们试图削弱我们”。立法者“在垃圾底下，既无人指导，也没有能力自我指导”。“沉闷的管弦乐笼罩着他们的世界。”“那语言，结结巴巴的……话语毫无风格！”

这是一种尖刻的观点。与其相抗的是幽默，是狗，是孩子，是可爱的碎片式的自然描述，是作者的人情味和他对人民的满怀同情。

威廉姆斯被认为是意象主义者，有着摄像机式的眼睛。在第一卷中，他说：“要事实，不要理念。”这是在误导。他笔下的标志性的男人和女人，是黑格尔的正题和反题。他们为合题——婚姻——而奋斗。但完满，即使完全存在，也只是存在于简单的事物之中，存在于树和动物之中。所以，威廉姆斯和其他柏拉图主义者一样，被扔回“理念”上。“没有白（失去的）那么白，就像对于白的记忆。”“这块石头活着，肉体死了。”而“美”这个理念，必须由这个生活在佩特森城的诗人来变为现实。“妥协吧，诗人，与你的世界妥协，这是唯一的真理。”尽管“爱”对于它而言“不再是安慰剂，而是头骨中的一枚钉子”。

《佩特森》是抒写“美国之诗”的一种尝试。它依靠的是美国神话，这个神话在美国文学中并不少见——它是我们力量的组成部分，也是我们狂妄自大与畸形的部分原因。最荒谬的说法是，这个神话是一种宣传，在吹胡子瞪眼睛，在做鬼脸：大小、力度、活力、普通人、新世界、关键讲话、机器；是极度丑陋的新罗马角色人物：民主、自由、玉米、土地。对来自另一种文化的有想象力的人而言，这会是多么空洞无物、夸夸其谈、了无生气！但是，这个神话是一件严肃的事情。它被爱默生、惠特曼和哈特·克莱恩掌管，被亨利·亚当斯和亨利·詹姆斯掌管。不论好坏，美国所在的亚美利加是某种巨大无边的、愚钝的、像罗马的东西。我们必须无可避免地把自己置于我们的地理、历史、文明、制度和未来之中。

伟大的诗歌主题多关乎人的品行与喜怒哀乐，关乎一种道德上的挣扎，这种挣扎须得让人耗尽心力。人们想起愤怒的阿喀琉斯，麦克白和他的良心，为是否要离开狄多、是否要杀死图努斯而辩论的埃涅阿斯。但是在最优秀的美国长诗——《草叶集》《比萨诗章》《荒原》《四个四重奏》《桥》和《佩特森》之中，没有一个人物拥有足够的形式去抵达一个决定性的转折点。这些人融化成不同的声音。艾略特在最近的一篇论说文中给出了理由，说明为什么一个写作者或许必须去读弥尔顿。但威廉姆斯撰文回应，阐明为什么一个写作者不该去读弥尔顿。艾略特和威廉姆斯也许都从《失乐园》和《力士参孙》中得知了弥尔顿是如何在自己那片荒漠中落户定居的。

在《佩特森》的第三卷和第四卷出版之前，将这部诗作与同它类似的诗歌进行比较更为妥当。不要和《桥》进行对比，《桥》可以说是奇妙的巨怪，它是那么不平等，那么毫无经验——它炫酷的修辞有时带有济慈的那种笔法。要比就和《草叶集》这样的书相比，它的倾慕者们明确表示其中一切都应有尽有。惠特曼是个了不起的诗人，也是一个了不起的神话。我从来都不太能够将这两人分个一清二楚。我只能说，惠特曼的语言不及威廉姆斯的语言有那么多的变化，那么确定，那么有胆量；惠特曼的想象力相对柔和，无定形，单调，含糊。两位诗人都富有强烈的激情，但是，惠特曼身上的这些品质简单而又模糊不清。

《佩特森》是惠特曼的亚美利加，已经变得很悲惨，令人同情，它遭到不平等的虐待，受到工业混乱的搅扰，被迫面临湮灭。没有哪个诗人如此写到过它，写得那么富有才华、满怀同情、充满阅历，写得那么机警敏锐、精力旺盛。因为他所做的是试图理解，而不是严厉指责。因为已经成熟的他已被“原生”事物和宇宙所占据。他的《佩特森》不是无家可归者的悲剧，而是我们文明的悲剧。它就是这样一本书，让那群最优秀的读者，还有那个简单的读者，都可以在其中找到一切。

1948 年

## 三、威廉姆斯医生

威廉姆斯医生和他的创作已经深入我心，然而我走向他和他的作品时却是一个爱挑剔的不速之客。我担心我会把要说的东西给说砸了，就像二十五年前，我不知怎么搞的，跟福特·马多克斯·福特谈起威廉姆斯时一开始就把调子给弄错了。福特当时穿着一件褪了色的罗宾鸟蛋那种蓝色的睡衣，正读着忒俄克里托斯的古希腊语诗文，还一边取笑我，说我是“蝴蝶式的存在”，离一个专业写作者的艰辛劳作还差得远呢。我那时正在说着某些又笨拙又稚嫩的东西，极力推崇威廉姆斯。福特虽然赞同我的看法，但他也设法让我感觉到自己太过狭隘，太过文雅，太过拘谨，不知道自己在说些什么。有何不妥？正像福特所猜测的那样，詹姆斯·罗素·洛威尔不就是我的祖父或祖上吗？劳伦斯·洛威尔不就是我的堂兄弟吗？他们年轻的时候都注定要玩弄诗歌，虽然最后却成了哈佛的校长或是驻英大使。

我现在已经踏过了那些陷阱。我已经克服了我的遗传劣势。我触碰过的东西，也就只有写作会发光。当我思考要针对威廉姆斯医生写点什么的时候，我脑子里的各种思想混乱不堪，各种意象乱作一团，纷杂的意象裂开去接纳一个思想，纷杂的思想从一个意象的土壤中拽出自己的根。今天早上醒来时，发生了一件事，在这个夏天颇不寻常！——外面下起了细密的雨丝，如文火慢炖一般，令人觉得可靠、舒服。我们这个镇笼罩在一片化腐朽为神奇的雨中。新的生命正在舒展筋骨，各种植物都被感动了，纷纷踏上钻出地面的单向旅程。我能感觉到这点，却依然相信我们的普遍不幸是可以承受的，甚至是值得欢迎的。这样的时候，我的脑海中总是反复出现一个意象，一直不停地出现——一栋老式的刚刚刷白的新英格兰小屋。我看见屋子上一个凌乱的三角形遮棚，树木，树篱，或者是它们的影子，还有那个霉斑。这房子或许就是我现在住着的房子，但它不是。它是我小时候那会儿的房子，那时我还不识字，住在位于科德角上的巴恩斯特布小镇上。屋子里有本关于鸟类的书，书上有一幅条纹鹰的木刻画，形态僵直刚硬。鹰的腿上有红褐色的水牛绒毛；它的身后是蓝色的天空，空旷，已从这个世界抽离出去。现在，细密的雨丝飘落在我能看见的一切东西上，甚至飘落在我脑海中的那栋白色小屋上，但那幅鹰的画，我想因为是在室内的缘故，所以没有怎么被打湿。自从我看见那幅鹰的画，细密的雨丝就一直下个不停，我从前认识的人一半都去世了，我现在认识的人有一半那会儿还没有出生，而且我学会了读书。

一栋白色的有一个斑块的小屋——这个意象也许是威廉姆斯一首诗作的开头。如果这个意象我记得够清楚够真实，一个刺人的细节就会出现，连同它出现的还有那个只属于这个细节的宇宙。许多的包袱必须删除，许多伤感的调子文辞陈旧、老套无趣、气势衰竭。我愿意这样来写一写威廉姆斯。我会收集印象，凝视这些印象，一直到它们正确无误，让我的脑力工作和判断自然而然地进行。

我刚上哈佛的时候，印象最为深刻的莫过于罗伯特·弗罗斯特做的诺顿讲座。然而，弗罗斯特的革命性力量并不在他的追随者中，也不在《哈佛倡导》里。《哈佛倡导》是一份学生文学杂志，那时它的主编刚刚写了一篇关于《雇工之死》的话语节奏的文章，那时做这种事可没有现在这么时兴。我们唯一比较前卫强悍的人就是詹姆斯·劳克林[1]。他比我们的个头要高，年龄也更大。他认识亨利·米勒[2]，还有很多在巴黎的具有异国情调的美国年轻女诗人。他与埃兹拉·庞德在意大利的拉帕罗共度了许多个夏天。他当时正在推出他的第一期实验性的年度出版物《新方向》。他知道伟大的东西，他也有意写一些平铺直叙的逸事性诗歌。我们对这些诗说了很多风凉话，但它们确实让我们暗暗感觉到自己其实并不了解诗歌界的近况。它们没有行末标点和行首大写字母，唯一的规则就是每行必须是十一至十五个打字字符那样的长度。诗作者解释说这种作诗法“和其他任何事情是一样有道理的”，是在 W. C. 威廉姆斯的实践基础上发展起来的，威廉姆斯是一个诗人，儿科医生，住在新泽西州的鲁特福德镇。那时，劳克林在《哈佛倡导》上还是别的什么地方发表了一篇评论，评述威廉姆斯最新出版的一本小集子。在这篇评论中，他推行打字字符这种格律，并引用了一首诗——《天主教的钟声》，向我们展示威廉姆斯“五十岁的成熟风格”！这个说法让人记忆深刻，是使成熟变得可能的一种说法，虽然成熟需要走很长一段路。我或多或少背得下《天主教的钟声》这首诗，也花了数月时间来阅读威廉姆斯在五十岁之前写下的东西，希望用在其中发现的不成熟来安慰我自己。

**天主教的钟声**

虽非天主教徒

---

① 詹姆斯·劳克林（James Laughlin, 1914—1997），美国诗人，图书出版人，新方向出版社的创始人。

② 亨利·米勒（Henry Miller, 1891—1980），美国作家。代表作有《北回归线》《暗淡的春天》《在玫瑰色十字架上受刑》等。

但钟声响起时我会认真听
它们在新教堂里
黄色砖头建起的塔楼中

震落树叶
回荡于结在落叶
和枯萎的花上的霜
惊出那只鹩哥

飞向南方，天空
被它们遮暗，敲出
克兰兹夫妇的新生儿

这新生的婴儿不能
睁开眼睛
因为脸颊肥嘟嘟……

关于这首《天主教的钟声》，我喜欢的是“霜（frost）”与“天主教（Catholic）”那种毫不相关的联系，还有它那种误导人的相似性，与《悼念集》中“敲响狂野的钟声”那节颇为相似。其他东西都令我不安，令我着迷，让我感觉自己身处一个从未真正了解的世界。用“Tho’（虽）”这个词对一个现实主义的写作者来说很奇怪是不是？还有开始的七个单词，它们的抑扬格的节奏有点像不可避免的声律格式是不是？我略微读过一些艾迪斯·斯特威尔的批评文章，对不可避免的声律格式非常了解，我确定隐藏在某处的那个音调会让这首诗和丁尼生的常规格律一样常见。这首诗之外必须有我能抓住的某种东西，因为它内在的东西让我有些头晕：在使天主教堂变“新”成为“黄色砖头”时，威严与愚钝发生的那种争斗令人震惊；那个天使般的丑陋婴儿居然可怕地属于克兰兹夫妇，在这位经验丰富、成熟老到的儿科医生看来，它看不见东西是“因为脸颊肥嘟嘟”——最后这句是一个巧妙的转变，变成了抑抑扬格。我很是惊奇，威廉姆斯竟然使用了逗号，我用了三四种方式调整他的诗行，想均匀排列打字字符，但都行不通。我想他已经进入了某种更大胆，同时也更加成熟的体系。

要解释我第一次读到威廉姆斯时所感受到的那种全面惩罚，我应该说一下我那时正在学习的东西。大约在那之前的一年，我读过一些入门级的欣赏诗歌的书，读到自由体诗歌章节的时候，我被那些例子震惊到了。后来上大学的时候，那个年纪很独立，害怕听到忠告，以为全世界都在自己的面前，我把坎布里奇的书店都翻了个遍，我找寻那种自坦布尔·斯蒂克尼[①]的学生时代以来就一定在期待买家读的书：那种脏兮兮的由18世纪无名教授写的讲诗律的专著。那些书里面全是精彩的东西：上升节奏、下降节奏、有希腊名字的音步、朗费罗[②]《人生礼赞》中的诗节、约翰·德林瓦特[③]，还有斯温伯恩[④]。似

① 坦布尔·斯蒂克尼（Trumbull Stickney，1874—1904），美国诗人，才华出众，学生时曾任《哈佛月刊》编辑。三十岁刚出头就不幸去世。

② 朗费罗（Henry Wadsworth Longfellow，1807—1882），美国诗人、翻译家，19世纪美国最伟大的浪漫主义诗人之一。曾在哈佛大学讲授语言、文学长达十八年之久（1836—1853）。他一生创作了大量的抒情诗、歌谣、叙事诗和诗剧，其诗歌在美国广为传诵。牛津大学和剑桥大学曾分别授予他荣誉博士学位。他在英格兰的声誉与丁尼生并驾齐驱，人们将他的半身像安放在伦敦威斯敏斯特教堂的“诗人角”，在美国作家中他是第一个获此殊荣的人。代表诗作有《人生礼赞》，诗集《伊凡吉林》《海华沙之歌》等。

③ 约翰·德林瓦特（John Drinkwater，1882—1937），英国诗人、剧作家。

④ 斯温伯恩（Algernon Charles Swinburne，1837—1909），英国诗人、剧作家、批评家。

乎格律于我是一件再简单不过的事。我开始试验一种诡异的音步：短、长、短短，然后退回抑扬格。我的东西现在需要两倍那么多的单词，我还铺开斯宾塞的诗节来写约伯和约拿，让他们身处最近看到的楠塔基特的风光包围之中。我做的一切都很宏大，不拘泥于语法，并且有一种不受时间影响的陈腐品质。但是这一切都在阅读到威廉姆斯时结束了。就有点像一艘自家造的船，船上有西班牙的帆，有桨轮，厨房用的锅，橡皮带，全是手工打造的，结果它抛锚在一个加油站里。

在《天主教的钟声》里，宗教和非宗教的结合，虔诚与一种冷酷、惶恐的世俗认知，都是威廉姆斯典型的东西。再讲一点，这首诗中有一段单纯的描写，一直都印在我的脑海中。

(那
葡萄依然挂在
藤上，攀缘在附近的
协和大厅，像破碎的
牙齿，长在一个
老男人的头上)

把协和大厅删掉，葡萄藤就会在风中瑟瑟作响，又酸涩又枯燥；把葡萄藤去掉，协和大厅就失去了自己的世界。威廉姆斯写过很多很多跟这段一样好的描写。这是他的弥尔顿式的句子，比如说，他总是能够写出令人炫目的主基调，创造卓越。威廉姆斯说过，他创造的形式能使他迅速改变语调、氛围和语速。这就使得模仿他会是一件很危险很难办到的事，因为大多数诗人的语调、氛围和语速都是几乎不变的。

我强调威廉姆斯的简单与毫不遮掩，毫无疑问，我这是在误导。

他的习惯用语来源广泛，有的来自日常话语，有的来自阅读，五花八门。将它们融合在一起，正是他的独创所在，味道醇厚甚至还有些异国情调。很少有诗人能做到像他那样宽广而又清晰，像他那样用词潇洒而又地道，像他那样有尊严，语调抑扬顿挫，仿若亚历山大诗歌体式的。他的短行诗通常语速很快，大大简化了冗长而又华丽的句子结构。有一次我用打字机把他的一首写得很直接但却备受瞩目的诗——《相似之物》——打成一段散文的形式。一个单词或者说一个词的顺序都改动不了。但是这首诗却变成了一段令人窒息的华丽辞藻，更像是福克纳而不是原来的威廉姆斯了。

对我而言，二十五年前威廉姆斯诗歌中难以理解的东西，如今依然很难理解。威廉姆斯已融入我，但我却无法进入他。当然，没有谁能抓得住一个优秀诗人，与他同声共气。但更重要的一点是，除了威廉姆斯，仿佛就没有其他诗人真正见过亚美利加或者听过它的语言。或者说，他看见并且听见我们全都看见并听见的东西，最显而易见的东西，但是除了他，我们无人发觉这些东西可以帮助我们或者说启发我们。或许是缘于自身性格、所处的环境以及职业关系，威廉姆斯医生才自然而然地发现了这一切。我可以看见他一下班就冲到他的打字机前，庆幸这个世界有那么多东西对自己产生影响，他为它的匆促而发狂。或许他没得选择。总而言之，还有别的诗人花毕生精力建立起个人风格，然后去收集被威廉姆斯医生在奔波忙碌中顺便摘取的东西吗？我说我不能进入他时，我几乎是在说我不能进入亚美利加。这点很是困扰我。如果听之任之，我不会满意。我像其他人一样，从威廉姆斯那里零零散散地拾取一些东西，但这也只能使我更加折服于他所做的独特而又炽热的旅行。这是但丁式的旅行，因为他过度地热爱亚美利加，仿佛它就是那个真理，那个主题。他的恼怒也很过度，仿佛没有别的地狱。他的花朵在超高速公路旁沙沙作响，拾取我们所有人的声音。

我还记得威廉姆斯及其弟子与现代诗歌另一流派的掌门和弟子之间一直在打仗，似乎没完没了。一方是垮掉派诗人，另一方是学院派诗人。后来（20 世纪 60 年代）炮火变得很猛。卡尔 · 夏皮罗[1]大肆扫射之时，威廉姆斯却无法招兵买马，这样一来，想要中立，保持不偏不倚，就变得不是很愉快。

这场战争对我而言是一场古老的战争。20 世纪 30 年代后期，我在肯庸学院学习，师从约翰 · 克罗 · 兰塞姆。那时成天都是各种灾难和意识形态的暴力，既有政治方面的也有审美方面的。英语系塞满了可敬但是衣着过时的土气学者，他们的现代主义品味通常都是肤浅的、随意的、模糊的。想搞创作的学生从他们老师那里得不到什么实际的帮助。古典文学对于他们来说就像是怪兽一样，渐渐失去了皮毛和羽衣，漏着一点锯屑，没什么价值。有的人有所成就也全是运气，很肤浅的。似乎没有什么职业比当诗人更虚无缥缈，更无人问津的了。我自己的这个小团体，泰特和兰塞姆的团体，完全赞同格律严明，赞同穿上过去的全副铠甲，赞同把诗歌变成能够承载一个人的全部重量，能够拥有他的全部智慧、热情和精妙的东西。几乎任何东西，古希腊罗马经典，伊丽莎白时代的戏剧，17 世纪的玄学派诗歌，古代和现代的批评家、审美学家和哲学家，都能变得柔顺起来并再次变得必要。打这场战争的目的主要是想使古老的格律形式再次变得有用，能够表达个人的经验深度。

对于我们而言，威廉姆斯当然是诗歌创新革命的一部分，但他是一个署名。关于他的作品人们的看法褒贬不一，有说新鲜、二流、少

---

① 卡尔 · 夏皮罗（Karl Shapiro，1913—2000），美国诗人、文学批评家。

数派的，也有说是自由体诗中写得最好的。但他是这样一个写作者，他能用事实根据、勇气和持久的力量让短小的自由诗变得十分可观。激进的保守派批评家伊沃·温特斯讲起威廉姆斯的《通往传染病医院的那条道》时，认为它是一首比《枯叟》更精细、更永久的技艺之作。

好吧，没有什么说法能让每个人都认同。我和我那时要好的更年轻的诗人从威廉姆斯那里学到多少东西，我很难看得清楚。那时我们能做的就是活着，跟上自己繁重的学业。那个时代已经不存在了，现在的年轻诗人也许更为明确地感受到，这种旧的形式主义就是一种负担，越来越僵硬。太多的诗歌只是按程式写作罢了，它们体现的是写作者殚精竭虑，仅此而已。文化似乎常常从它们身边擦肩而过。于是，威廉姆斯又成了一个典范，一个拯救者。将来会怎样，我不知道。威廉姆斯不像玛丽安·摩尔，他似乎是那种可以被人匿名模仿的诗人。他的风格几乎就是一种大众风格，而他甚至将其称为——美国风格。但不知为什么，没有了他的节奏和天才，结果通常都是沉闷无聊的，顶多就是一首写得精致但毫无生气的诗。

威廉姆斯已经融入我们文学强劲的气息之中。《佩特森》就是我们的《草叶集》。时代不同了，现在人们所期望和需要的是一种激烈的实验艺术。现在是满天尘土飞扬，到处都是工业社会的景象。威廉姆斯看着它，内心激愤、恐惧，却也带有一种热爱。他的短诗都有一种格外完美的推动力，也许会是这类写作当中最好的作品，因为再也不会出现这个人和这种压力了。当我想起他最后那些带有自传性质的稍微长一点的诗歌时，我记起了我听过他做的最后一次朗诵。那是在韦尔斯利大学，我想大概有三千学生到场吧，当时那个长廊很宽的大厅挤得水泄不通，我不得不坐在过道上。诗人出现了，他一整边的身子已部分瘫痪，声音也只是刚好能让大家听清，时不时还会念错一个单词。没有人起哄。静默之中，他朗诵了他那首伟大的长诗《日光兰——那浅绿色的花》——这是简单忏悔的一个典范——在不知不觉中，他传递给我们的是某种不可能的东西，既是诗歌又超越诗歌。

我想起那次与威廉姆斯医生和他儿子一起去看望他母亲，她年纪非常大，几乎一百岁了，知觉严重衰退，反应迟钝，但黑色的眼睛仍炯炯有神。威廉姆斯对她说："你情愿见到谁呀，是我们还是三位金发美女？"我离开的时候，他说："这个老泼妇还会活得好好的，但我明天也许会死！"你一点都不会感到震惊。很少有人像威廉姆斯对待他老母亲那样，去感知他人，尊重他人。威廉姆斯得了心脏病之后，有个礼拜日见到他出门散步：这个小镇看来了解他、热爱他、从容待他，就像我们对待他那些源源不断的杰作，他已融入这空气之中，我们现在呼吸着它，将来还会呼吸它。

1962 年

# T. S. 艾略特

## 一、《四个四重奏》

《四个四重奏》是准自传性质的“与上帝结合”的经历证言，更确切地说，是此生不完美的近似于“与上帝结合”的经历证言。乍看起来，这些诗就像是一个杂碎袋，里面塞满了神话神学与实践、美学和英国历史方面的论说文、自然描写、战争，以及对世俗主义的谴责。然而，每一件事都指向一个终点，每一行都具有象征意义。例如，在艾略特与语言的角斗过程中，艺术手法类似于冥思性的修炼，审美体验类似于狂喜。其他的象征功能大致相同。艾略特频繁使用十字架上的圣约翰[1]那种严格的悖论术语，这给他的体验带来一种神秘感。其实，这种体验普遍存在，相当常见。类似的体验被无数的基督

---

① 十字架上的圣约翰（St. John of the Cross，1542—1591），西班牙修道士，神秘主义者，反宗教改革者，以其灵修著作闻名于世，主要作品有《攀登迦密山》和《灵魂的暗夜》。

教神秘主义者专门描述过，而且它们是近距平行的，有着至关重要的区别，在佛经和伊斯兰教的著作中也可以找到。我自己的感觉是，“与上帝结合”在所有诗歌中都有所见，只是通常都未得到充分展开，常常被误解。《四个四重奏》是一部象征的、辩证的、自白性质的复合作品。或许也是20世纪最有力度的宗教诗歌，是用英语创作的对天主教神秘主义最出色最有雄心的表达。

我猜想迄今为止，还没有哪部作品像它那样被如此之多的批评者关注。它蕴含的思想和表达方式颇具难度，想要理解它们的读者应该读一读列奥纳德·安格[①]、J. J. 斯维尼[②]、F. O. 马西森[③]、菲利普·惠尔赖特[④]的详细解读。在这里我仅限于做一点点描述，提一点零散的建议。但是我有些担心，因为任何绕开细读细判的评价，看起来都不会太合理。

这部作品的音韵格律既随意又正式。每一个四重奏都有一个节奏模式。类似的模式我能想到的最接近的就是canzone[⑤]，在这个模式中，诗人可以写一个很长的诗节，诗行的数目他高兴写多少行就写多少行，想怎么押韵就怎么押韵，然后再重复。斯宾塞的《婚礼曲》就是一个著名的例子。然而，这部诗集中的每个四重奏诗节都长达两百多行，分成五个部分。每个四重奏都有两首正式的抒情诗，其余则是

---

① 列奥纳德·安格（Leonard Unger，1917—2010），美国学者、外交家，著有三部关于艾略特的专著。

② J. J. 斯维尼（J. J. Sweeney，1900—1986），美国作家、现代艺术评论家、博物馆馆长。

③ F. O. 马西森（F. O. Matthiessen，1902—1950），美国教育家、学者、文学评论家。

④ 菲利普·惠尔赖特（Philip Wheelwright，1901—1970），美国哲学家、文学理论家、古典文学学者。

⑤ 源于意大利或法国普罗旺斯地区的一种抒情音乐的曲式，多译为“坎左纳”。

松散无韵的抑扬格，音步在两到七个不等。变化的象征和评述有系统地推进，这点与《荒原》、庞德的《比萨诗章》，以及许许多多的现代诗相类似。但重复严谨的格律模式让主题诗显得极为正式。

许多批评家谴责过艾略特，做得最为出色的要数兰塞姆和温特斯，他们针对的主要是他松散的逻辑和松散的格律。不可否认，《四个四重奏》是有碎片化、重复、晦涩的倾向，只有直觉才有可能断定它会在什么时候结束以及为什么结束。庞德曾将《荒原》大幅删减至只有原诗三分之二的长度，这一做法颇为耐人寻味。而在《四个四重奏》这里，为何这段应该接着另一段的理由就更不明显了，艾略特自己是这么说的："每一次冒险都是一个新的开始。"对于整体来说是对的东西，对于各部分来说也是对的。每一个段落似乎都在去中心化，被柔顺的节奏推着走。作者过度使用改编的或戏仿的短语，将这种趋势发展到一个极点：在那些典故的压力下，他的主旨与处境几乎完全瓦解。

那些反对意见说得都对，但从整体来看，都没有说到点子上，因为都没有考虑到意图。形式不是别的，只是统一与完整。《四个四重奏》在结构上实现了这两个目标，达成了人之所求。每一个部分都是对前一个部分的反思或修正。放在一起，这四首诗就极为完整，也更加可观，比分开来效果更好。最后一首《小吉丁》，承载一切先行之重，但是用带有几分终结的语气表达了对神秘体验更加深入的洞察。也许冥思者的生活有别于他分开的各项行动，只能通过迂回的主旨结构来进行戏剧夸张。他的行为不同于悲剧中的英雄，没有开始、中间或结束：行为的外在统一只是一枚卒子，服务于内在意图的统一。他的修炼是重复性的，他的狂喜时刻是毫无关联的。艾略特在其所有的作品中都表达了这一主旨，其本质在一定程度上解释了他的长诗为何优秀而戏剧却相对失败。

考虑到是这么一个结构，不规则的韵律倒是恰当的。要做的不是去专注于这些部分本身，而是要去防止它们变得滴水不漏，从而不能合并。形式严格的抒情诗的目的，一部分是强调格式，一部分是产生变化和出人意料的效果。使用这种花招就会令读者认为，散文部分就是有意而为的。

那些引文，除了捕捉一个诗人独自无法支撑的更丰富更有启发性的特质外，还有其他功能。引文使语调产生了变化，力争延续艺术传统，起到类似匿名的作用。这样一来，即使是最带有自白性质的段落，也会显得与个人无关。《四个四重奏》有点像大师们共同创作的东西。

它也许是艾略特最好的诗作。虽然其中并没有像《枯叟》或《荒原》第二章《对弈》的开篇那么宏大厚重，但思想更有耐性更为深沉。语言的引用价值虽然没那么高，但内在更为坚固结实。那个才华横溢但有时言过其实、满不在乎的讽刺高手完全消失了，当他出现时，说话是有权威性的。偶尔，那些象征会显得很矛盾，不是个人色彩太强，就是过于泛化，无法独立存在或带有足够的象征意义：

……在育儿室里，
在四月庭院成排的臭椿里
在秋天餐桌上葡萄的气味中
在冬日傍晚煤气灯的光圈中

所幸这样的写法并不多见。如果让我来挑，言辞瑰丽的段落莫过于《干燥的萨尔维吉斯》的第一部分，《小吉丁》中无韵的三行体诗节（terza rima），抒情诗《受伤的外科医生贩卖钢铁》《降落的鸽子打破空气》和《时间和钟埋葬了白日》，这些诗歌片段从上下文来看更加感人，其中的体验富有戏剧性，真实到残酷。《四个四重奏》是为数不多的伟大诗作，技法高超，同时又具有宗教深度。

1943 年

## 二、《两个矛盾的问题》

T. S. 艾略特去世的时候，我哭了。总想写点什么，然而一直拖着没写。我们受够了那些对艾略特的阐释、总结和致悼颂词。那些东西全都是“武装起来的愿景（armed visions）”，是那种内行式的论调，评论家把能说的都说了。我想几乎没有什么可说的了，除非有新的不同于《荒原》的杰作问世，除非这个世界发生了变化。艾略特现在看来有点像“作品有待评论的写作者”的首个重大案例。他过去承受不起这种待遇，因为他还活着。我或许没有什么新鲜的东西可讲，只说说几件令我印象深刻，在我看来很独特也很奇妙的事情。

艾略特的影响无处不在，无法避开，却又无可用之处。他一开始是个把自己打扮成法国人的美国人，对着英国人布道说教。他对英国的写作影响很大，远超他在美国的影响，戴着一副拉福格[①]式的面具。随着时间的流逝，拉福格渐渐暗淡了，但是到最后，艾略特到底是美国人、英国人还是法国人，已经很难说得清了。他那副刚正不阿的被现代社会摒弃的诗人传教士的模样，不是谁都能有的，史蒂文斯和写《莫伯利》时的庞德也只是有一点点痕迹而已。他那种混合了格

---

① 拉福格（Jules Laforgue，1860—1887），乌拉圭裔法国人，短命才子，通常被归为象征主义诗人，也有批评家指出印象主义对其诗作的直接影响，因而他的诗是“半象征主义、半印象主义”的。

律与不规则的诗文，也真的不适合其他任何人。他写宗教诗歌的风格对于信教的人来说过于沉重，对于不信教的人来说十分可恶。艾略特很少像晚年的叶芝那样精力充沛，但他最好的诗作都相当长。他最优秀的作品都是篇幅很长的短诗，或者说很短的长诗。所有的诗作都有一个主要人物——那个拉福格式的阿尔弗雷德·普鲁弗洛克，都描写了一段旅程，从轻浮愚昧和地狱抵达炼狱某处，而那个漫游者，用粗重黑线勾勒出的那个身影，形神略微瘦削，有点像人物漫画，总在不停游走着。不管是不是想要抵达的目的地，最终都会抵达。当然没有什么枯竭，没有什么荒原，它们只可能出现在诗剧中。

我现在想讲讲《两个矛盾的问题》，《荒原》和艾略特的宗教信仰，最后再简单说说个人的印象。

在这里，我不讲《荒原》的意蕴，不探讨它写作技巧的合法性，甚至根本不谈它在英语诗歌中的重要性。也许人们应该说它不过是受到启发的一声内心呐喊（cri du coeur），甚至就像贾瑞尔所说的，它就是一声个人的、乖僻的、发自内心的呐喊。《荒原》是否真是一幅时代的画卷，我一时还无法回答，不过我倒是想琢磨一下。问这幅画卷是不是真实的，就如同问莎士比亚是不是认为生活就像他在《李尔王》和《麦克白》中展现的那样极其丑陋。这样做毫无意义。莎士比亚的悲剧是他最深刻的主旨，它们讲述了不育、残忍、性乱，同《荒原》一样，也许所有的悲剧文学都一样。当然，《荒原》似乎不仅仅是在用象征性的、寓言式的新英格兰方式断言一个真相。它是一把象征性的钥匙。有人也许会轻描淡写地说《荒原》创作于第一次世界大战之后，那时人们对战争还心存余悸，而随后的现实更超越了任何噩梦。但是，我却感觉到那种试图证明一切的刚愎自用，尤其是想要证明生活比实际更为糟糕。虽然艾略特将所有的缺点都暴露出来了，但在这首诗中，他的刀子却扎得很深，下手够狠。这个伤，连同其他许多的伤，现在已经构成了我们历史的一部分。它就像一个辩论者的论题一样无法批驳。每一个新的写作者和诗人都只能记忆或遗忘，他们无法回避，只能去做个人风格的不同尝试：更加温和，又或者，更加糟糕。

谈到艾略特的宗教信仰，我想用一个比较来说明问题。在我生活的这个时代，美国最伟大的作家很可能是威廉·福克纳。能与福克纳做比较并旗鼓相当之人，我想可能是曼和帕斯捷尔纳克。同这两人相比，福克纳有时给我们的印象是偏狭的，前后不一致，而且在一般人看来很盲目。而曼和帕斯捷尔纳克似乎处于中心地带，有丰富的历史、他们的时代以及他们的祖国可以利用。我认为福克纳并不能与最伟大的作家比肩，然而我们现在知道，他的那条小径，密西西比，根本不是什么旁道，而是一个宇宙。他是从侧面出击，结果突破事物的重围直抵中心。艾略特的基督教信仰也是一样，似乎也有些离经叛道，走的是一条弯道，一条岔道。多年来，基督教的痕迹越来越少并且毫无特色，事实上，它在智性与想象力上变得越来越弱，越来越无关紧要了。

艾略特的信仰看起来几乎是故意扭曲的，与我愿意将其描述为马修·阿诺德的悲剧性自由主义的那种宽容、希望和直觉相比，他的信仰是枯燥的、狭隘的、僵硬的。白银时代似乎无可挽回地消失了。对于我们大多数人来说，如果基督教类似于一条岔道，艾略特的那种基督教几乎就更糟，完全是岔道中的岔道。我们记得他那句滑溜的俏皮话："迷信终害人，读经方有生。"艾略特在他的诗歌中似乎远离了经书或经文，远离了正统，很是令人奇怪。他的经书是不可知论者的"书面语的准确性"。基督和圣母在场，但只是作为冷冰冰的公理解剖。死亡与重生才是他诗歌的核心，以一种相当普遍的象征性形式出现，也许忽略了一切信条。艾略特完全是偶然发现宗教当中极少数依然存在的事之一：我不知道人类如何才能完全摆脱净化、沉思和重生。我们正统的科学——社会学、社会改革、精神病学，还有我们正统的先知——弗洛伊德和马克思，依然留下这个漏洞；是啊，他们必须留下。

作为一个人，艾略特其实很可爱。他创作那些几乎没人阅读但又引起极大关注的优秀作品。他坚持自己的价值观，阅读手稿，给出尖锐而又谦虚的指导性意见，付出没完没了的时间。他自有一套了解自身局限的方式。人们已经以他来命名他所生活的那个时代，并称他为领导者。一个奇怪的领导者，付出成千上万个小时一言不发地去倾听有才之人的独白。他在这种牺牲中获得了一种不正当的乐趣，他或许对自我膨胀也不能容忍，但这种膨胀毕竟是生命的一种荣耀，然而多么危险啊。在美国，几乎我们所有的神都粗壮成了巨人，或者缩小为空心人。但艾略特没有，他的生猛被抑制住了，他的沉闷不过是负鼠的假死而已。

我从未遇见过有谁比他更有才华，或者有谁像他那样努力、谦虚而又诚实地利用自己的才华。他那温和而不唐突的善行，可能需要很长时间才可以一一回忆。我愿意说说两个艰难而又坦诚的友好时刻。

有时候，艾略特所讨厌的伟人名单似乎无所不包。其中一人就是罗伯特·弗罗斯特，但弗罗斯特绝不是他最不愿打交道的那一位。很多年来，弗罗斯特都喜欢在讲坛上抨击艾略特，说他是“来自圣路易斯的伟大的英国诗人”之类的话。后来，弗罗斯特缓和了语气，到两人临终前，他还很想在麻省的坎布里奇宴请艾略特。艾略特把饭局降至喝茶或鸡尾酒。之后我问他情况如何。他回答我的样子我现在还记得清清楚楚：他侧过脸，假意一笑，然后缓慢、深刻而又疲倦地说了一句：“哦，你知道的。”然后艾略特的眼睛闪闪发光，露出欢喜的神色：“跟那个老家伙在一起你得小心，他非常邪恶。”

艾略特跟他喜欢的年轻人打交道时，从来不会居高临下，或者说不会让他们感觉自己就像个乡巴佬受到蔑视。我第二次见到他时是二十五岁左右。我们身后是哈佛纪念堂，那是一栋奢华的不可替代的维多利亚式建筑和纪念内战烈士的卷轴。我们面前是交通高峰期时的车流。我们困在人行道上，正想着要怎么开口，艾略特突然说："你不讨厌别人拿你和你的亲戚做比较吗？"他暂停了一会儿，我赶紧想怎么回答这个问题，说出我内心真正的感受，哪些是体面的感觉，哪些是不体面的感觉。只听艾略特又说："我对此是讨厌的。"他又停了一会儿，然后抬高了声音，显得很开心："有一天我读到爱伦·坡[①]写的评论。他把我的两个家人拿来擦地板。"停了一会儿又说："看得我乐了。"

1965 年

---

① 爱伦·坡（Edgar Allan Poe，1809—1849），19 世纪美国诗人、小说家和文学评论家，美国浪漫主义思潮时期的重要成员，喜欢通过展示死亡与丑恶来表现自己独特的浪漫主义灵感，以象征、隐喻的方式表达自己对世界、对人性的理解。著有《怪异故事集》，主要诗作有《乌鸦》《安娜贝尔·李》等。

# I. A. 理查兹[①]

理查兹的新诗集《告别大地》的封底，印有一张理查兹的照片，那形象令人吃惊——厚厚的短袜，登山者穿的灯笼裤，袖子卷起，衬衣的纽扣在脖子处解开。他这是在瑞士阿尔卑斯山的某个半山腰处，倚着一把倒放的尖嘴镐，这把尖嘴镐像囚犯的锁链一样挂在他的腰带上，像是背负着它来悔罪一般。在山中，人感觉很自由，是的，但登山者也会沉溺其中无法自拔。此刻，拜伦式的风景就像他自己的画作一般展现在他面前，他深吸一口气，但也只能小憩一会儿，他知道自己必须继续前行。下一段，中景里那迷人的沟壑溪谷，常青的树林，就不是一幅画了——那是一个问题。远处和上方跟照片里的一样，真的，就像一只挥动的手臂，但绝对是在恶意招手。光秃秃的、没有树木的山峰，毫无生气，好似地形图上的山，如风帆般绵延展开死寂的

---

① I. A. 理查兹（I. A. Richards，1893—1979），英国文学评论家、语言学家、诗人，曾在剑桥大学（1922—1929）、清华大学（1929—1930）、哈佛大学（1944—1963）任教，新批评理论的创始人之一。代表作有《文学批评原理》《实用批评》和《科学与诗》。

幻象。恶意也一点点渗了出来，虽然在照片里并未呈现，但那是另一个忙碌而低微的世界，充满各种日常事务、职责、书籍、访谈和椅子。在这张“运动”照片里，眯缝的双眼和登山者面部脸颊的阴影下拉着，表情显得极为严肃。那固执的下巴、那坚毅、那知性、那肌肉——终于告别了大地！几近花费一生的时间。理查兹的第一本诗集自成一派，也是此类作品的开山之作。

“不论多么困难，多么微妙，单纯的诗歌机制或许还是可以从那些晚年试图写诗的人的失败中推测出来的。”这句话是柯勒律治[①]写的，幸好他是被迫去“推测”，因为起步晚的诗人感受到的那种痛苦和笨拙，是他从未经历过的为数不多的一种体验。相比之下，柯勒律治对于自己灵感日渐枯竭的怨叹就显得很平常，还可以忍受。《告别大地》是理查兹年近六十开始创作的一本诗集，处处都表现出“单纯的诗歌机制”的困难，而且其厉害之处就在于避免了另一场“失败展览”。

这个从观察评论转入实践的理论家，一直在表演，而且很可能变成奇观。他那批评家的脑子里塞满了持续而又微妙的推理、严格的高标准、奇奇怪怪的念头和各种呼啸而来的引语佳句，所以诗歌不但没有被推进反而受到了阻碍。伟大的批评家零星写出的一些一流诗作，之所以特别有韧性，是因为脑力在一路逶迤踌躇挣扎之时做了很多起伏迂回的无谓劳作。

写诗的理查兹并不像平常那个优秀的批评家。他不会挥舞大棒，痛斥放纵的时代，或者试图建立起种种正确的典范和模式。他没有磨炼自己，去挖保护性的壕沟，给人一种难以置信的长时间辛苦劳作的印象。如果他够机敏并能做他自己，他会甘愿守旧、随性、保持天

---

① 柯勒律治（Samuel Taylor Coleridge，1772—1834），英国浪漫派诗人、评论家，与华兹华斯合著《抒情歌谣集》，代表诗作有《古舟子咏》《忽必烈汗》等，著有文学杂记《文学传记》。

真。尽管各方面都与波希米亚人那种任性、放荡不羁相距甚远，但他还是因别出心裁而无比自豪。

这本书的封面上，那个黑白抽象的阴阳圆盘有点像原生动物，睁大眼睛向外看，就像某种测试散光的装置。他的序言中有一句话谈到了关于最近“为做结构阐述而改进的技巧”，嘲讽爱伦·坡未能按照自己的承诺“一步一步”去描述一篇“作文如何达到其最终的完成点”，然后，这个问题就被轻松地抛在了一边。诗的开头都有很长的、深奥的、奇怪的引文作开场白；附录中的注释，解释了词的多重含义，给出了更多很长的、深奥的、奇怪的引文。这些诗本身充满了艰深的推理、古语陈词、专业术语、俚语、专门知识，以及来自其他文学作品的巧妙的爆炸性回声。老师、圣人、理想主义者和幽默家常常挤成一行——所有人都在为主导权而你推我搡、你欺我诈。人们为一首诗的种种瞬间所吸引，又常常弄不清楚它到底在讲什么。

In perpetuity
Be here their prayer:
　　May *may* become
　　While *would* would waft
　　Or let *let* be
Our sum　our raft　our quay.

永远
愿他们在此祈祷：
　　愿愿变成
　　而会会飘然

或者让让去吧

我们的全部　我们的筏子　我们的码头。

一方面，这些诗行是一个轻松愉快的指尖拼图游戏；另一方面，它们又因学徒期成长的烦恼而痛苦。一个几乎令人望而却步到难以置信的幻想，让一首诗从中生出一个祈祷，而这个幻想又被设下一个几乎难以逾越的高难度的韵律障碍。重复的词语砰砰作响。最后一行三个押韵词，有一种司空见惯的分离性，waft 给人一种飘忽朦胧的古雅之感，let 似乎分裂成两个矛盾的、在情感上具有湮灭性的意义。然而，即便是这样，我还是感觉到一种轻松的自信，还有那种风趣的、教导式的谦逊，完全就是正宗学院派的风范。

理查兹约半数的诗作都晦涩难懂。他身上带有威尔士的特点，喜欢像狄兰·托马斯那样让词语发出刺耳的声音，喜欢让简单的热情迸发出耀眼的爆裂声。此外，他的大脑里充满了语义学、哲学、物理学和一些奇奇怪怪的信息，而且思维敏捷，反应异常迅速，真是不可思议。他也许是自燕卜荪以来唯一有能力烧脑的诗人，甚至是被迫烧脑。他那些更为晦涩的诗作过于颠簸、缠绕、抽象，所以无法一举成功。它们是开创性的动力，努力应对难以应付的新材料——时而干脆进行毁灭性的强突，时而又摇晃得散了架。也许成功与失败都并不相干。最最重要的是这个人的勇猛和那股子犟劲，他拒绝抛弃自己一贯使用的工具和目标，并坚守承诺，要留在不可能之事的竞技场。

这是一场与抽象做斗争的战斗，其分量似乎让许多诗作或诗作的一部分更加刚柔相济，而理查兹在这些诗作中表现得也可谓是热情直率。

**哈佛园的四月：**

**四月在哈佛园**

来来往往
雪被踏脏
人、足印、影子，隐入苍茫。
大树枝如巨蟒舞动
榆树似涌泉喷泻
在摆动的百叶格中
这个、那个或另一个念头
也可能在那里栖身休息。
　　　　　　而且是该休息好
才可平衡或触及。
并非一切都很及时。看，山毛榉，
披着冰冷的大象皮
依然被冬天封印，没有吐芽
而巷子里时时刻刻
堆积缤纷的落英，
其他绚丽的诱惑
晒着阳光躺在台阶上，那里
有孤独的学位证颁发。

　　以免，以免……走开！
　　你或许会
　　　　迷失在五月。

这首诗闪烁着曲折而行，像一只蜂鸟。很多地方都体现出那些平衡的高点，比如，这首诗的形式虽然是即兴的，却一板一眼，很严格；将那些女大学生隐藏在“绚丽的诱惑”之下，处理得很狡猾；描写既轻盈又细致，散发出一种奇异的光芒；在“而且是该休息好”之前的那种停顿也很巧妙等等。理查兹带着他那无可匹敌的 élan[①] 一路疾行，从瞬间冲到绝对，而此时，他那摇摆不定的复杂的现代思想，也与一种古老而快乐的质朴结合在了一起。

对卢克莱修而言足够广阔足够宏大的猜想，理查兹却可以把它缩放到一个诗节中，这种诗节有可能是某个有点亚历山大式的已故吟游诗人将其作为一个韵律技巧问题而发明出来的。

以某种方式平衡在一个球上
　　球旋转
　　　　螺旋上升
　　　　　　就在它骤然下落时
牛顿走到斯托尔布里奇集市
　　　买了一块棱镜
这块棱镜即将掉下城墙
　　　撤销
　　　　一切
　　　更新
　　　　坠落
　　　　穿越所有限制
远在此处，宣告

① 法语，意思是：冲劲、激情。

这纯粹的深渊。

其他形式都不太可能包含这种推理，并赋予它那种正确的轻快调子，还有轻盈，还有令人着迷的勇气、平淡的乐趣。这就像在做一个科学实验，而且是只能做一次的实验。

1960 年

# 拜访泰特[①]夫妇

1937 年 4 月，我穿着上一年夏天穿的那件带点樟脑味、已经弄脏了的白色亚麻衬衣，还有鹿皮鞋，已经打好结的那种，永远都不必系或解鞋带。从纳什维尔一路驶向克拉克斯维尔，我并没有看到东部沿海那种被一道道石墙隔开的贫瘠土地，以及无用的长满了灌木的荒野。我一路看到的，是大片大片没有树木的农田，以及一种不自然的不合时节的酷热。热浪似乎从崎岖不平的水泥公路上一阵阵袭来，轰炸着地平线。路走到一半才看见一组带有东方韵味的圆锥形山丘。这段旅途就像是在看一个西部片，等着路边出现一个骷髅似的方向盘和一辆有篷货车的泛白骨架。

我满脑子都是弥尔顿那种强悍的、有点像海盗式的雄心抱负。我唯一的定锚就是一个沉沉的手提箱，里面装满了蹩脚的诗句。直到我的保险杆撞上了泰特家那脆弱的农业信箱柱子时，我才从神游中回到

---

① 艾伦·泰特（Allen Tate, 1899—1979），美国诗人、散文作家、评论家。新批评运动的主要倡导者之一，也是南方作家团体尚农派或逃亡者派（Fugtives）的成员，支持南方回归农业经济以及昔日的文化理念。罗伯特·洛威尔年轻时的精神导师兼朋友。

现实。为了掩盖被撞坏的地方，我转身背对着他们那栋油漆剥落的有柱廊的房子。我撞坏了南部的文明。

泰特夫妇器宇不凡但放荡不羁，悠闲自在但做事专注。在他们家的壁炉上方，一支学童用的上了膛的点 22 小口径步枪悬挂在那面南部联盟军旗下。与一幅列奥纳多[①]《岩间圣母》的复制品对称的，是一幅“石墙”杰克逊[②]的版画。在我们下方，两岸全是枯树的坎伯兰河，颜色看起来就像湿湿的混凝土；还有诺尔曼先生，那个装点门面的佃农，夹在工装服里的样子就像他那没上油漆的棚屋的板条。聊了一两个小时，有地方逸事闲谈，对格林威治村的追忆，还有关于个性的辩论，之后我才开始发现一些我从不曾知道的东西。原来我也有点像一个传奇。我来自北方，神龙见首不见尾，推崇柏拉图，信奉清教，支持废奴。泰特递给我一本他的诗集《地中海》，手工印刷的，厚薄跟姜饼差不多。他引用了霍姆斯[③]的《珍珠鹦鹉螺》中的一节——“确实超越了你那著名的叔叔的飞行。”我意识到，可怜的 J. R. 洛威尔这个古老的重负现在是一笔财富。在这里，他像被打垮的南部联盟一样，仍然活着并且成为了历史。

所有的英语经典名著和一些希腊语和拉丁语著作泰特都能信手拈来。他对那些经典书目驾轻就熟，冷静地抨击、修整，时不时还用一种严肃、充满活力的声音背诵关键性的诗句。讲到现代时，他枪毙了

---

① 列奥纳多·达·芬奇（Leonardo da Vinci，1452—1519），意大利文艺复兴时期的画家。代表作有《蒙娜丽莎》《最后的晚餐》《岩间圣母》等。

② “石墙”杰克逊，原名托马斯·乔纳森·杰克逊（Thomas Jonathan Jackson，1824—1863），美国弗吉尼亚州人，内战期间担任南方将领，是继罗伯特·E. 李之后最为著名的南方将领之一。

③ 霍姆斯（Oliver Wendell Holmes，1809—1894），美国诗人、内科医生。“炉边诗人（Fireside Poets）”的一员，被同伴称为最优秀的写作者，以“早餐桌”系列散文著称。

整个芝加哥那些马马虎虎的文选实验家。他觉得东部、南部和欧洲的一切文化和传统造就了艾略特、艾米莉·狄金森、叶芝和兰波。我发现自己鄙视中产阶级改良主义那些毫无根源的欲望。

这个下午，泰特说了两件事，我印象深刻，一开始觉得它们很矛盾，但又是那样不证自明。他说他一直都相信他完成的每一首诗都将是他的最后诗作。他说的第二件事，是一首好诗无关于崇高的情感或者精神上的感动。它只是一件手工作品，一个明白易懂的或者说可认知的对象。为了举例说明认知对象，泰特讲到了诺尔曼先生和手工印制的《地中海》，还搬出了一个沥青色的木柜，柜子上有巨大的耳垂状手柄，这是他自己做的。我以前认为手工艺是可以重复的技能，属于手工培训课上那种平淡乏味的无趣之作。然而，这个柜子上的起翘、裂缝和起拱之处，还有一些绝妙的细节，都表明它会是泰特的最后之作。

我还去过泰特家一次，但这次其实我要拜访的对象是福特。此时福特与他妻子还有秘书被安排住在一块儿，他们那种城市生活养成的信任习惯已经耗尽了唯一的蓄水池。草坪上，一堆乱糟糟的树皮脱落的树枝堆放在洗衣盆里，几乎要被炎热的天气点燃，它成了福特的普罗旺斯露水池。南方人热情好客，结果家务活弄得人疲惫不堪。艾达是白天过来帮忙的仆人，她累得眼睛都睁不开，不听使唤。各种活儿，还有不同文化间的碰撞，让她措手不及。我那时还是少不更事的青年，凡事热心，充满理想主义，我立刻就自告奋勇说要到泰特家去做客。但泰特夫妇的拒绝方式很委婉，他们说家里没地方住，除非我愿意在草坪上搭个帐篷。几天后，我就从纳什维尔带回一个在西尔斯罗巴克百货商店买的橄榄色雨伞帐篷。我在那里待了三个月。每隔一天，我就会制造出一些严肃的、一点也不浪漫的诗歌——严密、坚固、传统——就像一个木柜子。它们写得很蹩脚。室内的生活超凡脱俗，也有无故的争端和摩擦。室外，那头名叫安德鲁大叔的小牛犊子，总爱躺卧在我的帐篷边上。我流的汗都足够装满那个蓄水池了，累得气喘吁吁，但是我渴望，并且把每一首诗都当作是我最后的诗作来完成。

我就像一只受伤的猫，在需要帮助的时候被他们领进屋里。从某种意义上讲，我从来都没有离开过他们。泰特仍然像二十年前一样潇洒、睿智。他的诗，所有的诗作，哪怕是最不起眼的作品，都极其个人化。那种结结巴巴和踉踉跄跄却能生出一种令人叹为观止的滔滔雄辩，也许这就是绝望的共鸣，或者更确切地说，是绝望的正式共鸣。我说“正式”是因为没有人给过我们这样的印象：诗歌必须是结实的，必须是有礼节的，必须经过修补和重铸，直到你的眼睛从脑袋上蹦出来为止。多少次，在痛并快乐的写作中，把东西打得粉碎只为击中那不可能的靶心！20 世纪二三十年代如临世界末日，充满了奇特的恐惧和热情，它们在泰特的诗歌中悸动着，他的诗艺虽然被反复模仿，但从未被另一只手再现过。

1959 年

# 伊沃·温特斯[1]

沃尔特·白芝浩[2]在评论麦考莱爵士[3]的《英国史》时，说的第一句话就是:“这是一本了不起的书。”

我想抛开我对伊沃·温特斯的批评理论、见解以及偏见的所有印象，不论赞成的还是反对的印象，说他的《诗集》是一本“了不起的书”。他最好的诗作有悲悯之心，似锻铁而成。它们启迪人心，气势恢宏，碾压他最优秀的学生贝克[4]、坎宁安[5]和鲍尔斯[6]的作品。这些

---

① 伊沃·温特斯（Yvor Winters，1900—1968），美国诗人、文学批评家，斯坦福大学知名教授。其著作《废话剖析》（*The Anatomy of Nonsense*）出版于1943年。

② 沃尔特·白芝浩（Walter Bagehot，1826—1877），19世纪英国记者、商人、散文家，对政府、经济学和文学有广泛的评述。著有《英国宪制》《物理与政治》《文学研究》《经济研究》等。

③ 托马斯·巴宾顿·麦考莱（Thomas Babington，baron Macaulay，1800—1859），英国史学家、政治家。

④ 霍华德·贝克（Howard Baker，1905—1990），美国诗人、剧作家和评论家。

⑤ J. V. 坎宁安（James Vincent Cunningham，1911—1985），美国诗人、评论家。

⑥ 埃德加·鲍尔斯（Edgar Bowers，1924—2000），美国诗人。

人本身都是诚实优秀的诗人。温特斯有一种马勒布式的正直。本·琼生[①]也许会这样称赞他:

……谁想要
铸炼出你笔下那样活生生一句话,
就必须流汗,必须再烧红,再锤打,
紧贴诗神的铁砧,连人带件,
拨过来拗过去,为了叫形随意转;
要不然桂冠不上头,笑骂落一身,
因为好诗人靠天生也靠炼成。

(王佐良 译)

自 1937 年起,我就一直在读温特斯。我记得在田纳西州的克拉克斯维尔,有一天我在《国家》或是《新共和》杂志上读到他的《高文和绿衣骑士》,心情非常激动。后来,我把他的《致一支1942 年的军用步枪》珍藏了起来。1947 年和 1948 年,我在国会图书馆担任诗歌顾问时,有幸经常听到温特斯的朗诵录音,有他十多首最佳诗作:《时光与花园》《约翰·萨特》《婚姻》《赫拉克勒斯》和其他诗作。他的声音和调子依然在我耳边回响。它们通过了豪斯曼对真诗的测试——如果我在刮胡子时记得它们,我会割伤我自己。

温特斯喜欢宣称自己是一个古典主义者。傻瓜们却称他为保守分子。如果是那样,他也是一个有原创性、很激进的保守分子,他的诗

① 本·琼生 (Ben Jonson, 1572—1637),英国文艺复兴时期的诗人和剧作家。

在近二十年来都没有被选入各种诗选集再版过。先锋派和粗俗派也没有对他另眼相看。他就是一个孤独的诗人，只有他的学生和艾伦·泰特给了他足够的赞美。然而，温特斯是一个富有激情的作家，是用这门语言写作的最坚定的修辞学家之一，是一个名副其实的风格家，他的用词和格律是两百年美国文化的典范。

还没有哪位文学评论家有温特斯那样的本领，能引经据典来做到有的放矢。我本人就不是一个老练的评论家，没有天赋做出具有权威性的明晰的论断，让引证扬帆而行。然而，我在这里的愿望不是要写一段经过周密思考的分析，而是要表达我的钦慕。我将引用几段最让我感到愉悦、深得我心的诗行。

温特斯在一首题为《赫拉克勒斯》的诗中，描述了巅峰时期的赫拉克勒斯，黄道十二宫的一位小神，诗是这样结尾的：

> 这是我的悲伤，从悲伤中我得以成长——
> 我最终还是被搬离了大地
> 离开了得伊阿尼拉①所知道的那种伤心的痛。
> 在喷射的烈焰中慢慢变了形，
>
> 完美，完美地移动着，我进行突袭
> 把永恒的寂静带到永恒的结局：
> 而得伊阿尼拉，一个不完美的阴影，
> 在我划着弧线沉落之时静静退隐。

---

① 得伊阿尼拉（Deianira），赫拉克勒斯之妻，因误以为涅索斯的毒血是可以保持丈夫爱情的魔药而将丈夫的外衣蘸上毒血，却无意使丈夫丧生。

温特斯的朋友，评论家J. V. 坎宁安，把自己称作“最伟大的现代逗号大师”。这位同为语法学家和仰慕温特斯的人也许会说温特斯是“最伟大的现代复指大师（master of the anaphora）”。下面是温特斯那首描写老族长约翰·萨特的悲剧抒情诗中的最后三节，约翰·萨特在加利福尼亚疯狂的淘金热当中被害：

他们用刀子从石头中挖出金子，
将河水倒流，因为金子在岁月中沉积；
把刀子捅向心脏，把金子全部独霸；
山谷与河流遭到毁灭和痛骂；

痛骂我毁灭我，还将我的仆人杀死，
在我门边的无花果树下掐死了他。
他们干完了愤怒指使他们做的事，
我就成了咒人的乞丐，一无所有很恼火。

多么没有人情味的结局，多么死气沉沉的年代，
再也没了安宁，再也没有岁月的欢唱
什么样平静的灾难啊会来平息
这最后一场悔罪之泪的干旱？

下面是他那首可爱的诗《婚姻》的片段：

我们靠凡间的一切喂养心灵。
春天里有胡萝卜叶子，带花边
吃起来甜甜的；还有咸咸的酒

酿自涩嘴的葡萄，它们通过葡萄藤
聚集秋季频发的矿物质干旱……
这一切都会过去，不再复返。
当我发现你的肉体没有抗拒，
我亲吻的就是活着的灵魂，
是那变化的灵魂成就了我：
就这样，我们心连心等待那一天。
当肉体衰败、凋落，要站着，
纵然脸上手上有了起皱的阴影，
我仍将在尘土的边缘与你相遇，
知道你一定是个忠诚的遗迹。
而且，为了纪念我们的情欲，
愿后嗣将我们封存在一个瓮中
封入一个永不复返的灵魂。

最后，我想引用温特斯的最后一首诗——《梦景》，这是他最具个人色彩的、对自己生活和实践极为大胆而又温和的一次忏悔：

到底都说了些什么？
这个事还有待决定。
不是因为我死了。
我的计划无疑很新奇，
但没有什么可嘲笑的。

我已不再青春年少，
能够尽量不去犯错；

我现在是栋梁之材，
全身心专注于真理；
所做之事虽小但是好。

就像路边果园的一棵树，
心都空了，但还活着！
我的本领就是几乎不动。
我能听到放屁的蟾蜍
移位去观察捕获的猎物，

花斑麻雀，粪之卵，
在一堆马粪上咕咕哝哝，
红腹灰雀、鹪鹩或反舌鸟
用尖尖的舌头尖叫着
逻辑不通的叱责。

伊沃·温特斯无疑是一位不凡的诗人，一位非常仁慈的、有毅力的诗人。

1961 年

# 罗伯特·潘恩·沃伦[1]的《暴龙兄弟》

尽管有着普鲁塔克[2]式的修饰，《暴龙兄弟》（*Brother to Dragons*）依然是一部残忍的情节剧，剧情反常，令人毛骨悚然。“1811 年 12 月 15 日——那一夜，新马德里地震第一次袭击密西西比河谷”，在西肯塔基一家肉铺的砧板上，利尔本·路易斯和伊斯汉·路易斯，托马斯·杰斐逊的侄儿们，当着他们家黑奴的面，“砍死了一个名叫乔治的奴隶，他的罪过是打破了他们故去的母亲露西·路易斯珍爱的大水罐”。读这篇序言时，读者收到告示，得知他将找不到蒙蒂塞洛庄园和那个带着约翰·亚当斯的信件、晴雨表和便携式乐谱架的杰斐逊，

---

① 罗伯特·潘恩·沃伦（Robert Penn Warren，1905—1989），美国著名诗人、小说家、文艺批评家，美国第一任桂冠诗人。早年与人共创《南方评论》杂志，是新批评派的代表人物之一，也是南方作家团体尚农派或逃亡者派重要成员。主要作品有诗集《诗三十六首》《暴龙兄弟》《许诺》等，长篇小说《国王的人马》，文论《理解诗歌》（合著）、《民主与诗歌》等。《暴龙兄弟》描写了托马斯·杰斐逊的侄子于 19 世纪初期在肯塔基州边疆杀害黑人的事件，对恶的本性等问题进行了探讨。

② 普鲁塔克（Plutarch，46? —120），罗马帝国时代的希腊作家、哲学家、历史学家，以《比较列传》（又名《希腊罗马英豪列传》）一书闻名后世。

他看到的是那个用斧头砸碎家人画像的莉兹·玻顿。这种不一致的做法，几乎使每个人对杰斐逊可能在场的感觉发生了错位，但却深得托马斯·杰斐逊本人的欣赏。据我们所知，杰斐逊从不允许在谈话中提到他侄儿们所干的事。然而路易斯兄弟跟他们的舅舅一样，都沿袭了南部传统，但他们身上沿袭更多的是已经发展起来的文学传统，所以复仇女神钟情于他们，赋予他们嗜杀成性的骑士品格、维斯塔贞女的气派——沃伦四部小说中的那种阴暗，也是说得通的。确实，这些魔鬼似的主人公身上的文学性非常强，人们甚至会以为他们真实的生活似乎都是反浪漫主义的南方现代派想象出来的。我们都想当然地以为，只有毫无缘由的任性妄为，才会让沃伦把这兄弟二人的残暴归罪于他们那位超脱的亲戚——第一任民主党总统托马斯所信奉的自然神论者的唯心主义。利尔本·路易斯和伊斯汉·路易斯兄弟二人装腔作势，人物性格很是生动，1953 年第一次以艺术形象出现时，就汲取了他们文学想象中的对手建立起来的一系列传统的养分：作为真正的继承者，他们的语言混合了福克纳讽喻性的礼貌用语、乡村方言和布斯[①]那句“Sic semper”。这两个后来者就像他们的祖先该隐一样，都是先于他们的诗学塑造而存在。然而，他们兄弟间的高尚亲情和他们的低劣行径之间的这种不和谐，比起沃伦让所有的人物都用毫不结巴、毫不生硬的无韵诗讲话，也就没有那么让人吃惊了。（我相信，正是这种杰斐逊式的高尚的技术盛宴，而不是耸人听闻的散文情节剧，让我把《暴龙兄弟》这本书从头至尾通读过三次。）

---

① 约翰·威尔克斯·布斯（John Wilkes Booth，1838—1865），美国戏剧演员。他同情南部邦联，对南北战争的结局甚为不满。他于 1865 年 4 月 14 日刺杀了林肯总统，在逃脱的过程中被国旗绊倒，跳到舞台上时，他用拉丁语大叫：“Sic semper tyrannis。（这就是暴君的下场。）”当时全场皆惊。1865 年 4 月 26 日，凶手约翰·威尔克斯·布斯在逃亡途中被警察击毙。

将军们在专门艺术和专门科学之间打响的战争已经结束。带有创伤性自我意识的、技法娴熟的现代诗已经为我们所接受，就像我们已经接受其他危险的技术方法一样。天道永恒，它告诫我们，这个世界不在其他任何地方，它就在我们面前。只有摧毁广岛和长崎的裂变原子才可以建造我们新的亚特兰蒂斯。这就是保罗·瓦雷里所说的意思，他曾用残酷的乐观主义写道：马拉美之前的诗歌之于他就像算术之于代数一样。瓦雷里所受的教育比我们所受的教育更加多样化。在他写作的那个年代，人们还记得古老的牛顿式的宇宙。我们不能确定自己能否理解他那个等式的术语，但是作为诗人和实用主义者，我们是赞同的。回到维多利亚、拿破仑的侄子和波德莱尔的那个帝国鼎盛时期，文学上的和谐已经达成：昙花一现之物割让给了散文。从那以后，新诗就一直很缜密，电力十足。新诗的作者似乎对这种马大和玛利亚式的劳动分工鲜有后悔。诗歌成了非散文的一切东西。在这种遁世原则的指导下，最古板最讲求实际的东西被重新赋予诗意——十字架上的圣约翰的引文、高利贷、统计数据、会话、剪报。这种令人称奇的新诗可以吸纳一切——除了情节和人物以外的任何东西，也就是长诗通常依仗的那些东西。当现代诗人尝试写戏剧性的和叙事性的作品时，无论是天赋之才、精明还是最桀骜不驯的善意，都阻止不了大多数尝试变得浮夸、自我麻痹和自命不凡。除了读勃朗宁，我们还读过哪些 19 世纪的叙事诗呢？自德莱顿和弥尔顿以来又出现过哪些诗剧呢？艾略特的三部诗剧、奥登的《焦虑时代》、罗宾逊的叙事诗或者哈代的《王朝》写得更加出色吗？叶芝后期的戏剧和弗罗斯特的独白篇幅都很短。更短更加碎片化的是《荒原》和庞德的《诗章》中的那些行动时刻和对话时刻。在这里顽固的节俭是保存生命力的计策。《暴龙兄弟》尽管没有什么策略，篇幅很长，但是依然很有活力。沃伦是新批评派的领军人物之一，他写出这部作品，就有些类似于白璧德教授生出了卢梭或者一个穿黑衣的密涅瓦戴着刚果面具跳舞一样。沃伦写出了他最优秀的作品，一部巨作，他就像拿破仑不穿鞋子的军队一样，翻越了阿尔卑斯山，进入小说的河底，那里土地丰腴，人口稠密。

《暴龙兄弟》是最近十年或者十二年来出版的第四部非同凡响的长诗。《四个四重奏》《佩特森》《比萨诗章》都是原创之作，很可能是其作者的杰出之作。沃伦的诗作受到的关注较少，分量不够重，创作态度也没那么严肃认真。然而，做出这样的评判是讨厌的，是会误导人的。《暴龙兄弟》是一个模式，一个机会。它可以被模仿，但无法被抄袭。人们希望它的问题、它的方法将来会变成公共财产。在某种意义上，它们已经是了。任何读过伊丽莎白时期的戏剧和勃朗宁的人，都会很快得出结论，说出他喜欢和不喜欢这部作品当中的一些东西。

这部作品存在一些缺陷。沃伦在序言中写道："我尽力让自己这部诗作有一种它高兴是什么就是什么的感觉，同时在主题上又有一种历史感。"而且他斩钉截铁地说："一首写历史的诗，不得随意篡改作者认为是历史精神的东西，也不能随意篡改作者认为是人心本质的东西。"显然，这里所谓的历史感，是一种更严肃更微妙的东西，而不仅仅是滑铁卢的一幕舞台造型或者是这个发生在 1812 年的传奇故事所要求的那种纪录片式的准确性。《暴龙兄弟》中叙述的那些事件过于残忍，有悖常理，让《麦克白》或者拉辛①的《布里塔尼居斯》似乎都成了卡斯蒂利翁的《廷臣》中非正式的幕间插曲。沃伦讲述的故事是一个事实。但这个故事过于戏剧化，所以听起来都不像是真实的

① 拉辛 (Jean Baptiste Racine, 1639—1699)，法国剧作家，与高乃依和莫里哀合称为 17 世纪最伟大的三位法国剧作家。代表作品有《昂朵马格》《讼棍》《勃里塔尼库斯》《蓓蕾尼丝》《巴雅泽》《米特里达特》《伊菲莱涅亚》《费德尔》等。

了。为了从故事素材中提炼出合理性，他安排了演员和评论员，这种方法或许是源自戴尔莫·施瓦茨[1]的《科里奥兰纳斯》，戴尔莫·施瓦茨让弗洛伊德、亚里士多德，我认为还有马克思，坐下来讨论莎士比亚这部戏剧的表演。沃伦的历史精神经历了一段艰难时期：偶尔在虚空中唠叨，有时听上去又像是塞内加的修辞精髓，但它还是很喜欢这场演出的。困难巨大，所以需要评论部分来时时增强人们的悲悯之情。

至于故事人物，他们的说话长度没有任何限制，除非故事讲完了，但也并非是非讲完不可的。这种古怪的灵感迫使勃朗宁将《戒指》的故事情节讲了十二遍，每一次的段落都比《麦克白》还要长。沃伦将这种灵感又做了极大的改进。然而从结构上来说，勃朗宁笔下的人物有一种奇特的创作优势，他们知道自己招之即来是为了维持一段有既定长度的固定片段。

还有几个小问题：沃伦那些淫秽的诗行——我有时认为那都是些虔诚的姿态，是一种有求必应的博爱倡导，它们却将作者牢牢置身于斯文传统之外。其次是 definition，这个词使用了大约五十次。似乎是一个新加尔文主义式的双关词，其意明确，有限定性，也许是不可更改的、最终的，或者“知道你自己不过是尘土”。沃伦在自己的很多短诗和小说中都使用了这个词，而且是一种强迫性的使用，对此我并不是很能够理解。时间和历史：诗人处理这些食人魔时有一种具有仪式感的规律性，让我们想起古时罗马的总督硬要把希腊诸神强加给外邦省份。那些神明在艾略特的《四个四重奏》中已经宣布放弃了这个世界。

---

① 戴尔莫·施瓦茨（Delmore Schwartz，1913—1966），美国作家、批评家和编辑。他最杰出的作品是讽刺诗，但也有评论家更欣赏他的短篇小说和批评性随笔。

一些是风格上的问题，空洞的如钟声一般的重复：

我想起另一个悬崖和另一条河流。
我想起另一个年份和另一个冬天。
我想起褐色树叶上的雪，和下面
那另一个悬崖，那条北方河泛出的光多么幽冷、遥远。
我想起她的嘴和我的嘴紧紧贴在一起
那个初吻多么冰冷啊。稀稀疏疏，雪
从天上降落在黑色的树丛中，我们在严寒中亲吻
顺应希望与欲求的逻辑。

大段大段为舞台朗诵所写的无韵诗，本身不错（吸收散文特质时过于拘谨可能会有损于诗文），但是有时会“翻船”，就像是从提词员座位上突然传来的一个听得见的命令：

凭着一种毫无差别的冲动我倾身
在废墟上方，手中拾起
两三个山胡桃，壳还没掉。
我把它们揣进兜里，下去了。

还有下面这种忒耳西忒斯式的呐喊，是现代写作专门向读者发出的，就像电视上摔跤选手的呐喊一样：

在这场同时发生的暴行中，
阳光尖声呐喊，而尿却溅湿焦干的土地。

《暴龙兄弟》以人物取胜，主要是通过两个女人取胜。露西和利蒂希亚·路易斯，也就是利尔本的母亲和妻子，魅力十足，不可抵挡。她们十分可爱，跟勃朗宁诗作中的一些女人一样被刻画得惟妙惟肖。利蒂希亚，更困惑也更可悲，她用的是朴实无华的边疆表达用语，她的话与聪明又仁慈的露西所讲的话形成绝妙的对照。沃伦小说中的那些女主人公通常都患有精神分裂症，她们身上的女性气质，比起蒲柏笔下的任何事物都更不讨人喜欢。而这里的露西·路易斯与那些女主人公不同，她既聪明又善良，还证明了沃伦的观点，即如果缺乏对照，任何一种品质都不能够茁壮成长。这两个女人讲的话都是简单直白的无韵诗。这点在其他说话人那种乱七八糟的修辞暴力的衬托下更加突出，非常精彩。而对于利尔本·路易斯和伊斯汉·路易斯，沃伦的做法是，他们是怎样就是怎样：祸害。利尔本这个反面人物，是一个无脑的科里奥兰纳斯，或者更确切地说，是一个空洞的、恶魔般的、拜伦-该隐式的人，我们读沃伦小说时非常熟悉的那种人物。他话语不多，多展现在别人的口中，因为他几乎就是一个不折不扣的恶棍，因此不是很现实。他身上散发出一种阴险、引人入胜的光芒，这可能是他的全部意图。他既不是亚哈也不是撒旦，利尔本就是利尔本，是一个过分戏剧化的空洞人物。伊斯汉，利尔本的弟弟，一个次要的恶棍，一个唯唯诺诺的傻瓜。他就是一个健壮、邪恶、被吓呆了的利蒂希亚的翻版。不像利尔本，他是个地道的肯塔基人，不带任何弗吉尼亚的记忆。(在《暴龙兄弟》中，那些人物经过弗吉尼亚来到肯塔基时，经历了巨大的社会衰退，仿佛肯塔基是一个“糟糕的住处”。肯塔基人还是伊丽莎白时代的那种乡巴佬，他们说出带韵律的话语都有点像小丑，很搞笑。)伊斯汉这个人物刻画得令人发笑，很恐怖，尽管作为关键证人，他还是需要沃伦大量的帮助，因为沃伦对他的行为有着卓越的理解。对小人物都能做出快速的总结：父亲路易斯医生神秘莫测；卡特婶婶是个面具；利蒂希亚的哥哥比较幽默，有点像个开心果，是个站在周围的附庸，他挠着头说："我就是一个简单的乡下人。"梅里韦瑟·路易斯在作品中似乎完全不合时宜。

杰斐逊！这是一个原创人物——吝啬、苍白、乖戾，就像匙河镇上的人物似的！哈代的"邪灵"。最终，这个浴缸中的罗伯斯庇尔，被露西奉为一个更高的理想主义，变成了一个"定义"。（民主党不在任上，所以沃伦可能不会因为这种黑化而遭受公开的攻击。）

最后，还有一个 R. P. W.，是作者本人。他说话的篇幅比其他任何一个人物都长，并且更有想象力，更有力量，更有智慧。他是朝圣者，是大众，是合唱团，是沃伦，这个真正的人和大家一样有出生地，有父母，有个人的记忆、品位，等等。他的问题是去面对，去理解，甚至是去为这个包括愚蠢和暴力的世界做辩解。就像雨果的《最后的撒旦》开篇，最残酷的灾难性的一幕不是吃苹果，而是谋杀亚伯。沃伦暗示，正是追求知识才导致灵与肉的分离，从而导致了"理想主义"，从而导致无力面对或控制整个生活，从而导致了谋杀。他关注的是邪恶，是人的局限性。我不确定沃伦的立场是什么，但是它常常靠近新人文主义和新托马斯主义，而且是有意靠近，所以他频频吃到苦头。然而，有时你会觉得他采取的是反面立场，而且他只是一个略有常识的世俗观察者。R. P. W. 这个人物，就像我们在这部诗作中看到的那样，是他分裂的本人，既热爱抽象之物又对污秽的细节有着贪得无厌的胃口，仿佛艾伦·泰特正在改写斯塔夫罗金[①]的"忏悔"。R. P. W. 在"定义"上也有自己的麻烦。这两个分裂的部分互相拆台，给彼此难堪：这个人物既不真实，又充满不可抗拒的活力。

---

① 斯塔夫罗金（Stavrogin）是俄罗斯著名作家陀思妥耶夫斯基于 1871 年写成的小说《群魔》中的实际主人公。

我还是来一段引诗吧——体现它的力量胜过做性格表述：

> 嗯，站在那里，我感觉到了，我猜是自然的寒意
> 第一次微微颤抖，但紧接着
> 在那些石头黑乎乎的缝隙中
> 我看见了那双眼睛，在黑暗中闪闪发光，
> 突然，它的头伸了出来，那又胖又黑的
> 身体像融化般流了出来，仿佛那些石头
> 把大地内部的黑暗带到了白昼，
> 仿佛那个塞子撞碎在那令人无法忍受的内在。
> 现在泄露了，从而集中并压缩好，
> 那物萦绕在大地焊接的原始窗台之下，
> 慢条斯理，十分安逸，懒洋洋地躺着，
> 上面那入口处是沉睡的原始水域。
> 于是它向前流动，那可憎的鳞片肚皮
> 在石头上沙沙作响，立起来
> 以帝王式的懒散抬起身又放下。
> 我看见它升起，看见了脏兮兮隆起的白色肚腹，
> 在那肌肉的扩张中，我看到黑色的侧鳞
> 显示出它们模糊的凸缘和白色的窗饰。
> 它就这么站起来，爬上了那麻痹的光。
> 在那堆石头上，它比我高，高于
> 任何人，那肿胀的脑袋高高悬着，
> 被光环围绕；然后那猪一样的鼻子
> 灵巧地张开，那有点像少女一般的
> 挑剔的细舌头在阳光下轻轻吐出，寻弊索瑕。

诚然，沃伦是一位杰出的小说家，但我还是禁不住地觉得，这部奇怪的格律小说才是他的真正表达形式。它保持了小说独特的可读性，一种几乎总在长诗中缺席的魅力。至少在这一点上，《暴龙兄弟》比勃朗宁的任何一部篇幅更长的作品都要好。然而沃伦几乎就是勃朗宁。纪德[①]的评论点出了这句话所蕴含的意思："在我看来，勃朗宁和陀思妥耶夫斯基[②]似乎将这种独白直接带入了完美的境界，把这种文学形式的多样性和微妙性充分表现了出来。也许我把这两个名字连在一起，震撼了一些听众的文学感觉，但我没有别的办法，他们不仅在形式上，而且在实质内容上都极其相似，我只能深以为然。"读完《暴龙兄弟》后，我不仅认为沃伦写了一首成功的诗，而且还觉得在这部作品中，他似乎真正地接近了那些作家，比如麦尔维尔和福克纳，拥有了他们那样的力量，你会感觉他们始终萦绕在他周围，他们的散文都有诗赋之华。就沃伦而言，正是诗中的文赋之才如此惊人，让人不得小觑。

1953 年

① 纪德（André Gide，1869—1951），法国作家，一生著有小说、剧本、散文、日记、书信等多种作品。

② 陀思妥耶夫斯基（Dostoevsky，1821—1881），19 世纪俄罗斯小说家，代表作有《罪与罚》《卡拉马佐夫兄弟》《白痴》《群魔》等。

# 花甲之年的奥登[①]

奥登的工作和事业跟别的任何人都不相像，我们所有的人都得其相助。他在诗歌和批评上一直非常有责任感和抱负心，不断对宏大题材进行深度写作，但却保持着某种任性、古怪、独特、迷人的气质，有他自己的特点。很多不起眼的事——序文、选集和翻译——他都花了不少功夫，不少巧劲。若是看得仔细，人们一定会惊讶于这些作品是如何完成的。

二十几岁时他就已经列位于我们最优秀最有独创性的诗人当中。多年以来，他与那天赋之才生活在一起，从未背叛它或利用它，而是

---

① 奥登（Wystan Hugh Auden，1907—1973），英国诗人、文学评论家，以能用从古到今各种诗体写作著称，作品数量巨大，主题多样，技巧高超，死后亦备受推崇，其独特风格对后辈作家影响深远。他生于英国，毕业于牛津大学，年轻时是英国左翼青年作家的领袖、英国新诗的代表。1939 年移居美国，1946 年入美国籍并皈依基督教。前期创作多涉及社会和政治题材，1936 年出版代表作诗集《看吧，陌生人》。1937 年赴马德里支援西班牙人民反法西斯斗争，发表长诗《西班牙》。次年访问中国，与衣修午德合著《战地行》。后期作品带有浓重的宗教色彩，主要诗作有《阿喀琉斯之盾》《向克莱奥女神致敬》《在屋内》《无墙的城市》等。奥登被认为是继叶芝和艾略特之后 20 世纪上半叶最有影响的英美诗人。

一直在对其进行适时增添和调整。他就是一个发现者，一个维持者。他的灵感似乎跟他的风格和格律形式一样，用途繁多，而我最为欣赏之事有三或四，且皆为至高之事：开启他诗作的忧伤的盎格鲁-撒克逊头韵；他的似乎是最接近我们的灾难的预言之声；然后是他的轻体诗进行宽幅抨击时发出的那种奇妙的炸裂声，在他手中变成熊熊烈焰的小火苗；最后是他的正体诗，既有轻快活泼的巴洛克式的庄严，又有那种老于世故的贺拉斯式的简单。

去年冬天，约翰·克罗·兰塞姆对我说，我们失去了艾略特，让他去了英国，后来却得到了奥登，也算是一桩公平交易。两位诗人对他们所在的流放地都很仁慈，他们带来的礼物都是本地人从未设想过的。

1967 年

# 伊丽莎白·毕肖普[①]的《北与南》

我一直在评论（狄兰·托马斯的诗），所以我想象不出还有谁的诗会与毕肖普如此不同。这本《北与南》不卖弄华丽的辞藻，语言质朴冷静，构思极为精巧。对有些读者来说，而且首先对所有的读者而言，这些诗作的灵感显得比较平常。即使喜欢毕肖普，也不太可能把她推到当今巨人的高度，或者把她今后要写的东西与莎士比亚或多恩的诗文一比高下。然而，她那壮丽恢宏又细致入微的描写很快就显现出美妙不凡。后来，人们意识到，她那大量、节制、精细的常识总是或者几乎总是被其主题吸收，她是当今在世的最优秀的诗歌工匠之一。

表面上，她的诗都是观察之作——无比准确、机智幽默、结构巧

---

① 伊丽莎白·毕肖普（Elizabeth Bishop，1911—1979），美国著名女诗人，1946年发表诗集《北与南》，一举成名，被选为1949—1950年度美国桂冠诗人。她一生发表的诗作不多，但她诗歌奇特的想象、精确的语言和完美的形式令她被誉为“诗人中的诗人”。她几乎囊括了美国所有重要的奖项，包括普利策奖、美国国家图书奖、古根海姆奖、美国国家书评奖等。罗伯特·洛威尔为其才华所吸引，一见倾心，并终身为友。

妙，仅此而已。有时她写她居住的大西洋海岸某个地方，有时也写梦境、照片，或者某些奇妙的物体。她的诗作让人想起卡夫卡和某些抽象画作，人们有时对这些诗的实际主题茫茫然一无所知。我想，这本诗集中的诗作至少有九成都落入了一种单一的象征模式。要具体描述这点是一件十分困难的事。

它里面有两个对立的要素。第一个要素是某个运动着的东西，疲惫不堪但却坚持不懈，几乎总是失败而且就处于分崩离析的边缘，然而多半是依然顽强地得到维持。这个东西就是道德观，是记忆，是长大要分开的草籽，是前进的、发光的、召唤人们去工作的黎明，是“想成为纪念碑”的纪念碑，是卷上海岸、碎裂并被取代的海浪，是隐士之言“爱必须用行动表达”的回声。它正是那匹冷漠的驮着一位舞者的上了发条的机械小马，是所有“能轻易忘记自身却无法那么容易忘记我们”的那些记忆。第二个要素是一个终点性的东西：休息、睡眠、完成，或者死亡。它是那座想象的冰山，是那枚月亮，被人蛾认为是一个干净的小洞，它必须把头强行推入；它正睡在桅杆的顶部，还有那安详的天花板：“但是，啊，若是我们能睡在那上面该有多好。”

这个运动过程通常被认为是必要的，因此是好的。然而，它又是枯燥的，让人筋疲力尽。但是这种方式很神秘，随着对象的不同而发生温和的变化。这个终点，有时令人悲哀地或幽默地被当作是一种放手或毁灭；有时是一种完成，是一个人各种能力完全和谐的锻炼。当作者决定放生一条鱼时，她看见了精神和平的彩虹，这道彩虹与那枚被人蛾误以为是一个洞口的月亮既相像又不相像。在《一幅大笨画》中，船都停泊在北方一个海湾，于是作者反思：“很难说得清是什么把它们带到那里，/是商贸还是沉思。”

毕肖普诗作的结构都很简单，效果也不错。它通常都始于描写或描写性的叙述，接着不是诗人自己就是她的一个人物或物品开始反思。这些反思的语调或悲伤，或机智，或怪诞，或精明。很多时候都是所有语调一同出现，目的就是去突出或强调那个描述，同时将其统一并泛化。在这点上，以及在对说话语调转变的惊人掌控能力上，毕肖普与弗罗斯特极为相似。

她的语言很客观，干净利落，绝不玩弄辞藻。这点让我时常想起威廉·卡洛斯·威廉姆斯。但是很显然，她最重要的榜样是玛丽安·摩尔。她的依赖不应被定义成模仿，而是一种发展与变革。这种依赖不是她同时代的人对奥登的那种依赖，而是赫里克对琼生，或者赫伯特对多恩，或者蒲柏和约翰生对德莱顿的那种依赖。虽然没有摩尔的毕肖普会让人难以想象，但她的诗歌还是有自己一些原汁原味的东西，而且非常真诚。两位诗人都运用一种复杂详尽的描写手法，都热衷于异国情调，讲道义，有教养，机智诙谐，恬静寡言。她们的诗歌在格律上存在相似之处，毕肖普有几首诗还是以摩尔的方式写成的。但在方法和个性上她们的差异还是很大。毕肖普经常出现在自己的诗作中。这些诗作自然而然见诸她的笔端，她娓娓道来，而且常常是她本人的亲身经历。另一些诗作则富有戏剧特点，有人物演员。她使用梦境和寓言。（像卡夫卡的故事那样，她对荒诞之事的处理很幽默，实事求是，合乎逻辑。）她几乎从不引用别人写的东西。她的格律大部分都是由重读音节组成。与摩尔相比，她更柔和，更梦幻，更有人情，更有个人色彩。她的个性没那么乖僻，气度也没那么宏大。她很有可能还不会那么受到重视。当然，因为更为年轻，她还没有写出那么多格外优秀的诗篇。

毕肖普的缺点无损于她最优秀的诗作。这些缺点也无须我用长篇大论来解析，一一指出问题所在。她有几首较短的诗作在我看来十分琐碎。重读它们时，会觉得它们有点轻佻，索然无味，过分直截了当——就好像是写给小孩子看的简易读物。偶尔，这种表演似乎模糊不清，尤其是在她极为主观的时候，比如在《回指》中所表现的那样。在其他的诗作中，比如《地图》《卡萨维安卡》和《夏洛特绅士》，她是自己沉溺其中，会对一个几乎不存在的主题发表一连串古怪的评论。

《北与南》几乎没有重复之作，很少有抒情诗集能做到这点。你可以一直兴奋地读下去。三十首诗作中约有十首是败作，还有十首不是整体上让人不满意，就是微不足道。《公鸡》和《鱼》篇幅较长，写得也很完美，而且没有受玛丽安·摩尔的影响，它们是本世纪我读到的女诗人写的最优秀的诗作。她的《给一位黑人歌手的歌》第一部分是严肃的轻体诗，其品质丝毫不逊于麦克尼斯的《风笛音乐》和奥登的精彩之作《难民蓝调》。从高到低排，接下来大致就是《纪念碑》、《人蛾》、《杂草》、《冬季马戏团》、《一幅大笨画》、《睡在天花板上》、《给一位黑人歌手的歌》的第二部分、《耶罗尼莫的房子》、《佛罗里达》、《海景》和《奥尔良码头》，全都是非常精彩的优秀之作。毕肖普这本诗集中的诗歌排序都是精心安排的，她的描写为她的思考提供了一个鲜活的实体，她的思考反过来又突出了她的描写，所以很难通过引用诗句来说明她在诗坛的声望与扎实的根基。下面就是她书中一首诗的几个诗节。福斯蒂娜是个黑人女佣，她的女主人濒于死亡：

照顾她的是福斯蒂娜
是啊，在一间疯狂的屋子里
躺在一张疯狂的床上，
很虚弱，就像碎裂的珐琅，
盛开在她的头顶上
变成四个依稀有点像玫瑰一样的

花的形态，

白人妇女低声喃喃
自言自语。地板凹陷，
东翘西塌。歪扭的
盖着毛巾的餐桌上
放着一罐滑石粉
和五个纸板箱
里面装着小药丸，

大部分是半透明的那种。

然后，福斯蒂娜低下她那“不祥的善良面孔”对着白人妇女，诗人此时反思道:

啊，难道这就是

终于出现的自由，一生
梦想的时间与寂静，
梦想的保护与休息?
或者，是最糟糕的事，
是那个难以想象的噩梦
从未敢持续
超过一秒钟?

1947 年

# 斯坦利·库尼茨[①]的《父与子》

我想，对诗歌进行非常非常细致的解读是从《荒原》开始流行起来的吧。这部诗作当时受到广泛抨击，被认为缺乏理性，有失体统。许多人喜欢它，却发现它复杂且十分让人费解。作者做的脚注都有一个轻快的、学究式的破折号，该符号本身就是一种警告。这些脚注呈现的知识比大多数读者已有的知识要多得多，而缺乏注释的地方就意味着还有更多的功课要做：很多神话要思考，很多象征符号要协调统一，很多书籍要阅读。很快，那些崇拜《荒原》的人就对它是不是宗教的、是不是反宗教的、是不是没有信仰等问题展开了激烈的争论，冗长的分析文章开始出现；不久这类文章就传开了，所有的东西，不论古今，都在被解读。

---

① 斯坦利·库尼茨（Stanley Kunitz，1905—2006），美国犹太裔诗人，生于马萨诸塞州（麻省）的伍斯特，早年就读于哈佛大学，毕业后即开始发表作品，从那时起他笔耕不辍，到 2003 年 98 岁高龄时还在写作，直至 2006 年去世。他获得过美国几乎所有重要的诗歌奖，是普利策诗歌奖得主，两度获颁美国桂冠诗人，被认为是 20 世纪美国最卓著和最富有成就的美国诗人之一。此外，他还翻译过曼德尔斯塔姆、阿赫玛托娃、叶夫图申科等人的作品。

艾略特似乎就是以此为背景来审视这一新兴产业的，他就像是一个友好的神明，默默地思考着。但是当他打破沉默时，他的言论却于事无补。《荒原》每一次重新出版，那些根据作者意愿如实重印的脚注，原来都是出版商后来添加进去的，这也是一首诗编成一本书的秘诀，因为作为一本书而言这首诗还是短了些。艾略特不是一个热衷于读分析的人，就算他真的读了这样的分析，他表现出的愉悦似乎也是充满倦意的、难以置信的。在评述一本研究“这首诗”的文学评论集时，他产生了很多疑问，最后他说，这样的著作肯定不适合做有趣的阅读。

分析不会带来有趣的阅读。我想，我们没有几个人会花很多时间去研读《解释者》（*The Explicator*），在这本固定、沉闷的小出版物里，诗歌被处理成了每月一注。分析对于诗歌教学和学生写论文来说是必要的。然而不知何故，那样的分析并没有什么十分新鲜的说法或是切中要害的话。人们提前知道这台机器将如何运转。惯例已经取代了这一行当；新的东西没有建立，坏的东西没有拆毁。这时甚至出现了一种现代诗，写出来就是为了被解释的，这种诗现在已经在大量生产了。写这种诗需要训练和努力，但这不可能是好诗的写作方式。灵感、激情、创意，甚至技术保证，一定不是能大量生产的，也不是仅仅靠训练和努力就能得到的。训练、劳动和习俗也不可能产生好的批评。

沉闷与研究生院那种糟糕而又普遍的风气，已经笼罩了细致的文学批评。从前的情况则完全不同。我还记得那时候，论述《荒原》的早期评论文章，布鲁克斯和沃伦编著的《理解诗歌》第一版，以及布莱克穆尔关于史蒂文斯和玛丽安·摩尔的文章，都很有启发性。那时的世界正在被重新创造。从前似乎什么都没有被真正读过。旧的作品，从前不是被忽略就是被简化，删减成一堆故纸，此时都是第一次得以见人。迎接新挑战的新作品正在痛苦地孕育和形成之中，遍地花开。诗歌依旧不受欢迎，但阿诺德所说的文学上的，特别是诗歌上的“无边无际的未来”，似乎正在被实现。对少数人而言，这才是宗教和现实。

也许这一切只是我青春时期所患的热病。一道光芒似乎行将消失，但这也许只是我的一个幻觉。也许从来就不曾有一道光，但更有可能的是，它依然存在，而且每年都会俘获一些新的作家和新的评论者。对于我，不管怎么说，这种热病就像一种慢性疟疾。我永远都相信，这个世界正在被新的书写方式和细读方式重新塑造。我承认这点，所以开始细读斯坦利·库尼茨的诗作《父与子》，我感觉自己此时的心情是温暖的、单纯的。然而，我真的怀疑这种方法的可能性，甚至怀疑我自己是否有足够的才能去这么做。

《父与子》是一首现代诗。它显然是这种新兴产业培训出来的东西。然而我读了两遍之后，似乎就不存在任何困难了，还真是有些令人尴尬。诗的主题是儿子寻找死去的父亲。这个主题在该隐时代肯定就已经存在了。这种事实经历似乎与自身不可避免的象征性回响紧密相连，而且是彼此完全等同，因此将其点明既显得平淡无趣也有点像学校老师在说教。诗中表达的悲情与尊严平白易见，如同日常对话中所见的那样。其格律是尚可忍受的规则的无韵体。

我一开始问的几个问题都是具有欺骗性的个人问题，它们对我来说意义重大，但细读起来，这些问题无疑又是没有批判力的，没有答案的。我想知道，库尼茨和他自己的父亲是不是就是诗中的父与子。那个乡村是不是马萨诸塞州伍斯特市周边的乡村？库尼茨在那里长大，我也曾在那念过寄宿学校。那个姐姐出了什么事？小池塘有什么特殊意义吗？那位父亲是自溺而亡的吗？或者他最喜欢的运动就是钓鱼或是在水里找负子蝽?《革马拉》(*Gemara*)似乎成了附属于《圣经》的律法书[①]。某种孤独的朝圣?一种苦涩的净化经验?但是我真的不知道,也没有什么书或者是博学之人可以求助。Gemara 这个词,还有这首诗的语调,似乎说明它就是个人化的东西。所以,除了自杀,我对自己提的大多数问题都能做出确定的回答。越接近池塘、睡莲和大自然,它们就越变得神秘和难以理解。池塘一定是触及了记忆中的父亲,就像一缕青烟,自每个人的孩提时代冒出来。姐姐不在任何地方,她只是一个有意为之的问号。

几个生硬的表达很显眼。"田野结成的甜美凝块!"[②]田野不会凝结成块,凝块是与甜美有些相对立的。这个短语表达的是一场旅行。悲壮在于它没有任何成效。它只是一个凝块,因为这样的旅行不可能真正实现。寻找父亲只是一场白日梦。没有什么比这更自然或者更徒劳的了。在这样一条路上,唯一的沙子必定是"骨灰"。"我血液的神秘主人"是对孝道的一种严肃表达。这个表达同时也很生硬,无思过之心,而且专制霸道,处于事物可怕的本质之中。这位特殊的父亲在世时的爱,对他自己而言是一种不屈不挠的爱,但对他儿子来说却是一种枷锁。然后发生了一些很自然的但又不大可能的事情:跨过岁月,田野是儿时的田野,寂静铺展开来。然后是一个让人莫名其妙的、充满暴力的表达,黑夜像一个橙子被钉在了儿子的额头上。也许它是波德莱尔的那只"被榨干的老橙子",但我们可以榨橙子,没人会钉橙子。我想到了我现在所熟悉的那种矛盾,它就像人身上必然会存在的那种朦胧晦涩与不可能性的暧昧性格,它是那个无法避免缺席又不可动摇的父亲。难道这个橙子是一帖治疗头痛的膏药,被野蛮地

① Torah,摩西五经,《圣经》中的首五卷。

② 此处库尼茨的原句是"through the sweet/curdle to fields",但洛威尔文中的引句是"A sweet curdle of fields",估计是他记忆有误,所以理解发生了偏差。

钉在了额头上，可以减轻疼痛？钉在十字架受难是只针对信徒的酷刑，这个既阴森又诙谐的用典，在这里是不是有些低俗又愚蠢？

接下来的一节有三样东西打断了我的阅读：一是已经变得如此虚幻又有意义因此成了寓言的人生；二是打比方容易而文学上却不可能爬下来的那座山（是为了暖和吗？是要完全远离此刻已经熄灭的那盏灯吗？对儿子来说它是一种死亡，一种早已被暗示的死亡？）；三是“我独自一人，从不洒一滴眼泪”中的那种不知何故充满责备、坚忍的歇斯底里。

最后一节中，儿子“在两次世界大战之间辗转”，让我想起玛丽·麦卡锡文章中的一句评论。她说，在我们这个核时代，不可能像简·奥斯汀和托尔斯泰那样书写我们知道的东西。房子现在不再简单地是房子，人也不再简单地是城镇中的人。这个非人的、虚幻的、粉碎性的宇宙一直就在我们身边。所有的人都必须用不自然的、必要的噩梦来有所指，并因这种噩梦而痛苦。他那“惨白无知而又空洞的脸”就是骷髅，是一直明了的、无法实现的搜寻，是一种回答和安慰。搜寻工作必须要尝试，尽管我们知道它不可能触及任何实质性的东西。

这首诗中许多我喜欢的东西都是简单之物，几乎不值得做评述，但它们都是真实而又宝贵的。它们包括郊外、那栋拉毛粉饰的房子、那个理所当然结了婚却又理所当然再无任何消息的姐姐。山上的房子有一种莫名其妙的距离，很模糊，给人一种尊严感，虽然有光但暖度却不够，里面的灯光会熄灭，当然还有我们这个漂泊世界里的婚姻。这就是我们的世界，其中的任何东西，就像童年、渴望以及我们都是某个人的儿子这个从不曾改变的事实一样，都是不可能被抛弃或删除的。乌龟和睡莲有孩童般的温馨、天真和无望。《革马拉》之后的诗句有种脆弱的开放性，这是祈祷语的特点。这首诗是写父亲的，但在很大程度上也是在写一种想要找回童年的挣扎，或是写童年时代曾经拥有的那个祈祷。

成就这首诗的其他要素，都是那种需要精湛技艺和热情来完成的东西。它们就是节奏和句法。只有我们在对着自己朗读的时候，才会感受到这些东西就是诗的生命之血。保罗·瓦雷里说诗就是某种巨大的重量，被举到某个高度或是摩天大楼的顶部，然后落下砸中读者，就是这个意思。读者感受到这种简单粗暴的冲击，但却不了解将它举到那个位置所需的汗水和原理。在解读一首诗的时候，我只看两件事：一是构思当中有没有一种统领一切的致命的效力，二是有没有某种会呼吸、会停顿，还会咕哝的东西，它粗糙、难以预料，很难向我保证这场旅行是诚实的。在这首诗的第一句中，我喜欢梅子，它们成熟时确实是一个接一个地往下落，我喜欢它们圆满结束这个句子的方式，以及它们对父亲过世的那种善意的幻想性涉指。“池塘的气味”那一行节奏上有一种微妙的随意的松懈。“跨过”“伸展”“飞奔”这三个动词，在站位、运动和停顿方面给人一种强有力的感觉。诗的第一节末尾那两个分词句式的诗行在此处给人一种权威感。

第二节的最后一行也是如此。这一节中那段话语所有巧妙、断裂的简单性也是如此。第三节那段话语和祈祷也是如此。描写羊齿蕨、乌龟和睡莲的那些节奏迷乱得恰到好处。

这些是缺点和局限吗？我不确定。对于时不时出现的某种过分刚毅的、令人惶恐的决绝，我会惊讶得直眨眼睛，比如“我血液的神秘主人”“被钉的橙子”“从不洒一滴眼泪”，以及“那张惨白无知而又空洞的脸”。也许这些只是某种经验的特质，是让这首诗成为诗而不是一个即兴作品的约束。当然，权威性和诚实性是有的，也即一种高贵的幻觉。

我写这篇文章时的条件不是很好，身边没有书籍，而且为了赶期限不得不匆忙成文。我手头上也没有库尼茨的《诗选集》可以参考。他写诗从来都是有感而发，而且经过充分润色。每一行都显示出他精雕细琢的笔触和高贵的细致。

1962 年

# 兰德尔·贾瑞尔[①]

## 一、评《七里格长的拐杖》

兰德尔·贾瑞尔是我们四十岁以下的诗人中最有才气的一个。他的巧智、感染力以及涵养，令我们联想起的更多是蒲柏和马修·阿诺德，而不是他的任何一个同代人。我不知道贾瑞尔有没有得到大家的赞赏——但是很难想象有谁会看轻他。他对文学的态度严肃得近乎残忍，他的天赋简直令人困惑，所以在评论他时，你无法不屈辱地认

---

① 兰德尔·贾瑞尔（Randall Jarrell，1914—1965），美国诗人，出生于美国田纳西州，不久即随父母移居洛杉矶。父母离异后，他随母亲又回到了田纳西州。1931年进入范德比尔特大学，开始学的是心理学，后来改学英文，分别于1935年和1938年获得学士和硕士学位。他在兰塞姆的启发下开始习诗。兰塞姆到肯庸学院任教时，他追随兰塞姆来到了肯庸学院，并在那里认识了罗伯特·洛威尔，两人成了终身好友。1942年参加美国空军。1947年起任教于北卡罗来纳大学女子学院，1965年遇车祸丧生。贾瑞尔最初以写战争诗著称，但后来大部分作品，则主要处理孤独、死亡，以及对世界的绝望。他的好友洛威尔在他去世之时，称他为“他那个时代最令人心碎的英语诗人”。

为，还是由他自己来评论会更好些。

用欧洲人的话来说，他就是一个文人（man of letters），拥有真正的气魄、想象力和独创性。他的独断论调甚至比我们所习惯的更为野蛮，更带有个人色彩，完全没有受到那种保持中立的“沉着镇定”的影响，这种沉着削弱了我们许多严肃作家的风格和气质。他那些有杀气的凭直觉说出的话语是出了名的，但同时他的思想从本质上来讲又是保守的，他既能唤醒一个沉睡的优秀作家，拯救他的名誉，也能麻醉一个平庸的写作者，从这两种做法中他都会获得很多乐趣。

贾瑞尔的散文智慧——他似乎无所不知、无所不晓——让他的诗歌在处理当下时具有不同凡响的优势，完胜比如说霹雳诗人狄兰·托马斯；贾瑞尔能够洞察我们在科学、政治、精神上的整个情势，直击其根本。他是一个不倦的发现者，能够发掘出各种新的主题和资源，他还是一个技术大师，能够以小见大，表现手法游刃有余。极其渊博又极其无知——你真的都不知道从何说起……他简直就像一个满脑子装着刘易斯·卡罗尔那些奇幻故事的华兹华斯。

《七里格长的拐杖》最好应该和贾瑞尔的前三本诗集放在一起读。《献给一个陌生人的血》（1942）是一部仿奥登风格的高蹈派力作。其中有好几首精美之作，开头几首更是非常优秀，作者的个性在这本诗集得到充分展现，足以让兰塞姆感到惊讶并用讽刺性的笔调写下贾瑞尔拥有“天使之速”。而《小朋友，小朋友》（1945）包含了关于现代战争的一些最佳诗作，我认为有几首比威尔弗雷德·欧文的那些战争诗写得还要好，在专业性上超出他一大截。欧文的战争诗虽然现在对我们来说似乎是永恒的，但它们有时也是业余之作，有待完成。贾瑞尔的理想题材是那些坚定、服从和勇于牺牲的飞行员，他们的内心是如此无害，然而他们的外在却又如此具有破坏性。在《损失》(1948) 以及内容更富有变化的《七里格长的拐杖》中，新的题材出现了。虽然他写的是他自己，儿童，童话故事中的人物、历史、绘画，但他仍然能够从中找到坚定、服从、勇于牺牲的生命存在，但这种经历是安静的，更复杂，很可能更普遍。这是一个奇怪的宇宙，伤痕累累的快乐或是伤痕累累的悲伤永远都在评论着自己，带有拉封丹[①]那种粗野的动物常识和练达。他已经足以和那些与他同龄的人，过去那些最优秀的抒情诗人相提并论：他有着和他们相同的技法和独创性，而他的不足——某种古怪的任性和折中的胆怯——在这种情况下也只是不足。

在这些新诗中，我想《东方快车》可能算得上是《多佛海滩》的续篇吧，它将规则和不规则的诗行、埋韵 (buried rhymes) 和有点像六节六行诗体的重复用韵，巧妙地结合起来，音调和节奏的变化与火车的消音滚轴相映成趣，形成鲜明的对照。《萨尔茨堡的游戏》具有某人大声思考时那种支离破碎、心醉神迷的动作。这两首诗作写作方式不同，但与我所知道的任何一首短诗一样，都同样技艺娴熟，美丽动人。《骑士、死神和魔鬼》是对丢勒的版画的细致描摹和转写。这首诗描写绵密，概括深刻，是英语诗歌或散文中最引人注目的文字画之一，可与奥登的《艺术博物馆》相媲美。

《相反的诗人》绝对是从科比埃那里直译而来的翻译之作。原作显然是法语，但这首译诗同样也是一首伟大的英语诗歌。《圣诞节前夜之前夜》篇幅很长，也许是这本诗集中最好、最规规矩矩、最令人

---

① 拉封丹 (Jean de la Fontaine, 1621—1695)，法国古典文学的代表作家之一，寓言诗人。他常用民间语言，通过动物形象讽刺当时法国上层社会的丑行和罪恶，嘲笑教会的黑暗和经院哲学的腐朽。他的作品经后人整理为《拉封丹寓言》，与古希腊著名寓言诗人伊索的《伊索寓言》及俄国著名作家克雷洛夫所著的《克雷洛夫寓言》并称为世界三大寓言。

难忘、最恼人的诗作。贾瑞尔的有些独白，对于“那个阅读哈姆雷特的人”来说，或者对于一个被贾瑞尔辅导过的哈姆雷特来说，简直就跟罗伯特 · 弗罗斯特一样。在《空间的灵魂》中，他掌握了弗罗斯特的方法，并成功让一个简单的半疯癫的女人说话富有性格，但却带有他自己的幽默和恐惧。

我最喜欢的是《图书馆里的女孩》，这是一个典型的美国女孩，一段不朽的人物诗篇，这也许是他将他自己的品质和对流行文化的感觉运用得最好的一首诗。这个大学女孩金发碧眼，具有运动员的体魄。

(但并不是那么悲伤；并不是若有所思)
用一颗纯洁的心，老老实实回答：
我正在学习……

这首诗的结尾是这样的：

坐着做梦。
有人来了，离你的皮肤一指之宽，
他走向那些一边旋转一边歌唱的辫子少女；
那里有牧羊人的笛声、守夜人的摇铃声
穿越岁月短促黑暗的距离。
我是你的一个意念：然而，你并不认为……
一个漫长、盲目、梦幻般的故事，燃着火光
萦绕在你的双唇；我已经看见
那一幕牢牢地、永远地固定在你紧闭的眼帘，
玉米之王在向他的春天王后招手。

《贝琳达》的描绘曾带有同样犹犹豫豫的讽刺和同情。

1957 年

## 二、兰德尔·贾瑞尔（1914—1965）

我第一次遇见兰德尔时，他大约二十三四岁，出奇的聪明、早熟、有学识、幼稚、惹人烦。他似乎分不清在什么样的场合该说什么样的话。如果有什么事，让他不在场是最为稳妥的做法。熟识之人要是喜欢上那个错误的作家，或者那个正确的作家的那首错误的诗作，或者那首正确的诗作中那些错误的诗行，那就倒霉了！对于他所做的，或者经常是对于他所说的最后一件骇人听闻的事，那些爱他的人是多么喜欢欣赏、喜欢抱怨、喜欢说三道四啊。它把我们聚在了一起——悄悄谈论着贾瑞尔。1937 年，我们一起留宿在兰塞姆位于俄亥俄州甘比尔的家里。兰塞姆和贾瑞尔前一个夏天已经分别将莎士比亚的十四行诗研究完毕，他们都得出了一些非正统的，而且是迥然不同的观点。粗略地说，兰塞姆认为莎士比亚一直在离经叛道，变得不讲逻辑，没有连贯性。而贾瑞尔则相信，没有人，甚至是威廉·燕卜荪也不能对莎士比亚的智性和意象中那种丰富而又显著的歧义性做出公正的评判。兰塞姆和贾瑞尔仿佛现在就在我面前，我看见他们坐在一张沙发上，在一张双人沙发上，神圣的文本在他们的腿上摊开，一个五十了，另一个则大学刚毕业，他们对着彼此的聋耳详细阐释自己深受启发的但又互相对立的见解。

戈登·查默斯是当时肯庸学院的院长，他崇尚的是那些阴沉严肃的反浪漫主义的人文学者。有一次他和贾瑞尔一起去滑雪，听到贾瑞尔高喊“我此刻感觉像个天使”时，十分震惊。贾瑞尔不知怎的确实给人一种天使的印象，此外他还热爱打网球，爱围女朋友为他编织的风格奇特的围巾，喜欢在新近流行的舞步中加入他自己的一些令人不舒服的改进。他的思想，出奇地敏捷，有点孩子气，不着边际，很脆弱。他的身体对泥土、各种纠缠和反叛的免疫能力简直有点恐怖。当你和他一起静静地坐在校园餐吧里，吮吸着十五美分的巧克力奶昔，谈论着永恒的事物之时，你会感觉自己在他身边太腐败，太友善了。他身上有雪莱那种耀眼的光芒——他像雪莱一样，浑身上下每一寸都散发着诗人的风采，而且像雪莱一样，或许受到来自一种无趣、抽象的早熟的威胁。但不是真的！在他的内心深处，住着一个轻快的难以触及的精灵，它甚至在那时候就做出了年轻而又盲目的承诺——承诺既接受又永不接受肉体凡胎的笨重、混乱和战败……所有那种满不在乎的和撕得血淋淋的哀痛！

兰德尔·贾瑞尔作为一个诗人，有他自己独特而又重要的优点。在他能做好的事情上他远远超过了别人。他的才气既是天生的，也是一生顽强拼搏与成长的结果，他拥有巧智、感染力和绝顶的才华。我认为，他常常将这些令人炫目的特质利用得非常之好，因而成为他那个时代最令人心碎的英语诗人。

大多数优秀诗人偶尔也会写出精彩的批评之作，但贾瑞尔远不止于此。他是他那个时代的天才批评家、天才诗人批评家。那时候，大多数文学批评就像他所指出的那样，都是“出奇地粗鲁、毫无乐趣、毫无幽默感、冗长琐碎、思路狭隘、按部就班、自命不凡、通篇都是陈词滥调、痴迷于名利、几乎是自说自话”。

他对他所鄙视的东西总是痛下杀手，绝不留情面。他把写诗写得语义不清的诗人形容为“打字员，用打字机来写诗”。他在二十多岁时写的那些闪光的评述，充满了俏皮话和带刺语，在随意的交谈中，这样的俏皮话和带刺语就更多，简直是脱口而出，从未有过保存，甚至从未有过重复。在讲到一个著名学者时，他说："如果一个人说的每句话都是四平八稳的警句，没有任何智趣、深度或品味，那么还有什么比这更乏味无趣的呢？"他自己，虽然强悍，但却不粗俗、自私或卑鄙。他本可以待人温和亲切，却似乎常常对那些能使人际关系变得可以容忍的伎俩和虚伪不以为然。他的好恶对大家，对那些自以为重要或者希望把自己当作要人来看的人来说，是一件可怕的事情。虽然他几乎没有什么恶习，但大学和英文系的领导们都觉得他太过直白，比起像狄兰·托马斯这样经常发酒疯使人难堪的神童来还要更令人不安，更不可预测。他的机智通常都很严肃，动机单纯，但有时也能令更为愤世嫉俗之人幡然醒悟。有一次，我们正在看一套带有家具的公寓，是我们的一个朋友刚租下的，它的装饰风格十分古怪，简直不堪忍受。真人大小的像花盆一样的陶灯被改造成马蒂斯的裸体人物，仿佛出自一个痉挛发作的孩子之手。画则像是由瞎眼的画家用泥做的颜料绘制而成。因此，兰德尔说那些画作是"撒有锌粉的显形外质"，讲那套公寓"就差 X 夫人那些非法的泡在甲醛瓶中的孩子了"。他最早的评论文章被人说成是"象征性的谋杀"，但即便如此，他最具破坏性的评判毫无疑问是有耐性的、直率的，并且一点也不世故。

然而，兰德尔做得精彩的批评还是唱颂歌。这些颂歌不仅以其热忱给读者留下深刻的印象，而且还时不时改变并改进观点和价值。他使得许多的声名得到永久性的更改与提升。我尤其记得他写弗罗斯特和惠特曼的那两篇文章，还有一篇评论华莱士·史蒂文斯最后几首诗作的文章，这篇文章与他先前的评价完全不同，发生了戏剧性的逆转。他的思想一直在前进，在往深处探索。他的偏见不是他周围世界那种既有的时兴的偏见。他崇尚的东西总是时时改变，谁也说不准，"哦，我就知道你会喜欢的。"年轻批评家的成长一般都是从乳臭未干的严厉到渐渐松懈的仁慈，可他的进步并不是如此。他总是在沉思、在发现、在拨开自己错误的观念，不断地挖掘，眉头紧锁，目光清新而冷静。他每天都在想方设法找词汇，当他找到那个他凭直觉说出的词时，他的判断都很大胆，不像是真的。但他常常又都是对的，所以有时我们会说他总是对的。他可以喜欢被大家抛弃的作家，即便喜欢他们会成为一个丑闻。他会赞美年轻的、无名的写作者，就像是在赞美和描述莎士比亚的悲剧，他会阅读莎士比亚的悲剧，而且阅读时总是带着第一批发现者的那种不确定性和惊奇。

他曾经说:“如果我是一个有钱人，我就会花钱来获得能够教书的特权。”这个国家很可能拿不出比他更好的文学老师了，然而说来古怪，他在这上面一点也不谙世故，只在北卡罗来纳州的格林斯伯勒南部一所没什么名气的女子学院蛮受欢迎，在那里的荫凉和酷暑下教了近二十年的书。在那里，他的社区给了他一种密实有形的个人崇敬，这比那种空洞冗长的国家宣传要更为实在，也更令人伤感。他对我们社会的粗俗、冷酷和腐败感到痛心，并说:“诗人与这个公众社会有一种奇怪的关系。它感受不到他的存在。”他愤愤不平，却又故作轻松地说:“神灵夺走了诗人的听众，又给了他一帮学生。”然而，他为自己是个老师感到自豪，从不为此道歉，而是把这个身份与他最严肃的文学批评联系起来。他在评论弗罗斯特写的三首长诗时，因为诗太长不能直接包含在文章中，他突然停顿下来，说道:“我谈论（这些诗）时使用的语气相当奇怪，因为我不能引用和通读它们，我和朋友们还有班上的学生们在一起讨论时就经常这么做，所以我现在感觉非常沮丧。”很少有评论家能如此优雅地放下自己的架子，或是如此随随便便对待自己的尊严。他的文章从来不带有教授特有的那种生硬外壳。这些文章都有他自己催眠般的嗓音，生动活泼，给人带来艺术的欢乐。

兰德尔是我见过的唯一能让其他作家感到他们自己的作品比他的作品还要重要的人。我的意思不是指他习惯于对自己崇拜的人说“我可写不到这么好”。这种自白虽然迷人，但是不费吹灰之力。而他所做的就是让别人感觉到，他们的自我实现跟他自己的自我实现很接近，他在意的是让别人的工作本质和善意得到理解，就像他很在意让别人来理解自己的工作本质和善意一样。我从未见过有谁把朋友所写的东西和他们的生活，或者把他们的生活和他们所写的东西这样紧密联系在一起。这很可能会让人觉得难堪：每当我们拒读兰德尔觉得不值一读或者是写塌了的东西时，那个人就跟他的关系变得很冷淡。你觉得即使是选择一条领带都会伤害到他。然而，他总是改变方向，不断返回，因为他和任何人一样，也知道来自天堂的火花是人类无法召唤和掌控的。他强求的是善意，但最终还是对诚实的贫乏和失败采取了宽容态度。

贾瑞尔是最容易读懂也是最慷慨的当代诗歌批评家。他的小说《来自一个机构的写真》，不论虚构得有多么古怪，都可谓一本独特而又严肃的笑话书。我遇到很多把它作为床头读物或随手读物的人，他们说随意翻阅几页就可放松心情。他的《超市里一颗悲伤的心》让很多人都心悦诚服。人们倾听这些社会性的文章，它们就像是最后的审判日的布道，烧灼了灵魂却使我们笑着哭泣的醒世奇言。只有平庸的世界才会觉得它们很平庸。但是，贾瑞尔的内心生活的种种奇妙、变化与幽微曲折，都在他的诗作中得到最佳阐释。一直到生命结束前他都在写作，而且是力道越来越深沉，表达清晰而又坦率。二十五年来，他创作了许多优秀的诗作。在这里，我只想强调他的两个巅峰：他写的战争诗以及他生命中最后几年所完成的东西。

第二次世界大战的头几个月，贾瑞尔就成了飞行员，但他的年龄对于初学者来说有点偏大，所以很快就被“淘汰”了，在接下来的战争岁月里，他成了一个飞行指导员。甚至在更早的时候，他就对这方面的知识非常精通。我记得1938年和他一起坐在肯庸学院的山上听他用冷静的技术细节来分析最新的英国飞机在哪些细微之处优于德国的同类飞机。然后，他还开玩笑地描述如何对学院进行轰炸式袭击。他的战争诗有九成都是写空军的，写飞机及其司务人员，包括飞行员、乘务员和机械师。而其他富于想象力的作家，没有谁拥有像他那么精确的航空知识，或者像他那样知道如何从这些知识中汲取灵感。

在炮塔巨大的玻璃穹顶内，那个幽灵，死神，
框在瞄准器的玻璃镜片中，一架战斗机闪亮的翅膀，
轻轻闪烁，似一团空空之火。如果高射炮的模糊墨痕——
分散开来，有统计意义——那么炮弹的丢失图案
是死亡，它们是玻璃镜片下的死亡，是一个机会
给了昨天的某个人，明天的某个人；而且那架战斗机
时在，时不在，从中流出的那团火
没有温暖你，没有烧掉他们，尽管他们死了。

更重要的是，他所写的士兵都很像他自己的飞行员学生。他很了解他们，不仅如此，还特别同情他们。对贾瑞尔来说，这些年轻人的战争生涯有着童年生活一样的新鲜感，处处都是惊奇，魔法般短暂。在他的诗歌里，他们是杀人犯，但又很无辜。他们摧毁了城市和人，这些城市只在小学地理课上才拥有真名实意。

驾驶以女孩名字命名的轰炸机，我们烧毁

那些城市，我们上学时学到过它们——
直到我们的生命耗尽

或者

在我们投身战场的这一年，不可或缺
是多数情况，特殊时刻却可有可无

最后，这个飞行员永远回家了，永远是缺胳膊少腿，浑身是伤，“缓慢的肉体在衰竭，可怕的肉体 / 终于蜕下了…… / 跌跌撞撞来到厕所，拐着一条 / 皮革、金属丝和柳树做成的义腿”。瞧，他最后终于开悟了：

而且那是不一样的，不一样——你终于理解了
你的世界：你已经品尝到了自己的鲜血。

贾瑞尔对这些飞行员的描绘，有时被贬为平淡、天真，甚至是多愁善感。然而，他的写作超越了战争，他是把自己对战争的全部思想洞见之力投入其中，去探索、去揭露他在生活当中发现的恐怖、感伤和魅力。他的诗行有打磨锋利的边缘，但边缘之后总是一种悲悯的视角。他的见识虽然跟其他所有人一样有偏颇，但却是一种生命的启示，对于我们来说过于悲伤，过于璀璨，因而我们无法长时间停留——或是遗忘。

他的最后一本书《迷失的世界》也是他最好的一部作品。在这本诗集中，他使用了他近二十年来不断发展和改进的主题和方法。这些

诗大多数都是戏剧独白。说话者，尽管多数是女性，而且不像勃朗宁笔下的女性，都是有意与作者非常接近。这些主题反复出现，变化无穷，讲述孤独：未婚者的孤独、已婚者的孤独，还有男人与女人的爱情、争斗、依赖和冷漠——凡人如何衰老，沉溺于他们失去的幼稚的童年，这样的童年只有在记忆和想象中才可重新捕获。总之，是童年！这个主题对许多人来说是一个粗枝大叶的失去光泽的陈词滥调，但对于他，对于他最喜欢的两位诗人——里尔克和华兹华斯——则是一个具有统治力和超验的幻象。对于浅薄的人来说，童年和青春的回忆浸润在哀婉感伤的迷雾之中，或者甚至是不真诚的哀伤，但对贾瑞尔来说，这是神圣的一瞥，将相伴终生，获得痛苦而温柔的重生、彻底改变、成熟——男人与女人相生相克，孩子与成人相生相对。

他笔下一位上了年纪的女人说：

> 我那时年轻，生活悲惨，漂亮
> 又贫穷，我的愿望是
> 跟所有女孩子一样：嫁个好丈夫

但是后来，她在思考年老色衰的当下时说：

> 我看起来多么年轻；我是个例外；
> 我想起我拥有的一切。
> 但没有谁真正是个例外，
> 没有谁样样都拥有，我是普通人，
> 我站在自己的坟墓旁边
> 搞混了自己的生活，那就是平凡与孤独。

做着这种反思时，她成了一个特别的女人——一个悲伤的特别的女人，进入到贾瑞尔的一般普通人，或贫穷或欢欣鼓舞。他在以他个人的身份说话并说起他自己的童年时，他是这样讲的：

……当时我围着鸡笼子跑
手里拿着给兔子吃的莴苣，真正的悔恨
伤到了我，就在此时此地：小女孩在哭
因为我那时没有写。因为——
当然，
我那时还是孩子，非常想念它们。但是辩解
也很伤人……

然后，在一首叫《女人》的诗中，说话者是个男人，对床上躺在他身边的女人说：

让我睡在你身边，每一个夜晚，像一个勺子；
当我从梦中开始，对你发牢骚的时候，
但愿你说的我爱你能把我送回梦乡。
早晨给我带来，天堂的太阳
在你眼眸中变得完美，我在它的映照下更加苍白。

这一切现在又重回我的脑海——这三十年不到的友谊，多数是途中会面，多半是在北卡罗来纳州的格林斯伯勒，他热爱并留住在南部，尽管不是平均地权论者，但他是一个激进的自由主义者。一个来自格里姆森林里的可怜的流放者，思想很现代，我看见他没有留胡须，有一点点长得像个南美人。后来留了胡子，我们见到他时第一念头就是想伸手去拔他的胡子，但是这个胡子后来就成了他的招牌，就像沃尔特·白芝浩的胡子一样，或者是 19 世纪末法国第三共和国的某个象征主义者。然后又不留胡子了。我看见了那些他为自己的欢乐和慰藉所积累起来的色彩鲜艳、小巧迷人的圣物：维米尔的戴红帽子的女孩，皮耶罗和多纳泰罗的复制品，他那些伤痕累累的、有仁慈之心的英雄的照片：契诃夫、里尔克、马塞尔·普鲁斯特。我看到那辆白色运动型的奔驰车，那些剪裁大胆、刻意花哨的衣服，还有那台电视，漫长的下午播放的都是职业橄榄赛——他认为那些比赛比大学橄榄赛踢得更精彩更好看。兰德尔对敏感的危急时刻有一种不可思议的洞察力，能够救朋友于水火之中——几乎总是只有他能帮忙，写一些东西：信件中几句批评性的话，或者意外发表的书评。我想，有三两次他肯定给我扔下了救命稻草。他自己一生中获得了很多公开的赞美，私下的就更多。至少，公众严重辜负了他应得的一切。现在他走了，我清楚地看到，来自天堂的火花确实击中了我亲爱的老友，照亮了他的诗行和他的生命存在——他那高贵、艰难而又美丽的灵魂。

1965 年

# 狄兰·托马斯[①]

英国人为狄兰·托马斯的伟大争论不休，这是再错误不过的事了。伊迪丝·西特韦尔和赫伯特·里德那种口齿不清的铺张言论，几乎没有什么公正性可言，它损害了托马斯的声誉，但与赛蒙斯、葛里逊和《细读》里那位评论家的那种按部就班的、备受争议的盲目做法相比，还算有一定魅力。我想，其他在世的英国诗人中，最优秀的当属格雷夫斯、奥登、麦克尼斯和燕卜荪。奥登凭着自己作品的体量和

---

① 狄兰·托马斯（Dylan Thomas，1914—1953），英国作家、诗人。托马斯很早就表现出对文学的特殊兴趣，中学的时候曾担任学校刊物的主编，并发表了一些诗作。1931年，十七岁的托马斯离开了家乡斯旺西前往伦敦开始他的写作事业。二十岁那年，托马斯发表了第一本诗集《诗十八首》，被美国的出版商看好，把他之前所出的三本书做成一部合集《我生活的世界》在美国发行，这部合集后来为他赢得了威廉·福亥尔奖金。第二次世界大战期间，托马斯为BBC（英国广播公司）服务，战后他仍为该公司的一套文艺节目写稿播音。托马斯的诗作大体属于超现实主义流派，其诗中所蕴含的内容较具有梦幻色彩，通过对意象的描绘所创造出来的诗境往往引人入胜。另外，托马斯很注重押韵，其诗以适合朗诵闻名。除了写诗，托马斯也写过一些短篇小说。他被评论界普遍认为是继奥登以后英国的又一位重要诗人，代表作有《死亡与出场》《当我天生的五官都能看见》等。

才华使自己独树一帜。在剩下的三人中，我认为只有麦克尼斯是一个劲敌，可与托马斯较量一番。

狄兰·托马斯是一个令人眼花缭乱的晦涩的作家，不需要理解就能被欣赏。可当评论家们发现他说的有道理，而且发现他不是一个莎士比亚式的诗人时，他们的幻想破灭了。他们对托马斯发起了猛烈的攻击，下手之重令人想起十年或十五年前他们对庞德的不屑一顾。这两个案例十分相似。两位诗人都是十分出色的文体家，但他们往往是碎片式的，过于精巧，而且难以找到主题。托马斯最好的诗作中有几首具有孩子般的直白和“神州”的魔法。我评论庞德时说的每一句话都可以用来评说哈特·克莱恩，而克莱恩与托马斯就更加近似了。和托马斯一样，克莱恩也很主观、神秘、晦涩，在修辞上具有伊丽莎白时代的风格。他们俩都渴望童年，都使用性符号。《瑞普·凡·温克尔》和《河流安眠》就像《蕨山》，《黑色铃鼓》就像《公园里的驼子》，而《酒园》就像最为矫揉造作、晦涩难懂的托马斯。因为托马斯不曾受到过克莱恩的影响，来自另一个世界，个性也很是不同，所以这种相似性就非常引人注目。

托马斯是因广播朗诵而出名的，而且大家也都知道他为什么如此。作为一个正规的精通韵律的诗人，华莱士·史蒂文斯是唯一在世的、能和他比肩的诗人。托马斯的耳朵绝对可靠，技巧之华丽使人想起霍普金斯。人们但凡读过布里奇斯[①]的《弥尔顿诗律研究》，肯定都会佩服托马斯在他早期诗歌中对那些严格的抑扬格诗句进行变奏时所具有的奇特技巧。他后来的音节诗表现出的那种轻快和松散，也同样引人注目。这些诗作都有一种歌唱般的急促，不同于奥

① 布里奇斯（Robert Bridges，1844—1930），英国诗人，1913年被封为桂冠诗人。霍普金斯的莫逆之交。

登的音节诗中那些温文尔雅的重音，也不同于玛丽安·摩尔那种个人化的、近乎散文式的节奏。即使在表达笨拙或平庸意味的段落中，表层的韵律也很有趣，让人惊讶。有些诗表达的意义是持久的，几乎是莎士比亚式的。

> 我用驴子骨骼造一件武器
> 走在死亡之城边交战的沙场，
> 棒打大气，摧毁东方，击落太阳，
> 搅动风暴袭击她猛跳的心脏，用斩首的经脉
> 绞杀扭动的躯壳，并迫使她眼帘闭合。
> 毁灭，被鸟啄食，冲破腭骨像驴一样嘶吼，
> 而且，为了去谋杀，黑暗蔓延
> 像滚滚而来的潮水我漫向废墟。

这肆意妄为的咆哮，充满无数美式的、英式的、威尔士式的模仿。是韵律和修辞，还有想象力，把这首诗抬起来了。

这些诗都是关于光的——有体验它的那种狂喜，也有剥夺它的痛苦，以及获得它的痛苦。这一点用了几个简单的情境来表达：种子与土地，孩子与子宫，性满足与性挫折，罪恶与纯洁，以及生与死。也有那个孩子、那个诗人和那个白痴的狂喜。托马斯通常利用弗洛伊德式的和基督教式的象征符号，或者利用他创造的这些符号的变体，来展开他的情节。偶像图标和自然物体通常很难区分。托马斯的作诗法（machinery）的一个最终特点，是重复使用大约二十个典型的词。令人惊讶的是，他从来没有用过锁、钥匙、太阳、谷物、火和死亡作为重复的词来写六节六行体诗。

我们不应该忽略托马斯的不足，因为这些不足不是漫不经心或轻

率的结果，而是方法上的。鲜有诗人浪费这么多优秀的诗行却没有写出一首成功的诗。要说清楚这点，我下面将一一列举并举例说明。

重复与冗余。(1) 自我模仿。托马斯通常似乎都在用相同的象征符号和语言改写他已经写好的诗。(2) 抒情的外观。《通过绿色导火索催开花朵的力》使用了一个漂亮的重复结构去隐藏笨拙而又缺乏灵感的部分。《死亡将不能主宰一切》有二十行都是无关紧要的，而支撑它们的复句却写得瑰丽精彩。(3) 用重复的象征符号或描写来代替逻辑或叙述。因为这样，三首最长的诗淹没在了修辞之中，完全没有得到提升。(4) 插入的东西只是在重复或附和诗的其他部分。《我在战争缺席时创作了这个》以及许多更为晦涩的诗，它们结构松散，就像托马斯说的那样，通过塞上塞子被弄得“滴水不漏”。

超载。(1) 扰乱语境的词或短语。段落总是会表达出某种意义的，但是有些意想不到的词被扔了进来，目的就是想要拔高这种不可挽回的平淡与平庸。没有一个优秀诗人能像托马斯那样经常对这种权宜之计感到愧疚，也不必举出例子。他有时做得非常成功。(2) 不受语境支持的象征符号。《一个百岁老人之死》因为引进了“锁(locks)”与“钥匙(keys)”，结果将自己的情节弄混了也搞砸了。通过颠倒这一过程，象征符号的明确性常常因它们的特殊性而变得混乱。(3) 删除麻木或支撑的诗行。《纪念安·琼斯》(又名《葬礼之后》) 几乎各个部分都强而有力，不可或缺，但整体却给人一种略显拥挤、过分结实的印象。但在这种情况下，人们几乎不会在意，因为，正如德莱顿在谈奥德汉姆时所说的那样，很少有诗人会被如此之强的力量所背叛。但在其他诗作中，这种背叛却真的发生了，所以完全可以丢弃一些绝佳诗行，因为它们缺乏一个能发挥其作用的语境。

如果托马斯把注意力集中在他描述的对象上，不那么依赖他的修辞，他的诗就会更有条理，表达的东西就会更多。他在后来的诗作中一直在朝这个方向前进，但我还是同意燕卜荪的看法，即这个过程仍然没有结束。

我认为托马斯是一个很好的诗人。虽然有人觉得他只是拥有使自己前途不可估量的法宝，但要贬低他已经取得的成就是愚蠢的。他有几首诗肯定会流传下去。《纪念安·琼斯》就是明摆的事实，可见可感，语言密实、壮丽、坦诚，堪称英语中最好的短挽歌之一。《公园里的驼子》（那些反对忽略《没有太阳，光就降临》的评论家们是正确的，但《公园里的驼子》写得更精彩，没有人会忽视它）摆脱了重复写作，而且组织得非常完美。

公园里的驼子
一位孤独的先生
倚身在树与水之间
从园门的闸锁开启
让树与水进来的那一刻
一直到礼拜日沉沉的钟声在暮色中响起
吃用报纸包着的面包
喝水就用拴了链条的杯子
孩子们往杯子里灌了沙砾
他舀水喝的喷水池是我玩帆船游戏的地方
晚上就睡在狗房里
但没人用链条把他拴住。

只有少数几首诗比这些诗节或随后的五节更加敏感更加神奇。在这首诗，以及更加简短的《我的手艺或郁闷的艺术》中，格律、修辞和想象都融为一体。它们形式上的完美和费尽心思的直率在未来的一百年内似乎会和现在一样引人注目。有些诗作不够完美，但其中却有很好的片段，比如《尤其当十月的风》《我在战争缺席时创作了这个》《我的动物将如何》《如果我的头伤了一丝发根》《神圣的春天》《十月的诗》《冬天的故事》以及《拒绝哀悼》。也有一些故事（特别是《桃子》，它应该和《纪念安·琼斯》一起读）虽然不如诗歌那样情绪激烈，但常常都有一个好的结构、巧智以及一个题材。托马斯后期最优秀的诗作是《蕨山》，它使人想起华兹华斯的童年牧歌。尽管和这位更为年长的诗人相比，托马斯名气不大，也很简单，但是托马斯在这首诗里却有一种优势，他真正是一个困惑的、眼花了的孩子。尽管一行一行写得很随意，但《蕨山》确实是一首非常好的作品。这首诗的结尾令人震撼，引用如下，我们可以领略一点点令它繁茂的那种奇妙动量：

我无忧无虑，在羔羊般洁白的日子里，时光会
牵着我手的影子，爬上栖满燕子的阁楼，
　　　　来到那一直上升着的月亮里；
　　　　　　也不在意奔入睡眠
　　　　我会听见他与高高的田野一起飞翔
醒来时发现农庄永远逃离了没有孩子的土地。
噢，我年少自在，蒙受着时光的恩宠，
　　　　　　他掌握着我的青春与生死
　　　　我套着枷锁却依然像大海一样歌唱。

1947 年

# 约翰·贝里曼[①]

## 一、约翰·贝里曼的诗

最近五年来，约翰·贝里曼的几组《梦歌》[②]在杂志上陆续刊出，这些诗歌为人们所谈论、所担心、所谴责、所崇拜。它们令人迷惑，不太容易理解——而且毫无疑问，读或听起来很有趣。它们不是让你锥心而泣，就是让你破涕为笑，确实很新鲜。

在许多方面，贝里曼都是他那一代人的典范，他那一代人勤奋好

---

① 约翰·贝里曼（John Berryman，1914—1972），美国诗人，20世纪美国自白派诗歌奠基人之一。贝里曼凭1964年出版的《梦歌77首》获得普利策诗歌奖，《梦歌》的第二部《他的玩具，他的梦，他的休息》获得美国国家图书奖，全书共收入385首“梦歌”。他是一个精神孤独的人，酗酒严重，多次在他的诗歌中表达过自杀意念，但始终不为人注意，最终于1972年1月7日，在美国明尼苏达州著名的最大城市明尼阿波利斯市的华盛顿街桥上跳河自尽。他是罗伯特·洛威尔的好友，他去世后，洛威尔为他写了一篇感人的悼文，见后文。

② 约翰·贝里曼的《梦歌77首》由法勒、斯特劳斯和吉鲁有限责任公司于1964年在纽约出版。——原注

学，脑子里塞进了各种新规矩，受到非常规的压力挤压。他一开始发表作品的时候，人们就听说他有个巨大的藏书室，他的留声机是伯纳德·哈金[①]安装的，他引用诗歌的能力无限，他还给《李尔王》写了一篇定论性的评论文章。二十多岁的时候，他就已经是一个敏锐的批评家和杰出的学者了，而且从一开始，他的写作就充满了热情和深思熟虑。他既自律又放任不羁；他对自己爱慕的东西总是异常热情，但又极为包容和慷慨，所以他在寻找自己的声音时总是困难重重。他的脉搏似乎以一种异常的节奏在跳动，而且音高奇特。人们感觉到了那强烈的电荷，担心它会将线路烧坏。他对所有影响力重大的东西都积极响应，特别是奥登的新成语。他对充满激情的、超脱世俗的象征性诗歌也有适度的偏好。

一开始，他有可能会成为一个严谨朴实、与众不同的诗人，但不知怎的，他一直深陷混乱之中，写作于他而言是一个漫长的寻找过程，经常是艰苦卓绝地寻找。他希望找到一种包容性的风格，令他能够利用自己的博学，捕捉到他那种极度强烈的甚至是疯狂的体验、厌恶和激情。多么美妙的激情啊！那时，最让他激动不已的是莎士比亚后期的戏剧。他会背诵很多美妙的、鲜为人知的词句，这些词句可圈可点，有很多探索性的句法和戏剧性的心理起伏。句法和心理——在他的新诗中，每一句和每一个诗节似乎都抓住了遍布在莎士比亚后期戏剧当中的那些曲折结构以及实验手法。

在诗歌中，风格的跳转是一种诱惑——有时并没有进步，而且跟之前的作品几乎没有联系，因而改变不过是千篇一律。对贝里曼来说，后

① 伯纳德·哈金（Bernard Haggin，1900—1987），美国音乐评论家、散文家，共出版有关音乐的著述十二部，有关芭蕾舞的著述两部，曾获文艺类（非虚构）国家图书奖，代表作有《献给喜欢哈姆雷特者的音乐》《听者的音乐陪伴》《对话托斯卡尼尼》等。

续推出的每一本书，都是在对抗平凡，这是唯一的驱动力。在评论他的《梦歌》之前，我想简单回顾一下他早前的作品。它们都有一个共同的特点，有一个明确的变化模式或者是骤然的改变。

来看看《塑像》中的这几行诗：

我坐在公园入口的附近，
他们需要这样的入口，迷人而又危险，
几十上百人在那里一直躺到了天明，
那照拂着他们的黑暗渐渐消退……

这首诗讲述的是一群横七竖八躺在洪堡雕像旁的贫苦流浪汉。它既赋予了纪念碑一种脏乱之痛，又给这群可怜人增添了一股悲壮之气，这样的努力令人印象深刻。还有什么能让这二者变得可以容忍呢？我选诗相当讲究，就是试图指出这种奥登式的做法。

贝里曼这一时期写的诗，我最喜欢《冬季风景》，它是对布鲁格尔画作的一种象征性描述。整首诗就一句话，在五个五行诗节里回环，似乎是在试图用济慈的《希腊古瓮颂》中那个配有图画的倒数第二个诗节来写一首完整的诗。古老的意义被一个更黑暗、更危险的声音重复着。音乐和意象没完没了地随意移动。就像那幅画一样，一切都是同时发生的，循环流动着，形成一个永恒的圆环，表现出一种平静、黯淡的美。

这些男人，这三个穿棕色衣服的特别组合
在鸟的见证下将保留那场景，并且
通过布局那些树
那座小桥、那些红屋子和那堆火，

说出什么地点、什么时间、什么样的早晨

把他们送进了这个林子……

如果贝里曼继续以如此温柔、细腻和明晰的笔调创作，他至少可以以技巧著称。然而，他选择了一种更不计后果、备受折磨的路线。明朗、冷静、高蹈派式的诗风消失了，新的方法摸索出来了。《爱的诗章》是他最为雄辩、最为浮夸的诗之一，在这首诗中，他像罗塞蒂和庞德一样，尝试采用但丁短诗中那种试探性的新风格，但又有所不同。

在梦中梦见沉重的灵魂在某处
突然被袭，乌黑至膝盖……
然后是另一种音乐，在它的酒精作用下，
所有人都感受到一种喜悦，但我们沉溺其中
并非只为这种快乐，而是全然去接受
我们的审判，赤身在音乐的幻象中……

这几行诗句的力量源自任务的艰巨，那种将音乐和庄严赋予一种毫无修饰的古体风格的勇敢和努力，充满了各种犄角、古怪意趣和停顿。如果贝里曼后来的作品看起来很怪异，那你应该记住，他谦逊且有耐力，能够通过所有最艰苦的标准测试。在别处，大约在这一时期，他的作品就比较简单，比较破碎，比较平淡。比如《被虐少女之歌》的开头几行：

过一会儿我可就讲不了——
但是没有人问起我这个——我为什么在那里。

我问。那个地方的天花板很高，
突然传来的噪音，是我发出的……

对于贝里曼来说，各个方面都很成熟的诗，是他的长诗《向布雷兹特里特太太致敬》。这首诗写得十分奇妙，幽微曲折，精工细致。没有哪首诗比它音调更尖锐，思虑更周全，情感更激越。人们反复阅读仍迷失其中，每一次更新，它都会变得越来越清晰，越来越挥之不去。在某种程度上，它就是安妮·布雷兹特里特的传记，再现了那个时代的语法、神学和古板的装饰风格。然而，由于诗人出现的强烈幻觉，他对女主人公的想象增强了这个效果。他以她的形态现身，她似乎就附在他的身上。在这几乎是爱的宣言中，她用一种混合了她和他的奇怪的语言和他交谈。她抵达北美大陆的故事，她虔诚而绝望的时刻，怀孕生子，女儿的死亡，以及她自己的衰老，与丈夫和家庭的摇摇欲坠的关系，都以完满的热情讲述了出来。在这里，贝里曼对音乐和句子结构做了多个实验，结果发现，它们都被利用到一个主题和试验，被拉伸到极限。他那些可爱的不和谐的节奏贯穿于每一个断裂、噼啪声、古语和倒装。古老的乡村，17 世纪，乡土的简朴气息得以保全，并因这位现代诗人深浅不一的知识探索和技巧得到极大的丰富。《向布雷兹特里特太太致敬》是我们语言中资源最丰富的历史诗歌。

《梦歌》的体量更大，结构也更为松散。它的场景是当代的，对新闻条目、世界政治、旅行、低俗生活以及黑人音乐的引用俯拾皆是。它的风格是个混合体，包括了高级风格、贝里曼主义、黑人和垮掉派的俚语，还有儿语。这首诗由数个诗段组成，每个诗段有三个六行诗节，没有什么顺序，有时一个诗段会骤然扩展成三到四个独立的部分。起初，面对如此之多的黑暗、混乱和怪异，脑袋会发疼，会怔住。一段时间之后，反复出现的情形和它们活泼的含混不清的急促话语变得越来越有趣，但即使是现在，我也不相信自己能对这些诗段做出准确的释意，至少有一半不能。

这些诗太难理解、包袱太重、太拧巴，不适合吟唱。它们被称为歌曲是出于嘲笑，因为里面有很多黑人吟唱的歌曲片段，因为其中一个角色是伯恩斯先生①，他不断质问作者并替作者说话。这些并不是真正的梦，而是清醒时的幻觉，在这个幻觉中，任何可能发生在作者身上的事都可以随意拿来使用。他所看到、所听到或所想象的任何东西，都可以入诗。这些诗是关于贝里曼的，或者更确切地说，是关于一个他称之为亨利的人的。亨利被视作贝里曼自己，被视为厄运诗人、孩子和木偶。他被颠来倒去，既有温情，又有荒诞，既有悲怆，又有欢笑。如果作者以第一人称说话，就不可能达到这种效果。

贝里曼书生气十足，还非常古怪。这种书生气在曲高和寡时是一种缺点，但却让他的秉性变得没那么古怪，他能够学习借鉴前辈提供给他的任何东西，而且有所伸展。

这个有点像庞德的手法：

　　我很少看电影。它们太激动人心了，
尊贵的负鼠先生说。

这个有点史蒂文斯：

对最差也感到欣慰，人除外，他摇晃
　　最亮的冬日阳光。

---

① 洛威尔在后来一期杂志上对这个错误做了更正：“伯恩斯先生并非‘他们中的一个角色’，而是主角亨利。”——原注

这段可能会让卡明斯很开心：

这是艾克的短诗。

为荣誉干杯，这伟大的白色的——笨拙——

他一直在张罗——嗯——事情最近——呃——

在美国——如果你的屏幕是黑色的，

女士们，先生们，我们——我喜欢——

在这一点上，他非常棒……

这三位作家对贝里曼的影响非常之深刻，超乎想象，远不止上面那种相似的语言所暗示的那样。从庞德那里，他学到了包罗万象的风格、高昂的情绪、从一个主题到另一个主题的那种飘忽不定、不惧权威以及幽默。我说的是“学到了”，但这确实是个相似性问题。我在铿锵的、暗示性的、类似细微差别的，但往往不甚清晰的诗句中，也觉察出史蒂文斯的影子；在关于奇幻人物如克奥的含糊逸事中，或是描写克利图斯和亚历山大大帝的那段诗中，亨利和他的作者几乎有着相同的距离和身份，就像《作为C字母的喜剧演员》中的克里斯平那样。与卡明斯的相似之处体现在幽默、扭曲的语言和哀伤的情感上。也有乔伊斯的影子。

这个系列中几首最好的诗作是为其他作家写的哀歌。他的哀歌就是颂歌。它们虽不太中肯但很虔诚，加之思想跳跃，情绪无常，表达心直口快，反倒是意蕴生动，感人至深，扣人心弦。

祝福弗罗斯特……

他的恶意是一个粉刺，长在他那张漂亮的

大脸蛋上，有一双狡猾的眼睛……
他的故事很精彩，总的来说私下里
　　　　他是另一个人。
因为两次下流的诽谤
他时不时就向亨利道歉，这样做对他有好处……
　　　　　　　　在这里曾有一段时光
我们拥有一位不同寻常的人。

亨利那古怪的儿语起初让我无法忍受，但我很快就屈服于这种疯狂的喜悦，这种对吟游诗人语言粗暴的个人化使用。

我本可以从《梦歌》中引用许多有趣的诗句，许多悲伤的诗句，不过，我还是会选择一个完整的诗段，写得最好也是最统一的一个诗段：

曾经有件事压在亨利的心上
很沉重，即使他有一百年时间
或更长，终日里流泪、失眠，
也于事无补。
总是在亨利的耳边又开始响起
那轻微的咳嗽，如一种气味，一声钟鸣。

他心里还另有一件事
就像锡耶纳人阴沉着的脸，一千年的时间
也不能模糊掉那依然轮廓分明的责备。面色惨白
眼睛瞪得溜圆，他静候着，两眼发盲。
所有的钟声都说：太迟了。眼泪有何用；
思考。

但是亨利从未曾像他以为自己做过的那样
结果了谁的性命，将她碎尸万段
并藏匿尸块，而它们有可能会被发现。

他知道：他一一检查过，没人失踪。
经常性的，他会在黎明时分做清点。
未曾有人失踪。

男人的声音在这里与孩子的声音融为一体了，此时他们共同的节奏在悔恨、惊奇和噩梦中呜咽而行。就好像一个人生命中的两个相距甚远的部分，以某种方式融合在了一起，它经过“也于事无补”这句慢条斯理的话，抵达那张严肃的锡耶纳人的面孔，然后是那冷冰冰的对肢体的自动计数、对尸体的计数，再到最后一行那种可怕的魅力和更广泛的含义。

《梦歌 77 首》是一本危险的、不完美的书。要判定这本书的整体效果如何，我们就必须看未发表出来的那一部分。就目前的情况而言，这个选本的主要缺点是有风格主义之嫌，而且更糟糕的是——它支离破碎。你常常会对那种尽情放纵感到十分恼火，读了一段文字也很难讲出一个所以然。然而，你必须作出让步。在这里，一切都是冒险，千变万化。这个伟大的皮埃罗[①]的世界有着更多的泪水和稀奇古怪之事，并非我们轻易能够承受。

1964 年

① Pierrot，法国传统剧中表情哀伤、脸上涂成白色、头戴尖顶帽的白面男丑角。

## 二、致约翰·贝里曼（1914—1972）

这个2月的一个午后，3点30分，我坐在窗前欣赏外面的风景。我看见一片牧草场，未到季节却绿意盎然，洒满阳光。还有一个小时左右，它就将变得暗淡。约翰·贝里曼鲜亮地走出我的记忆。1944年，第二次世界大战临近结束的时候，我们通过卡洛琳·戈登[①]的引见在普林斯顿相识。那段时期很动荡，我和我的妻子琼·斯塔福德青春年少，喜欢娱乐消遣，所以经人介绍结识了贝里曼夫妇。我还记得许多期许的东西，也可能记错了，桌布白得就跟医院里的那种白色似的，清爽的马提尼酒，常春藤盟校教师俱乐部的那种绿色古风。什么大学？不是普林斯顿，是在英国的剑桥，没那么干净整洁。约翰说话时的语言节奏跟他的穿着都很讲究。他的语气虽然随意但却情感强烈，有点像剑桥导师那种近乎亲密的咕哝。他这一生，注定是要做一个学生、学者和教师的。我想他差不多算是我的一个学友吧，他本质上是个学生。他天生就有一股子怒气。他的生命就像一场释放怒气的残酷的战斗。哪个词适合形容他呢，勇敢、慷慨还是忠诚？这些品质他都有，他一直是个表演者，一个恃才傲物之人。起初是那些被他嘲笑的人这么认为，后来，除了学生、家人和索尔·贝娄[②]之外，其他所有人也都这么觉得了。

从一开始，约翰就是个幽默、博学之人，对于喜欢的事物热情洋

---

① 卡洛琳·戈登（Caroline Gordon，1895—1981），美国小说家、文学评论家，20世纪30年代曾获古根海姆文学奖和欧·亨利奖。她曾是艾伦·泰特的妻子，与之两度结婚和离婚，并育有一女。

② 索尔·贝娄（Saul Bellow，1915—2005），美国作家，1976年获得诺贝尔文学奖，代表作有《奥吉·马奇历险记》《洪堡的礼物》《拉维尔斯坦》等。

溢……说他孩子气有点不合适，他更像是还不成熟的青少年吧。我和他都喜欢有着作家身份的文学批评家甚于非作家的文学批评家。我们都痛恨由嫉妒引起的或是由谨慎推动的文学讨论。约翰自己所做的文学批评，大多是口头上的，而且富有诗意。极度的热情使他成了一个热门的朋友，也让朋友们觉得他很烦人。他最亲近的人之一——戴尔莫·施瓦茨，过去就常常说：再没有人像约翰那样忠心耿耿了，但你还是喜欢他住在另一个城市。约翰那时激情似火，但不是拜伦或叶夫图申科的那种激情。他紧紧抱住霍普金斯、叶芝和奥登，而他们的影子让他黯然失色。

后来，贝里曼夫妇（贝里曼和他的第一任妻子）到缅因州的达马里斯科塔米尔斯和我们（我和我的第一任妻子）一起小住。客人们要忍受的东西太多。我们都不善于从荒野乡村获得最大收益，我们不开车也没有汽车，这点让客人们很不开心，惹得她们不断数落。约翰则让人感觉轻松又自在，我们在大西洋岸边的礁石上畅谈闲聊，在沙滩上用贝壳做盛器来烤制食物，而且酒兴浓郁，我们那个时代渴望的生活就那样，不比现在。约翰能够引经据典，不论篇幅长短，甚至是散文，甚至是莎士比亚后期的作品，他用它们来向我展示如何处理混乱的和修正的句法。他真正的风格就是从这时候开始的。起初，他以极大的活力写下很多密集的从句，全都是断句，而且鲜有风格可以令其摆脱出来。有人说这种风格就跟艾米莉·狄金森那种疯狂加破折号而不着一词的做法如出一辙。我依葫芦画瓢照做，结果这种方式让我的东西，甚至是让我为表兄弟们写的那些限韵诗（用 floor、door、whore 和 more 来押固定的韵）显得滞重又难懂。编织得如此壮观的网，结果能捕到的只是原木——这是我们发出的第一声刺耳、含混不清但又是真真切切的呐喊。

我和兰德尔·贾瑞尔一起怀着朝圣般的心情前去普林斯顿与贝里

曼一家共进晚餐，结果却并不开心。与其他诗人相比，约翰是个奇才，但与兰德尔相比，他就像个慢热型对手。产生这种误会的肇事者通常会承认自己很困惑，两个有着如此多共同之处的高手为什么就合不到一起去呢？共同点太多了——两人都是音乐和唱片评论家伯纳德·哈金的略微有些异端的弟子。但是约翰那个晚上搞得大家很不愉快，他在以前是哈金用的一个巨大的留声机上播放他自己喜欢的唱片，并没有使气氛活跃起来。他们又尝试交流对芭蕾舞的看法。一个喜欢考文特花园，另一个则喜欢达尼洛娃、马尔科瓦和最新的纽约巴兰钦。贝里曼打开几大本皮面相册，里面几乎全是他约会过的英国芭蕾舞演员的放大照。贾瑞尔那段时间连续四十个晚上观看纽约芭蕾舞团的表演，因而说了些冷淡、古怪的评论。他暗示说他从未见过有哪个英国舞者与丹麦人处于同一水平。我则比斗士们还要辛苦，还因为试图不偏袒任何一方而失去了权威性。

两位诗人批评家都刚刚为我的第一本诗集《威利爵爷的城堡》写了定论性的评论文章。在近视的人看来，他们的声调似乎很和谐。这就把事情弄得更糟糕了。真相体现在具体细节上，但在此处，在这些细枝末节中，没有一点相吻合。那一晚的早些时候，贝里曼犯了一个战术上的错误，他称赞贾瑞尔那篇文章写得漂亮，没想到人家听了只是撇撇嘴受伤地回应了一句：“哦，多谢。”奉承没有得到回报，连肌肉都不曾抖出一丝笑意。我意识到，要是这两篇文章再写一遍的话……在那个可怕的新泽西午夜，我们坐在开往宾夕法尼亚车站的火车上，兰德尔冷静地分析了约翰那种高亢、激越的声音，他很是诧异：“为什么没有人告诉过他呢？”兰德尔批评人的时候声音也同样高亢、激昂。不久，他就一会儿发冷一会儿发热，甚至变得更加狂暴，我赶紧拿了我的外套给他盖上。他可能会像孩子的脸那样说变就变，喜怒不定。而约翰，那个待客的主人，那个被冒犯的人，恢复得更快。他对兰德尔的敬佩始终未减，但是这样的聚餐再也没有了。

一年后，我和贝里曼一起去华盛顿附近的圣伊丽莎白医院探望埃兹拉·庞德，那次的气氛要柔和得多，所以我的印象并不深刻。我只记得一个明显错位的形象，那就是约翰抱着膝盖，脸颊闪闪发光，迫切地请求庞德唱一段他自己的歌剧《维隆》中的咏叹调。他看不出庞德有任何古怪之处，或许情况正好相反吧。总之，他对庞德的直觉都是对的——沉静安详、大大方方、轻快活泼。那个时候，几乎没有人，甚至是现代诗人，跟庞德在一起时会感到轻松自在、无忧无虑……当我们回到我的房间时，我犯了一个错误，以为约翰对他自己的新诗没那么感兴趣，所以讨论的都是我的新作……另一部歌剧。很久以后，在约翰第一次离婚的那段艰难日子里，我们一起去大都会歌剧院俱乐部，不得不借罗伯特·吉鲁克斯的无尾晚礼服和燕尾服。我掷硬币猜输了，只好穿那件燕尾服[①]。我看见约翰在街上手舞足蹈，大声喊叫："我都不认得你了，伊丽莎白不会认得你，只有你母亲才认得。"

庞德、贾瑞尔和贝里曼，都拥有同样令人称奇、同样令人发疯的特点：他们以自我为中心但又毫不自私。这使得人们会迫不及待、义无反顾地奔向他们的消遣和争论活动——去读贾瑞尔冷静而又热情洋溢的批评性赏析，去听贝里曼的引经据典和说长道短。贝里曼对他所鄙视的东西的鉴赏力绝对可靠，但他也会肆无忌惮地把活人或者是逝者当作英雄来崇拜，而且大多数都是与他同时代的作家。很少有人去

① 他记错了这个场合的细节，那是在他自己加入大都会歌剧俱乐部之前发生的事，后来他住在大都会旧址。他们都是我的客人，按规矩我们都要穿晚礼服。我把我的无尾晚礼服（他的在波士顿）借给了他，而贝里曼则穿着他自己的燕尾服，还是我们大学时代穿的那件，此时依然很合身。当晚的歌剧是莉奇亚·阿尔巴尼斯（Licia Albanese）演唱的《茶花女》（*La Triviata*）。R. G. ——原注

世时没有收到他那充满挑衅、英雄气概十足的挽歌。我想他一定看见他们像士兵一样从坟墓里爬起来应答他吧。

贾瑞尔的死更令人伤心。假如事情没有发生，也许就不会发生了。他现在会在我身边，能量十足，就像五十岁的人该有的那种样子。这种“有可能”（我时常这样想）让我潸然泪下。约翰像他的朋友狄兰·托马斯一样既痛苦又喜悦，因为差点儿赢得了自己的所赌之物。他比托马斯更为古怪，他不是那种由自然力驱使的自然诗人，然而他也不需要一开始就是个演员。随着年岁的增长，他变得更干巴了，越来越顽固地陷入对各种各样的经历的纠结之中。

我必须要为死亡和“极端诗人”说几句话，因为我们的名字常常在葬前的颂词中被提到。除了韦尔登·基斯和西尔维娅·普拉斯[①]，这些“极端诗人”的寿命其实都跟莎士比亚一样长，比怀亚特、波德莱尔和霍普金斯都长，并且比那些永远的浪漫派诗人更长，他们真的是年纪轻轻就死了。约翰活到了贝多芬的年龄，他在他后期最有抱负，也许是最优秀的诗作中歌颂了贝多芬，后者就是一座丰碑，见证了他长期的热爱、畅所欲言的表达以及巧妙的批评。约翰去世时身患的病痛比贝多芬要少。可这种安慰之词却无法让人接受，洗去心中的伤痛。我感觉到了那锯齿状的深长的伤口，我的同代人带着这道伤口死去了，我们也将带着这道伤口死去。难道就像标准的激进分子所说的那样，他们是被我们腐化的社会杀死的吗？难道他们的成功也是他们毁灭的一种形态吗？难道我们只是弗罗斯特、庞德、艾略特、玛丽安·摩尔等前辈的追随者，令人不舒服了吗？在我们抵达的那一刻，这种痛苦的可能性就摆在我们面前。死神迟早会来的，而这些使之来得更快。

当我想到约翰的整个一生，甚至想到他从桥上跳到硬邦邦的地面

---

① 详见第 155 页注释。

时那令人发寒的一跃，我不由自主地微微一笑，虽然笑得有点不自然。到头来他还是反弹了，身子立起来了。他不顾一切献身事业的精神，体现在《梦歌》早期的诗作所讲述的一个轶事中——他小时候参加过一场划船比赛，当时他所坐的滑动座位没有扣死，松了，他不得不来回推挤，屁股磨出了血，把滑行装置都染红了，但他一直坚持到比赛结束。勇敢是可耻的，还会发出尖叫。约翰继续划船，也许码头上并没有人注意到他短裤上的血迹——他的伤并不致残。后来他去明尼苏达州上课时，他跌跌撞撞走过走廊，没人搀扶，一步一步靠在墙上稳住自己，但还是坚持上完分配给他的课时，然后才走到他先前定好的救护车旁，全然不顾自己有可能会在讲课的时候死于病症的发作。病了几个星期之后，他又回到了他原来的课程上——跟以前一样，状态很好。

更明快的一面体现在他那些滑稽的、嘲弄人的故事中，体现在他与妻子、孩子和朋友相处的时候，当然也体现在他虚构的一些冲刺事件中。可当他变得更有灵感，更出名，也更加醉醺醺的时候，也就是变得越来越像个约翰·贝里曼的时候，他就不那么好相处了，我们更多只是碰巧遇见——语调低沉而又咄咄逼人的雄辩、数杯波旁威士忌、一个对着一大堆崇拜者侃侃而谈的石头金字塔。他近乎非人的慷慨使得这种偶遇变得更加甜蜜，但是随着他的心变得更大，那层皮也就变得更厚了。他的作品对我们来说有价值吗？当然有，但是这只蚂蚁的生命对其本身要比对他的蚁山的健康更重要。他一生从未停止过斗争和奔波，起初是专家和衍生品，后来是完整的输出品，更多汁，更多页，页面上更多奇怪的话，更简单，更晦涩。当他形成了自己的风格后，恐怕我还把它误认为是强行而为。现在没有一个声音或人，像他那样紧贴着我的耳朵。那声音辛辣、粗暴、痛苦、幽默。书页上的声音，都跟我朋友在电话里的声音一模一样，可是现在却败给了模仿的声音。我们应该听听他的朗读。他露出笑容的时候，是我们这些人在刻意做作，不愿吐露心声。

大约在一年前圣诞节的时候，我在纽约跟约翰见了一次面。他在凌晨三点钟还在打电话谈诗歌，发邀请，我看到他就感到厌倦，因为他让我睡不着，我猜他对我感到麻木了。在出租车罢工期间的一个中午，我们在切尔西酒店见面，谈了很多别人给的前卫构思，很枯燥，而个人回忆、波希米亚式的生活以及托马斯的去世也让人情绪低落。在能够步行的范围内没有一家令人愉快的餐馆，七家最好的坏餐馆也关门了，我们只好走进一家空荡荡的自助餐厅，勉强接受了那种极大的上了清漆式的不欢迎。约翰跟我说话时，刻意体现出自己的尊严，就好像他就是圣伊丽莎白医院里的埃兹拉·庞德，语气很重，却东拉西扯，然后，他的声音就低得听不见了。

他说话似乎很谨慎，然后就柔和成只有他自己能听懂或是听见的声音。约翰先是苦行僧似的宿醉，有些飘飘然，到最后我们都喝高了，心里都没底，都不说话了。然后我说："我什么时候能再见到你？"这句话的意思是，我过几天就要飞去英国了。约翰说："卡尔，午饭时我一直在想我再也不会见到你了。"我当时还想着是不是我们在含糊其词谈话的时候我伤到了他，但他解释说，他的医生告诉他，他要是再醉酒狂欢一次就没命了。还有选择吗？后来我才知道，因为恐惧，他开始了长达十一个月的禁欲生活……有半年时间如重生一般，写了很多作品，然后就自杀了。

我对贝里曼早期的大部分诗作都做过评论。《梦歌 77 首》比大多数晦涩的现代诗歌更加晦涩难懂，后来《他的玩具》中的那些诗就像散文日记一样直白，也像诗歌一样有嚼劲，趣味盎然。这是一种成就，然而《梦歌 77 首》或许把约翰的全部真相几乎明明白白地道了出来。我过去误判了它们，被它们的表达方式弄得心烦意乱。他的最后两本书，《爱与名望》和《错觉，诸如此类》，已经出版。它们也许比不上《梦歌》那些编年诗那么重要，但它们充实了他的人生，随着年龄的增长改变了语言风格，为他的死做好了准备——它们几乎埋葬了约翰的爱子和腹语玩偶——亨利。《爱与名望》有些亵渎感，格调常常不高，但它让约翰在五十岁时又将大学时期的生活回忆了一遍。这些主题可能激励性太强，并没有在他所知的领域有所突破，抵达一个新的层面；有的诗还罩上了他最快乐的外衣。《爱与名望》最后以一组情感强烈的长篇祷告组诗结束。《错觉，诸如此类》中大多诗作是神圣的，以一组祷告诗作为开篇。

放纵与祈祷，哪个才是错觉？两者都是历经考验的朋友。那些祷告是一位罗马天主教的不信者所做的，从罪恶到虔诚，从亵渎妄言到痛苦献身，来回摇摆。它们的麻烦不在于他在自己身上发现和杜撰的那个阴暗的霍普金斯。这是一个传统的天主教情形，是 Sagesse，罪者的智慧，监狱里的魏尔伦。贝里曼成了为数不多的宗教诗人之一，然而这并不是我最喜欢的一面，我将以两段引诗作为结语。第一段很幽默，是一个影子肖像：

> 我奇妙的新的黑色卷边——
>
> 　　　　　　毛毡帽，既密实又蓬松。
>
> 我戴着它达到了自己的顶峰，在火光中。
>
> 也许我只有一条圣诞领带
>
> 　　　　　（增加六十）和一些书写纸
>
> 但是哈（哈哈）我现在给自己买了一顶帽子！
>
> 外加来自零点的敲击！

第二段带有严肃的预言性，写于二十六年前约翰拜访理查德·布莱克穆尔的时候，也就是在他来看我的前后几天吧：

**理解**

他读书读到很晚，在缅因州的理查德家，
三十二岁？理查德和海伦久久躺在床上，
我的好妻子久久躺在床上。
我所要做的就是脱去衣服躺到我床上，
把这个记号写进书里，然后睡觉，
醒来时吃个热腾腾的早餐。

海岸外是一座小岛，帕蒂·马南，
理查德家草坪外的悬崖几乎是陡直的。
四点钟，寒意袭人。
成为一个男子汉只需几分钟。
一种对此时此地的专注。
好突然，不像巴赫，

好恐怖，不像巴赫，我猛然想到
有一天晚上我不会穿上暖和的睡衣，
而会脱掉所有的衣服
跨过阴冷的黎明，跌跌撞撞走下那个悬崖
进入那可怕的水中，永远行走
于水下，向着那个小岛，走去。

1972 年

# 安德烈·沃兹涅先斯基[①]

我们相聚到这里，是为了倾听安德烈·沃兹涅先斯基，既有他自己的声音也有翻译过来的韵调，因为他是一位优秀的诗人。我们相聚在这里，也因为他是一位俄国诗人。他的国家和我们的国家发生了摩擦，在这个往往是很可怕的时刻，我们双方都渴望冲破障碍。我们都对目前这种表面平静，实则粗暴、麻痹和不信任的状态感到不满。我们希望超越这种紧张态势和高层的萎靡不振——大熊和留着山羊胡穿红白条纹摇旗裤的山姆大叔——两个有实力去伤人的大国，它们面临的问题和诱惑是如此相似，在意识形态和表达方式上又是如此不同，这很是令人不安。有时候，它们仿佛就是对方创造出来的一个国家，一个谩骂宣泄的出口，一个重振公民士气的借口。现在已经到了连最害羞、最不关心政治的人也激情满满、准备随时献身的时候，每一句无辜的回忆都变成了一种指控。我们渴望遇见另一种人。

① 安德烈·沃兹涅先斯基 (Andrei Voznesensky, 1933—2010)，俄国诗人。他是赫鲁晓夫执政后文学解冻时期涌现的诗人群体中的一员，被认为是“苏联时代最勇敢的作家之一”。他的写作风格常常受到同时代批评家的批判。他的一些诗作被奥登等英美诗人翻译成英文。

安德烈·沃兹涅先斯基就是这样一种人，一个使者。但他不是密使，不是谈判代表，他不代表任何官方的教条或政策。他甚至不代表一个对立的文学立场，他只代表俄国写作的最佳状态。他的声音已经响彻全世界。我们感到高兴的是，令他声扬海外的，是他那难以掌握的艺术，而非具体的信息。他没有到这里来说教，劝我们皈依；他对他的政府进行了抗议并与之陷入纠葛；他的抗议是复杂的、晦涩的、人性的；他是在国内做的抗议；他来这里是作为一个访客，而不是作为一个流亡者，他是来表明在俄国能做些什么，而不是来揭露的。我们很高兴他有这样的举动和高度。

安德烈·沃兹涅先斯基是一位高深的作家。他写作的语言，我们没有几个能懂，包括今晚在场的所有译者在内，然而他又特别容易让我们去喜欢，去欣赏。他带着本世纪 20 年代以及阿波利奈尔的那种无忧无虑的欢乐来到我们这里，浑身洋溢着轻俏的魔力、蓬勃的激情，还有他的想象力，如此喧腾与激昂，恐怕也只有俄国人才能受得住吧。他说："我们不是为了生存而燃烧，而是为了踩上油门。"沃兹涅先斯基是不可能燃烧殆尽的，他不是马雅可夫斯基。当他审视自己的时候，我想他是欢喜自己只有真人大小的，或者更小一点。他的诗中处处都是那种纤巧、脆弱而又好用的东西。他有幽默感，精明风趣，又勇于反抗，所以他才能够做自己，这种天赋并不是与生俱来的，只有凭借最英勇的耐心和创造力才能获得。

他有着庞大的词汇量，兴趣更是广泛：建筑、巴黎、纽约、机器、官僚和人民。其他的就全都是爱情诗或关于女人的诗。他太沉迷于制造惊奇，从大胆而又难以预料的视角切入，所以往往显得晦涩模糊。超现实主义从他的指尖萌生而出：一百个反物质世界、长着女人头的铝制鸟、粘在天花板上的插着粉红色蜡烛的生日蛋糕、没有墙壁的房子、没有皮肤的男人，还有整晚都在长长的鼻子。每一只想象中的蟾蜍都生活在一个真正的花园里。每一个构思与编造用的都是真材实料，背后都凝结着灵巧的手艺和心血，以及永无睡意的机敏与智慧。有时，他看起来就像一个到处都有的那种年轻人，很反叛，对那些温顺的、传统的，或者仅仅是陈旧的东西感到很不耐烦，所以想要打碎院士们所坐的镀金椅子，引进新鲜的引火物。而在其他时候，尽管诗行常常变换，他对帕斯捷尔纳克或契诃夫的那种令人哀伤的同情却是始终如一。

奥登写过这么一句话："作为一名作家同行，我一开始是被他的手艺所打动的。至少他是一位懂行的诗人，不管怎么说，诗都是一件语言的工艺品，必须像一张桌子或一辆摩托车那样结构巧妙而又牢固。"安德烈·沃兹涅先斯基很幸运，他得到了我们自己这位最坚定的匠人的盛赞，也有幸吸引到奥登和今天到场的诗人来翻译他的诗歌。我说不出他们对原文的偏离有多大，但他们写的英文诗都有自己的锋芒，有的机智诙谐，有的沉郁凝重。像安德烈·沃兹涅先斯基这样一位专业的、诗人中的诗人，他的声音应该响彻整个俄国，而且现在就是一个使人保持清醒的、微妙的惊喜时刻。他用自己节制而又精妙的手艺，为我们展现出他的那个小小世界，里面有他的恋人、他的俚语、他的乡村场景，还有他的艺术家之战，他反抗那个"由螺母和螺栓简陋制成的天使长"，那个"对其创造者说'把你的妻子赐给我'的网络机器人"。

在这样一个时期，做一个诗人很难。其实在两个国家都很艰难，只是体现的方式不同而已。即使被允许，也几乎不可能带有政治指向并依然保有灵感。世界还像以前一样，正以前所未有的方式逼近，刺激我们，麻痹我们。我们处于某种国际性的表面平静的状态。我们就像树上的一只猫，我们想爬下来，而不是掉下来。真是太过分了，我们已经失去了立足点。有一天晚上我正在刮胡子，一支不耐烦的、刚刚点燃的香烟从肥皂碟上突然瞄准我，我让浴室的门半开着，以便听到世界新闻摘要的信息综述。太过分了，太紧张了。我们想要另一种人。我们想让安德烈·沃兹涅先斯基用他的反物质世界把我们带回到现实世界里待上一会儿。很高兴他是我们的客人。

1967 年

# 西尔维娅·普拉斯[①]的《爱丽儿》

这些诗写于西尔维娅·普拉斯生命中最后几个月，每天以两到三首的速度喷涌而出。在这些诗中，她变成了她自己，变成了某个想象出来的东西，一个全新的、野蛮的、巧妙的造物——几乎不是一个人，或者女人，当然也不是另一个“女诗人”，而是那种超现实的、引人着迷的、极具古典气质的女英雄。与其说是女性，倒不如说这个人物具有女性化气质，只不过我们习惯上所认为的女性化的一切在这个人物身上几乎都被颠倒了。声音时而清淡愉快、机智诙谐，时而尖酸刻薄，时而古灵精怪，像个小女生，很迷人，时而又淹没在吸血鬼那刺耳的顿挫声中——就像狄多、费德尔或是美狄亚，而且能够嘲笑自己“重如母牛，穿着维多利亚式睡袍像个花姑娘”。虽然诗句重

① 西尔维娅·普拉斯（Sylvia Plath，1932—1963），美国著名女诗人、小说家，自白派主要成员之一。生于美国马萨诸塞州，1955 年毕业于史密斯学院，之后获奖学金到英国剑桥大学深造，这期间结识了英国诗人特德·休斯并同他结婚。1960 年，普拉斯出版了她的第一部诗集《巨像》。不久因丈夫有外遇婚姻出现问题，1962 年离异。1963 年 2 月自杀身亡。普拉斯死后出版的诗集包括《爱丽儿》《涉水》等，还有她唯一的小说《钟形罩》（*The Bell Jar*）。1982 年普拉斯获追颁普利策诗歌奖。

复，有时情节还会丢失，但语言在她的嘴里永远鲜活，不会死亡。

这些诗中的一切都是个人化的，带有忏悔色彩，很感性，但那种感受方式却是受到控制的幻觉，类似发高烧时呓语般的自述。她燃烧着运动的渴望——散步、骑马、旅行，做蜂王那样的飞行。内心的激情如砰砰响的活塞推动着她向前行。《爱丽儿》这个书名召唤出莎士比亚笔下那个可爱但略显冷淡的雌雄同体的精灵。但事实上，这个爱丽儿就是作者的一匹马，危险，比人更强大，经过艰苦训练之后就像机器一样。她自己也有点像一匹赛马，不屈不挠地疾驰狂奔，伸长冒险的脖子，跨过一个又一个死亡栅栏。起跑，撞线，不停打破新的世界纪录，她迫切想要过这种快节奏的生活。然而，她身上最具英雄色彩的地方，并非是她的力量所在，而是她在自我控制时所表现出的那种拼死的绝望，是她那羞怯、富有女人味的金属手腕。只有通过几乎纯粹的运动，她才能忍受“上帝，在他空虚之夜出现的那种大停滞”、医院、发烧、瘫痪、人工呼吸器，像马戏团表演穿插节目的女孩一样被剥光，像人体模型一样任由别人来穿衣，像格列佛被利立浦特人那样五花大绑……公寓、婴儿、古板的英格兰风景、蜂巢、紫杉、花园、月亮、钩子，黑靴、伤口、嘴巴像伤口一样张开的花、贝尔森的人皮灯罩、希特勒哐哐响的碾压俄罗斯的杀人魔坦克。自杀，仇恨父亲，自我厌恶——这些都不算什么，最过分的是她的控制力带来的那种令人毛骨悚然的快感。确实是过分了，她在艺术上的不朽正是瓦解生命。那份惊喜，那个打开了的不停闪烁的生日礼物，那种“飞入红色的眼，晨光的鼎锅”的超脱，还有那个一直在等着她的恋人，正是死神，是她自己那种突兀、反叛的死亡。

他跟我说我照相很难看。

他跟我说那些孩子

在医院的冰柜里
样子很可爱，脖子上都有
一道简单的褶子，
然后是他们身上的袁袍
有爱奥尼亚式的凹槽纹饰，
然后是两只小脚丫。

这些诗带有一种让人不舒服但又无法摆脱的质疑。许多人读完《爱丽儿》之后，很可能一开始会感到震惊、惶恐，继而会退缩，会痛苦地思考，为什么这么多的震惊会让他们感到空虚、逃避、哑口无言。在她的诗句中，我常常听到伊甸园中的那条大蛇在耳畔低语："来吧，只要有勇气，你也能拥有我的正直、勇敢和源源不断的灵感。"但我们大多数人都会转身离去。这些诗简直是在用六发子弹玩俄罗斯轮盘赌，或是一种名叫"胆小鬼"①的游戏，而两辆车的轮子都被锁定，无法转弯。啊，在那个卑微的临摹者的天堂里的，才是那些几千年来一直重复着自己崇高的固定模式的埃及艺术家！然而，西尔维娅·普拉斯的诗歌并非是在颂扬某种野蛮的、放荡的生活，那种生活属于"该死的"诗人，他为了能过几年纵情享乐的日子甘愿将自己的身体燃烧殆尽。她的诗歌和生活都不是一项事业，它们教人明白，生活即使有所规约，也根本不值得有所奋斗。

回过头来看，你才深刻意识到，西尔维娅·普拉斯最后那不可阻挡的烈焰，其实在她早期辛勤写作的那种羞怯、克制和礼貌中就已经

① 一种20世纪四五十年代盛行于美国的游戏。竞赛办法是两辆汽车沿着同一条直线迎面对开过去，如果双方都不改变方向，势必会在某处相撞。任何一辆车的驾驶员可在撞车前躲闪避让，这样他就成了"胆小鬼"，就是这场赌博的输家。

埋下了秘密的火种。她从来都不是我的学生，只是七年前（1959年），有几个月的时间，她经常来波士顿大学旁听我的诗歌讨论课。我看见她坐在一扇高高的窗户旁，身影被明朗的天空衬托得有些暗淡，很不起眼，就像市郊破败的黄砖和混凝土浇筑的方形碉堡加油站，除非你愿意去俯看。她身材苗条，腰身修长，胳膊肘尖细，有点神经质，爱咯咯地笑，文雅和善——若不是那令人尴尬的紧张与克制，她肯定会光彩照人。她很谦虚，也乐于接受大家都倾慕的东西，有时这让她看上去似乎很顺从，但也令人极其恼火，因为这种顺从掩盖了她那种不时兴的坚忍和胆大。她给我们看了她的几首诗作，它们后来都被收进她的第一本诗集《巨像》，几乎没有什么改动。那些诗都很阴郁，但在诗节的结构上驾轻就熟，令人惊叹，在押头韵和表达马萨诸塞州那种低潮时的哀伤方面，也很有天赋：

一条杂种狗撒腿猛跑
硬生生把那群海鸥从沙坑里赶得拍翅而去。

还有些诗行则表现出她的机智与直白：

梨子胖得像一个个小菩萨。

不知何故，她的诗没有一首能深入到我的意识之中。我察觉到她的羞怯和与众不同，但绝没料到她日后会有这么惊人的成功。

1966年

# 第二辑

# 艺术与邪恶

首先我想坦白，我打算以一个非常危险的速度来跑题。艺术与邪恶：这些话对它们来说，有点像被霓虹灯照得太猛、刚刚受过洗礼、新派为艺术而艺术、“没规矩的 90 年代”的那种严厉。它们是壳，护住古老的弱点和一颗金子般的心。我承认，来到这广大的听众面前，我诚惶诚恐，战战兢兢。我希望是循循善诱而不是一味指责。我希望能逗你们开心，向你们展示艺术甚至能将邪恶的事变成一种快乐。我想谈谈我们在坏男人和坏女人的陪伴下得到的那种乐趣。

在过去的二十年间（1936—1956），地表似乎已经下陷，出现了裂缝。这些年出现了希特勒、布痕瓦尔德集中营、原子弹、核战争威胁。在这期间，我们那些更为严肃、更有权势的批评家不得不尝试去搞一场大规模的重新评估。他们非常赞同作家们可以明哲保身的说法。今天，我们都在寻找可见的黑暗，而且我们知道，对邪恶的真实敬畏，是作家拥有的一种宝贵财富。我们的文学榜样最初是极其暴力的伊丽莎白时代的悲剧作家，法国的 poètes maudits[①]，还有 19 世纪 20 年代我们

① 法语，意思是：“厄运诗人”。

自己那些狂妄的实验作家。古老的经典不再悦耳，但不久我们就如释重负地发现，那些据说是明智的作家比他们看上去的样子要糟糕得多。我们发现了黑人虚无主义者和同性恋者，几乎解构了莎士比亚的《一报还一报》《特洛伊罗斯与克瑞西达》《哈姆雷特》和《雅典的泰门》。我们发现了一个黑肤色的喝杜松子酒的丁尼生。我们发现了一只黑狼似的、背弃妻子的狄更斯，他的怪诞的耶罗尼米斯·博斯[①]式的世界让我们觉得是上帝的财富，比自莎士比亚以来任何一位英国作家的小说都要丰富。后来发生了一件有趣的事情：就在我们把我们的时代称为“焦虑时代”，并设法指出几乎世上每一个作家心里都有一个硕大的、救赎性的暗影时——就在此时，我们突然发现，我们正处于第二个坚实、明智、富有、乐观和生育的时代，这个时代与维多利亚女王和阿尔伯特亲王的时代并无不同。在我们那些邪恶作家和邪恶幻象的黑色土地上，我们以某种方式重建了我们自己繁荣的20世纪70年代、80年代和90年代，还配好了“共和党总统”的王朝。

今天，当我回首过去二十多年的时光，我想我可以毫不夸张地说，我那曾经热衷于辩论和反叛的性格早已变得模糊，我再也不能理解它了。1933年，艾略特出版了一本关于现代性情的小书，冠名为《拜异教之神》，是以他新近皈依天主教、古典主义和保守主义的全新角度来写的。他的书丝毫没有失去它该有的新鲜感、魔力和片面性。当然，这时候的艾略特已经发表了他的长诗《荒原》，他已经写了“那么，我们走吧，我和你，/黄昏已铺展在天空/像一个麻醉在手术台上的病人”。他还写了许多其他的诗行，但权威评论家认为那些

① 耶罗尼米斯·博斯（Hieronymus Bosch，1450—1516），荷兰画家。他多数的画作以恶魔、半人半兽甚至是机械的形象来表现人的邪恶，大量使用各式的象征与符号，有高度的原创性和想象力，有些甚至在他的时代也非常晦涩难解。博斯被认为是20世纪的超现实主义的启发者之一。

诗都是反诗艺的试金石，所以艾略特的心中可能有怨气。在评论托马斯·哈代小说中的主观邪恶这一主题时，他或许有一种扭转局面的美妙感觉。艾略特说："我关注的是现代文学中恶魔入侵的问题，这个问题是脱离正统和传统时那种限制性和破坏性效果所导致的。"艾略特继续说——他的语气有真正的传道士那种有点含泪、略微上扬的调子："但我担心，即使你抱有这个观念，认为邪恶通过人的活动产生积极的力量，你也仍有可能对罪恶的本质认识不清，而且你可能会难以置信地发现，它可能是通过天才和优秀人物来运作的。有些人认为原罪论压根就不是什么非常真实、非比寻常的东西，他们能把我这番话听进去多少，我表示怀疑。"这一段话最初听起来让我们许多人感到有点僵化和愚蠢，因为它本身就有点像恶魔。这一点后来才被人们所接受，这样的情绪后来才流行起来，有了许多模仿。现在是 1956 年，我们比 1933 年的艾略特还要老，比这只上了年纪的鹰还要老。"原罪"对我们来说已经失去了往日的光华，我们不再拥有那种简单的信仰、那种直率的世故，以及那种愤怒的反弹，也正是那种愤怒的反弹，才让艾略特将"原罪"称为弥天大罪。

讲到这一点，我想停下来，呼吸一下，然后转过身待上一会儿，这样我就可以用一种更轻松，也许是更多姿多彩的方式来直击我的主题。我想给你们讲讲两个我本人与恶魔接触的故事。写诗的麻烦在于你有读者，而跟读者打交道的麻烦在于，你得在他们花时间读完你之后再去听他们怎么说。我的读者，除非他们是年轻诗人或英语老师，通常不外乎下面三种情况。如果他们是亲戚，他们会问我为什么选择这样卑鄙下作的主题。如果他们是陌生人，想表现得友好，却又不喜欢读我的书，他们就会承认我所出版的一些东西太难，他们看不懂。如果他们不确定自己是否想要表现得友好，他们就会极力强调自己不是知识分子。他们承认，他们所能做的就是经营一家经纪公司，赚钱，生五个孩子，根据自己的计划建造一所房子，然后把波士顿自然科学博物馆作为一种爱好来经营。最让人不能承受的是，他们用一种刺耳、清晰又难以置信的礼貌语气来问我获得普利策奖的事：“你得了诺贝尔奖，是吗？这可不是每个人都能得的。”嘿，就在我选择“艺术与邪恶”作为这次演讲的题目时，我和一位我最喜欢的亲戚在一起度过了许多个夜晚。她是一位老太太，刚刚经历了巨大的悲痛，但她却尽力做到更敏锐、更轻松、更健谈，她比我认识的任何人都更强大。我们会听舒伯特的《冬日恋曲》，那是一套极其痛苦的乐曲，其中那天真而又病态的歌词被音乐升华了。我表姐非常喜欢这部音乐作品，但之后她会对我说要更积极一点。她会说：“你不能用你的诗来误导年轻人。”虽然我这位表姐自己喝酒时很有节制，但她却和A. E. 豪斯曼一样，认为麦芽比弥尔顿能做的更多。她会拿出一大缸淡色的马提尼酒，说：“这对你有好处。”她会劝我午饭后小睡一下，因为她知道懒惰是治疗各种恶习最安全的办法。最后她会抱来一大堆封面画很恐怖的惊险刺激的读物。下面这句话对她来说没有什么让人不舒服的东西：每当我想到我表姐发现我的诗比《冬日恋曲》更加忧郁、比马提尼酒更具煽动性、比恐怖小说更乏味、比睡眠还要死气沉沉的时候，我还是会感到很受伤。

现在，当艾略特告诫我们要当心侵入现代文学中的恶魔，我可想不出他会拿起武器去对抗阿加莎 · 克里斯蒂、埃里克 · 安布勒、格雷厄姆 · 格林和犯罪俱乐部。的确，没有什么比神秘所喜悦的方式更不神秘、更加光明正大。在这里，作者是无私的，他必须把情节的每一步都设计好，他必须做所有的工作，因此没有读者会抱怨，说那些最巧妙、最牵强的情节难以理解。一旦侦探找到了血迹，他就会兴高采烈，沉迷于一切不必要的离奇学问，而这些正是现代诗人所向往的学问。有很多人因为必须去阅读和教授文学，被弄得死气沉沉，趣味全无，也有很多人被犯罪书籍所拯救。一个好的恐怖情节有一种博爱的、近乎甜蜜的成分：在恐怖的清凉舒缓的怀抱中，我们倍感安全，甚至能够接受麦尔维尔的游记、曼那百科全书式的研究、但丁的天文学。在福音书中，也许正是十字架的恐怖和丑闻吸引知识分子读完《山中圣训》。我愿意认为柏拉图喜欢阅读惊悚小说，在将荷马从他的共和国中驱逐出去之后，他就会宣布惊悚小说跟原罪无关，并将打开他的雅典之城的钥匙交给它们。

现在，我们人性中有一个特点让人充满希望，那就是我们无论如何都不会长时间忍受邪恶，除非它写得令人兴奋；我们不能忍受兴奋，除非它是真实的。各方对这点看法完全一致，但从此之后，处理的方法就分为古典派和浪漫派了。浪漫派认为人是众神的牺牲品，这基本上是希腊古典戏剧的立场，想象力永远不会完全否认和这个立场有关系。古典派则认为人滥用了上帝的爱，这是柏拉图和世界宗教的立场，一个他们永远不能完全摆脱的立场。双方都呼唤基督。在这里，我很想不自量力地以一个神学家和基督教辩护者的身份对你们发表演说，时间为半分钟。我想说的是，我认为存在是由等级要素组成的：自然、人、社会、天使（也许吧），以及上帝。我们时不时地把每个要素看作是好的，冷漠的，或是坏的，看成黑的，白的，或是灰的。上帝和世间造物的战争，古典主义和浪漫主义的战争，将永远继续下去。基督的特殊之处就在于他兼具两面性。

现在我准备开始讨论我论文的真正主题，谈谈我心目中的恶棍。我选择了八个例子：两个罪犯，兰波和弥尔顿笔下的撒旦；两个冷酷的人，乔治·艾略特笔下的格兰库特和维吉尔笔下的埃涅阿斯；两个喜剧人物，狄更斯的萨拉·甘普（Sarah Gamp）和福克纳的金鱼眼（Popeye）；两个操纵者，歌德的梅菲斯特和莎士比亚的伊阿古。在所有这些人物当中，唯一像基督一样的角色，都是罪犯。这类主人公被所有想要毁灭或改造世界的人所钦佩。犯罪之人被称为该隐，但他还有其他名字，而且往往更适合他。他被称为路西法、普罗米修斯、奥瑞斯忒斯、基督。每个名字都代表着一个不同的现实。根据正统神学，基督是上帝，是上帝之子，因此与上帝这个天父和平相处，把他们结合在一起的“爱”，本身就是上帝。现在各种神学公式对我们来说似乎没有多大意义，关于三位一体的一切言论，都可能让我们感到幼稚和不切实际。我想说的是，三位一体是最好想象的方式，说明没有天堂大战，没有暴君之父，没有反叛儿子，天堂中没有互不理解，没有新秩序。福音故事绝不是一个关于反叛的故事，甚至不是一个关于和解的故事。然而，基督死了。他被误认为是罪犯，被处决了，也许是出于善意，这个世界本身就在与上帝作战，也许它不知道这点。现在，把基督作为罪犯和亵渎者处死的这个社会，与其他社会并非大相径庭——因此我们必须忍受这种混乱：这个社会总是会得到天父上帝的一点善念，天父之子对每个反叛者总是会有一点善心。自然历史告诉我们，狼性中有很多羊性的东西，羔羊身上也有很多狼性的东西。说到我心目中的英雄，个体的人也是如此。该隐也许是一个人试图通过牺牲自己的兄弟来与上帝和好的故事；普罗米修斯是一个似乎反抗暴君无望的故事；奥瑞斯忒斯是一个谋杀暴君净化社会的故事；撒旦是一个魔灵企图自杀以成为神的故事；基督是一个如何接受死即是生的神秘故事。

事实上，这些故事相互交织在一起，在亚瑟·兰波的生平和作品中，它们异常混杂而又激烈。十九岁时，兰波创作并出版了一首长达四十页的散文诗，名叫《地狱一季》。它是一本象征性的自传、一段忏悔、一系列的狂想，也是一篇实验性的写作，给人一种矛盾的印象：完全是造作的，但又是偶得的；是在重述一部分记忆，又是毫无怯意的无心之言。兰波似乎正在翻阅世界上所有关于替罪羊的故事，每次都在说："不，这个太简单了，不适合我。"在这里兰波就是该隐，他说："当我还是个孩子的时候，我就很钦佩那个不可救药的罪犯，他被永远关在了监狱里。我会去瞻仰那些可能因他而变成圣地的客栈和住所。我用一个罪犯的目光看见了蓝色的天空，看到了乡下欣欣向荣的景象。我在许多城市里都闻到他死亡的气息。这个罪犯比圣人更强大，比旅行家更有见识——只有他，独自见证了自己的荣耀和正直。"然后，兰波就像那个"流浪的犹太人"，在尘世中被人驱赶。"我不知道去到哪里，也不知道我为什么去，"他说，"我无所不往，无所不应。他们杀不死我，因为那跟杀死一具死尸没什么两样。早晨，我神态茫然空洞，因此我遇见的人也许都对我视而不见。"又或者说，兰波是医治法利赛人的巴拉巴斯。他说："我缺乏道德感，我是一个动物，但我可以得救，而你们——疯子、屠夫、吝啬鬼——你们其实是伪装的动物。地方官，你是个野人；商人，你是个野人；皇帝，老痒疤，你是个野人——你喝了违禁品威士忌。"再后来，兰波是忏悔的罪人，但没有永远都是，还没到高潮。他说："无聊不是我的钟爱之所在。我不是我的智力的囚徒。世界是好的。我爱我的弟兄们。上帝给了我力量。"他宣布："这些不是一个孩子的承诺，也不是希望逃避衰老和死亡而做的承诺。"男孩、诗人、魔术师、流浪汉、硬汉、东方探险家——一半的兰波似乎总是在莽撞行事，没有脑子；另一半却精明、有常识、很务实——很像他的母亲，那个骄傲的、可敬的农妇，在被她那个不着家的士兵丈夫遗弃之后，继续经营着农场和家庭。傲慢、谦逊、务实、恐惧、鲁莽，兰波总是在寻找新的方式来朝着同一方向奔跑。兰波早熟——没人在他这个年纪写出过这么好的诗——他的早熟使他成功但却没有耐性；他的农民性格使他能够照料自己，但仍然难以对付。所有这些特质都表现在他的幽默中。他说："我从我祖先高卢人那里得到了我的蓝眼睛、窄脑门，还有在战场上的笨拙无能。我的衣服和他们的一样野蛮，但我不用黄油抹头发。”他说：“我没有让耶稣基督作为我的岳父大人，然后一同前去参加婚宴，我不会做这样的事。”他想象自己是个非洲野人。“舞、舞、舞，我甚至无法想象那一刻，白人会登陆而我则会灰飞烟灭。”有一个诗节中，兰波创作了一个名为“愚蠢的童贞女”的角色。这个“愚蠢的童贞女”就是魏尔伦，是个诗人，虽然只有二十岁，却离开他的妻子跟着兰波跑了。诗中的魏尔伦是这么说的：“哦，是的，在那段日子里，我是个品行端正的女人。兰波几乎是个孩子，他神秘而柔情，让我难以抗拒。我把所有为人的义务都抛诸脑后，跟随他而去。我听过他吹嘘自己的恶名。他会说：‘我的祖先是斯堪的纳维亚人。我会在全身划出一道道刀痕。我会给自己文身。我绝不会干活！’夜里，这个男孩会躺下等着我，他喝得酩酊大醉就是为了吓唬我。然后他就会像主日学校里小女生那样，摆出一副美美的样子。”兰波对这段话的评论是：drôle de ménage——一对古怪的夫妻！

在世界文学中，兰波有许多表亲。他是那个极其温柔、遇到情妇的鬼魂时会说“Sunt alaquid Manes：鬼魂并不虚无”的普罗佩提乌斯①。他既是那个昏庸无度的李尔王，又是那个出了名的头脑简单的李尔王，会举起被勒死的考狄莉亚说：“请你替我解开这个纽扣。”他既是一个戏仿，又是男孩子读的书中那个拿破仑的续编。他还是一个浮士德，正在经历一次有预谋的感官错乱，为的是以有趣的方式来书写自己。然而，法国文学几乎拥有描写阴间基督的专利。这个犯罪的基督与法国小说中另一个人物有微妙的关联，这个人物甚至更常见，但根本就不是罪犯。这个人物是个女人般害羞的男人。他的初次露面

① 普罗佩提乌斯（Propertius，前50？—前15？），古罗马诗人。著有诗歌四卷，大部分为双行体的爱情哀歌。

便是历史性的，很高贵，他就是茹安维尔的回忆录中那个国王路易九世。之后是《费德尔》里面的虚伪者、莫里哀笔下的那个愤世嫉俗者、本杰明·康斯坦丁笔下的阿道夫、福楼拜笔下的查尔斯·包法利、纪德日记和他的许多小说中的那个纪德，以及普鲁斯特《追忆逝水年华》中的叙事主人公。司汤达的《红与黑》就很好地说明了于连这个人物是如何变成罪犯的。英国作家——但这也许只是个幻想——似乎与他们笔下的流氓站得不是很近。维庸[①]的《遗嘱集》(*Testament*)是法国文学的核心，从某种意义上说，乔叟的巴斯妇和莎士比亚的福斯塔夫都不是英语的核心。还有哪些文学的自传作品可以与维庸、萨德、卢梭、司汤达、波德莱尔、圣伯夫、特里斯坦·科比埃、席琳、热内的作品相媲美？人们会想到18世纪哲学家狄德罗对于拉摩笔下那个声名狼藉的侄子的评论，还有我们自己这个20世纪的哲学家萨特对于犯罪小说家让·热内的评论。但是回到兰波吧，我们喜欢他的幽默、他的激情、他的诚实；我们喜欢他的坚韧和恐慌；我们喜欢他有力而又新奇的语言。《地狱一季》是关于一个虔诚的被激发的人的作品；它极为具体，到处都很鼓胀，从裂缝中迸发出来的意义无法被阐明，这意义十分强烈，达到了寓言的程度。

但是，如果我们能够喜欢像撒旦这样的艺术家罪犯，我们应该怎么说撒旦就是撒旦呢？在弥尔顿的路西法身上，我们似乎没有人类的立足点，这里没有让人流泪的东西，没有人性的弱点来敲击我们的胸膛。C. S. 刘易斯写过一本谴责《失乐园》的精彩小书。他在序言中赞扬了另一位批评家查尔斯·威廉斯，因为在“经历了一百多年的误解之后”，查尔斯·威廉斯重新发现了撒旦真正是个恶魔。刘易斯对弥尔顿的撒旦进行了猛烈的抨击。他认为其实弥尔顿更像是这个魔鬼

---

① 维庸（François Villon, 1431—1474），法国中世纪最杰出的抒情诗人。

的拥护者，他说撒旦是一个说谎者、一个糟糕的逻辑学家、一个自欺欺人者、一个虚张声势者、一个不眠不休一心想着自己的家伙、一个开口便没完没了讲自己的人。现在看来，这似乎确实有点像弥尔顿的意图，但是，我们应该怎么去说起19世纪呢？像布莱克、雪莱、麦考莱爵士、沃尔特·罗利爵士，甚至T. S. 艾略特这样聪明的读者，他们不仅似乎漏掉了一个铁定的被广泛公布的事实，即撒旦是恶魔，而且似乎认为弥尔顿呈现的也许就是关于他本人的一个灾难性的英雄版本。刘易斯承认，他必须承认，撒旦是弥尔顿笔下创造出的最优秀的人物。他的解释很巧妙，说：坏人总是比好人更容易描绘，因为，虽然我们都不太了解那些比我们优秀的人，但另一方面，邪恶总是忠实于我们，永远在我们的身边，永远在我们的下面；描述一个坏人，我们只需要释放我们坏的感觉就可以了，比如仇恨、压制、混乱。我想，如果我们只是对这个解释嗤之以鼻，并且讽刺说弥尔顿身上肯定有很多被邪恶控制的激情，因为他比别人更成功地培养了这个魔鬼，使撒旦变得栩栩如生，那我们就有点小家子气了。当弥尔顿写到上帝、创世纪、人类的历史，甚至是夏娃和亚当的时候，他似乎感到某种麻痹、某种冷漠、某种模糊和不自在。然而，写到撒旦时，弥尔顿的能量从未失败过，他为证明上帝之道而写的史诗，主要通过魔鬼的美德而流传下来。我认为我们不应该同意布莱克的看法，说弥尔顿私底下是魔鬼那一方的人，他的魔鬼无疑是残忍的，但也是一个积极的力量，它决意去做彻底的毁灭，只能用更多的毁灭来掩盖它本身的毁灭，它是一个生活在虚空中的造物，毫无节制地呼吸着虚空，像吸食鸦片的瘾君子那样贪婪。在第四卷的开头，撒旦在他那个伟大的演讲中宣称："邪恶啊，你就是我的善良。"从此以后，一切希望都被排除在外，他就是地狱，地狱中又开地狱，如此往复，无休无止。每一个地狱相比下一个地狱来说都是天堂。但至少，撒旦与上帝是分庭抗衡的，他知道自己的意志正在被实现。然而，我们一旦尽可能地去接受撒旦这样一个邪恶的角色，我们就必须承认，他扮演的这个角色需要几乎无限的勇气、智慧、激情，行事不能按部就班，或许最重要的是，他的言辞必须充分、准确精辟、花样繁多。这个谎言之父不愧是个语言大师。他还知道如何行动，既能办事又知分寸。

我们生活在一个艰硬而又破碎的世界里。如果曾经在人类的活动中，邪恶具备一种积极的力量，那么这种力量仍然在起着作用。但与此同时，在科学、哲学、艺术，甚至神学方面，撒旦都暂且是一纸虚文，他无法被证实。华莱士·史蒂文斯在他的序列诗《恶之美学》中曾经写道："对于想象力而言，撒旦之死/是个悲剧。"撒旦是"自绝而亡"。根据史蒂文斯的说法，撒旦应该知道这是有可能的，因为，还是引用史蒂文斯的话："否定生出孝顺的否定，否定是离经叛道的。"但是，当我们看到撒旦自绝的收益在无限递减时，我们也会为如此熟练而又残酷的对手的退出而感到遗憾，并且也会和史蒂文斯一起说："每个'不'字下面都隐藏着对'是'的酷爱，这种热情从未被打消过。"这就是魔鬼的别称，也是对他最好的评价。

在这一点上，我希望回到现实主义，说说一个没有任何超自然力量的人物，他可能从来没有诱惑过任何人，即便是让最愚蠢的读者去感受，那便是最错误和愚蠢的倾慕。我指的是乔治·艾略特最后一部小说《丹尼尔·德隆达》中的马林格·格兰库特先生。这个人就跟他的名字一样，很有钱，外表给人印象深刻，性情冷漠，无聊乏味。他太富有，太冷漠，太无聊，太害怕了，所以一有机会就要残忍待人，虐待成癖，但即使在这一点上他也不是极端的；他并不像想象中的那么恐怖；在任何可见的戏剧性的行为上，他都不是一个迷失的暴力灵魂；他只是十分逼真。虽然他是一个栩栩如生的人物，绝不是什么象征，但他也基本上是一个烧焦的废墟，一个没有粮食的绝境，一个让乔治·艾略特的女主人公格温多林·哈勒特掉进去的真空。小说《丹尼尔·德隆达》讲述的是格温多林的堕落，其意义如同夏娃一样重要，就像安娜·卡列尼娜的堕落一样，真实而又亲切。格兰库特如此疲乏消沉的原因尚不完全清楚；他基本上是被动的，也许今天我们会把他送到医生那里去，而不是像乔治·艾略特和格温多林那样，最后让他淹死在地中海里。然而有一个时刻，格兰库特是积极的，并做出了一个可以称为是悲剧的选择，那就是他向格温多林求婚并成功了，因而再不能娶他先前的情妇格拉舍夫人。格拉舍夫人多年来一直都让人捉摸不定，但却为他生了四个孩子。就在格兰库特结婚前，在他的生命结束前不久，他去看了格拉舍夫人，这是小说中最冷酷的一次拜访。格兰库特必须告诉她自己结婚的事，还得要求她归还他家祖传的钻石。这两件事令格兰库特感到讨厌又难堪。在这里，格兰库特是冷血的，有毒的，懒散的，就像一只蜥蜴，晒着它冷冰冰的身体，懒洋洋地把它的牺牲品盯成石头一般——或者用乔治·艾略特的话说，他“根本不在意那种对任何人的倾慕做出的痛苦诅咒，而是喜欢呆呆地看着脸上有笑容的人，喜欢要求他们必须在那里，还必须面带笑容”。格兰库特是这样描述自己的旅途的：“我在铁路交会处休息，那是一个可怕的洞口。乘火车旅行总是令人厌烦。但是我喝了咖啡，抽了烟。”然后他话锋一转，宣布自己要结婚了，说：“时间在我这过得飞快，它通常都够慢的。”我们接着看到，格兰库特对他做出宣布之后的那个情景感到很窝火，对任何专横的行为都不能把他从当时的情景中救出来而很感到恼怒。他离开的时候，又为不得不看着格拉舍夫人的痛苦而感到难过，为自己不能完全掌控一切而恼火。从此，格兰库特就注定要完蛋了，他只能靠命令和不体谅，也就是说，靠折磨人来享受生活。我们为什么喜欢马林格·格兰库特先生，或者至少能够容忍他呢，我说不出个所以然。也许是因为我们喜欢格温多林，也想听听她掉进去的那个空洞发出的声响，听听她割进自己手上的那个刀片发出的声音。但是格兰库特的内心生活，就像牙医的钻头，一天二十四小时都在钻着一根神经。如果他写了一本书，那一定是一个绅士式的游手好闲者所写的陀思妥耶夫斯基的《地下室笔记》；但是，格兰库特太无聊、太专横，他不会撕开自己或者写他的自白书。

我的下一个例子是《埃涅阿斯纪》第四卷。这也是一个关于离弃的问题，但意义却大不相同。埃里希·奥尔巴哈[①]在他那部有力的批评著作《模拟》（*Mimesis*）中指出，但丁的地狱、炼狱和天堂中的某些人物，他们是如此直观，人性如此饱满和不可穷尽，所以他们完全打破了作者关于正义的伟大模式，打破的时间就在他们完全实现它的那一刻。也许狄多就是这样对待埃涅阿斯以及他的史诗命运的。当然，埃涅阿斯必须离开：狄多是一团烈火，她熊熊燃烧，在迦太基城中横行肆虐；她就像一头鹿，身上被插进一支致命的箭；她成了埃涅阿斯的情妇。很明显，埃涅阿斯必须离开，否则他就像被阉割了一样。他可不能无事闲荡，做女王丈夫那样的人——这既不符合他自己的男子气概和雄心壮志，也不是狄多那种膨胀的巨大的提香[②]式的激情所允许的。然而，维吉尔讲述这个故事的方式却让我们难以接受。我们不喜欢那些迷恋狄多的众神；我们不明白他们为什么要让她和埃涅阿斯纠缠在一起；我们不相信埃涅阿斯相信自己离开狄多是要去建

---

① 埃里希·奥尔巴哈（Erich Auerbach，1892—1957），德国语言学家、文学批评家。

② 提香（Titian），全名提香·韦切利奥（Tiziano Vecellio，1490？—1576），意大利文艺复兴后期威尼斯画派的代表画家。他的作品构思大胆，气势雄伟，构图严谨，色彩丰富、鲜艳，对后来的画家如鲁本斯和普桑都有很大的影响。

立罗马帝国；怎么会有人知道甚至会去想象这样的事情呢？我们认为埃涅阿斯，这个简单的青铜时代的头领人物，不可能对罗马的管理、罗马的军事策略、罗马的元老院程序、罗马的道路修建一点概念都没有。埃涅阿斯在与狄多最后一次见面会谈时，并没有滔滔雄辩。当他说“Italiam non sponte sequor：我不是出于自己的意愿才去意大利的”这句话时，我们不相信他。我们知道他将离开一个有血有肉的真女人，去追随一个空洞抽象的幻想，那就是成为一部史诗中有名无实的傀儡。埃涅阿斯是一个既没有虚构现实也没有历史现实的神话。他几乎和格兰库特一样恶劣，只是想用盛气凌人来减轻他的厌烦。但是当我们读完第十二卷和整部史诗时，狄多和她的离弃故事似乎就是必要的，就是维吉尔故事的核心。作为共和国的创始人和公仆，埃涅阿斯注定要死很多次。他与陷落于火海的特洛伊城一同死去，与在这座燃烧之城中遗失了的妻子一同死去，与他父亲一同死去；他象征性地死去，沉入冥界，最终在痛失挚友与内战的痛苦中死去——在这场内战中，为了忠于他终将拯救并建立国家的信念，他被迫从一开始就几乎毁了这个国家。他和另一位祖先亚伯拉罕一样，克尔凯郭尔对他进行了非常详细的探索和描述。亚伯拉罕被迫要杀了他的儿子以撒，矛盾的是，他是想要他的子孙后裔可以像沙漠中的沙子那样多。埃涅阿斯从狄多身边挣脱出来，渐渐明白了那种全然的折磨，看似冷酷无情、半死不活、精于算计、阴险狡诈，但他不信自己会是那种人。《埃涅阿斯纪》也许就像普鲁斯特的小说一样，讲述了一个人为了写一本书就必须有所放弃。

与那个可鄙寡言的格兰库特、那个英勇寡言的埃涅阿斯，甚至是那个性格火暴的西塞罗女王狄多完全不同的是我的下一个人物，狄更斯的《马丁·瞿述伟》中的萨拉·甘普。萨拉是个助产婆，又是个入殓师，因此老老少少她都爱。萨拉的茶壶里装满了杜松子酒，她要人定期给她送一品脱味道淡一点的波特黑啤；这个萨拉·甘普，在外面吃饭会点一点腌鲑鱼、一小枝茴香、少许白胡椒、几片新鲜面包、一小块黄油，还有她偏爱的黄瓜，她喝布莱顿老挑夫牌的淡啤酒，她喝的杜松子酒不超过一个先令，她敲铃时总是说要喝温水。这个萨拉，她给病人喂食物时总是掐住病人的气管，这样病人就会为了喘气而张口。这个萨拉，她总是戴着一顶巨大的黄色睡帽，形状就像卷心菜，她把巡夜人的大衣袖子打结绑在自己的脖子上，这样“从后面”看起来她“仿佛正被一个巡逻队员拥抱着”；这个萨拉，她“住在一家卖鸟的店铺上边，店铺里的小鸟跳着绝望的芭蕾舞，还有一只闷闷不乐的金翅雀，住在一栋玩具别墅的外面，别墅门牌却写着他的名字，他在自己的饮水槽里饮水，默默呼吁某个好好先生扔一点价值一便士的毒药在水里”。贪吃，脏兮兮，醉醺醺，衣着艳丽，邋里邋遢，说话前言不搭后语却又喜欢滔滔不绝：萨拉是一个令人着迷的人物，贯穿整部书的故事情节，她就像一只溅了一身垃圾的硕鼠，或是卡夫卡《变形记》里那个变成虫子的人。她出奇地令人讨厌，也许是狄更斯所有说话者中最出彩的那一个。最后，连作者自己都不能惩罚她了，只是把她留在了不让她喝酒的地方——但她真的很野蛮，活生生就是个怪物，只是体型更大一些，心更善良一些。她跟书中其他不太可爱的人都有血缘关系，比如像答尔丢夫那样的伪君子佩克斯列夫，还有那个蓄意谋杀、着了魔的乔纳斯·瞿述伟。如果是陀思妥耶夫斯基来写这个萨拉·甘普，她可能会很可怕，顺带又很滑稽；但在狄更斯笔下，她很滑稽，顺带又很可怕。

我的下一个例子也是一个怪物，但是这一次，是个绝对让我们不寒而栗的人物——福克纳的《圣殿》中那个杀人越货、性事无能的小个子——金鱼眼，他谋杀了两个重要的故事角色，最后因为他没有参与的谋杀案而被绞死，因为他当时在另一个城镇杀了另外一个人。他完全没有下巴，整张脸都面目不清，就像一个放得离热火炉太近忘了拿走的蜡娃娃。最后，金鱼眼没能够从他完美无瑕的自身中跳脱出来，也不能以任何方式理解捍卫自己的生命。他这样说小镇上的狱卒："他们这群该死的土包子，见鬼去吧！"在临死前一晚，牧师对他说："你能让我为你祈祷吗？"金鱼眼回答："没问题。不用管我。"临刑被绞时，只有一件事让他担心。他对刽子手说："杰克，把我的头发捋好。"

最后，我想简单谈谈另一种恶棍，操控者。歌德的《浮士德》也许是最伟大的教育著作。浮士德和梅菲斯特之间无休止的对话讲述了一个父与子的故事，在这个故事中，浮士德——年轻、热情、富有诗意、自私、盲目——永远需要与那个几乎是黑格尔式的对立面——中年、冷漠、平凡、清醒、目光敏锐的梅菲斯特交谈。梅菲斯特至少有一个优点，那就是他不怎么关心自己，倒是对自己的受害者更感兴趣。至于另一个完全不同的操控者伊阿古，他在那个黑暗场景中上升到了新的高度。在那幕场景中，他撒谎说凯西奥是在睡梦中把他误认成苔丝德蒙娜的。"亲爱的苔丝德蒙娜！啊，可爱的人儿！"伊阿古先是模仿凯西奥说，然后他自己说："他狠狠地吻着我，仿佛那些吻是从我嘴唇上长出来似的，他恨不得要把它们连根拔起；然后他又把腿搭在我的大腿上，叹了口气。"接下来就是对那块有名的绣着草莓的手帕进行描述。奥赛罗喊道："啊，血！血！血！……我的风驰电掣的流血的思想，在复仇的目的没有充分达到之前，也决不会踟蹰回顾，化为绕指的柔情。"奥赛罗跪下来发誓："苍天在上，我倘若不能报复这奇耻大辱，誓不偷生人世。"接下来就是那件铁定会发生的事，那一刻，狮子和狐狸，斗牛士和公牛，伊阿古和奥赛罗，注定要一起毁灭。伊阿古一心想搞阴谋诡计，结果也就没有给自己留下任何后路。他跪下说："且慢起来。亘古炳耀的日月星辰，环抱宇宙的风云雨雾，请你们为我作证：从现在起，伊阿古愿意尽心竭力，为被欺的奥赛罗效劳，无论他叫我做什么残酷的事，我一切唯命是从。”这也许就是那个老掉牙的但仍然受欢迎的道德家所搞的恶作剧，是那个怒火中烧的施虐者开的玩笑吧……（手稿在此中断）

1955—1956 年

# 《伊利亚特》

（这篇文章写于洛威尔十八岁的时候，是收录在本书中的最早一篇散文作品。该文刊登在 1935 年 6 月的学校杂志上，当时他还在圣马克学校读高三。）

荷马作为史诗的创造者和诗歌之父，历经漫长岁月，从未被超越，也鲜有人与之比肩。他唯一的对手是莎士比亚和但丁，而且许多人都认为他比这二人更加伟大。一代又一代人欣赏《伊利亚特》，主要是因为它优美的比喻、庄严的诗句、雄伟的风格以及壮丽的篇章。然而，所有这些都是次要的，因为像荷马这样伟大的天才，自然会选择一个宏大的主题，而他表达这个主题的技巧也应该是近乎完美的。许多较为次要的作品都具有上述这些特质，但其中大多数早已被遗忘，幸存下来的少数作品也很少被人阅读。我们不能根据一幅画的奇闻逸事或漂亮的色彩来评判它的价值，也不应该根据一部作品的风格来判断它的好坏。关于艺术作品，我们只应该问两个问题："它创造了什么留存至今的东西吗？""它对生命做出了怎样深入的表达？"所有被遗忘的作家都无人达到荷马的深度和广度。

我将首先简要叙述荷马对文学做出的最初贡献，然后以更长的篇幅来论述他传递的信息这一更为重要的问题。他将史诗塑造成它现在的形式。这种形式或布局，已被他所有的继任者，包括维吉尔和弥尔顿，奉为圭臬。未来的希腊演讲，各式各样的演讲，在狄俄墨得斯、菲尼克斯和阿喀琉斯的伟大演说中，在第九卷中，都被言中，而且几乎难以胜出。埃斯库罗斯的戏剧、品达的颂歌以及苏格拉底的抽象哲学，都不过是对《伊利亚特》和《奥德赛》的不同侧面更为充分的表达。甚至古典建筑在这两部史诗的一些描述中也有所提及。

要理解任何一部被公认为伟大的作品，就必须假定它带来了一些重要的信息，表达了某种伟大的理想，否则该作品就不会流传于世。《伊利亚特》的广度和深度让它几乎同生命一样难以理解。但是，通过明智和细致的阅读，同时利用其他学者的研究，书中大部分的内容都可以理解。当然，对光的一种强烈渴望，生动的想象力，都是必要条件，否则读者将无法逃脱德国批评家沃尔夫所犯的错误，沃尔夫曾试图证明《伊利亚特》不是一位作者写的，而是由二十位作者共同完成的。这部书并非是一系列分散的民谣，而是一个统一的整体，由各个部分巧妙结合而成。我们现在看到的《伊利亚特》，无疑与它原来的形式有很大的不同，其中有许多的插补文字，而且很多小的片段很可能已经遗失，但是，考虑到它两个多世纪以来唯一的传播手段就是口口相传，人们一定会对它的完整性感到惊叹。相比有二十四卷书的《伊利亚特》，人们在《麦克白》中反而能发现更多的矛盾之处。

荷马的目的是展示凡间所有的冲突都将终结于宙斯的无限神力。为了达到这样的效果，他把《伊利亚特》分成七个对立面，这七个对立面都是有限的，但最终它们殊途同归，在无限的宙斯那里统一在一起。地上的凡人被分成互相对抗的两个阵营，希腊人和特洛伊人，或者西方人和东方人。每个阵营再次在内部细分。个人对权威和既定法律的抵制成为两支军队中都存在的问题。赫克托耳和安特诺尔对帕里斯几乎没有什么反对意见，因为在东方，权力或多或少是被动接受的；而在西方，个人才是最重要的，阿喀琉斯的问题达到了惊人的程度，并在一段时间内严重威胁着整个希腊征战的成功。思想之人普遍反对行动之人。一方面是内斯特和尤利西斯，另一方面是安特诺尔和格劳克斯，他们的相似之处让人们想起那些将全世界有识之士联合起来的共同纽带。

在天堂，在奥林匹斯山，情形与地上相似。这就提出了一个问题：诸神的地位和重要性何在？他们应该被看作是抽象的品质，甚至更应该被看作是人格化的人类特性。当然，荷马从未打算把他的史诗变成寓言，因为在他那个时代还不存在任何形式的抽象哲学。然而，他确实是从象征的角度来思考问题的，不知不觉就将他的思想拟人化了。维纳斯和马尔斯的对立面是朱诺和帕拉斯。东方推行的是一夫多妻制，通常是无目的地混战，而西方推崇家园神圣，恪守不打无由之战的军事纪律，它们之间形成了鲜明的对照。在第三卷中，希腊战士狄俄墨得斯将马尔斯和维纳斯打得落荒而逃，尽管他们两个并非是很大的障碍，但如果不把他们打败，特洛伊就不可能攻陷。而特洛伊人在某种程度上又被他们崇高的文化所救赎，这种文化被拟人化，成了光明之神阿波罗。虽然希腊人最终会吸收大部分的东方学识，但所有的有形之力，在对抗如此无形的力量时，最终都被证明是无能的。海王尼普顿，他代表着希腊的海洋优势，在一定程度上是与阿波罗对立的，两者几乎没有共同之处，也很少发生冲突。众神都是宙斯的不同侧面，而不是独立的力量，因为只有被迎合，他们才可能成就事情。

《伊利亚特》中最重要的人物是宙斯。他是宇宙的精神，深不可测，永恒不变：他既是不可抗拒的力量，推动着世界运转，粉碎一切对抗，又是微小无意义的力量，似乎乐于用我们的命运做些奇怪的事情。这两方可以被称作“命运”和“无常”，尽管无常完全处于从属地位。即使有些情况似乎对任何既定的秩序起到了最强烈的作用，但实际上它们都是完全在掌控之下的。偶尔，宙斯睡着了，较小的神会统治一小段时间，那时地上的一切都乱了套，但当至高无上的神醒来之时，一切又都会被重整和复原。因此，尽管有许多障碍，人类的进步仍在继续。各种命运都应该被视为均衡器，可以任由宙斯使用。即使征求了他们的意见，他们的决定也不一定具有约束力。人们可以认为宙斯也受命运的掌控，若果真如此，全能就将受到限制，无限就会成为有限，开明先进的哲学就会变成盲目的宿命论。我们整个体系都会崩塌，构思精巧的《伊利亚特》就将变得混乱不堪。

荷马伟大的关键就在于他把人和神完美调和在一起。宙斯的法令必须执行，但人是独立的，他的个人行为不能被控制，他有自由的意志。当这个意志与宙斯和谐相处时，人将是公正伟大的；当它失去和谐时，他将变得卑微渺小。神的梦想和众神的超自然显现只能通过凡人的思想来影响凡人。如果阿伽门农不相信自己能征服特洛伊，朱庇特那欺人的美梦就会落空。如果潘达洛斯没有准备违反条约，密涅瓦提供的财富和荣誉这种物质诱惑就起不到作用。如果赫克托耳对自己的功夫没有信心，他就不会一头冲进战场对抗阿喀琉斯。有时候，在《伊利亚特》的后半部分，神的事迹不能用这种方式加以解释，但是这些事例是非常罕见的，并且可能是虚假的。宙斯的力量不在于他对兵卒的绝对权力，而在于他总是通过自由人的力量来达到他的目的，而自由人的力量是他不能直接控制的，除非是间接控制。

我们可以通过研究其中两个主要人物并感知他们的状况来理解神和人是如何交织在一起的。赫克托耳绝不是《伊利亚特》中的英雄，但他的情况非常有趣。在特洛伊，他可以被称为希腊人，因为他的同情心和信仰都是西方式的。他认为特洛伊人挑起战争是错误的；他憎恨一夫多妻制，鄙视他的兄弟帕里斯。但不管战争的结果如何，他必须不顾自己和宙斯的和谐，要么看到他的理想破灭，要么看到他的亲人垮台。

不管我们喜不喜欢阿喀琉斯，我们都必须承认，他是一个巨人。不仅仅是他外在的行为，这些都不重要，他内心的激情也被极大地放大了。荷马用了最极端的例子来证明这位提坦式的巨人必须遵从宇宙的意志，当他失去和谐，他就无法做成任何事情。可以这么说，《伊利亚特》的情节描述了阿喀琉斯两次可怕的愤怒，然而每一次主人公的愤怒又都被完全克制。在第一卷书中，阿伽门农自私地夺走了阿喀琉斯的俘虏布里塞伊斯。当权者滥用权力，待人不公，因此这个人完全有理由拒绝与他认为错待他的势力合作。这时阿伽门农必须表现得谦卑。为了达到这个目的，宙斯用一系列几乎无可比拟的灾难折磨希腊人。但是，自阿喀琉斯轻蔑地拒绝了指挥官的使者们慷慨提出的建议之后，他就不再是正确的一方了，他自己也必须被征服。如果阿喀琉斯在这一点上与阿伽门农言归于好，他肯定会是一个更明智的人，也许是一个更好的人，但他不会是一个英雄；如果他不是这个样子，《伊利亚特》也写不出来了。英雄的惩罚将与他的愤怒成正比，因为在接下来的九卷书里，他在帐篷里生闷气，他不再是英雄。他的位置被阿贾克斯、狄俄墨得斯等二十个级别较低的人物取代。长期无为的痛苦最终在他的好朋友普特洛克勒斯去世时达到高潮。此时，忒提斯，阿喀琉斯的母亲，她的再次出现意义非凡。她象征着某种作用于她儿子意志的外力。宙斯不可抗拒的法则终于迫使阿喀琉斯与阿伽门农言归于好，和谐相处。

接下来，第二个也是更大的愤怒开始了。特洛伊人，尤其是赫克托耳，必须为他的朋友之死受过。可以预料，阿喀琉斯会尽其所能去战胜并杀死这个征服普特洛克勒斯的人。然而，任何道德准则都不可能允许赫克托耳的尸体被拖着在特洛伊城墙边绕圈，或者拒绝让他得到体面的埋礼。在倒数第二卷书中，一股潜流贯穿着赛事庆祝和葬礼。对普特洛克勒斯发表的演说言辞华丽，而对对手却卑劣地不管不顾，我们就不得不对此做一番比较。阿喀琉斯不能将这种毫无理性的仇恨继续下去。他那焖烧的怒火实际上对他自己的危害比对特洛伊人更大。然后忒提斯最后一次出现在他的面前。这位英雄内心逐渐变得柔软，并对自己的残忍做出忏悔，因此，当受到鼓励的普里阿摩斯前来要求归还赫克托耳的尸体时，他十分愿意满足这位父亲的愿望。故事到此就结束了。文学中最坚强、最暴力的人物，在与权威和解，原谅了敌人之后，再次与世界和平相处。

只要这个地球上还有人存在，就会有人读《伊利亚特》。这本书让我们发现一个人，他比基督早了八百年，比柏拉图早了五百年，他的哲学却和这两者一样成熟完整。我们被告知，人的成就是无限的，当他把身心的全部力量投入到工作中时，他就能掌握一股新的几乎是神圣的力量。荷马笔下的英雄们不断地向众神祈祷，总是寻求服从，执行他们的命令。这不过是一个象征，象征着开明的思想总是在质疑自己，总是在寻求自我完善的方式，总是在追求更高的境界。荷马将自己置身于宇宙，与之和谐相处，尽自己最大的能力执行众神的律令，这种处世原则，与两千七百年前这位希腊诗人把整个世界连同它所有的神秘都压缩进他的史诗时相比，在今天同样具有约束力，而且同样很少得到实施。

1935 年

# 奥维德[①]的《变形记》

A. E. 瓦茨将《变形记》译为五步格的对韵诗[②]，着实令人钦佩，译本节奏稳定，文风得体——这是无法办到的事。你不得不得出结论，瓦茨在《变形记》中选错了诗，因为正如他在序言中所说的那样，这部作品是“对修辞资源最全面的探索”。不幸的是，修辞资源不是光有虔诚的学术态度，靠直接影印各种写作技巧就可以探索的。一开始，瓦茨就选错了格律。还没有一位英语诗人把六步格诗译成过恰当的五步格诗。自乔叟以来，甚至还没有一位诗人将对韵诗翻译成能与原作相媲美的对韵。不是诗人，你是写不出可读的对韵诗的。我们这个世纪还没有人用对韵写出过一部有趣的长诗作品呢。为了确保对自己进行致命

---

① 奥维德（Ovid，前 43—约 17?），古罗马诗人，代表作有《变形记》《爱的艺术》《爱情三论》等。公元 7 年完成的《变形记》，代表了奥维德的最高水平。该书用六步格诗行写成，全诗共十五卷，包括约二百五十个神话故事。全书以编年体的形式，从创世写到恺撒之死、奥古斯都继位。故事人物有神话中的神、男女英雄和历史人物。从文艺复兴开始，他的《变形记》向欧洲人展示了丰富多彩的古代神话世界，受到特别推崇，许多作家、艺术家从中吸取创作材料。他的诗对但丁、莎士比亚等许多诗人的创作有一定的影响。

② A. E. 瓦茨（A. E. Watts）所译的英语版《变形记》1955 年由加利福尼亚大学出版社出版。——原注

的损伤，瓦茨选择了把一泻千里的诗行与蒲柏和德莱顿那种分开的、对立的、行末有标点的诗行混合在一起。瓦茨的对韵诗既呆板又松散，十分怪异，简直就是一个牛头怪物，性情很不稳定；它只会像驴一样嗷嗷叫，没有强调起伏。这个译本从一开始就注定要失败。但瓦茨也为奥维德挑选了一句乖僻的习语。谈写作时，他轻轻松松地认为写作虽是一种当代活动，却也"享受着从莎士比亚一直到现今的语言自由"。然而他制造的确实是一个巨大的垃圾堆，堆满了前华兹华斯式的各种诗学主义。瓦茨不是修辞学家，也不是格律诗人，甚至不能说他带给了我们一个新的奥维德，或者说一个平淡乏味的奥维德。

瓦茨，或是他的出版商，还做出了一个不靠谱的选择，那就是使用了毕加索的画作为插图。毕加索对奥维德来说是合适的，但到了瓦茨这里，就无法生动起来。瓦茨不合时宜的表演有一种谦逊而又固执的轻浮感。当我们在瓦茨书中继续往下读时，我们就远离了风行一时的病态幽默，远离了毕加索的双头公鸡，远离了独裁者奥古斯都的高压与庇护，或许更加远离了奥维德；我们非常靠近的是业余爱好者那种天真的、已经消亡的崇高品质。我们靠近的是 19 世纪的奥维德译者们——奥格尔、罗斯、霍华德和金——那个理想中的永无之国（never-never land），这些译者的作品"风行一时，没有得到公正的评价，已经湮没无闻"。瓦茨是这样描述卡吕顿公猪[①]之死的：

① 猎杀卡吕顿公猪（Calydonian boar）是希腊神话中最具英雄传奇的故事之一。卡吕顿的国王没有好好敬拜月亮和狩猎女神阿耳忒弥斯，因此被报复。阿耳忒弥斯派了一头凶猛的公猪过去。国王招了一帮希腊英雄去猎杀公猪。打猎过程非常血腥，刚开始那些猎人还没有接近公猪就死了。最后是阿特兰大，一个希腊女子，先用弓箭伤了公猪，然后墨勒阿革洛斯才得以杀死公猪。墨勒阿革洛斯想把功劳给阿特兰大，但是受到自己舅舅的强烈反对，因为阿特兰大是女人。最后墨勒阿革洛斯杀死了自己的舅舅，而墨勒阿革洛斯的母亲为自己的兄弟报仇又把自己的儿子杀掉了。

And while the beast spun round in frenzied wrath,
Bleeding afresh, and spilled the hissing froth,
Hard on his shaft, the marksman, hastening near,
Pricked him to rage, and with his glittering spear
Between the shoulders dealt the killing blow.

话说那野兽在狂怒中打转，
鲜血直流，溅出嘶嘶的泡沫，
神射手紧握长矛，连忙赶上前，
他怒火中烧，用闪闪发亮的矛
对准前胛之间就是致命一击。

这些诗行就像挂毯一样，它们本该就是挂毯。它们本该写成拼写奇怪的法语。它们不规则的模糊的文字本该一个一个被破译出来，因为它们像一条巨龙，在某个挂毯搜集者的挂毯旗上展开。可它们却与毕加索结合在一起。就在这一页上，毕加索——轻盈、刚毅、古典、粗暴——他画的那些猪似的猎犬，像瑟伯的漫画一样滑稽，全是嘴巴；墨勒阿革洛斯，一半是恶棍，一半是法国的贵族，一半是蓄着胡子的路易·菲利普时期的法国水手——这个赤身裸体的墨勒阿革洛斯，神武英勇、动作精准，将长矛刺向一头凶残的野猪，它此时痛苦万分，耷拉着像一只麝鼠。

说了这么多杀猪和嘲笑瓦莰的话，我现在要变成一个既和蔼可亲又爱用棍棒打人的人。德莱顿在《变形记》译本的献词中写道，他认为他的译本“也许是我在这类作品中做得最好的一部”，而奥维德，“我们最为津津乐道的这位机智的罗马人”，“也许与我的天赋最为符合”。这话说得不错。决定用对韵体来翻译也是明智之举，因为在德莱顿的时代，这种格律是所有这类翻译的通用语言（lingua franca）——德莱顿用奥古斯都时期的对韵诗体来翻译奥维德，就像康斯坦斯·加内特用乔治亚时代的散文来翻译托尔斯泰一样，可堪期待。然而，德莱顿身上却背着一袋累死人的现成诀窍，让他的诗句清晰工整。它们就像不受压抑的韦斯帕牌摩托车一样一路咆哮，丢掉了奥维德的许多微妙之处——他有意放置和移位的词语、他微妙多变的句子、他那一贯专注而又富于变化的声音。译者德莱顿并非描画沙夫茨伯里肖像的作者德莱顿，在对原著的快速自我模仿与印象式的模仿中，他让自己变成了一个无足轻重的人。德莱顿的《变形记》是一部划时代之作。德莱顿依然是个文雅、流利、神采飞扬的人，他写作时喜欢从容不迫，一本正经地插科打诨。这是他的公猪之死版本：

The wound's great author close at hand provokes
His rage, and plies him with redoubled strokes;
Wheels as he wheels, and with his pointed dart
Explores the nearest passage to his heart.
Quick and more quick, he spins in giddy gires.

造下这伤口的伟大作者近在咫尺
他怒气冲天，对它加倍地攻击；
一次又一次，转动手中的尖镖
探索刺向它心脏的最近通道。
它头晕目眩，身体越转越快。

埃兹拉·庞德曾写道，如果没有读过伊丽莎白时代的奥维德译者亚瑟·戈尔丁翻译的全部十五卷书，就不可能完全了解英语叙事清晰的艺术。这样表述也不错，然而我以为，很少有人把戈尔丁的译著从头到尾都读完。至少从我自己的情况来看是如此，其原因就出在韵律方面。即使你小心翼翼不想摔得很重，像庞德建议的那样为了“意义和句法”去读戈尔丁那部气势恢宏、循环往复的“一行十四个音节的诗”，即使那样你还是会小磕小碰；它所言之物的主干并不成问题，但是它的形式往往看起来就像是路上随意放置的障碍。你总想去改掉押韵的词，删除多余的凑数词，把戈尔丁简化为若干个段落。另一个缺点，是戈尔丁缺乏修辞的专业性和趣味性，但这并不妨碍可读性。没有修辞的《变形记》就跟用基础英语来写《李尔王》一样，都是不可想象的。但是，加尔文式的译者戈尔丁，他唯一的原创作品是对1580年地震的专题研究，认为那是上帝对礼拜日戏剧表演震怒的一种表示，他跟那些保存奥维德的文本并将其作者封为圣徒的中世纪僧侣都是一个路数。他译的《变形记》文风优雅，直接明了，措辞像拉丁文一样生动，就仿佛是他自己创作了那些故事。在下面的诗行中，他也写了一头野猪，不是墨勒阿革洛斯刺死的那头野猪，而是咬死阿多尼斯的那头野猪。

By chance his hounds in following the track, a boar did see
And roused him; and as the swine was coming from the wood
Adonis hit him with a dart askew, and drew the blood.
The boar straight with his hooked groin the hunting staff withdrew.

恰巧他的猎狗还在赶来的路上，眼前一头野猪
令他惊起身，野猪正从树林里冲出来
阿多尼斯提枪便刺，歪了但还是见了血。

那野猪拱起屁股把猎杖顶了回去。

野猪把獠牙“插进阿多尼斯的阴囊，尽其所能戳个不停，然后撂下他在那里等死”。在这里，戈尔丁想让人们注意到他的休止符号和诗行结尾，还为巴克斯（Bacchus）写了一首同样美妙的抒情祷词：

Thy youthful years can never waste, there dwelleth aye in thee
A childhood, tender, fresh and fair; in heaven we do thee see
Surmounting every other thing in beauty and in grace;
And when thou standst without the horns, thou hast a maiden's face.

你的青春年华永不会虚度，童年永驻于你
温柔、清新、俊美；在天堂我们确实看见你
超越世间的一切，那么美丽、优雅、阳光；
无忧无虑的你啊，会拥有一张少女的脸庞。

下面是瓦茨的译诗：

Unfading boyhood, Liber, youth eterne
Are yours; in heaven the fairest star you burn,
Or laying by your horns, on earth you tread,
And like a girl's appears your comely head.

永不褪色的少年时光，自由、永恒的青春
都属于你啊；在天堂你燃烧最美丽的星辰，

或者放下一切烦恼，将大地踩在脚下，
女孩的娇容就会在你美丽的头颅显现。

最后再讲讲译者及其诗歌形式。在戈尔丁那里，总的来说，节拍都紧跟着句子的音韵，句子的音韵紧跟着感觉。戈尔丁的译本几乎不出十行就会让人觉得，格律给他带来的阻碍其实并不比使用这门语言的其他任何叙事诗人要少。让人觉得矛盾的是，如果做一系列数量众多的小小改动，就会使戈尔丁的译文要么变成完美的诗句，要么变成完美的散文。当然，这么讲也就等于说，戈尔丁的翻译是一项重大成就。它常常与同时代那部伟大的长诗《仙后》相提并论。但是《仙后》却顺畅无阻，因为诗节、句子的音韵、感觉，只是模糊地存在于它们本身；它们每一个都在相互推动，屈从而生。斯宾塞在组合能力上是极其高超的。尽管如此，有缺陷的戈尔丁仍然更为深刻、更为新颖，他的方法应该被后世的奥维德译者复制借鉴。正是这些东西，而不是故事情节，让我们体会到风格带来的趣味。他们写的剧本不需要交响乐团或演员。在这些译本中，奥维德那些轻盈、世俗、神话般的个体人物，都涂抹了防腐的妆容。对于我们来说，我能想出三种翻译奥维德的好方法。第一种是庞德对巴克斯章节的那种神奇的再现；第二种是里士满·拉蒂摩尔对《伊利亚特》那种行对行，并且几乎是词对词的强行直译；第三种是像法尔教授对《埃涅阿斯纪》的那种做法，他并未翻译，而是在每一页文字的下方都列出词汇和注释。奥维德不同于我提到过的任何一个人。他的六步格，他的句子，还有他的感觉，都非常暴烈，各自为政。它们扑向彼此，或步行，或骑行，带着刀剑、叉子和套网，像角斗士一样厮杀搏斗，然后……和谐相处。

奥维德的成功之处，哪怕是最简单的成功之处，都是不可译的。《变形记》的起始诗行是这样的：

In nova fert animus mutatas dicere formas corpora...[①]

这种词语放置给人的印象是一个小孩醒来说话。尽管是刻意安排，这些词似乎纷纷坠落，急于宣告自己。心（*animus* 是很难翻译的）装着新的事物，或是被带入新的事物；直到我们读到 *corpora*，才知道这些新的事物是什么。*Mutatas dicere formas* 是一个传统的安排，但在这种情况下，这三个词似乎是斜体的，仿佛奥维德希望强调那种戏剧性效果，他是偶然栽了个跟头才跌在这宏伟的风格上的。然而，这种遭遇到底是意外的事故呢，还是算计过的粗心呢？难道奥维德不是太过谦虚又太过自信，因而没有为这样的相遇做过任何准备？令人好奇的是，奥维德既亲密又冷漠。这里甚至也暗示了一种羞涩、轻浮的自我关心和谨慎的含糊，使得奥维德的《爱情三论》和《哀怨集》(Tristia) 与贺拉斯的《书简》是如此不同。奥维德真是奉献自己太多，说得太少！舞台两侧有镜子，奥维德灵巧而不耐烦地看了一眼，然后战战兢兢地注意着台下的观众，急急忙忙逃向他的故事。这种逃跑和返回的诀窍，具有一种魔力和亲切感，是奥维德的专长。他的译者当中没有一个能抓住这种风格。也许我是在过度解读，但我敢说，没有任何人能对德莱顿的这句译诗进行过度解读。

Of bodies changed to various forms I sing.

---

① 参考杨周翰先生的译文，加上洛威尔的分析，我将这句拉丁文理解为“我心里想要说的是形相如何变成新形式的事”。

我要吟歌讲述变成各种形式的物体。

这种平铺直叙和简化，就是德莱顿通常的做法，并且略去了 In nova fert。人们可能会称赞 various 这个词选得好，喜欢这行诗的铃响与摆荡（ring and swing）。贾斯特斯·米勒[①]的“勒布经典”散文将所有的东西都考虑进去了，并且几乎给出了字面意思：“我的心倾向于讲述变成新形式的各色形相。”但是米勒没有给出任何声音或风格的暗示。戈尔丁步子笨重，不愿再费力气。他是这么译的：

Of shapes transformed to bodies strange I purpose for to sing

我的目的是要吟歌讲述形态变成各种奇怪物体的形相。

听起来像是米勒变成了喜欢写“一行十四个音节”的诗人。瓦茨是这样译的：

Change is my theme

变化就是我的主题

译出了奥维德匆忙、有意、跳跃的开始，但是太过简洁，没有了原文那种安静、信任、惊讶的礼貌态度。

奥维德精彩的语言和故事太多太长，无法引述，所以我的第二个

---

① 贾斯特斯·米勒（Justus Miller，1858—1938），美国杰出的古典文学家、翻译家。

例子肯定也不足以说明什么。在第十三卷中，独眼巨人波吕斐摩斯，追求仙女伽拉忒亚。他全身装满了奶制品，并用一首冗长、感人而又荒诞不已的歌谣来为自己的求爱造势。这个怪物满怀热情，眼睛睁得溜圆，声称他给伽拉忒亚送来的都不是常见的宠物，比如小孩、小鹿、斑鸠之类，而是一对一模一样的小熊。奥维德是这样详细描述的：

> Inveni geminos，qui tecum ludere possint，
> inter se similes，vix ut dignoscere possis，
> villosae catulos in summis montibus ursae：
> inveni et dixi “dominae servabimus istos.” ①

波吕斐摩斯可不是一个能讨淑女欢心的男子，但他上过学。也许是怀疑伽拉忒亚是一个没出息的花痴仙女，所以他不仅给她送来了熊崽，而且还给她上了一堂从几何学上讲堪称完美的演讲艺术课。每一个别扭的描述项目都是孤立的，每个项目都被无限停顿强调；压力变得越来越愚蠢，接近高潮；最后，波吕斐摩斯把他的猫从袋子里放出来，说：“天哪，熊！”瓦茨的版本是一首滑稽的打油诗：

> Twin cubs the nurslings of the shaggy bear，
> So like，the which is which you could not swear.
> When first I found them on the hillside steep，
> These for my mistress then I swore to keep.

---

① 这四句拉丁语的大意是：我在山顶上发现了一对毛茸茸的小熊，你可以拿来玩，它们长得太像了，几乎分辨不出来。我发现它们时就说过：我要把它们留给我的女主人。

孪生幼崽是那只毛茸茸的大熊的宝宝，
那么相像，你发誓指不出哪只是哪只。
当我第一次在山坡上发现它们的时候，
心想这就是给我女主人的礼物，我发誓要保管好。

《变形记》最后用几段封神词匆匆结束：首先是尤利乌斯·恺撒的，然后是奥古斯都的（预言过），然后是奥维德自己的，他因为诗文而不朽。这些段落表现出的浮夸、谦恭、天真和狡猾，都是意大利人所特有的品质。以下就是一个浮夸的例子：

Iamque opus exegi，quod nec Jovis ira nec ignis
nec poterit ferrum nec edax ebolere vetustas.①

话说得倒是无可挑剔，但这种口无遮拦的油腔滑调，跟贺拉斯那句 Exegi monumentum② 很相近。然而，我认为这并不是要说明奥维德草率、倦怠的一个什么有名的例子，也不是奥维德非要在戏仿或对决当中一试身手不可。他说过这么一句话："如果你们想听用不朽的精心构思的词语维护的不朽，就去读贺拉斯吧。听着，我向贺拉斯致敬；但我自己的诗篇，以其音量、自然度和依照我意志行事的闪电般的速度，也是不朽的。"说完这番豪言，奥维德更是直截了当：

Nomen erit indebile nostrum…

① 这两句的大意是：我现在完成了一部杰作，不论是朱庇特的震怒，还是烈火、刀剑、时间的磨牙，都不能将其毁灭。

② 这句意思是：我铸造起一座纪念碑。

ore legar populi…

vivam.[①]

各种不同的风格以某种方式汇聚在一起——那么慷慨、迅速、冒失、不可靠近。

但是这位才学惊人、追求时新的奥维德在他那些众所周知、不可思议、极其陈腐的希腊神话逸事中看到了什么呢？他是那样一个学识渊博又富有趣味的人，一个十足的“大城市”人，不可能抬脚到阿卡迪亚那样的地方去。他写作不是听命于弥尔顿的精神，不是为了取悦他的孩子，不是为了钻研神话的哲学，也不是为了帮助国家复兴宗教。他是这个世界上所有作家中的作家，一心一意写了一首很长的诗。这部长诗尽管具有极大的衍生力和巨大的影响力，但是他奥维德并没有范本可学习，也没有门徒可帮忙。我们的英国诗人乔叟，以清晰、高贵、诙谐、引人入胜的风格讲述故事见长，甚至连他也不能做到像奥维德那样。奥维德总是在那里，时而插科打诨、磨磨蹭蹭，时而又匆匆忙忙、丢三落四，然后就忘乎所以了，被自己的故事惊呆了，万分吃惊地发现这些故事竟是他自己讲述的。他的写作风格，只是他的，没有别人的，从维吉尔式的奇迹，转变为一个书信作者那样，油嘴滑舌、霸气十足、尖酸刻薄，非常世俗化。

在《变形记》第八卷中，墨伽拉公主斯库拉，迷上了克里特岛人米诺斯，他正在攻打她的父亲尼索斯。她一点也不害怕她父亲的士兵会“误”杀米诺斯，因为没有一个心智正常的人会伤害这个敌人，他

① 这几句的大意是：我的名字不可磨灭……我的作品会被人们口口相传……生而不朽。

身着紫色战袍，胯下白马宝驹，英姿实在迷人。她与自己理论，有力地说服了自己，然后剪掉了父亲头上“那根猩红色的头发，这是他的王国的仰仗”。米诺斯接受那根头发时脸上并无笑意，他拒绝了斯库拉，占领城市之后扬帆而去。被抛弃的斯库拉站在岸边，万分绝望，语无伦次地大声谴责，语言极其恶毒。她满心想的都是那些折磨米诺斯的公牛；说他的母亲欧罗巴，当年追求她的不是化身成公牛的宙斯（不是宙斯，而是一头真正的公牛，她说）；还有他的妻子帕西法厄和一头公牛搞在一起（因为米诺斯比这头牛更像一个怪物，她说）。最后，斯库拉跳入海中，抓住米诺斯的船龙骨，死死抓住不放。突然间，尼索斯，他现在成了一只“燕隼”，盘旋在空中，他“拍着灵活的铁甲翅膀，沉入水中，要把斯库拉从她揪着的地方抓过来”。他想用“钩子嘴好好将她撕烂”，但斯库拉已经变成了云雀。一只在空中盘旋的“燕隼”，长着“灵活的铁甲翅膀”和“钩子嘴”，这就是奥维德。

1955 年

# 霍桑[①]的《珀伽索斯》

（本文收录于迈克尔·迪·卡普阿构思和编辑的儿童系列丛书，洛威尔在其中选择向小读者们介绍霍桑重述的神话《珀伽索斯》。）

纳撒尼尔·霍桑描述动物的笔触非常神奇，无拘无束。我能看见那匹长着翅膀的马，珀伽索斯，驻足于皮里恩的泉边。他的身体是白色的，就像任何一匹俊美的白马，不同的是，他身上长着一对银色的簇绒翅膀，一振翅，便在他头顶飒飒作响。他“在水里畅饮，发出愉悦的叹息声，时不时停顿下来，静静享受着，然后又一口接一口饮喝那清冽的泉水”。不久，年轻的贝勒洛丰骑在他的背上，因为是第一次被骑，这匹身高五百英尺的骏马，气得呼呼直喘，浑身打战。然

① 纳撒尼尔·霍桑（Nathaniel Hawthorne，1804—1864），19世纪美国最伟大的浪漫主义小说家，美国心理分析小说的开创者，也是美国文学史上首位写作短篇小说的作家。其代表作包括长篇小说《红字》《七角楼房》，短篇小说集《重讲一遍的故事》《古宅青苔》《雪影》等。其中《红字》已成为世界文学经典，亨利·詹姆斯、爱伦·坡、赫尔曼·麦尔维尔等文学大师都深受其影响。

后，一场天空之旅就此开启。

希腊英雄的故事数不胜数，而讲这些故事的人也几乎同样数不胜数。人们一开始是从哪里听到这些故事的呢？对我来说，它们始于三十五年前（1928 年），当时的美国总统是赫伯特 · 胡佛，收音机还是用电池的，女士们开始剪短长发，人们长途旅行乘的是火车而不是现在的飞机。我母亲过去常常给我读霍桑编写的一本希腊神话故事书，这本书上盖有一个竖琴书戳，封面是焦褐色的，是她小时候得到的一个礼物，她第一次听到书中的故事时，霍桑已经去世约有三十五年了。

这些故事，也是世界上最好的一些故事，讲得非常精彩。过了这么久，那些情节仍然历历在目，我甚至还清楚地记得许多小小的细节：喀耳刻的一个侍从有“海绿色的头发”；小男孩忒修斯“与一块又大又懒的石头搏斗，就好像它是一个活生生的敌人”；卡德摩斯播种了龙的牙齿，看见“整个地面……被一大群擦得发亮的黄铜头盔砸碎，它们就像一堆巨大的豆子”；林科斯，他的眼睛“能将一块磨石看穿”。有时就在刚要进入梦乡的时候，我几乎可以触摸到这些人物，与他们交谈。如果我读到一些错误的、现代复述的老故事，我会对自己说：“事情不是这样的。当时我就在场。林科斯能看穿的不是一堵墙，是磨石！”霍桑编写的寓言对我来说，是历史，就像大地、水和天空一样真真切切的存在。

不知什么原因，我一点也记不起珀伽索斯了，甚至从来都不知道那匹长着翅膀的骏马、贝勒洛丰和那只可怕的长着三个脑袋的喀迈拉是属于一个冒险故事。我觉得我早该知道。人们还可以从什么地方学会在天空中做旅行呢？如果人本来就可能长着翅膀，这么多年却行走在地上，真是一件悲伤的事。

珀伽索斯不只是一个空中飞人，我认为他也是想象力。日复一日，我们走在相同的人行道上，走进相同的房间，看到相同的人，穿着同一双扎脚的皮鞋走路。然后，在一些梦或白日梦中，想象力抓住了我们，带我们乘着发明之风离开。巨龙冒着烟，金子在石洞里燃烧，我们盯着沉闷的旧地毯，看到了一个王国。每件事物都有其意义和可爱之处，每件事物都闪耀着光芒。为了证明这一点，霍桑塑造了他自己的一个重要人物：那个小男孩，那个唯一能告诉贝勒洛丰的人，说珀伽索斯确实存在，而且总有一天会来到皮里恩的泉边。后来，那个男孩将成为一个讲故事的人，或一个诗人。时至今日，他仍然知道想象力的秘密藏身之处。他知道，如果试图直接看见它，张大眼睛望着天空，或是在炎热的希腊山上徒步旅行，那么他永远也找不到这匹神奇的长着翅膀的骏马。只有让自己的思绪在水面上徘徊、思索，他才能捕捉到一个倒影——一开始只是一只普通的白色海鸥的翅膀——然后它就会是那匹骏马。他说不出为什么会这样，我也说不出个所以然。

喷泉周围的其他人物——农夫、老人，甚至那个胆小的女仆——都和大多数人一样，大多数时候都和我们所有人一样。对他们来说，想象力就是一个笑话，是老太太们的无稽之谈，他们什么也没有看见。他们认为马不可能有翅膀，只有犁地时才有用。对他们来说，鸟儿没有歌喉，唱歌跟说话没有什么不同，时间是时钟僵硬的指针，戳着他们的肋骨，指出通常要完成的任务。当然，他们错了。

不然呢？珀伽索斯的故事有三个主要人物：珀伽索斯、贝勒洛丰和怪兽喀迈拉，喀迈拉有三个脑袋——狮子、山羊和蛇。关于珀伽索斯我已经说得够多了。贝勒洛丰是童话中的王子。我们对他非常熟悉，他就像任何一个年轻人，只不过更英俊、更勇敢。他更稳重、更幸运。如果我们闭上眼睛，我们就可以想象自己变成了他。喀迈拉跟童话故事里常见的龙一样，只不过更脏乱面目更可憎，因为我们自己几乎可以把农场里的动物撕开，再把它们粘在一起做成喀迈拉。它不像我们。这三个人物都生活在遥远的希腊，没有人知道那是什么时候，只知道那个时候，普通的生活一定是躲进了一场梦中。

很久以后，就在两千年前，大约在基督临世的时候，罗马住着一个名叫贺拉斯的伟大作家。他是个诗人，但坚持理发，每天刮胡子，说话条理清晰，文章也写得很明智。看到没有理发和刮胡子的作家时，他会浑身直打哆嗦。跟大多数罗马人一样，贺拉斯就想看清事物的本质。他一想到喀迈拉这类的怪兽就会非常厌恶。他把它们称为灾难，并说，如果一个画家把马的头放在男人身上，然后用石膏涂在羽毛上，他一定会被人嘲笑死。我不知道贺拉斯会怎么看待珀伽索斯。也许他会站在皮里恩的喷泉边，一脸阴郁，就像那个农夫一样，喃喃地说：马是不能飞的，是用来犁地的。他可能已经告诉贝勒洛丰要赶紧去医院。也许贺拉斯是对的，即使是有想象力的人，也必须学会在地上行走。是不是这样我一点也不知道，但你们长大后也许就明白了。

在这期间，骑上珀伽索斯在空中飞行吧。以后，如果你们读霍桑的其他希腊故事，你会发现它们是连贯的，并延展到一个陌生的新国度，你可以在那儿住上几个月，只要活着还可以多去几次。之后，你会读到希腊人写的这些故事，还有其他人改写的，你会看到很多故事中的场景，很多艺术家们都把它们画出来了。你会惊讶地发现，不同时代的最优秀的人对同一个人和情节的看法是多么不同。以后，你会读到霍桑更优秀更晦涩的书——《红字》，因为读过他改写的希腊神话故事，你会觉得有熟悉的地方，但是你还会学到很多很多新的事物，你会使劲揉着眼努力去看明白。在你踏上旅程的时候，想想这一切就在你前方。感谢霍桑编造出这么多神奇的细节，比如贝勒洛丰在喷泉边等待时的无聊与不抱希望。你甚至可以构想出你自己的细节。

在这个故事的另一个版本中，珀伽索斯的蹄子看起来像月亮，而喀迈拉最后是被贝勒洛丰用一根铅棒插入喉咙杀死的。铅棒熔化后，喀迈拉被滚烫的铅呛死了。如果你的脚踩在地上，就知道如何杀死一个怪物的方法。

1963 年

# 谈《葛底斯堡演讲》

亚伯拉罕 · 林肯是美国最后一位能真正使用文字的总统。他和托马斯 · 杰斐逊也许是仅有的拥有此种天赋[①]的总统。若是做不了出色的演讲，作为实干家林肯就没有那么伟大；若不是伟大的政治家，他也不可能去写演讲词。他能抓住时机，明白自己说的每一句话都代表国家，必须庄严、简明扼要。

去年春天，我在跟一个文人朋友谈起《葛底斯堡演讲》。他向我指出里面再三使用了出生这个意象，令人好奇："创建""孕育""生来"，最后一个是"自由的新生"。

"生"与"死"！

《葛底斯堡演讲》具有神圣性和象征意义。其语言逻辑性强，实事求是，有理有据，言简意赅，因此能引发共鸣。它是战斗的一部分，是最后的军事推动，改变并增加了先前军事行动的意义。用他自

---

① 1964 年 1 月 3 日，洛威尔在国会图书馆做演讲，在演讲词的副本上，有洛威尔加的一个注："这句话是在我读到肯尼迪总统未发表的演讲稿之前写的。"——原注

己的话说，林肯象征性地死了，就像真正牺牲的联邦将士一样——不久他也真的要牺牲。他用自己的话赋予了这场战争之前所缺失的象征意义。为了我们和我们的国家，他把杰斐逊自由平等的理念与基督教所提倡的死亡和重生的牺牲行为结合在一起。我相信其意义超越了宗派或宗教，超越了战争与和平，已然成为我们生活的一部分，是挑战，是障碍，也是希望。林肯一百年前偶然做的这番演讲，至今仍然振聋发聩，因为我们国家还在与四个几乎无解的精神问题作斗争：如何将平等与卓越相结合，如何将自由与正义联合起来，如何避免摧毁或被核能摧毁，以及如何完成奴隶解放事业。

1964 年

# 霍普金斯[①]的圣洁

霍普金斯生命中那种英雄式的圣洁，鲜有作家给予足够的强调，也很难对其进行客观的、有针对性的阐述。他旺盛的精力令人心醉：对韵律与语言进行实验，画素描，写新颖的乐曲，对大自然进行奇特、充满激情的观察并附带发表批评性的看法，应邀写一本科学入门书，应邀编辑评论纽曼的《赞同的法则》，为布里奇斯设计烧瓶。但所有这一切，都被他那严苛的宗教生活抵消掉了。如果霍普金斯身上没有别的东西，这种严苛只会让人觉得他就是那个荒谬的耶稣会教士，小有名气，有点幽默感而已。

当然，这种人生也有其类比，存在于他的诗歌之中，存在于他的

---

① 霍普金斯（Gerard Manley Hopkins，1844—1889），英国诗人、牧师。他毕业于牛津大学，1866年改信罗马天主教，1877年被任命为耶稣会牧师，从1884年起在都柏林大学教希腊语，直到去世。他的诗歌大多创作于19世纪七八十年代，1918年才得以首次出版，书名为《诗集》。霍普金斯最为人所知的是他使用的跳韵（sprung rhythm），这种韵律更关注重音的出现而不是音节数量本身。《茶隼》和《上帝的伟大》比较典型地体现了他的创作艺术。他在写作技巧上的变革影响了20世纪的很多诗人。

言说和技巧中那种可以称之为 éclat[①] 的东西之中。两种人生都卓尔不群，独具魅力，所以在他有生之年，很少有读者能够理解。这旋涡一样的多样性，要是放在其他任何人身上，几乎是毁灭性的，但在霍普金斯那里，却取得了成就。他勇猛而又清醒，顺从而又灵活。

霍普金斯的圣洁——如果他什么都没写，他会是一个圣人——远不止这些。约翰·皮克[②]在最近出版的一本书中展示了霍普金斯在生活中践行圣伊格那丢[③]式灵修的程度。我不会去详述一个耶稣会教士生活的细枝末节——那是一种战士的生活，近似于现实版的道成肉身，在某些方面相当自由，了无牵挂，而且是全力以赴才会花开灿烂，就跟加拿大那些殉道者的情况是一样的。霍普金斯的生命短暂而且破碎，但它与路易吉·冈萨加[④]的生命相同，是一个完整的基督徒生命，并以征服而告终。

霍普金斯像其他经验丰富的作家一样，能够在他的诗歌中利用他大部分的兴趣和经历。然而，如果我们将他与 18 世纪和 19 世纪的同龄人相比，就会发现他比其他人更能做到这点。究其原因，还在圣洁这个问题上。如果我们审视蒲柏、华兹华斯、柯勒律治、阿诺德或者勃朗宁，我想我们会意识到，在达到某一个点之后，所有这些人——他们有时是伟大的作家，各自都非常虔诚——都不再有活力；他们开始反思、想象、说教：某种单一的才能还在继续折腾，但整个人已经

① 法语，意思是：炫目，令人眼花缭乱的呈现效果。

② 约翰·皮克 (John Pick，1921—2015)，英国诗人、小说家和传记作家。

③ 圣伊格那丢 (St. Ignatius，1491—1556)，西班牙人，天主教神父和神学家，耶稣会的创始人。著有灵修手册《神操》(*Spiritual Exercises*)，记录他本人的灵修经验，主张灵修生活的成长要用克制自己来衡量。

④ 路易吉·冈萨加 (Luigi Gonzaga，1568—1591)，意大利人，生于贵族家庭，后成为耶稣会教士，因照顾传染病患者不幸感染而献出年轻的生命。去世后在 1605 年被行宣福礼，1726 年被封为圣徒。

停止不前了。因此，他们在自己的作品中沉思、编造、鼓吹、策划、诅咒。霍普金斯实质上很戏剧化（根据经院哲学的语言而行事）。

现在，行事彻底才算人之完满，换句话说，就是要受造彻底。根据天主教神学，完满需要一个实质性的转变，这种转变先被称作“成圣的恩典”，然后被称作“至福”，涉及恩典与自由意志的神秘合作。进一步探讨这个问题将是题外话。我想强调的是，对于霍普金斯来说，生命是一个不断迈向完满的实质性进程。他相信这点，践行这点，这就是他所抒写的东西。

我想可以这么说，大多数现代诗人的信仰和实践或多或少都排斥完满，而且只要完满被排除在外，诗歌就会受到损害。评判作品和作家，应该用实质性的行动来作为依据，因为作品依赖于作家，虽然从来没有任何法律规定过必须让一方来评判另一方。许多著名的现代诗都是专讲人之完善这一主题的：《论人》《夜颂》《序曲》《希腊古瓮颂》《吉普赛学者》《在学童中间》《荒原》。事实上，关于其他东西的诗作几乎不存在。在我看来，如果这些诗拿去与《德意志号的沉没》或者霍普金斯最后写的那些十四行诗进行对比，它们都显得有些抽象和肤浅。原因不在于这些作家没有经历过他们所写的东西，他们都经历过；原因在于他们的经验仅限于一种才能：推理、想象或是记忆。他们要么是理性主义者，要么是浪漫主义者。

霍普金斯也有其缺点。(1) 他了解自然，但对人了解得并不太多。他见到他们都是在圣礼仪式上或者他们忙于自己的工作之时，他对他们的个性和性格知之甚少，至少在他的诗歌中是这样的。当他写职业的圣事体验（《费利克斯·兰德尔》），或者更恰当一些，写他自己对自然或上帝的体验时，他的基础是坚实的。有时他也会写塌了。我从来没有完全喜欢过《德意志号的沉没》中的修女和水手。也许这就是《农夫哈里》和《汤姆的花环》如此沉重的原因。(2) 霍普金斯诗歌中的韵律，即便他没有运用跳韵都有一种注射了甲状腺素的效果。从他的信件和个人轶事中我们知道，他生活在一种欣快的状态中。但在一些诗作中，我们觉得这种强烈的情绪很做作；在另一些诗作中，我们希望有更多的变化。麦克卢汉对《茶隼》做过十分出色的分析，其中绝大部分我都赞同，但是，最后六行诗几乎不顾自身，被节奏胁迫着去对抗八行诗节那种简单的物理强度，这也许是一个局限吧。然而，这些节奏在其局限范围内表现出的多功能性很是神奇。与其说是缺点，不如说它们是个人的局限。(3) 有些风格非常近似于会话。会话可以口语化也可以很文雅，但它必须既要有色彩，又要有灵活的严肃性和范围。这种风格化的代表作包括《巴斯妇》序言，维庸的《遗嘱集》，莎士比亚的伟大悲剧，最优秀的歌谣，弥尔顿的十四行诗，多恩、赫伯特、马维尔[1]的抒情诗，蒲柏与德莱顿后来的政论短文和讽刺诗，以及哈代的一些作品；最近的大师是叶芝。霍普金斯就属于这一传统；他的诗句偶然也会因为辞藻堆砌、缺乏风格而不忍卒读：

> 这就是倾覆的原因
> 她纠正了一半，希望扶正，
> 死神涌进她的舷窗
> 甲板上猛冲而下的，是打滚的乱作一团的凡人。

乱作一团的凡人（messes of mortals）！这是一个口齿不清的跳跃节奏和头韵，效果大打折扣。其他类似的诗行，还好有那种强烈而又原始

---

① 马维尔（Andrew Marvell，1621—1678），17世纪英国玄学派诗人。著名的诗作有《致娇羞的情人》《花园》和《哀叹幼鹿之死的仙女》等。

的感情来拯救。在写给布里奇斯的最后一封信中，他写道："这条河就是巴罗河，古代的爱尔兰诗人把它叫作哑巴罗（the dumb Barrow）。我叫它跋扈的巴罗布朗（burling Barrow Brown）。两种描述都对。"这种事在19世纪甚至18世纪都很普遍，而且格律从来没有成功绕开过它，但在更早的时候，它有可能不是那么常见。(4) 关于霍普金斯的笨拙、晦涩和句法暴力，已经写得够多的了。这些对于这样一个创新者来说，很可能是不可避免的。对于霍普金斯和怀特霍尔[①]来说，最好的改进方法就是举办一个富有表现力的朗读会。

霍普金斯的墓志铭，我认为应该这样来写：他所写的宗教抒情诗完全属于19世纪，但伟大的宗教时代所创作的任何作品都无法将其超越。他可能是描写自然，换言之，描写没有生命的造物的英国诗人中最优秀的那一位。他和但丁、维庸、本·琼生、多恩、赫伯特和弥尔顿一样，是为数不多的极具个性又相当活跃的诗人之一。除了创新节奏，他还写过至少四种不同传统的诗，即押头韵的、弥尔顿式的、玄学派的以及济慈式浪漫派的诗歌。据怀特霍尔所言，他也许会被大家视为朗读诗的恢复者。然而，他的布道词和书信同他的诗一样，都很出色；他所有的作品都文如其人，是独特有个性的圣洁之作。

1944年

---

① 怀特霍尔（Harold Whitehall，1905—1986），英国语言学家、诗人，1944年曾在《肯庸评论》上发表论文阐述霍普金斯的跳韵。

# 英语格律

这本书[1]以其学识、理论性和文学品位而著称。这三样都是从事该项工作所必需的素质。具备这些素质的作家很少，能够将它们结合起来的更是少之又少，而且我读过的作家中，没有一个在论述该题材时像汤普森[2]博士这么勤奋这么用力。

关于学识，我没什么可说的，只有学者才能够充分欣赏，或是与之进行有所裨益的辩论。汤普森也是一个文人。当代最好的诗歌和批评，不仅是他研究的对象，也是他呼吸的空气，他实践的风格。学者大多数都不是文人，不过是统计学家和仓库罢了。他们的研究是自己的，但他们的价值判断却是二手货。而从事文学写作的人所做的研究，通常也是二手的，他不大具备成为学者的天赋与耐心。

然而就素质而言，《英语格律之创立》一书中作者展现出的深入

---

① 指约翰·汤普森写的《英语格律之创立》(*The Founding of English Metre* by John Thompson. New York: Columbia University Press/London: Routledge, 1962)。——原注

② 约翰·汤普森(John Thompson, 1918—2002)，美国学者、诗人、文学批评家。

思考和理论化能力，最让我钦佩。他做这件事的时候，极其理性，目光独到，耐力十足，思路很清晰，观点也很新颖。他把格律看作是某种确定的东西和某种不确定的东西之间发生的冲突以及解决方法。确定的，是格律本身，一切都是可衡量的，先行的，服从规则。不确定的，是语言节奏，它没有规律可言，没有什么是可以衡量的，批评家只能依靠耳朵、直觉、品味以及他对生活的知与识。这个理论——如果我们可以称之为理论——极其简单明了，几乎就像一个骗局。汤普森将其应用于非常复杂的材料，有的地方，思路不定、精力不旺盛的人只会说些陈词滥调，让人更加困惑，而他却做得非常成功。

我来分别简述一下这本书的六个章节，因为每章都面临着不同的机遇和问题。第一章主要讨论了怀亚特，他有时算得上是英国最重要的诗人之一，但他的创作方式矛盾重重，故而争议颇多。我们不再把他看作是一个鲁莽的开拓者，说他瞎折腾，试图模仿西德尼以示正确。然而，最近有一些批评家则认为怀亚特太过现代了，说他不守规则，任由诗歌的韵律跟着他的耳朵和语言感受走。汤普森把每句有争议的诗行的音律都标记出来，描述古老的四拍子重音诗行，较新的重音音节诗行，将《托特尔杂集》诗中的不一致展示出来，解释可以解释的地方，并机敏地让那些必须悬而未决的问题继续悬而未决。

《地方长官镜鉴》中的诗作，问题在于它们太庞杂，并无过人之处，而且也不符合后来的标准和期许。它们很少被人阅读，几乎没有人用心读过，也许根本就没有人用全新的视角来读过。对于萨克维尔，评论他的文章倒是一篇接一篇，不是同样敷衍了事地贬低，就是同样敷衍了事地褒扬。然而，汤普森写道："多尔曼的《黑斯廷斯》是另一回事。他根据自己的戏剧意图，改变了韵律模式的关系。"作为批评家的汤普森就这样提出了一个重要的理论观点，他也是最早发现这一点的人。

写加斯科因的那一章，也许更像是一种逻辑上的关联，而不是一种探索。我一直认为，加斯科因试图在字面上让韵律重音和话语重音保持一致的做法很迂腐，除了少数偶然成功的例外，他的大部分作品多是化石而不是诗歌。然而，今天严格的格律破坏了我们自然的话语节奏，让我们感到十分困扰。这种“对位法”常常显得粗糙而又单调。阅读了汤普森的讨论之后，我怀疑加斯科因所关注的是一种几乎与节拍规律相反的东西，话语和格律于他而言同等重要，而且我怀疑困扰着他的东西，是一种把诗歌从生活剥离出来的技巧，后世的诗人也许并未有此困扰。同时他也知道，生活的流转变迁不是诗。

斯宾塞的《牧人月历》声誉很好，堪称一件博物馆之作，但是和《地方长官镜鉴》一样，很少被人阅读，也鲜有乐趣或裨益。这样的诗歌多半有点像蛋糕上干硬的糖霜。更引人注意的是格律实验，它混合了温顺、迷茫、古旧、辉煌。在绘制这片荒野的地图，展示理论的意义之所在，指出优秀诗歌从何而来这些方面，汤普森付出的努力比其他评论家更多。关于古典格律的那一章，将这些作家的努力方向标得非常清楚，指出他们何以失败，何以被某种有生命力的重要力量所驱使，这些力量迫使他们在某种程度上意外地拓宽了英语格律的可能性。最后，西德尼被认为是第一位精通严格的重音音律的英国诗人，他同时又能用一种审慎的、有节制的、通常是话语节奏华丽的对位法来改变这种格律。因此，怀亚特、加斯科因和那些讲究重音的古代诗人就在理论实施的过程中被结合起来。有了这一点，汤普森的书也就抵达了圆满。西德尼综合前辈之诀窍，为后世留下一个延续三个世纪的模本。但汤普森也知道，西德尼未必像怀亚特和其他人那样是一个优秀的作家，他得到的多，失去的也多。

我以为，写音韵论文的作者们应该接受自己几乎和他们文中的那些诗人一样无知。这是一种伟大的屈服，这种姿态似乎可以剥夺一切使这位格律家值得追求和得以实施的东西。寻找诗人必须遵循却无人能够描述的隐秘法则，是一种引人入胜的、富有寓意的工作，如今这项工作已经不复存在。探讨格律的写作已然是不可能的事。的确，A. E. 豪斯曼在一篇著名的文章中说道："考文垂 · 帕特莫尔的几页纸，还有弗雷德里克 · 迈尔斯更多几页的文章，包含了我所了解的一切，或者包含了就这些问题所写的所有有价值的东西。"[①]然而该文章的另一处，豪斯曼又说："的确有一门文学，我认为我可以对其进行讨论并从中获益，因为它也有科学性，因此相信科学的人能够不靠假定来研究和把握它，而且他确确实实比大多数文人更适合做这项工作。"按照豪斯曼的说法，汤普森既是个有科学头脑的人，又是个文人。没有人比他更擅长继续这项工作和写作，不仅仅是分析几篇东西，而是研究从《亚当老实地躺着》[②]到奥登，再到后来的整个英语音步史及阐释，其他人都不大可能写得出来。

1962 年

---

① 引自豪斯曼于 1933 年 5 月 9 日在剑桥做的一场讲座的文稿《诗歌的名称与本质》(*The Name and Nature of Poetry*)。句中提到的考文垂 · 帕特莫尔 (Coventry Patmore, 1823—1896) 是英国诗人和文学评论家，弗雷德里克 · 迈尔斯 (Frederic Myers, 1843—1901) 是英国诗人、古典学者、语言学家、英国心灵研究学会的创始人之一。

② 《亚当老实地躺着》(*Adam Lay Aboundin*)，15 世纪一篇语言混杂的以英语为主的文本，讲述了创世纪的故事，后来被谱写成各种版本的圣歌合唱曲，作家身份不明。

# 诗人与戏剧

最令英国戏剧舞台痛苦的人，不是弥尔顿——它的敌人，而是莎士比亚——它的朋友。我在这里有所迟疑，是因为批评的麻烦在于总是要提出观点。莎士比亚对他同时代的年轻剧作家福特和韦伯斯特，或者德国浪漫主义剧作家克莱斯特和毕希纳，或者其他形式的艺术家，比如威尔第和他的歌剧、陀思妥耶夫斯基和他的小说，都没有造成伤害。优秀的诗人写过无数糟糕的英雄体剧本，他们模仿莎士比亚，但这个莎士比亚却蒙蔽了我们。他以某种隐秘的方式阻止我们上演新的戏剧。易卜生和后易卜生时代的那些模仿，堪称是最好的舞台表演剧，但似乎从未达到过伟大文学应该具有的那种启示高度。我觉得，莎士比亚甚至强迫了他最著名的挑战者——萧伯纳，我们最有天赋的现代剧作家——进入复辟喜剧那种次要模式。

柯勒律治也许是第一个认为莎士比亚太过伟大、不适合任何舞台的评论家。他喜欢读莎士比亚的戏剧胜过看那些戏剧的演出。如今没有人接受这个观点。我们都知道，莎士比亚是一个演员和剧院老板，他太实际、太不浪漫了，不可能不去为市场写作。然而奇怪的是，柯勒律治占了上风，一百年来，没有一个严肃的批评家试图反驳他。《李尔王》《安东尼和克利奥帕特拉》依然不受欢迎。A. C. 布拉德利把莎士比亚笔下的人物说成是真实的人物，现在遭人嘲笑，但他可能还没有他的对手——格兰维尔-巴克和 E. E. 斯托尔——那样迂腐过时，后两者解释那些戏剧就是戏剧。当然，对莎士比亚的意象、节奏和生动的语言进行研究，跟表演并没有太大关系。艾略特写过一篇关于莎士比亚的最具启发性的评论文章，阐明莎士比亚的诗歌可以改编成《枯叟》风格的戏剧独白。作为莎士比亚的译者和一名艺术家，鲍里斯·帕斯捷尔纳克比任何现代作家都更接近莎士比亚，他把莎士比亚看作是未能如愿以偿的福楼拜或托尔斯泰，他认为莎士比亚已被他那个时代所裹挟，不得不去写剧本而砍掉了诗歌。

我们的戏剧舞台一半是鱼，一半是人；一半是大众文化，一半是高深艺术。也许它拥有这两个世界最好的东西，但有时，人们会用一种带有偏见的眼光来看待它，想知道是否有人真的感到愉悦。尽管它很受欢迎，但也并不是普遍流行。那些自然喜欢电视、电影、棒球和其他体育运动的广大观众很少去剧院看戏。即使他们去看了，离开的时候也会觉得自己被兜售了一些人造的、昂贵的、小圈子的、“高尚的”高雅之物。一百五十年来，戏剧既把诗人迷得欲罢不能又让他们恨得咬牙切齿。通常只有愤恨，比如伊沃·温特斯就曾说过：“总的来讲，我认为这个世界根本不需要演员。他们的本领不外乎三种——让粗俗不堪看起来是可以接受的平庸，让可以接受的平庸看起来仍然平庸，让高贵显赫看起来是可以接受的平庸。”温特斯还说过更过火的话。意识到如果不喜欢演员就不可能喜欢戏剧，于是他把后者描述为“一个杂种形式……如果读剧本，大部分都很无聊。如果演出来，可以肯定很多都会被处理得很糟糕”。对他来说，散文写的戏剧近乎于情节的拼凑，即使是《麦克白》，似乎也常常是莎士比亚与中士手枪（Sergeant Pistol）的合作之物。

在这里，我对温特斯的理论并不感兴趣，我感兴趣的是他的激情和偏见，他感觉戏剧舞台体现的是道德虚无主义。这当然是一种荒谬的故意不正经的态度，但又是我们大多数人有时都会持有的态度，尤其是诗人，他们很难平静地看待戏剧。没有哪两种艺术比我们的诗歌和戏剧更具有对立性。与诗歌相比，戏剧，即便不在百老汇上演，即便是个赔本的生意，也是一种非常流行的媒介。尽管剧作家在取得成就方面要比其他作家困难得多，尽管他失败之后一无是处，可是，一旦他成功了，喧嚣的赞美声就会不绝于耳、难以置信，他的热门作品在国内几乎人尽皆知。然而，我们戏剧的文学声望却是摇摆不定的。即使是伟大的奥尼尔，甚至是威廉姆斯，似乎更多是处于我们高级文化的边缘，成不了它的一分子。他们是被观看的而不是被阅读的，把他们归为作家都是勉为其难的事。

另一个极端是我们的诗人。他们很少被阅读，也引不起什么轰动，靠补助津贴过日子。然而，一旦有作品得以出版，即使销量不存在，奖励却很多，而且诗人享有平静的、毋庸置疑的、稳固的声誉。我们的诗歌可能不关注自己的国家，甚至不涉及人类，但至少诗人所写的是文学。

商业化的乡村道德家的声音，想必是我们这个社会最廉价的声音。抨击纽约很容易，但是，当戏剧界人士预言百老汇正处于严重的财政危机时，人们又高兴不起来了。有时候，人们会得到这样一种印象：每一部美国戏剧的创作、制作、导演、表演和宣传，都是由一台机器，由一个城市的一整套机器系统来完成的。人们不敢承认，纽约的这种资源和精密程度已经不复存在了。

诚然，我一直对这个戏剧舞台感到困惑，对它知之甚少，而且一听到要我为它写作的建议，我就浑身直打哆嗦。这些建议通常来自戏剧界人士，他们设法暗示我，说我的诗是私人随笔，是一种次要的专业形式。也许是我那颗阴暗的心被曲解了，也许是我暗示过他们，说现在所有上演的热剧，都不过是装腔作势的表演。然而，两年前，我在翻译拉辛的《费德尔》时，我发现我对戏剧比对诗歌更有兴趣。然后，去年夏天，我就写了一个自己的剧本①。我现在觉得自己是个两面派，看待戏剧就像一个野蛮的高卢人或哥特人第一次看见罗马一样，蓬乱的脑袋里既充满了道德上的厌恶，心里又想要掠夺和适应这座城市。

很久以来，诗人，尤其是英国诗人，跟戏剧有一段郁郁寡欢、痴迷追求的恋情。它很少超越追求再进一步，得到的只有伤疤和屈辱，从来没有婚姻——因此，诗人的优越论调中掺杂着一些嫉妒、空洞和好辩之物。我希望能在《力士参孙》的序言中找到这方面的恰当例子，证明弥尔顿写这部剧，是出于对希腊悲剧的热爱和对现实英语戏剧舞台的憎恨。毕竟，是他的清教徒同胞在弑杀查理一世之后，又用长铁钩弄倒了伦敦和地方剧院的围墙。但我在他的序言中找不到可以佐证的东西。弥尔顿一心只想把自己的编剧方法和标准讲清楚，没有时间对没落的戏剧冷嘲热讽。弥尔顿在证明自己的观点时不同于其他诗人，《力士参孙》在戏剧上有三点无人能及：它是最后一部伟大的英国诗剧，它是最后一部任何形式的伟大的英国悲剧，它是唯一不能演出的伟大的英国戏剧。弥尔顿就跟他自己笔下的主人公一样，执而不化，充满英雄气概，把这座圣殿推倒，压在了每个人身上，特别是诗人，而这个诗人可能还想用英语戏剧进行一些尝试。

这就让人想起弗吉尼亚·伍尔夫的一个故事，她在写《奥兰多》的时候，艾略特突然闯进来，以一种非比寻常的热情说道：“我刚刚

① 此指他对麦尔维尔的中篇小说《贝尼托·塞雷诺》的改编。——原注

读了乔伊斯的《尤利西斯》。我恐怕小说在我们的有生之年已经终结了。”《力士参孙》本应该让每个人都停下来，但它从未做到，《尤利西斯》也没有终结包括《奥兰多》在内的小说写作。专业散文剧作家继续创作令人愉快的喜剧和有瑕疵的悲剧。诗人们继续在文学的墓地里写满夸张的诗剧，演起来很困难，读起来也要命。

1963—1964 年

# 新英格兰及遥思

（这篇文章，没有写完，也未经修改，还有一段离奇的历史。它的写作始于20世纪60年代末，后一直被搁置到1977年，罗伯特·洛威尔在去世前几个月才又拾笔继续，只是文章前半部分的第一个版本不记得放在了什么地方，只得重写。等到他去世之后，先前的版本又出现了，而且里面许多整句的话和意象，都与十年后的版本完全相同。

洛威尔打算写写新英格兰的作家，从科顿·马瑟一直写到弗罗斯特、史蒂文斯和艾略特。这篇文章的两个版本都是在缅因州写的，但他的藏书室并不在那里，所以他不得不依靠记忆，计划以后再来校对、扩展并针对文章的风格和表现力等问题进行修订。现在这个版本脱胎于前两版，经过编辑而成。）

新英格兰：离家太近，无法为我们描绘出一个栩栩如生的模样。凝望之痛让我忘却了过去的历史、个人的亲疏、流言蜚语、准确性，以及当下的情形。我就写写我触摸得到或者看得见的东西吧。这里的建筑有三重变奏：建于世纪之交的那幢奢华豪宅，环境清幽，面朝风景壮丽的海岸，被准点的河潮、流动的新建筑与生活悄然侵蚀。大房子大都质量低劣而且不经济，但却本能地繁荣起来，大面积出现，遮住了渴望风景的小型现代平房那一心想抓住阳光的玻璃墙。在内陆，那些一字排开的白色房子仍然避开白昼的阳光，尽管现在榆树都没了，但它们还依然矗立在那里，标记着 1810 年——外在没有任何变化，内在也无任何恢复。

那些小镇，那些村庄，从任何角度来看都很呆板，但却简朴，各司其责，无任何花哨与值得炫耀之处，每一种陈旧、死气沉沉、糟糕透顶却仍繁衍着的建筑风格都很自然。每一种糟糕的新风格，每一种不错的新风格，都只是点缀——没有任何独特性。但是，还是有很多很多美丽的村庄，一个接一个连绵不断。红枫、海洋、湖泊、山峦。蜿蜒的海岸。大量的碑铭，日期比美国任何地方都要早——或者至少有更多的日期，以及更多有名的名字。你会觉得心里一沉，感觉人在这里是过客，是游客，是看门人，而不是居家的户主；感觉人们住在新英格兰，就像威尼斯人现在住在威尼斯古城一样……所有这白的、绿的和蓝的东西，都因太过完美而岌岌可危。

每一片公共绿地上都有两座古老的白色教堂——一座是一位论派的，一座是公理会派的；少数会众仍然会去那里做礼拜。但是这古老的地方已经开始有了一种完整修复的带有 18 世纪特雷德韦连锁客栈的样子。然而，两样东西正在茁壮地生长，不需要温室的保护。美国没有哪个地区的灌木森林如此之多；除了落基山脉，没有其他地区的耕地如此之少。那些在魁北克或中西部拥有大面积农田的农民飞来一看，傻眼了——这里全是树木、野草和原始的生命！另一样东西是精神上的，或者更确切地说，是无形的；它是一种肉体重力。势利、时尚、习惯、惰性。还有怀旧，也许是更崇高的东西吧：新英格兰有一种强烈的渴望，渴望不存在的东西。也或者是更深层次的东西吧，一种特殊的色斑或天赋，无法消灭，无可避免。

精神，而非火药与名人，使在康科德打响的那一枪响彻了全世界。这源自灵魂深处的精神伟力，就像一把斧子，驱使第一批移民那残缺不全的身躯穿过破碎的荒野，驱赶着他们，直到他们按照荒野的形象塑造了上帝。第一批到来的那些清教徒，溺爱妻子，灵魂超脱世俗，双手却有如木匠般勤快。在新大陆，丈夫能生二十三个孩子，累垮三个妻子——这些妻子可没有耶稣会那种巴洛克式的丰腴曲线，没有丁托列托笔下的阿弗洛狄忒那样婀娜的身姿。这种精神一年一度的纪念活动是感恩节，一场闹剧吧，因为多数情况下是对这种精神离开的一种感恩。菲利普国王的尸体"从泥潭里被拖了出来……他看上去就像一头孤独、庞大、肮脏、赤裸的野兽"。所有的一切都不复存在，只有朗费罗书写的那些原始森林传奇，健康而又典范，超越信仰，或者是与信仰同行，似乎是专为福克斯那本《殉道者名录》中的孤儿们所作并由他们表演的田园诗。

现代民族主义者偶尔会对古老的新英格兰精神，对"新世界"与上帝如同夫妻一般合为一体的那个短暂时刻表示敬意，就好像礼拜日经过奉献盘时捐点小钱一样。也许古老的信仰在它更为纠结、更为保守、更为世俗的后代中留存了下来：新英格兰的美德、正直与乏味，仍然随处可见，不忍受是不可能的，轻易服从也是不可能的。这古老的信仰是思想上的东西。因为高度思想化，这个赤裸裸的理念隐藏在了单调乏味的法衣之中，拒绝享受生活，反对显摆，但对肉体的揭露却是昂贵的、感性的、巴洛克式的。这就是那个寓言。一开始是清教徒——生活在乡村，敬畏上帝；灵魂超脱尘世，手却按实际行事。一种灵和肉的神秘结合，总是在无形中生产了圣徒们众多的孩子，那种与生产相伴的欣喜若狂，即使是最爱探询究竟的传道者也拒绝解释。

剪影似的纸板人戴着著名的尖顶帽，穿着挺括的黑色西装。《五月花号公约》，那块焦岩，那些火绳枪，三天的感恩节狂欢。印第安人组成的合唱团，涂画得跟女人似的，但是对清教徒们来说，他们就像是荒时暴月的圣伯纳德。那种生活绝非“清教徒的朝圣之旅”。若是印第安人要回来，他们曾经干活的农田在哪里呢？我们只能把他们当作影子，或者骨头，用砂纸打磨而成的一个不适于居住的、简朴的图标——铭刻在不锈钢中，没有锈迹或阴影，把它发明出来是为了取悦我们、取笑我们，因为他们避尘的本领我们可望而不可即，我们摇摆不定，为了接受那人造的天启我们自己已经变得足够胆大妄为。

## 科顿·马瑟[①]

一个世纪过去了，这位朝圣者不再是单纯的户外活动者——不是给儿童玩耍的人物剪样，而是被犹豫不决的启蒙运动所践踏的肖像。他已经变得狡猾乖僻，成了那个性格阴郁、学识渊博、人脉甚广的科顿·马瑟，至高无上的写书人。

马瑟总共写了四百五十本书，而且全都出版了。他夜以继日地著书撰文，引经据典，说他做了很多坏事似乎是一种诽谤。他很有魅力。谈及自己的《冬季冥想》时，他写道：“我记得，波利多尔·维吉尔曾说过，隆冬季节，玛蒂尔达在牛津被困，她给自己和追随者们都穿上白色衣服，跟地面积雪一样的颜色，利用这种颜色他们骗过围攻的敌人，

---

① 科顿·马瑟（Cotton Mather，1663—1728），美国学者、公理会教士和作家。马瑟在波士顿出生和长大，父亲是大名鼎鼎的牧师英克里斯·马瑟。继承父亲事业的科顿·马瑟知识广博，不仅研究希腊文、拉丁文、希伯来文，致力发掘神学的奥秘，还对科学感兴趣，在波士顿天花流行的时候，冒死推广天花接种技术，有力遏制了后来天花流行的烈度。但是在塞勒姆巫婆迫害案里，他扮演的是正统宗教卫道士的角色，起到了推波助澜的作用。

逃到了安全地带。我所渴望的是一条自由的通道，能让那些真理、那些修行以及神的作为进入我的邻里心中；于是，我利用了此道，给他们披上冬的肤色；我给他们穿上了冬天的颜色。”他就像殖民时期的艾迪生那样随心所欲：“英国绅士有时是世界上最有建树的家伙。”

他会卖弄学识，故作诙谐：“一位女士的名字！‘女士（Lady）’这个词最初是什么意思呢？首先是‘葉（leafdian）’，然后是‘叶（lafdy）’；从‘叶（leaf）’或者‘片（laf）’而来，意思是‘一片面包’。”或者：“毕达哥拉斯学派禁止人吃自己的大脑，或者说把好的思想留着自己享用。”然后，他会抛出他的地狱真火：“恶龙，它们传染性的气息充斥黑暗的死亡幽谷。”

马瑟，这个塞勒姆巫术的绞刑架，是被雇来教化和制服人们的专业文人。其实他更真实的自我，是一个疯狂追求权力的人，一心要用黑暗来摧毁黑暗，一心要把他那残忍、高尚、沉迷的智慧用于消灭女巫和精神病。他那温软、有书卷气的双手沾满了鲜血——这样一个黑色形象，与我们华盛顿和林肯的半身白色塑像形成对照。但他实施的绞刑数量并不多，而且很快就在厌恶、常识和疲惫中宣告终止。这类事情四处都有发生，然后就停止了。也许主要是在对那些无知无害的人进行盘问时，科顿·马瑟暴露了具有深刻象征意义的不协调的灵性，这种灵性几乎使他不朽。他的脸像没印在邮票上。

即使是在马瑟那个年代，女巫绞刑也变得可耻，令人反感起来，几乎是一出可笑的闹剧，成了我们在万圣节期间的保留节目。另一代充满活力的新英格兰人希望少一些宗教，多一些光荣的、平凡的、理想主义的行动领域——如果有必要的话，可以流血，但必须合乎逻辑。美国独立战争，也许是上天注定要在波士顿首先爆发。难道不是那个喝牙买加朗姆酒的醉汉被火药辣到了舌头？现在辩论已达白炽化，辩论变成了暴动，然后化装成无名的陆军士兵进行暴力袭击。请愿、演讲、塞缪尔·亚当斯的平民主义，所有那些独立革命前期的烈怒不知何故失去势能，取而代之的是乔治·华盛顿那大理石般的尊严。在古老的豪华旅店收藏的版画中，仍然可以看到他们那张愤怒的扁平脸。

英国的猩红色凸显了这场灾难和愤怒：波士顿大屠杀，波士顿茶党案，从康科德撤离的英国军团，三分之一的兵力被美国神出鬼没的游击队击溃——这些损失，在压迫者在邦克山取得损伤惨重的胜利时还将翻倍。他们的将军威廉·豪爵士发动了三次冲锋，后来他的国王无法调动指挥官们，还真是蹊跷。好讽刺的战争，最终被路易十六派来的法国军队结束，但法国国王也付出了代价，丢掉了统治权，并给了法国大革命爆发的理由。

和他们的革命相比，我们的革命是多么的平静，波澜不惊。在我们的费城大会上，没有一位代表被其他同僚弄上断头台；没有一位不走运的指挥官因为叛国而被带到公共安全委员会面前；没有一次同情穷人的革命，穷人也不会同情有产的幸运者。多么温顺！

如今我们回望过去，我们的目光在时间距离上很短视，何其仁慈。我们早期的共和国显得多么稳定、务实、持久。我们是头一个不建立在种族、语言、阶级、掠夺甚至革命基础上的国家，我们这个国家建立在《宪法》和《权利法案》的基础上。它抵得上我们为之而流的鲜血吗？在这个毫无秩序、动荡不安的世界，我们的信条与扩张模式，被法国、俄罗斯等国家发扬光大，现在几乎无处不在。

如果没有我们的独立革命，那个庄严而危险的有机体——美利坚合众国——就不会成形，就没有骨骼结构。没有了它，我们读到的将会是另一个故事，另一种文献。对于整个世界来说，就有可能是我们吹嘘过的另一个世界。

## 富兰克林

本杰明·富兰克林不是一国之父，也不是文学始祖。他偶尔写的几篇文章和日记算不算艺术还是个问题。他的脸有点圆乎乎，像是被空气吹鼓起来似的，看不大出他在独立战争战场之外的谈判中功不可没。

富兰克林几乎是越活越年轻，重新谱写了自己的青春。现在，马瑟那“难以言喻的天堂娱乐”被富兰克林改成了“闲暇就是做些有益之事的时间”。在几页纸上，富兰克林将 18 世纪的《圣经》作为练习转译成现代版本。

“但是，难道存在美国作家吗?”辉格党文人西德尼·史密斯问道。然而他告诉他的女儿们，如果她们不读完富兰克林所有的书，他就会剥夺她们的继承权。可以想见，D. H. 劳伦斯[①]十分厌恶富兰克林，他认为富兰克林是“美国第一假人”。他写道:“我花了很多年的时间和无数的智慧才摆脱《穷人理查德年鉴》编造的铁丝网。”

富兰克林，一个新英格兰人，却彻头彻尾否认上帝的存在；生在美国，却不是一个殖民者，而是 18 世纪的欧洲人；倡导温和友善的贵格会教义，却顽固又世俗；从事写作，作品却只求简单明了，避讳高深。

“你还年轻，世界就在你面前；走过时弯下腰，你会避免许多磕碰。”这可不是穷人理查德所说的话，而是一句告诫，偏偏是科顿·马瑟说给富兰克林听的。毫无疑问，马瑟几乎听不见自己的声音，但富兰克林听进去了，而且是言听计从。

富兰克林无甚大错，改过也温和。生命临终之时，他审视自己，

---

① D. H. 劳伦斯 (David Herbert Lawrence, 1885—1930)，20 世纪英国小说家、批评家、诗人、画家。代表作品有《儿子与情人》《虹》《恋爱中的女人》和《查泰莱夫人的情人》等。后面的引文摘自劳伦斯的评论文章《本杰明·富兰克林》。

既感到愉快又十分绝望。他与“痛风夫人”[1]还有过一段迷人的对话，“痛风”说的最后一句话是：“……你暴饮暴食，腿脚还很懒惰。”谈到反抗、科学和他的雄心壮志时，富兰克林的语言平白坦率，你得揉眼看清楚了，才能意识到他是多么与众不同，可能有时候还很野蛮，跟斯威夫特似的，比如在那封杜撰的信中，肖姆堡伯爵写给在美国指挥黑森雇佣军[2]的下属的信，肖姆堡伯爵讲到伤员时是这么说的：“我不是要你杀了他们，我们应该仁慈，我亲爱的男爵，但是你可以用适当的方式向外科医生暗示，跛足对军人这个职业而言是个耻辱，当他不再适合作战，最明智的治疗方法就是让每一个这样的人死去。”

劳伦斯写道：“他的神可能是安德鲁·卡内基[3]发明的。”啊，是的，但他不是安德鲁·卡内基或者什么工业大亨。劳伦斯已归天，与天使们在一起，但富兰克林却是一个真正的发明家，一个天才，毫无疑问，他只想走自己的路，并不关心如何挣取一大笔钱。我宁愿要那个印刷工沃尔特·惠特曼，或者贺拉斯的《书简》中那种坚定的温和。但下面这句话倒是传开了！富兰克林只是把他的风筝哄入了闪电中而已。然而，他拥有这话表现出的那种风趣、开放的人类局限性意识，这是在他那个时代早已过时的一种品质。

据说他是唯一了解女人的美国人。是了解法国女人吧？“当我看到一个温柔漂亮的姑娘嫁给了一个坏脾气的粗野丈夫，我会说：‘真遗憾，她竟然为一个哨子付出了这么多！’”

---

① 富兰克林晚年患有痛风病，备受折磨，但他诙谐地将此病称为“痛风夫人”。

② 黑森雇佣军（Hessian troops），指在18世纪服役于英国军队的德国兵团。在美国独立战争期间（1775—1783），黑森-卡塞尔领主弗里德里克二世和其他的德国领主们募集了上万名士兵作为英国在北美作战部队的援军，因有过半的人数来自德国的黑森-卡塞尔，故称“黑森雇佣军”。

③ 安德鲁·卡内基（Andrew Carnegie，1835—1919），出生于苏格兰的美国实业家、慈善家，卡内基钢铁公司的创始人，人称“钢铁大王”。

## 爱默生[1]

第一批清教徒就其当前含义而言名不副实。他们是外流的英国人，宗教直系派别，他们耕种、生育、繁衍后代，几乎没有时间反省，或是用连篇的空话来培养顾忌。一个神话式的或者想象的新美国应运而生，与爱默生和谐相应。它到来之际，正值欧洲处于盛年时期，功能强大、权力集中，活跃着各式各样的思想天才和艺术天才……这种轻率盲目如今依然点亮着我们的日子。那个时候，好奇的人们第一次清楚地看到，我们的传统是可以利用和逃避的。

爱默生，在我们专门研究神学的新教牧师中，当是最伟大的非虚构作家，最光辉的探索者。即使在后来，作为一个思想者、一个哲学家——如果他算是的话——他似乎成了我们文化的一部分，比威廉·詹姆斯[2]更为优秀也更为坚定。

他对犯罪、小说和悲观主义不感兴趣——我们能坦诚地指责他无视“原罪”吗？他做不到：他会用马修·阿诺德那种美妙、哀怨、厌倦的音律来写诗：

> 再见，骄傲的人世！我要回家了：

---

① 爱默生（Ralph Waldo Emerson，1803—1882），19 世纪美国思想家、文学家、诗人。爱默生是确立美国文化精神的代表人物，被林肯称为“美国的孔子”“美国文明之父”。

② 威廉·詹姆斯（William James，1842—1910），美国本土第一位哲学家和心理学家，也是教育学家、实用主义的倡导者，美国机能主义心理学派创始人之一，亦是美国最早的实验心理学家之一。1904 年当选为美国心理学会主席，1906 年当选为国家科学院院士。著作有《心理学原理》《实用主义》《彻底经验主义论文集》等。他也是作家亨利·詹姆斯的哥哥。

你不是我的朋友，我也不是你的。
我在你疲乏的人群中徘徊已久；
好似大海上的一叶河舟，
我颠沛流离，就像被驱赶的泡沫；
但是现在，骄傲的人世！我要回家了。

他的演讲有很多创新之处，他发明了一种散文俳句，由绝妙、令人难忘的短语写成。他是通过从日志中筛选金句来做到这点的。

他是为我们盗来火种的普罗米修斯，但不具备宙斯的神力。他一生中那个不变的要旨与他这个巡回演讲者传递的信息合上拍了，用原创性的语言为道德英雄主义发声：(1) 词语是自然事实的标记；(2) 特定自然事实是特定精神事实的象征；(3) 自然是精神的象征。

他固执地寻找自己的风格——既博大精深，又和蔼可亲，这是一种严肃批评家都很畏惧的风格。他的代表作是写梭罗[①]的那篇洋洋洒洒的散文挽歌。多年相伴的友谊，有趣的观察和日志笔记，合力勾画出那幅肖像。爱默生深知梭罗，就像梭罗深知瓦尔登湖一样，但瓦尔登湖可没有那么复杂。而且不怕有保留意见，不怕幽默或尖锐的直觉。“滥用才华最终毁了他那副坚不可摧的身板。”又说：“我认为他活得过于严肃，这妨碍了他去发展充分的人际交往。”

爱默生的语言少有激情，不能叫人看得热泪盈眶。但读到结尾这段把梭罗比作雪绒花的时候，我还是流泪了：

植物学家知道有一种花，与我们那种叫“永生花”的夏季植物同属一科，有点像鼠曲草，它生长在蒂罗尔山上最难抵达的悬

① 详见第232页注释。

崖上，几乎连岩羚羊都不敢贸然接近。猎人被它的美，还有自己心中的爱所引诱（因为瑞士姑娘们非常珍视这种花），攀崖采摘，有时候被发现跌死在山脚下，手里拿着这朵花。植物学家叫它鼠曲火绒草，但是，瑞士人称它 Edelweiss（雪绒花），它象征着“高贵纯洁”。我觉得，梭罗一生都希望能采到这朵花，它理应属于他。他进行的研究规模之大，需要有极长的寿命才能完成，我们都万万没有想到他会溘然而去。

这个国家还不知道，一点也不知道，它失去了一个多么伟大的儿子。他的工作无人能替代，他还没有做完就离开了，这似乎就是一种伤害，他还没有真正让他的同辈看到他是怎样的一个人，就辞世而去，对于这样一个高贵的灵魂来说，就是一种侮辱。但他至少是满足的。他的灵魂是为最高尚的社会而造；他在短短一生中学完了这世上一切的才技；凡有学问、有道德、有美存在的地方，他都会找到灵魂的栖所。

爱默生的诗，也许像很多诗歌一样，喜欢另辟蹊径，讲的东西比他的散文更为神秘。他或可称作美国第一位按自己的节奏写诗的诗人。他有很多缺点——不只是他那值得尊敬的豁达的服务于灵感的精神。他最为恼人的行为就是絮叨。智慧被他剁碎，鞭打成音韵与格律。长一点的诗虽然有很多 trouvailles① 在噼啪作响，但读完了人们也不会觉得意犹未尽。他写诗时常常就像是戴着镣铐的布莱克。然而，只有最伟大的诗人才能得幸而写。作为惠特曼的父亲或老师，他也必须受到尊敬。惠特曼经常给予他惊心动魄的回应，并将他放大。他们之间相隔一个宇宙。

---

① 法语，意思是：侥幸的发现。

谁能想象一个性行为不检点的爱默生呢？他召唤同志，与纽约马车车夫聊天，欣赏歌剧，或利用他 17 世纪的简练笔法来创作自由诗。他是罗伯特 · 弗罗斯特的前辈，但是更甜美、更纤瘦、更超凡脱俗。

## 霍　桑

我感觉自己对霍桑比对那些更为典范的英雄人物有着更多的热情，然而，对他的性情有了进一步的了解之后，又肯定那只是个虚假的梦，他成了我笔下一个具有欺骗性的，甚至是一个尴尬的话题。

他是一个讽喻作家，因此是一个阴暗可疑的道德家。是一个混合了阴郁和光明的存在，所以很难找到他的思想基调。他有一种美德，他的祖先没几个人拥有，他知道如何反抗，并非反抗那种毫无章法与不畏神明的写法，而是反抗简单、乏味、荒谬。

他竭力摆脱那些清教徒，他们身上的阴暗之处部分是他虚构出来的，仿佛他在做着陷于危难的睡梦，而他们有可能会把他弄醒。“清教徒牧师面目冷酷的画像挂在四周……这些可敬的人物都长得像丑恶的天使，很是奇怪。”①

也许他最为有把握的写作是自传式的。那些文字讲述了他在波士顿藏污纳垢的海关称量计重，作为美国领事到利物浦当差尽心尽力；在意大利境内做疲惫的朝圣时陷入沉思，把部分夏天的时间浪费在康科德的古宅中翻阅数以百计的旧布道词；然后，在小溪农场呼吸先验社会主义那令人窒息的乙醚。

霍桑一蜇人，他的风格就笑了；不蜇人，他自己就笑了。什么是真相？是他打算在生命终结之际写一篇歌颂的悼文，还是他在陷入沮丧

① 引自霍桑的《古屋杂忆》。

的深渊时拜访了林肯总统，并以刺痛人心的文雅之笔详细记述了这次会面？

他是一个反清教人士，备受困扰，或许真正的信徒永远都不会被清教之光，也即黑暗，所困扰。他仿佛是被乔纳森·爱德华兹[①]收养的拉封丹之子。每当霍桑笑得太多，就像在《乱树丛故事》里面那样，他似乎也就在无意之中失去了他的缪斯女神。

他在卧室里度过的那些年轻岁月，给人一种世纪末的感觉，永远足不出户，食物都是让人放在门口。霍桑是一个独居者，但许多人（譬如那个非常年轻的威廉·迪恩·豪威尔斯[②]）在对霍姆斯、洛威尔[③]和爱默生的那种奥林匹亚精神式的漫长而殷勤的追随后，必定还是在他那里寻获了安宁。他会如你所愿，用小说家的方式讲述故事、讨论技巧，会缅怀一心读书求取智慧的流光岁月："那时候，一个人可以如饥似渴畅游书海，然后睡得香沉。"

《红字》是他的杰作，寓意简洁，对詹姆斯一世时期的殖民地背景的描述宏伟壮丽，那个令人震惊的主题处理得扣人心弦。海丝特和丁梅斯代尔是神圣而又亵渎的爱，是提香画笔下的主题，但都穿着衣服，比较传统。说这部书是罩着田园喜剧外衣的悲剧，也并无不妥。《七角楼房》那历史性和悲剧性的第一章同样精彩，以二十页左右的篇幅叙述了一段依然站得住脚的反对新英格兰和美国资本主义的秘史，而且在这里，苍蝇围着死亡的百万富翁嗡鸣另有一种寓意。他最

---

① 乔纳森·爱德华兹（Jonathan Edwards, 1703—1758），18世纪美国启蒙运动时期著名的清教牧师。北美殖民地"大觉醒运动"的推动者。

② 威廉·迪恩·豪威尔斯（William Dean Howells, 1837—1920），小说家、文学批评家，美国现实主义文学奠基人。代表作有《塞拉斯·拉帕姆的发迹》(1885)。

③ 此处指詹姆斯·罗素·洛威尔（J. R. Lowell），见第235页关于J. R. 洛威尔的译注。

优秀的短篇小说，都是“色调苍白的花朵”，正如他嫌弃地说：“开在太过僻静的荫蔽之处……缺乏外界的生活。”[①]

麦尔维尔说：“他不会光顾肉铺——他需要的是烤牛肉，一分熟。”[②]霍桑最好的散文有着波尔多干红葡萄酒的那种光泽，还有乡村描写饱和之后生出的铁刺，并不总是听命于那个不如意却又比自己伟大得多的朋友——麦尔维尔。

这个新英格兰人的神话在第十九个世纪真的出现了。正是在那时，富有想象力的伟大心灵最先洞悉一切，他们的遗产既值得赞美又令人畏惧。那些对立的灵魂——霍桑和爱默生，他们身上并不存在什么粗俗的、肉体的或拉伯雷式的东西。他们都是反对清教的人士，对此有着清醒的意识和深思，但可以肯定的是，他们继承了清教的精华。

他们可能认为自己的祖先是英国移居在外的前爱国人士，几乎算不得是美国人。但是这些新大陆的定居者却把他们同时代的英国人看作是不同种类的人。他们让我们觉得他们是不同种族的人，比他们的祖先或前辈都更多地受到清教徒性格的困扰、扭曲、激励和锻炼。霍桑，他是个温和的保守主义者和艺术家，对大张旗鼓、乐观主义和说教总感到害怕，敬而远之。他只相信他的小说中那种阴险的温和态度，甚至连这种信任也因怀疑而陷入混乱。

霍桑和爱默生属于相同类型的朋友吧，不算是同一枚硬币的正反面，而是同一种主题的极端变奏。在他们两端，有悲伤，有某种穿透人心的诗意的正义。霍桑抑郁而终，就像马拉美和其他许多人一样，他觉得人生太漫长而难得安闲，太短暂而无法完美。爱默生患了长达二十多年的健忘症。人生，一个觉得是黑暗的自闭室，一个觉得是

① 引自霍桑的《重讲一遍的故事》第三版的序言。

② 引自麦尔维尔在1851年2月12日写给友人埃弗特·戴金克的信。

tabula rasa[①]。但他们俩都珍视的语言，从未将他们彻底抛弃。

## 梭 罗[②]

梭罗去世时四十四岁。他要是像那些德高望重的族长一样老迈，或者像富兰克林一样得了痛风，那倒是不可想象的。对他来说，言传与身教应为一体，他的生命就如同一个获得救赎的戒律。如果富兰克林将加尔文主义转变为政治与社会可能性，那么梭罗就会以前所未有的方式将其重新转化为精神，那种不可能的精神。我们想弄明白，一个如此优秀的人怎么会是一个如此优秀的作家，一个如此优秀的作家怎么会是一个如此优秀的人？“我从不肯让实际的占有烫伤自己的手指。”

他是一个永恒的自然主义者，永恒一直就在他的指尖。这是猫头鹰的尖啸：“这些是幽灵，沉沦的幽灵，令人发愁的不祥预感，它们的前身是堕落的灵魂，从前以人的形态在黑夜里行走大地，干着黑暗的勾当，现在就在犯过罪的现场，靠着哀号的赞美诗或哀歌来赎罪……唉——噢——噢——噢——噢，我愿从没有出——出——出——生啊！池塘这边的一只在叹息……”

这个禁欲、自律的人绝对没有恶习。爱默生说这句话时也许有所保留。尽管如此，梭罗还是会表现出故意疏忽，与惠特曼闲逛大都会、跑新

---

① 拉丁语，意思是：虚静，白板。

② 梭罗（Henry David Thoreau，1817—1862），美国作家、哲学家，超验主义代表人物，也是一位废奴主义及自然主义者，有无政府主义倾向。曾任职土地勘测员，协助过爱默生编辑评论季刊《日晷》。写有许多政论，反对美国与墨西哥的战争，一生支持废奴运动，他到处演讲倡导废奴，并抨击《逃亡奴隶法》。其思想深受爱默生影响，提倡回归本心、亲近自然。1845 年，在距离康科德两英里的瓦尔登湖畔隐居两年，自耕自食，体验简朴和接近自然的生活，以此为题材写成的长篇散文《瓦尔登湖》（1854），成为超验主义经典作品，在美国文学中被公认为最受读者欢迎的非虚构作品。

闻和搞丑闻相比，这种品质还更让人不思进取，随波逐流。他们会过一次面，也许都拱起背，像猫一样警惕地盯着对方吧？惠特曼也许更愿意张臂拥抱，但让人印象深刻的并不是他，而是带刺的梭罗，他离开时受到了极大的影响，并用准确的语言和毫无保留的热情记下了这次会面。爱默生重读他那封写给惠特曼的称赞信时，后悔没有画线标记出那些“但是”。

梭罗可谓任性无情。他坚持人很渺小而自然很博大，世界琐碎而瓦尔登湖能力无限，这种思想很造作。他称自己在康科德漫游期间看到了整个世界，这种夸口似乎是郁闷时的俏皮话。除了圣安东尼或是一个紧张症患者，谁还真想“从一粒沙中看到整个世界”？我们渴望一点点软弱、黑暗和虚构，渴望拥挤、肮脏、亲密以及事物的恶意。

他是美国的神秘主义者，而且写得一手好文章。在名为“湖”的那一章中，语言灵动鲜活，充满火一样的激情；句法刚劲有力，无须任何修饰，页页都是恋人的注视，亲密无间，光芒闪烁。纯净的文字质感在他的湖中映照出真正的天之蓝。

他过着帕斯卡尔、赫伯特和霍普金斯那种腼腆、短暂、禁欲的生活。众神肯定是判定了这四人要卒于学业未成之前的，但后来又被那么大的勇气和善良的天性给说服了，给了他们每人四十年的时间。梭罗，他不是基督徒，意识不到要与上帝争吵，但他是新英格兰的那个圣人，没有人有他那样的共鸣、他那清醒的头脑、他那坚定的自发行为。他的生活很精彩，更精彩的是身边那只记述它的手，比鹰的翅膀更加坚定。他认为活过强于继续活着……比靠科学的惩罚来延长寿命要更好。他是一颗简简单单的水晶，质地坚硬，受管制的蚂蚁是无法将其砸碎的。临死时，被强求与上帝言归于好，于是宣布说：“我不知道我们曾吵过架。”

诗歌：他是被它的人造本性吓倒了吗？对我来说，梭罗的诗是被平淡和虔诚给破坏的。他的诗很传统，在语言和形式上都很单薄，但诗歌的信念却很独特。艾米莉·狄金森倒是可以给他的诗行做一些灵感上的木工细活，有时，他听起来很像她：“良知是在家中培养出来的本能。”这位勇敢至极的男人也有着诗意的胆怯。

## 林 肯

“八十七年前，我们的父辈在这片大陆上创立了一个新的国家，它孕育于自由的理念，致力于人人生而平等的主张。”

诗歌，虽然有点近视，带有个人的浅见，而且染上了堂皇的色彩，但却谙熟简洁——就像这篇《葛底斯堡演讲》，我们国家唯一的散文诗。林肯是美利坚合众国最后一位文才极高的总统，托马斯·杰斐逊和他能有一比。如果林肯不会做演讲，他就不会是一个出色的实干家；如果他不是总统，不是一个坚强的管理者，那么，他就不可能写出《葛底斯堡演讲》或这最后一次的在职演说词。他抓住了这个机会，明白自己所说的一切都必须庄重，要能推动联邦军队的军事行动。

正如埃德蒙·威尔逊①所指出的那样，是否有可能是战争的惨烈改变了林肯，将这个独立思考的人变成了本能的基督徒？他在葛底斯堡的演讲具有仪式感和牺牲精神：“我们今天在这里所说的话，世人不会太注意，更不会长久记住，但勇士们在这里所做过的事，世人永远不会忘记。因此我们这些还活着的人，更应奉献自己，继承他们未竟的崇高事业。”这些话的卓越之处在于诗意的庄重，用律师那种平淡枯燥的逻辑加以重复和守持。它成了战斗的一部分，是军队最后的推动力；它扭转了战局，并赋予先前的杀戮以意义。用他自己的话说，林肯象征性地死了，就像真正牺牲的联邦将士一样，不久他也真的要牺牲。他用自己的语言赋予了战争所缺乏的思想寓意和广度。

---

① 埃德蒙·威尔逊（Edmund Wilson，1895—1972），20世纪美国广受尊崇的现代文学与文化批评家。

对于我们和我们的国家而言，是他用基督教死亡和复活的这种牺牲行为扩大或者圣化了杰斐逊在18世纪提出的自由平等理念。我认为，这是一种超越宗派或宗教、超越和平与战争的主张。它现在成了我们生活的一部分，是挑战，是障碍，也是希望。林肯偶然发表的这篇演说，这篇于1863年匆匆写在一个信封中的演说词，今天仍然刺痛着我们，因为我们的国家还在与三个无法用形而上学来解决的问题作战：如何将平等与自由结合在一起，如何将自由与卓越结合起来，以及如何在摧毁或被我们的大炮摧毁之前完成对穷人的解放。

## J. R. 洛威尔①

那是一个讲究等级、铺有软垫、奥林匹克式的时代：有朗费罗、

① J. R. 洛威尔（James Russell Lowell, 1819—1891），美国诗人、文艺评论家、编辑、外交大使。出生于马萨诸塞州坎布里奇一个门第高贵的家庭，毕业于哈佛大学。1844年与废奴主义者玛丽亚·怀特结婚。在废奴运动和浪漫主义潮流的影响下，他以社会改革者的身份发表大量诗文，抨击蓄奴制，主张妇女应有投票权以及改善劳动条件等。1848年发表《毕格罗诗稿》第一卷，奠定了他的诗人地位。这是他的代表作，是用泼辣流畅的新英格兰方言所写的一组有韵诗和散文体的书信。作者假托北方青年农民何塞亚·毕格罗之名，谴责美国对墨西哥的战争是“谋杀”，指出战争只会使蓄奴的南方扩大势力范围。二十年后发表《毕格罗诗稿》第二卷（1867），以南北战争为题材，寓意和笔力都不及第一卷锐利。1855年，洛威尔开始在哈佛大学任教，致力于欧洲文学的研究和介绍。1857年担任《大西洋月刊》第一任主编，1864年与人合编《北美评论》。1877至1880年出任美国驻西班牙公使，1880年至1885年任驻英公使。J. R. 洛威尔与朗费罗、霍姆斯、约翰·格林里夫·惠蒂埃（John Greenleaf whittier, 1807—1892）和威廉·卡伦·布莱恩特（William Cullen Bryant, 1794—1878）在当时被人称为“炉边诗人”或“新英格兰诗人”，他们的诗歌创作传统，因而常被称为“保守”“模仿”诗歌。这些作家所关心的是普通的美国人。他们最喜欢描写的题材是家庭、儿女、爱情和自然。他们写作技艺高超，措辞优美，诗歌悦耳，节奏感很强。他们的诗歌不仅催人向上，而且朗朗上口。这些诗人与爱默生、梭罗、霍桑、麦尔维尔、惠特曼、狄金森一起成就了19世纪美国的文艺复兴。

霍姆斯、菲尔德[①]。信息量更大的是历史学家帕克曼和莫特利，两位虽是文采大师，但却是研究先驱。

我的叔祖父J. R. 洛威尔，是他那个温文尔雅的朋友圈内的开心果，是圈外人——爱伦·坡、梭罗、惠特曼和马克·吐温的出气筒，也是我们的监察者。他的《批评家寓言》是一部里程碑式的早熟作品，用四步抑抑扬格对韵体写成，被人亲切地称为拜伦的学生——就像酒馆俱乐部的一场表演，令同台竞技的节目黯然失色，而且风格上也显得高傲自大。但它的大多数文学判断都偏于一隅，言过其实。

他点评爱默生："他的散文是宏伟的诗，而他写的诗，上帝知道吧，其中一部分是散——不，甚至不是散文。"他点评朗费罗："嘿，即使人们厌倦了柯林斯和格雷，但他还能活下去。"

洛威尔——波士顿一坎布里奇派中最努力的一位，这位诗人比现在任何人承认的都更为优秀。不幸的是，他用扬基方言写的诗才是最好的，丰富而又博大，有人甚至认为扬基方言是他发明的，跟模仿中世纪英语的查特顿情况类似。弗罗斯特在把洛威尔的惯用语与彭斯的进行比较之后，无不正确地说："苏格兰语不是方言，是一种语言。"

可怜的洛威尔，他的讽刺作品曾经风靡波士顿和《大西洋月刊》，现在却无人问津，成了自成一类的东西，既不被农民接受，也不被教授欣赏。他的三个侄子在内战中阵亡，其中一个是骑兵指挥官查尔斯·罗素。

吧嗒吧嗒穿过街道
听见鼓手们在制造暴乱，

① 菲尔德（Eugene Field，1850—1895），19世纪美国作家，以儿童诗和散文著称。

我便坐下来想这双脚
从前会跟从而今很安静——

洛威尔的战争诗通常是他写得最好的作品。（我省去了他对杰夫·戴维斯的“滴红的手”的大声谴责。）这些诗与惠特曼和麦尔维尔的许多诗相比，显得格局狭隘——那二位跟他本人一样，都是焦虑的平民，刚刚年满四十。然而，我出于一种充满怀疑的忧郁情绪，对这位未来的桂冠大使在圣詹姆斯宫廷①直言爱国、空谈废奴的行为感到很不自在，他既是新英格兰的发言人，又是在英格兰最受欢迎的美国人。洛威尔不能忍受，也不能想象两个美国——一南一北——以及上百万人战死沙场；麦尔维尔令人讽刺地完全接受了一切，并为此饱受折磨，他则不然。

虽然他婚姻美满，也有幸得人认可，但他人生的第一阶段却是灾祸连连。他的家人有时不得不与一个精神错乱的父亲生活在一起，因为三个孩子相继夭折，然后，他美丽的妻子玛丽亚也去世了，她在他心目中是一个激进的缪斯女神，“一个比我更好的诗人”。

《葬礼之后》是为夭折的孩子写的，却完全不自觉地预言了玛丽亚的死亡：

但沉船之后，告诉我
它的钢筋铁骨有何帮助，
还要忠实于那破碎的锚链，
沉入海草和淤泥深处吗？

---

① 英国圣詹姆斯宫是英国君主的正式王宫，外国派驻英国的大使和专员呈递国书时，按礼节和传统都是呈递到圣詹姆斯宫的。

他也许沉迷于玛丽亚，虽说是渐渐沉入，但是他再也无法复得，这是唯一必要的东西。然后，他成了现在对诗人而言很普遍的两个职业的先驱：他成了诗人教师，以及离开哈佛到政府当差的先例。

作为一个不断冒泡的风格大师，文采飞扬的洛威尔是美国第一位文学评论家，堪比博览群书、机智而又俗气的马修·阿诺德。

我刚到坎布里奇上大学时，常常经过爱姆伍德[①]，洛威尔就住在那栋高大、难看、呆板的豪宅里，那是他永久不腐的棺盒。想象他穿着波希米亚式的天鹅绒夹克倒是容易，但要走进他的生活，与这位骂骂咧咧的诗人，我最出名的亲戚，这位快活的、偶尔读书读到沉醉的绅士进行对话却很难。约翰·杰·查普曼[②]说“太多黄金鼻烟壶了”——指的就是类似的情形吧。

洛威尔年轻时，甚至上了年纪的时候，说话总夹带着令人眼花缭乱的幽默。在他的诗中，这是一种不怕伤人的幽默——那两卷《毕格罗诗稿》里常常如此，一卷讽刺墨西哥战争，另一卷敦促打响内战。两部诗集都很有创造力，有些恼人的小伎俩，但不知何故却如同羊皮纸卷轴和精巧的文物一样，最好是摆放在玻璃底下去看。我妒羡他那艰苦劳作的涵养，害怕亲近那团冰冷的、已经熄灭的火。

他是一个吊着书袋子的人，而且喜欢抽雪茄，一支接一支地抽。他的危险也许在于，他并没有把那位美国作家的几乎是普遍的偏见当回事。他还自吹自擂，说自己喜欢经验多过喜欢书本，让人好不气恼。

奇怪的是，他给自己指派了一个错误角色。这个文质彬彬的文

---

① J. R. 洛威尔房屋的名字，位于马萨诸塞州的坎布里奇。他生卒于此，一生中大部分时间也居住在此。

② 约翰·杰·查普曼 (John Jay Chapman, 1862—1933)，美国作家，擅长写政治散文。

人，除了会用方言之外，基本都是在沿袭前人。他本应该像一个立即应召的反对不列颠帝国的民兵那样写作：“事实是，除非我们给自己消毒，否则我们一钱不值。”

## 亨利·朗费罗

朗费罗天性宽厚、为人真诚、庄重可爱可谓举世公认。惠特曼十七岁生日那天，他给惠特曼发去一份贺电，似乎对文学上的世仇和新英格兰的优越感充耳不闻。他是哈佛大学的一位绅士教授，擅长讲故事，精通音律，是个不喝杜松子酒的丁尼生。

## 赫尔曼·麦尔维尔

麦尔维尔，是诗人——但不是最伟大的诗人，不像艾米莉·狄金森，不像惠特曼。狄金森本就有天赋，而他是语言的想象家，写人之所未写。狄金森的精神生活既普通常见又极其个人化。

麦尔维尔覆盖的面更大，他懂得男人闯世界必须要忍耐的事。他的种种晦涩都是为了达到深刻，狄金森的晦涩则是为了在风格上让人迷醉。对内战导致的荒凉，麦尔维尔比惠特曼了解得更为清楚，所怀的同情心更为公正，因而这是他最受欢迎的主题。但他缺乏惠特曼那种力量，不能使一首长诗流畅、奔放、富有音乐性，犹如意大利歌剧一般；他也不能利用寥寥几行温柔轻松的诗句来展现自己，不像后来的惠特曼，后者身患中风之后突然就变得细腻而破碎。

相反，麦尔维尔的诗经常受累于18世纪的那种浮夸风格，为了补偿笨拙而极力卖弄滔滔文采。考珀的《漂流者》可能就是这样一个榜样，当属忧郁的自白之最吧。再后来的影响也许来自预言家马修·阿诺德，我们把麦尔维尔的《修道院》与《大宪章》做比较便可窥一斑。

虽然他是一个职业水手，但全无惠特曼那种民主的胸怀。他与悲观主义结下了牢不可破的友谊。在一首接一首的诗中，人们期望读到那些彻底击溃绝望的诗句，他们很少失望。经常是好词佳句信手拈来。古怪风趣起来也很讨喜，有时还非常诙谐，似乎让诗神缪斯成了一头驴。

大胆——保持敬意。这些必须交配
然后融合……
去全力对付那个天使——艺术。

缺点也非常之多。诗歌不是他的媒介，然而再无其他美国诗人允许这种天才的光芒逃离黑暗。在他那本巨厚的《诗集》中，未经翻查的泥沙之中隐藏着许多钻石。以惠特曼为开端的现代诗选中，麦尔维尔必须排居第二。

他是我们的悲情诗人。没有人从生活中榨取过这么多：捕鲸、七大洋、风情奇异的国家、性——又或者，没有人如此忧心忡忡地研究过我们帝国命运的种种前兆。

## 历史学家

弗朗西斯·帕克曼[①]几乎就是个盲人，但他来自那个顽固的、诚

---

① 弗朗西斯·帕克曼（Francis Parkman，1823—1893），美国历史学家、文学家。生于波士顿，毕业于哈佛大学。1846年漫游西部地区，搜集资料以撰史，致力于描绘漫长的西进历程。后虽体弱与视力几乎失明，但仍坚持写作。著有《俄勒冈小道》《庞蒂亚克阴谋史》和七卷《在北美的法国和英国》等。他的作品文笔流畅，语言优美，有很强的文学性。1967年1月1日，美国邮政为了纪念他发行了一枚他的肖像邮票。

实的波士顿上流社会——富有、健康，每天走 3 英里[①]的路让他很硬朗。这种人仍然存在，不过都成了区域性的遗迹。他疏远两类外国人：法裔加拿大牧师和加拿大印第安人，特别是那些被法国改变了宗教信仰、武装起来并得到法国补贴的人。耶稣会神父把洗礼的恩典洒在一个奄奄一息的休伦族人身上，这件事激起了他那波士顿式的冷幽默，抖出一阵阵温和的反感。他的许多著作都与正统的历史观点背道而驰。尽管有时他的句子音乐感很强，但许多错误也是他那个时代不可避免的，而且他推行简单坦率的教育，是个先驱。年迈，看不见座椅和图书室之外的东西，却真正看到了笔下的人物，写得足够好，就像一个对事实敏感的小说家，保护那些臭气熏天、杀气腾腾的印第安人，不让他们受到一个麻木、老练的新教社会那种自鸣得意的伤害。

约翰·洛思罗普·莫特利[②]是俾斯麦公爵[③]的密友（也许是最亲密的朋友），但格兰特总统[④]拒绝了让他担任驻西班牙大使的请求，因为他，莫特利，头发中分。与帕克曼不同，莫特利是一个完全横跨大西洋的人物——没有一点帕克曼对印第安人所抱有的那种狭隘、哀

---

① 英美制长度单位，1 英里合 1609.344 米。

② J. L. 莫特利（John Lothrop Motley，1814—1877），美国作家、历史学家。生于波士顿，毕业于哈佛大学。在德国进修两年后回波士顿攻读法律。写过两部小说，后开始研究荷兰史。著有《荷兰共和国的崛起》（共三卷）和《统一尼德兰史》（共四卷）等。1861—1867 年出任美国驻奥地利公使，1869—1870 年任驻英公使。

③ 奥托·爱德华·利奥波德·冯·俾斯麦（Otto Eduard Leopold von Bismarck，1815—1898），德意志帝国首任宰相（1871—1890），人称“铁血宰相”。

④ 尤里西斯·辛普森·格兰特（Ulysses Simpson Grant，1822—1885），美国军事家、陆军上将、第十八任美国总统。

伤的热情。作为一名政治家和许多政治家的朋友，他可以把死人描绘得栩栩如生。美国和英国的学者都对莫特利或他的主题不大感兴趣。然而——伊沃·温特斯却把他列为用英语写作的最伟大的三到四位历史学家之一。他是这么判断的，至少有一次这么说过。温特斯的热情很少能经得起苦涩的终端否定。小时候我无论到哪里，都能一眼看到莫特利那部漂亮、镀金边的七卷《荷兰共和国的崛起》，才卖两三美元。这就是经典之作的永恒性所在，一旦有足够的人青睐，就成了畅销书。

这部庞大的历史偏爱一种毫不妥协的、合理的、北方的、19世纪的新教自由主义——亲荷兰，反西班牙，这种解释被盖尔[①]和其他现代历史学家认为是无法令人满意的。难道是一场受大众欢迎的爱国战争？荷兰那时至少有一半天主教徒，而且很可能是亲西班牙的，甚至在占领时期也是如此。尽管“有所改进”，但还有谁给这些战争注入过新的生命呢？莫特利在反叛者和我们自己独立革命中的“托利党”那里找到了一个生动的模型。莫特利的历史和他那无情的研究一样准确，也是他那19世纪中叶政治的精神错乱所允许的。他是在充满激情地读一本小说，一部非常伟大的小说，虽然没有任何浪漫故事或虚构的人物。他笔下都是真正的男人，从前掌权在任，举足轻重，都是小说会幻想或扼杀的男人。“沉默者”威廉、菲利普二世、帕尔马公爵、阿尔瓦公爵——刻画这些政治家的笔触就像17世纪荷兰肖像画那般冷静又精确。将他们与托尔斯泰笔下那个矮小、更易接近的拿破仑进行比较，即使是远比莫特利要伟大得多得多的托尔斯泰，作为一个小说家，在书写历史时也要戴上镣铐枷锁。

① 盖尔（Pieter Gheyl，1887—1966），荷兰历史学家。

## 亨利·詹姆斯[1]

亨利·詹姆斯，是半个纽约人，半个新英格兰人，半截根被拔起的孩子，接受的是欧洲旅馆的辅导教育——总之，是爱尔兰人。我们读了太多议论的文章，因而一字也无法补充；解释已经失去新奇之感。在英语小说中，他笔下的男/女主人公和小孩子最为可爱，道德上最谨慎。或者说道德上最不谨慎？女继承人非常富有，通常都很迷人，被扔到鲨鱼当中，去吸引欧洲那些男/女吸血鬼。恋人无法相爱，只为获取而联姻。没有人能够，甚至连那个最实际的恶棍也不能够得着那些铁路、磨坊、矿场和证券交易所，正是这些地方的财富把可爱的淑女送上朝圣之旅。

詹姆斯不仅掌握还谙熟英语文学的实际操作——他是第一个精通传统英语小说技巧的美国作家，而且无懈可击。但他不像英格兰人——更多是一个光芒闪烁的凯尔特人，充满了理解费力的异域风情。

他没有一本极其出色的杰作，没有一本像《包法利夫人》那样的绝佳之作。没有一个故事是完全展开的，不像《安娜·卡列尼娜》，甚至不像德莱塞那本一团糟的《美国悲剧》。作品充满了忧心、专注和狭隘——都是令人瞩目的特质——即使是他，光有勇气或独创性也不能将其拓宽或解开。“最优秀的英语小说家？”兰德尔·贾瑞尔慨叹，“唉，亨利·詹姆斯。”最后的风格就像塔西佗一样令初读他作品的人十分费解。

除了艾略特，我们的文学批评家中没有一个拥有他那种无所顾忌的文雅和自信。有两个詹姆斯：一个是普鲁斯特笔下那个温柔、理想化的叙述者，向往真理、仁慈与永恒；而另一个则是查尔卢斯男

---

① 詹姆斯（Henry James，1843—1916），美国作家、文学批评家。代表作有《一个美国人》《一位女士的画像》《鸽翼》《使节》和《金碗》等。

爵[①]，社会中的一条鲸鱼，在幕后偷听、密谋。噢，山一般的亨利·詹姆斯！

## 亨利·亚当斯[②]

晚年的亚当斯喜欢逗弄人，他那表面清晰实则隐晦的话语含义总是把人弄得稀里糊涂。他本人现在似乎名声半隐，然而他却曾是美国思想界中最敏感、最不空洞的那一个。“教育”，这个词被重复，被敲打，有着援引耶稣的宗教激进主义传教士的那份执着。也不做过多分析。亚当斯全部的追求就是教育，未能得到的也是教育。一个黑暗的召唤。什么意思呢？不能像他之前的那些亚当斯一样当总统？

住在华盛顿是为了接近政治和政治家，他鄙视那些总统，抱怨说他再也不想活着看到另一个平庸的人上台了。嫉妒了？或者他受的教育是17世纪的神学家那所谓的“先在恩典”[③]？是性？

“任何人，只要在清教徒中长大，都知道性是违反宗教戒律的。”所以他发现他从男人那里学到的东西都是假的，从女人那里学到的东西都是真的。这话就像月亮的光那样扰乱心绪，暗示了那场无法弥补的灾难——他的妻子玛丽安·胡珀的自杀。虽然她跟他一样机智敏捷，但她不是维纳斯。他早期的一封信里有言：“她长得肯定不算漂亮，但我认为她也不会太平凡……她非常清楚自己的思想并不寻常。她不像典型的美国人那样说话……她说话絮絮叨叨，但总体还算相当

---

① 普鲁斯特的小说《追忆似水年华》中一个风流倜傥的人物。

② 亨利·亚当斯（Henry Adams，1838—1918），美国历史学家、学者和小说家。1858年毕业于哈佛大学，曾任美国历史学会主席。代表作有《亨利·亚当斯的教育》。

③ 先在恩典（prevenient grace），基督教神学的一种概念，主张上帝的恩典先于人的决定。“人极其败坏，若非神赐下先在的恩典而起信，否则人不能行善。”

理智。她很愿意接受指导。我们就是要让她有所改善。她的衣着品味很糟糕。她管我就像美国女人管男人一样，我在她面前总是畏首畏尾。”

她的死在《亨利·亚当斯的教育》这本书里也就自然没有提到——这个决定在想象中是极其伤人的，同样都是悲痛的人类情感吧。二十年过去了——直到那时，她才重新出现，成为她坟墓上那尊圣高登斯雕像。重新出现——但永远不会了，甚至在这本自传中谈到他们的婚姻时，都没有出现。

我怀疑教育可以用幻灭的讽刺来定义，即使亚当斯将其运用得如此精准而又虚伪——为了夸大其词来展现自己。也许，这位最具怀疑精神的人和世界旅行者，认为南方人和英国的政治家都是一群没有头脑的人，他在寻求自己的救赎——他是加尔文的一颗无脚的、被吹散的种子，是科顿·马瑟和乔纳森·爱德华兹的一个同床异梦者，没有被阿弗洛狄忒拜访过的异教徒。他嘲讽自己是一个“保守的、信奉天主教的无政府主义者”——或者说无神论者。

亚当斯《亨利·亚当斯的教育》一书的前几章是最具感染力的章节，即使是《哈克贝利·芬历险记》也没有写出一个男孩那么戏剧化、那么惊险刺激的自传故事。它们描绘了波士顿贵族与爱尔兰贫民之间血腥的年度雪球大战，从城市冬天到新英格兰夏日极度兴奋地转移，他的矜持和崇拜——“一个男孩认识到所有的成年人都是他的天敌”——当时他在父亲的书房见到了萨姆纳参议员和自由土壤党[①]的

① 自由土壤党（Free Soil Party），1848 年出现的美国资产阶级急进派政治集团。以田庄农民、工人和城市小资产阶级为支柱，包括不满奴隶制向西部扩张的民主党改革派、辉格党内的自由土壤派和部分工业资本家，联合起来组成了自由土壤党，提出“自由土壤，自由言论，自由劳动，自由人民”的政治口号。1848 年参加竞选，使民主党人泰勒当选为总统，并选出本党国会议员 13 人。1854 年后瓦解，大部分成员参加了新成立的共和党。

名人。所有这些，都是在内战不断扩大的阴影下发展起来的。这段前奏虽然简短，相比于密西西比的传奇、无情的世仇、濒危的木筏、黑人吉姆，甚至是哈克——马克·吐温那个未结婚的自我，那个基本没受过教育的乡下男孩，他的冒险天才，却毫不逊色。

“失败”这个词像它的忠实伙伴“教育”一样，无情地重复着。然而此时，亚当斯已经写下他的《杰斐逊及麦迪逊执政时期的历史》，这是一部最具智慧的历史著作，作者是美国人，用英语写成。这一说法通常都是更优秀的学术权威宣布的。然而他那九卷书的销量不比《白鲸》的初版好多少。

亚当斯能有什么样的预期？他尽可能频繁引用自己的资源，写得冷静客观，不似沃尔特·司各特或任何小说。然而，再没有比那个难以描摹的托马斯·杰斐逊更有趣、更复杂的伟人画像了。书中还有其他几十处高潮，包括伯尔①阴谋、安德鲁·杰克逊②的政治欺骗和军事天才、哈里森州长③不光彩的胜利（被特库姆塞④称作“美国人在蒂珀

① 伯尔（Aaron Burr，1756—1836），曾任美国第三任副总统（1801—1805）。在杰斐逊连任执政期间被指控阴谋叛国，案件审理过程中充斥各种阴谋论，最终，时任美国联邦最高法院首席大法官约翰·马歇尔引导陪审团做出了无罪判决。

② 安德鲁·杰克逊（Andrew Jackson，1767—1845），美国政治家、军事家，曾任美国第七任总统（1829—1837）。

③ 即威廉·亨利·哈里森（William Henry Harrison，1773—1841），出身于弗吉尼亚种植者贵族家庭。曾任印第安纳州州长（1799—1801），美国第九任总统。威廉·亨利·哈里森在印第安纳州打败肖尼印第安人，人称“蒂珀卡努英雄”。他也是美国历史上执政时间最短的总统，只有一个月。他宣誓就职后，不久即患肺炎，一个月便不幸去世。

④ 特库姆塞（Tecumseh，1768？—1813），北美肖尼族酋长，以骁勇善战、试图在中西部地区组建印第安部落联盟著称。1810 年，与哈里森州长举行会谈，痛斥白人扩张主义的罪恶，拒绝割让土地，号召全体印第安人团结一致。次年外出联络时，其部落与美军交战于蒂珀卡努，失败后流散各地。1812 年第二次反英战争中为英方效力。次年战死疆场，惨遭分尸剥皮。

卡努取得的伟大胜利”）。“每个人都知道，获得同等武器的印第安人可以击败同等数量的白人。”还有对护卫舰一般的《宪法》所作的沙文主义描述等。在亚当斯看来，我们的炮火优势证明美国人能更经济更准确地使用武力。

历史也可以通过剖析国会辩论来娱乐人——这是一个挑战历史的问题，尽管政客们可能曾经这样说过。这伟大的历史还有一些垂饰，关于阿尔伯特·加勒廷[1]生平的枯燥、死气沉沉、满是溢美之词的两卷书，以及一本充满恶意的、讲罗阿诺克的约翰·兰多夫[2]那种半疯癫、有预言性的演讲天才的小书，这个约翰·兰多夫，其实是亚当斯那个古怪的弗吉尼亚人式的另一个自我。

他的信件，就艺术性来说，几乎超过了那本《亨利·亚当斯的教育》——如果能被超越，那真是奇迹。这些书信展示出亚当斯的另一面，更快乐，更闹腾。我最喜欢他于内战期间在伦敦写给他哥哥小查尔斯·弗朗西斯·亚当斯的信，后者在战场上写给他的回信更加出色。你会不无妒忌地笑对他们那种自在与自信的早熟，这些还只有二十几岁的年轻人，能将林肯和西华德国务卿的政策批得体无完肤。

还有那些写给参议员洛奇的妻子的信；写得最好的，是那些给伊丽莎白·卡梅伦的信，既乐观又颓废。这些信件数量多，篇幅长，语气亲密。有一封像极了麦尔维尔的风格，有一个章节那么长，讲述了他与南海海岛的裸体女人具有仪式感的狂欢。他写信的时候几乎带着恋人的那种爱意，但又有一种置身事外的安全感。

---

① 阿尔伯特·加勒廷（Albert Gallatin，1761—1849），瑞士裔美国政治家、人种学家、外交家和语言学家。纽约大学的创始人。曾任政府财政部长、国会参议员。

② 约翰·兰多夫（John Randolph，1773—1833），美国弗吉尼亚州的种植园主、演说家，曾担任国会议员。在美国政治历史上是个非常独特的人物，珍爱自由，反对平等，既反对杰斐逊派又反对联邦派。

## 艾米莉·狄金森

讲了一长串没有伴侣的男性之后，现在讲讲一个女人，一个绿洲——艾米莉·狄金森。希金森上校笔下那个“瘦小平凡的女子，有两缕柔滑的红发，长着一张没有特征的脸”——但这个女人比他见过的任何人都要吸引他。她在一封信中写到一个寡妇的儿子在战争中丧生：“可怜的小寡妇的孩子，今晚在狂风中骑马回到村子的墓地，他做梦也没想到竟会睡在那里啊！啊，那无梦的长眠！”她的作品创作于19世纪60年代——那场战争并没有参与其中。关于她的家庭，她在给希金森的信中写道：“除我之外，他们都很虔诚，早餐的时候要敬拜那个伟大的O，他们称之为上帝。”她的父亲去世时：“他的心纯洁而又可怕，我想没有其他类似的东西存在过。”

20世纪50年代，托马斯·H. 约翰逊教授将狄金森小姐的全文按原样打印出来，保留了原来的标点。他删除了前几任编辑的校勘，我认为，他提出了一个关键问题——谁有这个权利去润饰作者？（就我个人而言，我觉得如果把华兹华斯的《婚约颂》中四十行最无聊、最乏味的诗句都删掉的话，可以写成他最悲伤、最精湛的诗。我多次向朋友展示我的删减版，但我从未做过片刻的改换。）想来就会生气，来自美国三所不同大学的三位教授会把格雷的《墓园挽歌》改成什么样子。

收入一千八百首诗歌的全新版狄金森全集，一个新的狄金森，庞大而独特，充满激情，诗句富有生气，匠心独运——很像已故的亨利·詹姆斯那些鲁莽而又费力的散文，真是不可思议。体量大就会有缺陷——误入蓬乱之中，语法的无心之失，无意义的破折号四射如猎鸟的弹丸。这些诗歌未被读过就成了故纸堆，其中一些也许从未被读过两遍。她会把它们寄到一个值得信赖的编辑那里吗？但谁是值得信赖的呢？想象一下修改或拒绝她的手稿，是在做噩梦吧？

约翰逊的版本给人的印象是能量更大，而那些经过编辑的版本则有更多（几乎）平顺没有皱褶的名篇佳作。当然，“改进”并不总是能够改善。很多人读到她那些焦虑、凌乱、任性的诗句时，觉得她更有个性。如果下面这几点可以做到的话，也会有好的编辑。(1)《我在脑海中感受到一场葬礼》中最后那个精美但在结构上无关的诗节——被早期的一位编辑删掉了。(2)《因为我不能停下来等待死亡》中tulle（薄纱）和gossamer（绢纱）那一节——先前也被删除了。(3)《确有一线倾斜的天光》第三小节——重写。校勘了她三首最精彩的诗作。

她不但用口语写诗，而且自说自话。可以说，是她发明了不完全韵（imperfect rhymes），这个发明虽不起眼但却撼动了天地——因为赞美诗的那种四行体诗节得以复活，所有的一切变得那么奇特，妙不可言。

她知道如何抢夺手边之物。不是我们感觉中的现代感性，而是一个既是无神论者又是异教徒的攻击者，充满了对加尔文的上帝的愤怒、嘲笑和恐惧。她攀爬的梯子指向无神的永恒，梯子的横档却刻有《圣经》的经文。

这个深居家中的女子，最擅长写——几乎总是在受到启迪之时——家中的死亡，真实的死亡，预先体验的死亡，离别的死亡。

她过着一种迷恋友谊的生活，而且一定挺过了一两次或更多次失去爱情的痛苦和磨难。死亡、变换的季节、那些死亡的幽影，少部分有点幽默的自然诗，以及非常多写那种不自然的新英格兰式的羞怯的诗篇——这些就是她的诗歌主题。这个深居家中的幽灵，自萨福以来最好的女诗人，胜过了自己的榜样，成了很多更有才华的女诗人的先驱——现在又成了更多人的预兆，断言未来时还带着先知身上那种傲慢与客套。

她使诗歌发生了革命性的变化，但没有一个男人或女人对此有更多了解。她那天赐的任性，功过无法评说，也使得她与玛丽安·摩尔和伊丽莎白·毕肖普的那种完美格格不入。她似乎把散文的精妙之处都运用到了陌异的诗歌目标上，使她同代人的语言变得陈旧过时——倘若有人听到过她的诗，一定会这么想。

## 桑塔亚那[1]

我曾经在1950年和1951年探访过当时住在罗马的乔治·桑塔亚那。那时他即将满九十岁，而我才三十出头。他喜欢上了我那崎岖、黑暗、末世论调的诗，因为我既是一位波士顿故人，又是一个叛离新教的天主教徒。

桑塔亚那，一个离奇错置的思想者，按血统来说是西班牙人，成长在新英格兰，出身于罗马天主教徒家庭，甚至品位也是如此，尽管在信仰上他是一个虔诚的不可知论者，但他最后的日子是在一家由爱尔兰蓝色姐妹经营的罗马修道院医院里度过的。

渴望弄成一个英语俱乐部，但又害怕被取缔。在他那个几乎没有私人物品的小房间里，桑塔亚那穿着一件破旧的巧克力色晨衣，就像方济各会的一位荣誉退休的将军。他视力微弱，右手瘫痪了。他面前的那张光秃秃的桌子上，放着一张张整齐的纸条，每当他有所感悟，便随手记下，然后将那字迹无力而潦草的纸条粘在手稿和信件上。

有时他用那只僵硬的手握着放大镜，另一只手拿起一支红色大蜡

① 乔治·桑塔亚那（George Santayana，1863—1952），西班牙裔美国哲学家、诗人，曾任哈佛大学哲学系教授，20世纪上半叶西方理想主义—自然主义哲学的代表人物，一生著述宏富，代表作品有《理性生活》《怀疑论和动物式信仰》《存在诸领域》等。

笔，在20世纪头十年在哈佛写下的一部巨著里做一些修改的记号。他耳聋了，虽然说话时总是轻言细语，犹豫不决，但又不得已要滔滔不绝说一大通，说的时候又时常后悔。

他什么都能谈：塔恩[①]新出的关于亚历山大的书、亚里士多德的《形而上学》中的缺陷、伯纳德·贝伦森[②]的便秘式风格、伯特兰·罗素[③]那张丑陋的脸、他的朋友罗素伯爵（伯特兰的哥哥）那迷人的放荡生活，以及他们婚姻中一贯的不幸。

然后诗句被搬了出来，还讲到他自己翻译的洛伦佐·德·美第奇[④]的一首长诗，他还会回忆起第一次世界大战前波士顿和坎布里奇的那些八卦新闻。

桑塔亚那年轻的时候，一直试图抵制新英格兰的僵化思想、道德规范以及哈佛哲学家中那些主流先贤。据说他是唯一可以不喜欢威廉·詹姆斯的人。在第二次世界大战期间，他曾说过："我不知道意大利正在发生什么，我一直和狄更斯生活在永恒之中。"当蓝色姐妹

---

① 塔恩（William Woodthorpe Tarn，1869—1957），英国古典文学学者、作家，英国人文与社会科学院院士，著有《希腊化文明》《在巴克特里亚和印度的希腊人》《亚历山大大帝》等。

② 伯纳德·贝伦森（Bernard Berenson，1865—1959），美国艺术史学家，研究意大利文艺复兴艺术的权威人士。代表作有《佛罗伦萨画家作品集》和《文艺复兴时期的意大利画家》等。

③ 伯特兰·罗素（Bertrand Russell，1872—1970），英国哲学家、数学家、逻辑学家、历史学家、文学家，分析哲学的主要创始人，世界和平运动的倡导者和组织者。1950年诺贝尔文学奖获得者。主要作品有《西方哲学史》《哲学问题》《心的分析》《物的分析》等。伯特兰·罗素出身名门望族，其兄是第二代罗素伯爵弗兰克·罗素（Frank Russell，1865—1931），后者两次离婚，一次因重婚罪而被判入狱。

④ 洛伦佐·德·美第奇（Lorenzo de' Medici，1449—1492），意大利政治家、外交家、艺术家，同时也是文艺复兴时期佛罗伦萨的实际统治者。他生活的时代正是意大利文艺复兴的高峰期。

恳求他去觐见教皇时，他说：“我才不在意去见什么名人呢。”

讲到天主教会，他说：“可惜它没有底……好得难以令人去信它。”他温文尔雅，具有怀疑精神，不信上帝，这可能是他已经认出了亨利·亚当斯那个形而上学的封建圣女。

当令人讨厌的学者成群结队来看他时，他总是彬彬有礼，在他们拿来的书上签名，然后宣布：“我喜欢写自己的生活，而不是过这种生活。”我希望永远珍藏他的善良，他那像蒙田一样温和的、文明的、哲学式的对丑闻的热爱。

## 罗伯特·弗罗斯特

这辈子，在道德观形成之前，母亲一直告诫我，不要接触现代派诗人，不要读艾略特和泰特，以及一个治愈系的、被错误引用的罗伯特·弗罗斯特，因为人人都读得懂他，即使是她也能读懂，对于中产阶级来说，他健康、智慧、一点也不虚无。但我个人对弗罗斯特批判性的爱却从我讨厌的一切当中幸存了下来。

那时候，把他作为一个平淡无奇的“花坛”收入诗选集是可能的，而且通常也是唯一的可能。难道已经过气了？

伊丽莎白·毕肖普板着脸，说弗罗斯特是“我们糟糕的白人诗人”。在弗罗斯特去世的前几年，兰德尔·贾瑞尔写了两篇关于他诗歌的革命性评论，让我们认识了“另一个弗罗斯特”[①]，一个充满黑暗和悲剧想象的作家。这些话让那些以前对弗罗斯特怀有敌意或屈尊俯就的激进知识分子又对他产生了好感。对他们中的许多人来说，书写事物的悲剧性底面，就像“恩典”或是参加乔纳森·爱德华兹的“大觉醒运动”。

---

① 贾瑞尔写的那篇评论文章，篇名就叫《另一个弗罗斯特》(1953)。

他的小河一开始时流得太过晦暗。有一段时间，在劳伦斯·汤普森的三卷本正式传记出版之后——那是一部平庸、有毒、音盲、人物无法得到生动描述的作品——人们若是坚称弗罗斯特确实善良、伟大、无私，也即他四十年来一直带着的那些花环，那可就要冒道德风险了。他当然是邪恶的——或者更确切地说，虽然是在较小的范围内，他就像高尔基笔下的托尔斯泰，是一个既善又恶的德鲁伊教祭司，一个超越我们共同诱惑的平衡点。难道诗人必须像演员那样去完善自己的一般缺陷吗？他们虽然摆脱了命运，不像小说家和其他名人，但他们是一种猎物，受制于内心的虚荣，渴望超越诸神放纵的程度。这些东西弗罗斯特身上都有，而且，他也确实是一个演员，有可能使叶芝看起来不过是一个质朴无华的榜样。他能吸引那些还算是友好的听众——他的哪一位听众不友好呢？别的诗人可能闷闷不乐、平淡无奇、舌头打结地坐在那里，而他则魅力四射。他的声音里有音乐，只要他一进房间，厌倦感顿时消失。他可以讲出很多不正经的东西，但绝无陈词滥调。和他单独相处更是妙不可言。

弗罗斯特与瓦雷里不同，他不是一个现代知识分子。然而，我想他比我所认识的任何一位诗人都更有活力和精力。他八十多岁的时候还可以把你聊死——他可不是自己一个人在独白，而是可以聊一整个晚上。他做过几千场诗歌朗读，但每一次上场之前都紧张得吃不下任何东西。

你总是记得他那种特有的音乐，不仅体现在谈话中，还体现在他诗歌中巧妙形成的那种喃喃低语中。当他朗诵雷利[①]的《献给儿子的

① 雷利（Walter Raleigh，1552—1618），英国著名的冒险家、伊丽莎白女王的宠臣，同时也是一位作家、诗人、军人、政治家，并且以艺术、文化及科学研究的保护者闻名。

十四行诗》或《希珀里翁》[1]的开头几行诗时，那种乐感就非常生动。他的格律十分严谨，有点像本·琼生，每一个重音都被有意识地错位、强调，然后放入十四行诗、无韵诗和押韵的四行诗节中。弗罗斯特是美国的那个形式主义者，即使是在我们的19世纪，他也是技压群雄，如果我们拿形式来当评判标准——为什么我们必须这么做?啊，但他写的是那颗心，我们必须在乎——一颗黑暗的石匠的心……这还不是他从容不迫的秘密。

“回去，离开我们现在不能应付的这一切……”[2]这优美的断唱节奏，也像是俳句，成了弗罗斯特的精华。

首先是那个假想出来的儿童之家，
松树下面一些打碎的盘子，
成了他们玩具室里的玩具。
悲泣吧，小东西居然也能玩得那样开心。

这无疑是弗罗斯特在回忆他自己那些悲伤的孩子，有寓言性，也很朴实。《格拉夫顿的乞丐女巫》结尾那几句诗行，是他所写过的关于一个女人，或许是关于任何事情的最为动听的话。

《指令》——就像上了年纪的弗罗斯特所写的《丁登寺》——写于他启程前往早年结婚居住过但而今已毁弃的家园，去探望而今已失去的妻儿。他的叙述是悲伤的，带着田园气息，隐隐约约重复着“圣杯的传说”，在诗中，那是家里藏着的一个饮水杯。《指令》或许是对来

---

① 英国浪漫派诗人约翰·济慈的诗作。
② 引自诗歌《指令》的第一句，洛威尔此处记漏一个词all，原句为“Back out of (all) this now too much for us...”。

到暗塔的罗兰少爷[1]，对丁尼生，或者对《荒原》的一个致敬，又或是斥责。最后一行是“喝点吧，你将完全清醒，不再混乱”，这种确定，感心动耳。

## 华莱士·史蒂文斯

弗罗斯特和华莱士·史蒂文斯相识于去佛罗里达的火车上。但这次会面并未让他们有机会建立起友谊。史蒂文斯可能认为弗罗斯特过于通俗，属于前现代派人物。而弗罗斯特，如果他读过史蒂文斯的话，可能会认为史蒂文斯太过讲究，认为他的诗与自己的套路完全不同。史蒂文斯也许有点微醉，据传他说过：“弗罗斯特，你的诗歌问题在于有题材。”弗罗斯特则回敬道：“你的诗歌都是些小摆设。”这个回答令人失望。史蒂文斯后来给他寄去自己的一本诗集，上面的题字是“再来一些小摆设”。

史蒂文斯没有像庞德和艾略特那样被狭隘的批评家说得一无是处，也没有像弗罗斯特那样先是被忽视，然后又被知识分子贬低。他去世前几年就开始声名鹊起，而且影响仍在不断扩大，这点就像谜一样让人费解。他出生在宾夕法尼亚州，在哈佛上学，然后在哈特福德做保险公司的副总裁，长期过着隐居的生活。哈特福德跟波士顿一样，只不过更糟糕，眼界更狭隘，都是保险公司自己给弄的。除了去佛罗里达和加勒比海度假外，他从未去过别的地方。史蒂文斯跟梭罗一样偏狭，安于一隅。他是改信了马拉美的“缺席”[2]的梭罗。

史蒂文斯在哈佛大学就读时，经常与桑塔亚那碰面，读过所有最优

---

① 英国诗人罗伯特·勃朗宁的作品《罗兰少爷来到暗塔》中的人物。

② 因为马拉美的诗总是围着“苍白（blanc）”“缺席（absence）”“沉默（silence）”和“空洞（vide）”这些词转。

秀的法国象征主义诗人的法语原作，但他也许从未说过那门语言。他从未错过任何一场哈佛与耶鲁的橄榄球赛，晚年还曾向威廉·卡洛斯·威廉姆斯夸口说："我的女秘书进入我的办公室时必须带着手枪。"

他比普鲁弗洛克更孤独，但却乐于把我们人类的肉体，还有太阳本身，变成隐喻，他永恒的隐喻。他巨大的云状人物和阴影吸取地上的水分。某个女人或可爱之物永远在他身上投放着水晶般的X光，然后消失在狂喜的独白者那无药可治的幻想中。他说："梦就是蔬菜混肉末。"还说："每天与一份工作接触会赋予男人性格。"

史蒂文斯的作品可能向我们表明，现代新英格兰已不复存在。他写的是虚无，但他是大自然的炼金术士。主题连续：想象的物体和现实的物体到底哪个是真实的？这个主题思想没有它可能的那么荒芜，因为无穷无尽的、迷人的、新鲜的变化在那里尽情施展。

当诗行出错时——雄辩便对个人癖好发号施令。他那本大部头的《诗集》太长，那些诗也太相似了，让人读不下去，这类东西肯定都如此。然而翻到几乎任何一页——都会有新的、灵光闪烁的惊喜存在。但更有选择性的诗人不让自己去做这种发现。

据说史蒂文斯在回家的路上或晚饭后会边听音乐边在脑中构思作品。这也许是他自在和博大的源泉。无韵的诗行数以千计：用严格的五步抑扬格体或其变奏来写的话，绝对是无人能比。

> 我该不该展开这个皱巴巴的东西？
> 我是一个迎向继承人的有钱人；
> 因为时候到了我便这样迎接春天。
> 这些唱颂欢迎的合唱班为我唱别。①

---

① 摘自史蒂文斯的诗作《我叔叔的单片眼镜》。

我认为，他的音乐是丁尼生式的，甚至可能更神奇，因为一切真实而熟悉的东西都是通过衰减而被巧妙化解的。他的诗不是写给单纯的人看的，尽管许多人读过并欣赏它的音韵。即使那些喜爱他的人，也会像我一样，有可能发现意图迷失在了细微之处和高雅的风格之中。没关系，他是个大诗人，有着莎士比亚那样灵敏的耳朵。他能表达出不可言喻的东西，放松感官的束缚。

## T. S. 艾略特

我与艾略特初次见面是在 1947 年，后来几乎每年都见。有一两次是在伦敦，多数时候是在波士顿或纽约。我认识他的时候他已经上年纪了，而且每次见面都比较匆忙。然而，在我半个世纪的记忆里，没有哪位长辈或同代人能比他让我更渴望看到转世生还的，即使是我的父母或童年的血亲也不能。他喜欢讲尖锐而又自谦的俏皮话，讲那些伟大的人——主要是他的朋友——的轶事，而且总是让人听得津津有味。

讲到庞德：艾略特记得庞德散步时会先走上两个小时，然后才讲："你说话呀。"但到那时，你绝对没有什么好说的了。

《荒原》写的是出了毛病的性——颤抖的无能、厌恶以及野蛮的诱奸冲动。女人比男人强壮。女人，你可以触摸，可以嗅闻，可以调情，但是很难得到。在《荒原》这个破碎的家庭里，狄多比无法动荡的埃涅阿斯更 varium et mutabile[①]。

《枯叟》中那种悲剧性的、具有詹姆斯一世时期风格的谵妄状态，是一个奇迹般的创作，辞藻华丽，谁都写不出那样的沮丧。

后来，那些女人萎缩了，消失成了幽灵。女人在艾略特全部的剧

① 拉丁语，意思是：无常与善变。

作中都不活跃，这点很是神秘。

《空心人》是一首干化的歌，是通过禁欲得到的恩典，是缪斯的独居生活。因此它与更为圆润成熟的《圣灰星期三》是连在一起的，后者中那个处女是一个怀旧和祈祷的象征。与艾略特先前的所有作品相比较，这两首诗更依赖于抒情；它们几乎是纯粹的诗歌，怎么解释都可以。它们只是干化，一如既往，不是情欲和阳痿的挽歌。《圣灰星期三》第六部分的诗行更有宗教性，更富远见，记叙了他对北岸童年的回忆：

从宽阔的窗户望向那花岗岩海岸，
白帆仍在飞向大海，向大海飞翔
未折断的翅膀
那颗失落的心坚强起来欢庆……

《四个四重奏》中也没有人物，只有一个非常有特点的言说者和《小吉丁》里那个幽灵般的复合而成的夜游者。这首诗是艾略特最深沉的哲思表达，是他最伟大最富有同情心的诗作，用一种革命性的松散的语言写成。基督教的沉思与诗人的文字斗争交织在一起。这两个主题就像但丁的摔跤手一样相互追逐，四处走动，梳理自己的羽毛，然后站开，因为好像离得太近。它们是倒影——假借反对之名的两种类似的想法。到处都能找到一些闪光的段落，它们具有更新了的视觉密度——来自两次战争之间的那个世界的若干片段，来自第二次战争时期的那幕夜景，比《荒原》中伦敦的闪现还要柔和；从马萨诸塞州布里斯托尔到英格兰乡村的宗教遗址和教区废墟。这是一首哀伤而灵活的诗，颂扬了自我的崇高，这个自我更加避世，外在谦卑，以至于艾略特在华兹华斯身上找到了那个不讨喜的“人物（personage）”。

有一点看起来很是奇怪，几乎是艾略特的一个恶作剧，因为这首孤独、禁欲、神秘的诗，竟然是在他与一个年轻快乐的妻子过着幸福的婚姻生活时所写的。兰德尔·贾瑞尔说，艾略特年轻时一定是个残忍而多疑的人——这才是天才，后来他成了一个如此善良的人，也就不再有写作的必要了。

不管怎么说，他知道见好就收，他写诗的工作在五十四岁时就完成了。他写的东西并不比豪斯曼多，但他写的每一部作品似乎都比实际要长。《荒原》大约有四百行，是一部完整的小说，由于省略了熟悉的情节填充从而显得更为开阔。能够让人模仿的东西不多，而且他太过精挑细选，太过有创造力，所以诗选集编者只能照单全收，很难有机会去有所发现。

艾略特遭受过谩骂，因为他不是别的人，他既是美国人，又是英国人。

1977 年

# 史　诗

（这篇文章原本是想写成《新英格兰及遥思》的一个部分，显然是作为尾声的。除了讲到《白鲸》，尚不清楚它如何与新英格兰联系在一起。也许是打算单独发表吧。洛威尔去世后，这篇文章经弗兰克·比达特编辑发表在《纽约书评》上[①]。）

奥登说："诗歌不能使任何事发生。"但是伟大的史诗，像我们自己的经典著作一样，一定有所表达，不是通过说教式的教育、宣传或教化，而是通过讲故事来表达一种模糊的形而上学的历史意义，一种对民族特征的清醒感知——各种深邃堂奥，恍若在梦中窥得，但富有想象力的作者们非常清醒，他们知道自己写了什么。即使是对于那个庸俗的非利士行政官而言，但丁依然是意大利的

① 根据编辑弗兰克·比达特所言，1977 年夏天，洛威尔完成了这篇关于新英格兰诗人的长文稿《新英格兰及遥思》，"遥思"指的就是文稿的结尾部分——这篇《史诗》。洛威尔当时是在缅因州的卡斯廷（Castine），附近没有图书馆，所以有些错误，比如说实际上但丁是把卜尼法斯八世（Boniface VIII）分派到地狱而不是炼狱。

灵魂。

荷马——六步格诗肯定是从他舌头上滑落而来，就像莎士比亚最后的无韵诗一样，既轻松又巧妙。他没有必要也没有资格去改变格律；他也没有太多焦虑，甚至比沃尔特·惠特曼更不在意是否成功展示过分奇特的诗艺。这种自然以及叙事天赋，再加上预言家那种可怕的预见力，使得他能够率直地颂扬轮回的希腊光辉、野蛮状态以及宿命。

《伊利亚特》是希腊的史诗，写成于希腊尚处于半亚洲文明的时代，还在自己光辉的子宫里辗转。史诗一开始就给出了预示，这里有唇枪舌剑、脾气暴躁的希腊领导人，小城邦的国王；那个双性恋战士，有着英雄般的同志情谊；那个卓越的孤独者，既不可靠，又不可或缺，登上了命运的顶峰却受到排挤——这里，也有希腊悲情的主题，为保卫马拉松而将自己名字刻上石碑的年轻人，有胜利在全盛时期被扼杀的世界荣耀（gloria mundi）。

《伊利亚特》与其他世界史诗不同，它是辩证的：有正题，有反题——要综合起来非常麻烦，而且成果转瞬即逝……暴怒，然后忏悔——阿喀琉斯被迫将自己的妃子布里塞伊斯拱手让给阿伽门农时丧失理性，狂怒不已，然后在普特洛克勒斯死后，又回到希腊的战斗中——然后他疯狂屠杀特洛伊人，然后渐渐回心转意，把赫克托耳的尸体还给普里阿摩斯这个无助的父亲……这是其他希腊人都不敢做的事。阿喀琉斯是史诗叙事中思想最善变、最通灵的人——可以说，思想是不可抗拒的力量，动摇一切，是一把目中无人的大镰刀，对自身、对敌人以及那些奴隶——现实的创造者而言，都是致命的。

亚历山大东征亚洲时，将《伊利亚特》和其他希腊经典著作带在身上，尽管他是个马其顿酒鬼，却以更高的智慧再度神秘体验了一番阿喀琉斯冲动的野蛮和宽恕。富勒将军[①]写道："他既神秘又实在……自古以来，女性都被认为是士兵的合法战利品，但在这点上，亚历山大的道德观与他同时代的人截然不同……然而，尽管他对女性异常尊重，他在道德上的最高美德，人们还是认为体现在《阿纳巴西斯》中阿里安最后说的一句话里：'但我确实知道，为自己的过失而忏悔的古代君王中，只有亚历山大是出自真心，因为他天性高贵。'"同样一个阿喀琉斯，被一长串普鲁塔克时期的希腊人所模仿，从雅典的泰米斯托克利[②]和苏格拉底，一直到梅加普利斯的菲洛伯曼[③]。荷马能教给我们什么——残忍中的慷慨?

弥尔顿洋洋洒洒的无韵诗是巴洛克式的，但和其他华丽的诗歌不同的是，它质地坚硬，符合语言习惯。弥尔顿夸口说，随着时间的推移，他的音乐会变得容易上手，信手拈来；每当情节在他把控之下时，他就会灵感勃发，成为一个变化万千的乐器。我相信他。

"弥尔顿写天使和上帝时是戴着镣铐的，在写恶魔和地狱时则很自由。"布莱克在其最著名的评论《失乐园》的一文中如是说。布莱克依据的是整个异端神学、许多革命性的"经验之歌"，以及大量的散漫扩张的文学理论。布莱克是对的。你可以通过通读《失乐园》并标记出好的诗行来证明这一点。只有天上的天使写塌了。

我不理解弥尔顿的意图。撒旦是谁？或者他是个什么东西？虽然

---

① 富勒 (John Frederick Charles Fuller, 1878—1966)，英国军事理论家和军事史学家。参加过第一次世界大战。他一生著述颇多，涉及的军事领域也十分广泛，著有《西洋世界军事史》《装甲战》等三十余种军事著作。

② 泰米斯托克利 (Themistocles, 约前 525—约前 460)，古希腊杰出的政治家、军事家。希波战争中希腊方统帅。

③ 菲洛伯曼 (Philopemon, 前 253—前 183)，古希腊将军和政治家。因保卫梅加普利斯而一战成名。

在弥尔顿的神话中，他是人类病态的起源，但他并非终极邪恶。他缺少悲剧中许多常见的恶习：对朋友不忠、怯懦和愚蠢。号称谎言之父的撒旦，并不是一个可以证明的说谎者。他对造反的天使、对夏娃甚至是对基督说的话，在圣人和非正统的弥尔顿看来，似乎都是真话。他不是魔鬼，而是一个反叛宇宙的诺森伯兰伯爵、哈利·热刺，既有智慧又有铁腕。他几乎就是早期的美国，是那种残忍的、不屈不挠的自由精神。

他拥有许多辉煌的时刻——唤醒跪伏在地狱沼泽的追随者，向他们施展他伟大的演讲术，对战败的军队进行克伦威尔式的训练和阅兵游行。人们觉得，弥尔顿比莎士比亚更懂得军事战术，后者的战争是在装模作样。不能简单地说这是伊丽莎白时期的局限性，莎士比亚对内战的邪恶和瘟疫的理解可谓最现实。第二卷，恶魔们在那场伟大的议会演讲中，组织语言就像老议员似的，少了不诚实，而且更简洁。撒旦在第四卷开始的时候反抗太阳，这可能是弥尔顿在设法处理自己的失明问题，他满脑子现在都是理想的动荡剧变。撒旦甚至让夏娃变得活跃起来，而亚当却从未能做到，她也从未能够让他富有生气。是撒旦把她所有的优点都激发出来了，然后又给她埋下了祸根。我们不能剥夺撒旦的毁灭能力——“……然而他一切的善在我身上都证明是恶……恶呀，愿你是我的善。”《复乐园》的撒旦，力量被削弱了，也可能是他自己在伪装，他做的所有演讲都很精彩。基督只不过是一座坚不可摧的清教防波堤——那是拒绝的声音？哪个声音听起来真实？难道是一个人身上两个分裂的反自我吗？

也许不提夏娃和亚当，《失乐园》在没有人类出现的史诗里是独一无二的。撒旦是毁灭工程师。

他混乱的思绪……搅动
心中的地狱，因为地狱就在他心中
他随身带着，将他团团包围，甭想从地狱
踏出一步，地狱也不可能从他身上飞离。

在经历了二十个世纪的基督教普及之后，我们看到了我们的毁灭是不可弥补的。撒旦不能被信仰或被科学发现。17 世纪 60 年代，他对弥尔顿来说可能是有道理的?《失乐园》位列世界上最伟大的诗作，我没有看明白作者的意图。难道撒旦是被封印的上帝……Christus Liberator①?

但丁实际上属于吉贝林党派②，是一个狂热的皇帝党分子。他的《神曲》就是一部吉贝林党的史诗。吉贝林党寻找的是一个德意志皇帝，是他们渺茫的希望，希望这位皇帝统一而不是吞并意大利。他们憎恶教皇，认为教皇们是造成不和谐和自相残杀的罪魁祸首。他们倾向于异端邪说。他们过着同教皇的追随者归尔甫党人一样的生活，以上百种常见的方式犯罪：通奸、鸡奸、谋杀、叛国、阴谋。在《神曲》中，他们因为这些错误行为而遭受折磨——但是有谁会在一首诗中受到伤害呢? 但丁的笔下，几乎所有富有诗意或有人格魅力的人物都是吉贝林党人——如果不是，比如弗朗西丝卡和尤利西斯，看起来也像是地下吉贝林党人。但有一个人，碧翠丝，可以说是个例外，我后面会讲到她。怀着无比的同情心来想象这些大罪人，难怪埃里希·

① 该词组的意思是“基督的解放者”。原文斜体，首字母大写，或许洛威尔是取自一本 1903 年出版的名为 *Christus Liberator* 的书。

② 吉贝林党派（Ghibelline），意大利 12 世纪到 15 世纪的一个政治派别，支持神圣罗马帝国的皇帝，与支持教皇的归尔甫党对立。

奥尔巴哈相信，他们几乎粉碎了但丁的神学体系。

写到圣人时，但丁是无动于衷的，笔触单调，想象力也很吝啬。圣方济各、圣多米尼克、圣多纳代尔、加托等，似乎就像在特拉普派[①]沉默的晚餐时读到的那些圣徒，形象简陋。虽然被巧妙地束缚在学术哲学的圈套里，但他们是“死气沉沉的静物”，很不自然。

但丁作为史诗作家的独特天赋——我甚至把麦尔维尔的散文也包括在内——是他笔下的主要人物都没有被放大，都不是那种伟岸的英雄，而是真人的模样。在古代的意大利画家中，只有马萨乔[②]有按真人比例来作画的意愿，他之后那些成就更大的人并没有继承他的这种做法，而是画面宏伟，细节繁复。但丁的这种做法体现在法里纳塔[③]的这句话里：“但谁是你们的祖先？”或者，他保持笔直的姿势站在燃烧的墓穴里，“仿佛在轻蔑地将地狱举起”。乌戈里诺吃掉他自己饥饿的孩子，孩子们自愿牺牲自己拯救父亲，使他免受饥饿。或者是《炼狱》中的曼弗雷迪，更像那个身为解放者的德意志皇帝和战士，而不像奥赛罗，“Biondo era e bello”[④]，等等，他的葬礼，lume spento[⑤]，没有教会举行的仪式。他的父亲是腓特烈二世，那个 stupor mundi[⑥]，最伟大的吉贝林党人，虽然在《地狱》中被归为被判死刑的异端之列，但不知何故，他却以一种令人肃然起敬的精神让整部《神曲》蒙

---

① 特拉普派（Trappist），天主教西多会中的一个派别，强调缄口苦修。

② 马萨乔（Masaccio，1401—1428），意大利文艺复兴绘画的奠基人、先驱者。他是第一位使用透视法的画家，他的壁画是人文主义一个最早的里程碑。

③ 法里纳塔（Farinata），吉贝林党之首。

④ 引自《炼狱》第三章，意思是：金发，英俊又高贵。

⑤ 意大利语，意思是：烛光熄灭。

⑥ 拉丁语，意思是“世界奇迹”或“一个令人迷惑不解和惊奇的对象”，最初被13世纪的编年史家马修·帕里斯用来描述德国皇帝腓特烈二世（1194—1250）。

上了一层阴影；正如教皇卜尼法斯八世，明明就是魔鬼，但丁却将他归于炼狱而不是地狱，这点很矛盾①。我的意思是，《神曲》就像《失乐园》一样，有一部分是封闭的，并且有时与自己的主张背道而驰。

我觉得很难将但丁视作完全正统。他的政治倾向和诗艺训练方面，还有那种源自普罗旺斯的 dolce stil nuovo②，大多都倾向于异端。但基督教信仰在他心里是活生生的，不像弥尔顿那样冷冰冰。教会让他的写作产生了一种辩证的混乱与张力。是两种力量，不是一种。他笔下的教会走狗，地狱里的折磨者，都是真正的狗。《神曲》不仅是一部政治史诗，还是一部宗教史诗，只不过没有那么热情洋溢，类似《天路历程》。《天堂》是但丁所写的最伟大的纯宗教诗，在其第 100 章中，生硬的教条奇迹般地转变为神秘的冥思，堪称基督教文学中最壮丽的篇章。

碧翠丝？救赎的恩典？她出生在普罗旺斯，就是古代行吟诗人所描述的那个异端的图卢兹——这位女士，不是别人的妻子，正是行吟诗人但丁真正的恋人——她必须对但丁是贞洁的，但不必总是遵照传统。整部《神曲》中，在哪里，哪个地方出现了但丁的太太和但丁的孩子？但丁与碧翠丝在《炼狱》中相会时，燃烧着的爱比弗朗西丝卡对保罗的爱还要炽热。没有碧翠丝，但丁的《神曲》就不会存在，正如庞德所说，它就将只是“通向一个气球的梯子”。

《白鲸》虽然是一个寓言，但它不像其他史诗，它还是一个精确的捕鲸航程。它不是封闭的；事情就是它们原本的样子，没有影射对立面。剧情像它的鱼叉一样简单平直。当然，亚哈不只是一位经验丰

---

① 根据这篇文章 1980 年发表在《纽约书评》的编辑语，此处是洛威尔记反了。
② 法语，意思是：清新体抒情诗。

富的楠塔基特捕鲸船长。他还用“带有几内亚海岸奴役气息的孤独命令”，建议麦尔维尔的抄写员①、巴特尔比②以及热衷于隐退去写作的皮埃尔③这三人一不做二不休，干脆切断与社会的联系。亚哈对白鲸那种反常的宗教性猎杀是非常偏执的。他是末日论者，愤沉捕鲸船、水手和他自己。他的命运类似于北欧传奇故事中的英雄、瓦格纳的《诸神的黄昏》以及现实生活中的阿道夫·希特勒。“‘我就站在这里，哪个家伙要是想临阵脱逃，我就先给他一标枪。’……全都向着他们唯一的老板和主心骨亚哈指给他们的命中注定的目标奔去……他们还在拼死拼活地穿过那片无垠的蓝色海洋，去搜寻那很可能致他们于死地的东西。”亚哈的勇气和能力是毫无疑问的——在行动上，他比他的下属更敏锐更警觉，更能做出正确的判断。

莫比·迪克，那头鲸鱼，更模棱两可。矛盾的学者给它贴上标签，把它视作邪恶和邪恶的对立面——自然。让它成为自然，成为一个拥有神秘而又通灵的海豚脑子的利维坦——胜过人类，它狂热的爱好者们如此声称，并认为它从不与人作对，它只会救护人的生命。它的邪恶就在于它有力量杀死那个捕鲸杀手。亚哈的意志虽然坚不可摧，但他不是永生的，而且往往是永远要受伤害的那一个。

荷马是令人目眩的希腊阳光，维吉尔则黑暗、狭隘、病态、神秘、精美。不像荷马，维吉尔没有在翻译中勉强存活下来，而是消失了。他将《伊利亚特》和《奥德赛》的情节合并在一起，这样做看上去似乎是在抄袭，但是，他是在把写史诗当作一项修辞任务。他和弥尔顿一样富有独创性。德莱顿和复辟派的批评家们错误地认为，《埃

---

① 指以实玛利，《白鲸》中的叙述者。

② 麦尔维尔的短篇小说《代笔人巴特尔比：华尔街的故事》中的主人公。

③ 麦尔维尔的长篇小说《皮埃尔》中的主人公。

涅阿斯纪》就像他们重铸的雅各布悲剧一样……是在给老金子包上合金再抛光。

我们不能怀疑，维吉尔是真心实意敬佩奥古斯都大帝，不仅是为了个人赞助，而且还因为意大利一直战乱无休，从马吕斯和苏拉、恺撒和庞培、马库斯·安东纽斯和布鲁特斯，再到马库斯·安东纽斯和屋大维……直到奥古斯都，是奥古斯都最后给历经战争浩劫的意大利带来了和平。埃涅阿斯是一个和平使者，是通过大屠杀带来和平的人。我觉得维吉尔就像一个更加矛盾的弥尔顿，同样鬼鬼祟祟，也站在了魔鬼一边。

《埃涅阿斯纪》是一部罗马编年史之歌，兼有先见与后见之明。不像阿喀琉斯和奥德修斯，埃涅阿斯被命运摆布得阴暗无光——他的行动不是揭竿而起，或由激情所致。他体现了使罗马统一地中海成为可能的勇气、折磨和牺牲。人心总是向着被打败的一方。维吉尔，一个外邦人，他怎么会支持罗马对意大利那种血腥的集中征服呢？他为什么要我们为卡米拉、墨曾提乌斯和图努斯，为像他自己一样的外邦人的死而哭泣呢？有趣的是，维吉尔不为自己辩护，他本能地从特洛伊和意大利人那里挑选了自己国家的古代英雄。

墨曾提乌斯：

“*nunc vivo neque adhuc homines lucemque relinquo.*

*sed linquam.*”① (X, 855–856)

卡米拉：

“*hactenus*, *Acca soror*, *potui*; *nunc volnus acerbum*

① 墨曾提乌斯这句话的意思是：我还苟活于世，没有弃世，没有放弃这讨厌的生命之光，但我终会辞别的。

*conficit et tenebris nigrescunt omnia circum…"* (XI, 823－824)

*vitaque cum gemitu fugit indignata sub umbras.*① (XI, 831)

埃涅阿斯是个谜，是一种比人更强大的力量——在这里，他没有阿喀琉斯的辩证法，也没有奥德修斯的狡诈、足智多谋的友谊。在最后几卷书中，他笨拙地走过他那不可抗拒的征程，与其说他像个活人，还不如说他像一个普特洛克勒斯，被阿波罗击中脑袋，惊呆了——或者像辛特拉姆②，偏执、勇猛，被昂贵的铠甲弄得半瘫痪，穿行在丢勒那阴森荒芜的森林。埃涅阿斯很少思考，有也思无所获，内心很沮丧。不管谁来写，都不可能把他写成一个天生的基督徒。

有那么一两分钟，埃涅阿斯是富有想象力和洞察力的——在第二卷中，他对特洛伊城陷落的叙述如梦如幻，近乎超现实主义——尘霾，浓烟，屠杀，欺骗，恐怖，家园和城市的毁灭。埃涅阿斯娓娓道来，语调低沉而真实，让我们都不愿相信这本书是维吉尔代笔的。和狄多在一起时，他很生动。狄多是地狱，是费德尔，是包法利夫人，十分健谈，喋喋不休——寥寥数语却顶万语千言。然而，我们的爱与她同在，她美丽、勇敢、不幸；而埃涅阿斯，这个抛弃者，似乎不像个男人。狄多自杀后，埃涅阿斯必须下到冥府，那是一个罗马墓地，林立着雕像一样的黑影：那些显赫的人物，他死去的战友和未出世的

① 卡米拉这两句的意思分别是："阿卡，我的好姐妹，我能做的就到此为止了；现在这难忍的伤势毁了我，我周围的一切都摆出一副黑暗的面孔。""她痛苦地呻吟着，带着愤恨去了阴曹地府。"

② 弗里德里希·德·拉·莫特·富凯（Friedrich de la Motte Fouqué）的作品《辛特拉姆和同伴》中的主人公。

后代。狄多转过身去，没有对埃涅阿斯那种虚情假意、迫于无奈的请求做出任何回应，那一刻只有她是鲜活的。

埃涅阿斯有时很丰腴，就跟鲁本斯①画中的人物似的，仿佛是为庆祝玛丽·德·美第奇②取得和平胜利而作的画——我希望他能更伟大，更有魅力。然而，维吉尔也像弗兰肯斯坦③一样，把他自己的心灵和思想注进了他的"巨像"④，那位得胜的罗马将军，若不是罗马伟大史诗中的，便是他伟大史诗中的灵魂人物。他承担一切，承受一切；他是用悲痛做出来的一个人——如果是人的话……他自己逃出了陷落的特洛伊，却弄丢了妻子。他俘获了强悍的狄多的芳心，却几乎和普鲁弗洛克一样不适合这场情感纠葛。可别小瞧了他，他的士兵们义无反顾向前推进，没有偏向。他们不像希腊人那样狼狈为奸，而是像马吕斯或恺撒训练的去屠杀野蛮人的军团。整个意大利被埃涅阿斯弄得天翻地覆，他娶了拉维尼娅为妻。她一定爱过死在他手里的图努斯，图努斯的求生恳求被埃涅阿斯斩钉截铁地拒绝了。图努斯最后一个动作在是《埃涅阿斯纪》的最后一行：

Vitaque cum gemitu fugit indignata sub umbras.⑤

(XII，952)

---

① 鲁本斯（Peter Paul Rubens，1577—1640），17世纪佛兰德斯画家，巴洛克画派早期的代表人物。他画笔下的女性面孔秀丽俊美，形体健壮丰满，充满生命力。

② 玛丽·德·美第奇（Maria de' Medici，1573—1642），意大利豪门美第奇家族的重要成员，法国国王亨利四世的王后，路易十三的母亲。

③ 英国作家玛丽·雪莱（Mary Shelley，1797—1851）所写的小说《弗兰肯斯坦》（或译为《科学怪人》）中的人物。

④ 原是古希腊历史学家希罗多德（Herodotus）用来指古希腊一尊巨大的太阳神雕像。

⑤ 这句的意思是：他一声悲叹，满怀一腔愤恨往阴间逃去。

永远都是，一腔愤恨——太多美好的事物被征服者摧毁。为了使奴隶制成为铁石心肠的罗马人的不朽制度，消耗实在太大。维吉尔可能已经理解了他的史诗，理解了史诗的预言：神圣奥古斯都帝国不可避免地在逐渐衰弱。

《白鲸》，像我们19世纪的大多数杰作一样，出版后不久就夭折了，惨淡的销量令麦尔维尔很快又回到无名的状态。但它是我们的史诗，一部新英格兰的史诗，除非我们觉得庞德《比萨诗章》里的那种断章很迷人。《白鲸》也是我们用散文写就的一部史诗。难道还有别的用散文写成的史诗？我知道有一部，卡莱尔的《法国大革命》，同样充满诗意，文采斐然。现代英国历史学家泰勒曾写道："……五百多处错误，其中一些并非微不足道。但这又有什么关系呢？当你读到卡莱尔的《法国大革命》时，你会身临其境。"史诗作为可验证的历史有着太多的陷阱，太多了，所以引诱不到对手。

《白鲸》是虚构小说，不是历史——与詹姆斯或狄更斯并驾齐驱，但它的故事人物是那么的单薄与稀少，它的冒险又是那么的勇猛和野蛮。就像一个剧作家曾经对我说过的那样，"书中没有一个女性的声音，哪怕是她最微弱的低语也没有"。时常，华丽的节奏和丰富的词汇使它等同于伟大的格律诗作。有些章节甚至不是散文，而是剪辑拼贴而成的鲸类百科全书。《白鲸》是我们最好的一本书。它告诉我们不要在一堵砖墙上折断脖子，不可太固执。那个捕鲸人虽已身死，先于他的猎物消亡，但让人记忆犹新的，是他那荷马式的本领。

麦尔维尔有很多体验，其实在捕鲸船上航行比像霍桑那样在海关工作得到的更多……麦尔维尔自己余生也在海关工作……二十年深不可测，婚姻生活、父母身份、风俗习惯，不论什么吧——然后只要一想到海洋，也可能是想用寓言诠释一下自己吧，麦尔维尔写了最后一部并不完美的杰作，《比利 · 巴德》，这个天真的年轻金发水手，被大海的法则吊死在帆桁末端上。

1977 年

# 第三辑

# 谈《臭鼬的时光》[1]

[这是洛威尔在他的诗歌座谈会上对三位诗人评论家（名字见下文）的评论所做的回应。]

## 一、意义

一首诗的作者不必是其释义者的最佳人选。他和其他任何人一样，有可能会混淆视听、言不由衷，或者缄默含蓄。他的目的不是要给散文评论提供一个由头。意义之重要因诗歌而异，因风格而各有不同，但它始终只是创作蛮流中的一部分、一个组成元素而已。其他元素还包括本身就令人满意或令人激动的意象、声音悦耳或带有隐含意义的词句。有了这些东西，作者就像一个机会主义者那样，把手头能得到的一切都投入到他的感觉之中，然后让诗开始，继续，对比，高

① 《臭鼬的时光》是罗伯特·洛威尔最具自白派诗歌标志性特点的作品之一。洛威尔的好友伊丽莎白·毕肖普给他写了一首题为《犰狳》的诗，洛威尔作《臭鼬的时光》以回赠。这首诗后来作为压卷之作收入诗集《生活研究》。

潮，最后完成。对他来说，不知道自己的意图是愚蠢的，知道得太清楚太全面则又是不老到的。

三篇评论出自三位诗人（约翰·贝里曼、约翰·弗雷德里克·尼姆斯、理查德·威尔伯），而且评论的是另一位诗人的诗作！也许这三篇评论应该被认为是在我原作基础上发展起来的短篇故事和变奏吧。我稍后再来点评它们，现在我只想说，我从这些评论文章中学到很多。我心中所想的东西，少有未被触及的；更多我从未想到过的东西，现在也都给了我。我原先不打算做的事，现在似乎至少和我做过的一样确凿。我抱怨的不是我被误解了，而是我被理解过了头。我被识破了。

我不能肯定自己是否能区分意图和演绎。我想这或多或少就是我的意图所在吧。前四小节的目的，是要展示缅因州一个日益衰败的海滨小镇，展示一幅懒散的、多少有些让人感觉亲切的画面。然后从海洋移向内陆。荒芜一路哀嚎，穿过这片风景，但我尽量用一种宽容、幽默和随意的语调来描述这悲哀的景象。画面构图飘忽不定，但方向是从外在的景观沉入自然那种种随意的、不确定的安排以及衰败之中。然后，在第五和第六小节中，所有内容都生动起来。就是诗歌里面那个漆黑的夜晚。我希望我的读者会记得十字架上的圣约翰写的诗。我的夜晚并不舒适，它是世俗的、清教的、不可知论的，是一个存在主义者的夜晚。我的脑海里想到的，是萨特或加缪的一段文字，讲到达至暗的某个点时，唯一自由的行为就是自杀。从这里就有了最后两节中我的臭鼬们的行进与坚定，意义有些含糊。那些臭鼬既不切实际，又荒唐透顶，因此那种语调是令人发笑的、反抗式的。《臭鼬的时光》并非是完全独立的，而是这一诗歌序列中具有沉锚功能的一首诗。

## 二、这首诗是怎么写的

我这首诗作的那些情景，只有我能描述，别的人都描述不来。我不该泄露私人秘密。约翰·贝里曼的病理图非常可怕地接近那个真实的事件。当我第一次读他的评论文章时，我不停地对自己说："嘿，他把我想从诗里面去掉的那些东西都给提了出来。"最后，我不得不承认，贝里曼击中了靶心，而且说明问题的方式常常比我所希望的更加精准更加大胆。他说的是真的吗？我不能决定，这里的真相取决于一个人所接受的心理学和哲学观点。贝里曼走得太近了，让人觉得不舒服。

《臭鼬的时光》的创作开始于1959年8月中旬，大约一个月后结束。同年的3月份，我一直在西岸参加读诗活动，经常每周要读六天，有时一天读两次。当时我在旧金山，那个时代艾伦·金斯伯格[①]独领风骚，许多非常谦虚的诗人都在唤醒预言家。我这才发觉原来自己写的诗太少，那不多的几首还是三四年前写的，它们的风格似乎很遥远，充满象征意义，而且难以捉摸。于是我开始改写我的拉丁语引语，并在诗行中增加额外的音节，使它意思更清楚，表达更口语化。我觉得我的旧诗把它们真正的意义隐藏了起来，许多时候都只是给出一个僵硬的、没有幽默感的，甚至是难以理解的表面。我没有皈依垮掉派。我也很清楚，最好的诗不一定是高声朗读的诗。许多伟大的诗都只能读给自己听，因为灵感不是幽默、震惊、叙述和一种催眠式的

---

① 艾伦·金斯伯格（Allen Ginsberg，1926—1997），美国诗人。1955年在旧金山的一次朗诵上，金斯伯格以其长诗《嚎叫》获得轰动性成功，也正是这首诗确立了他在垮掉派中的领袖诗人地位。他堪称美国当代诗坛和整个文学运动中的一位"怪杰"。

声音可以替代的，这四者只有在口头表演时才必须具备。尽管如此，我自己的诗似乎依旧像那深陷沼泽之中的史前怪物，被自身笨重的盔甲拖累至死。我在朗读那些我不再有感觉的东西。相比旧金山和诗歌朗诵，我坚持写作散文的那段时光，对我影响更大。我觉得诗歌最好的风格不是许多英语诗歌那样的，而是类似契诃夫或福楼拜那种散文风格的东西。

回到家后，我就开始尝试用一种新的风格来写作。然而，一首诗也没有写成，于是我很快就停下来，试图忘掉这整件令人头疼的事。8月份，我突然悲从中来，因为我什么都没写，也没有什么可写，至少是找不到合适的语言。当我开始写《臭鼬的时光》时，我觉得我所知道的关于写作的大部分知识都成了障碍。

这首诗是献给伊丽莎白·毕肖普的，因为重读她也意味着我将突破窠臼，放弃原来的手法。她的节奏、习惯用语、各种形象和诗节形式似乎是属于后一个世纪的。《臭鼬的时光》的模本是毕肖普小姐的《犰狳》，这首比我的诗好得多，我听过她读，后来我还随身带着。《臭鼬的时光》和《犰狳》使用的都是短行诗节，都始于一连串的描述，最后以一只动物结篇。

这就是此诗的主要来源。其他缘由还包括荷尔德林[1]的《面包与酒》，尤其是写月亮的那几行：

> Sieh! und das Schattenbild unserer Erde, der Mond,
> kommet geheim nun auch; die Schwärmerische, die Nacht kommt

---

[1] 荷尔德林（Friedrich Hölderlin，1770—1843），德国著名诗人，古典浪漫派诗歌的先驱。

"vohl" mit Sternen und "wohl" wenig bekümmert um uns,

瞧！神秘啊，月亮，我们地球的那个阴影世界，
与它一同升起；而黑夜，那个异想天开的做梦人，来了
满天都是星辰，但似乎很少关心我们，

诸如此类。我把它放在长长的散乱的诗行中，然后加上了缅因州的风景，但是后来我发现自己毫无进展。另一个来源，可能现在还不够充分，是安内特·冯·德罗斯特-许尔斯霍夫[1]的《新年前夜》(Amletzten Tage des Jahres)。她也用了六行短行诗节。她的第二节原文如下：

's ist tiefe Nacht!
Ob wohl ein Auge offen noch?
In diesen Mauern ruttelt dein
Verrinnen, Zeit! Mir schaudert; doch
Es will die letzte Stunde sein
Einsam durchwacht.

Geschehen all...

已是深夜！
有一只眼仍睁着？

---

① 安内特·冯·德罗斯特-许尔斯霍夫（Annette von Droste-Hülshoff，1797—1848），德国女诗人、作家。她最为脍炙人口的作品是宗教组诗《宗教的一年》(1851) 和中篇小说《犹太人的榉树》(1842)。

这些墙壁中摇晃着你的
记忆，时间！我不寒而栗；但
它想成为最后一小时
被孤独地看着。

一切尽在眼底……

在这里，还有在其他地方，我的诗和这首德语诗都有同样的战栗和同样的处境。

《臭鼬的时光》是从后往前写的，我想我是先写了最后两节，然后是再倒着数的那两小节。不管怎么说，有一段时间我只有像现在这样的后四节，它们之前什么也没有。我觉得这种冷酷的个人暴力令人反感。一切都太接近了，虽然望着那对恋人的情节并不是我的经历，而是来自沃尔特·惠特曼晚年的一段轶事。我开始觉得真正的诗歌不是来自激烈的忏悔，而是来自一些几乎没有意义但却是想象的东西。一个蓝色瓷制门把手这个意象一直萦绕着我。我从未使用过这样一个门把手，也不知道它意味着什么，但它却以某种方式引发了这首诗开头几小节中一连串的意象。它们都是倒着写出来的，最后给了我的诗一个立足之地，一个呼吸之所。

## 三、评论家

我认为我并不打算写那个抓着狐狸的斯巴达男孩，或者是撒旦在伊甸园看着亚当和夏娃时产生的那种性欲被剥夺的感觉。我可能想写，但我不记得了。红狐狸色斑仅仅是用来描述我们居住的缅因州蓝山上秋天的那种锈红色。有一天晚上，我看见了狐狸在路上玩耍，现在我觉得这几个词带有很多阴险和不正确的暗示。

尼姆斯一个诗节一个诗节地进行阐释，我想象不出还有什么比这样做更彻底的了。几乎所有的解释都说到点上了。我有一种故地重游的感觉，但另一个作者又是另一种感悟。我读威尔伯的文章时，这种感觉更加强烈。有时，我和他被划归为同一流派，也就是《时代》杂志所谓的“高级诗人”。有时我们又会被置于论战中相互攻击。我一点都不知道哪个是真哪个是假。当然，我们俩都以不同的方式得益于约翰·克罗·兰塞姆的教导和实践。毋庸置疑，他的文章扩充并提升了我的诗。读贝里曼，我又要踏上一段陌生的旅程了！谢天谢地，我们出来时都紧抱着桅杆，虽然不可信赖，但足够做救生的漂浮之物。

1964 年

# 谈翻译《费德尔》

拉辛的戏剧通常被认为是不可译的，确实如此。他那讲究音节的亚历山大格[①]，英语中并不存在，也不可能存在。我们无法再现拉辛的语言，那种语言是他从同代人的文学技巧中精炼而来的，并且由于使用了路易十四宫廷的口头习语，因而有一种微妙的现实主义和富丽堂皇之感。对于我们而言，每一行台词背后的东西都已成绝学，我们对演员、舞台以及表演时刻一无所知。但其他特质还在：伟大的构思，精彩连连的情节设计，还有也许是修辞作赋的天才，单凭这种才能就足以证明构思和情节的可信度。马蒂斯在某个地方说过，复制所需要的色彩天赋跟原创一样多。我已经为自己用力过猛造成的欺骗性心生不安。

---

① 亚历山大格，又称“十二音节诗体”，因中世纪法国的《亚历山大传奇》采用此诗格而得名，每行十二音节，抑扬格（有时也称抑扬格六音步，但在法语诗中，一般只称音节，不称音步）。但准确说来，应是“亚历山大格”，因为严格说来它不是一种诗体，而是一种诗格，或诗行（类抑扬格五音步）。亚历山大格是法语诗中最重要的诗格（诗行）。像龙沙的爱情诗、古典主义悲剧及喜剧、雨果的重要诗集等大都采用此诗格。法国格律诗不讲究音步，但却十分讲究诗行音节数量的整齐，从二音诗到十三音诗都有，使用最多的诗体当然是十二音诗。

我的格律基于德莱顿和蒲柏，但又有着显著的不同。德莱顿在他的英雄剧中使用的是行末有标点的对韵体，里面还有倒装和很多头韵，不押韵的短诗行起到一种变化作用。而我使用的对韵体是连续的，尽量避免倒装和头韵，通过重音转移或偶尔添加音节来使节奏松散。我做到了自然流畅，但在紧凑和警句共鸣性方面却有所损失。我谋求一种惯用的、经久不衰的格调，但又不可避免地会效仿英国复辟时期的风格，一是方式恰当，二是我有时做不到那种拉辛式的幽默和浮夸。

我的版本是意译的，不过原文的每一句话我都用到了，而且几乎每一行都有翻译或释义。据说拉辛是先写散文底稿，然后改成诗歌韵语的。我们如今没了那篇散文底稿，但我确信，诗行押韵等的必要性，都是奔着措辞甚至意义的变化去的。在用诗歌韵语翻译拉辛时，我也享有同样的自由。我还把法国古典作家不会用的东西也放了进来。例如，塞拉门尼斯在第一次演讲中提到的亚马孙人，以及费德尔在第二幕演讲说到的 muck（垃圾）和 jelly（果冻）。然而，这种插补是很少见的。

没有一个译者有能力或有幸将拉辛带入我们的文化。蒲柏和德莱顿没有注意到拉辛和他丰富的作品，他们倾心于难以接近的荷马和维吉尔，不得不说是一种遗憾。

拉辛的诗文带有钻石一样的棱边。他也许是最伟大的法语诗人，但他使用的词汇比任何一位英语诗人都要少——相比而言，蒲柏和布里奇斯都有一种莎士比亚式的丰富性。拉辛在语言上很少有创造性的发挥，在这一点上，他不像波德莱尔，甚至不比拉封丹。他的诗歌之所以伟大，是因为它恰到好处的韵律和准确的逻辑，以及那暴烈的、带电的愤怒散发出的荣光。作为诗人，我在翻译时已尽力赋予我的诗行一定的尊严、速度和火光。

1961 年

# 谈《模仿集》

这本（译）诗集在一定程度上是自立的，独立于原作的，应该首先作为一首序列诗来阅读，因为同一声音将不同诗人、对照和重复贯穿在一起。有一段时间我突发奇想，希望做一个单卷本，一部小型的欧洲诗歌选集。于是便有了此书。书中晦涩与违反意愿之处十分明显，而且也存在着其他需要改进的地方。为了尽力保留与原作相当的那种火光与成色，我不得不做了大量的改写。

鲍里斯·帕斯捷尔纳克曾经说过，平常可靠的译者只能译出字面意思，他们忽视了语调，而在诗歌中，语调即是一切。我为了努力把握住那种语调，对字面意思会处理得比较粗暴。通常这已经是一种语调了，因为语调这个东西总是或多或少拒绝转移到另一种语言和文化时刻。我努力写出活生生的英语，我的原作者们要是生活在当下的美国，他们也可能会这么写的。

大多数的诗歌翻译都是失败之作，还不如较为精准的散文体翻译读起来令人愉悦，比如乔治·凯的那本《企鹅意大利诗选集》。仍有人在严格按格律来翻译诗歌，他们似乎生活在当代诗歌未触及的一个纯粹的世界里，所面临的困难也十分突出。但是，这些译者只是动物标本剥制师，不是诗人，他们的译诗很可能只是标本鸟。现在流行的做法是，翻译成自由诗或不规则的诗，这似乎是一个更为可行的策略。然而，这种做法的结果通常是语言散漫，既不忠实，也不出众，就像德莱顿所说的那样，时而踩在高跷上，时而又低成了矮子。任何教授或业余诗人，甚至就连优秀诗人在仓促而作时，都不可能把自己变成一个优秀的格律诗人，如若不然就是奇迹，这点似乎不言而喻。我认为诗歌翻译——我想把它叫作一种模仿——必须是高手而为，有感而译，并且至少像一首原创诗一样需要很多技巧、运气和拿捏。

我译诗的破格有很多。我最早翻译的两首萨福的诗，实际上是基于她的诗而创作的新诗。维庸的外罩有点被剥开了，赫贝尔诗中的方言被去掉了，雨果的《戈蒂埃》被砍了一半。马拉美的凝块已经去除，不是因为我不赞成他那种稠密的介质，而是因为我没有办法在英语中使它变得力透纸背。在处理翁加雷蒂和更为晦涩的兰波的一些诗时也是如此，《醉舟》大约有三分之一被删除。我给里尔克的《罗马石棺》增加了两个诗节，也给他的《鸽子》增加了一个诗节。《鸽子》和瓦雷里的《海伦》在我的英译中语言更为地道，更为口语化。维庸的《小遗嘱集》中的一些诗句被移去做了他的《大遗嘱集》的引言。如此等等！我舍弃一些诗行，移动了一些诗行，移动了诗节，改变了意象，更改了格律与意图。

翻译帕斯捷尔纳克时，我遇到了很多特别的难题。通过阅读他的散文和诗歌的译作，我逐渐觉察到他是一位非常伟大的诗人。但我不懂俄语。我是贸然在别人的译本上努力提升他，我得到了俄罗斯读者的帮助，他们为我提供了精确的散文版本。这是一种古老的做法，我想帕斯捷尔纳克自己也是这样来翻译他的那些乔治亚时代的诗人的吧。我希望我抓住的东西是与他那至关重要的语调相配的。

写不出任何自己的东西时，我就时不时翻译一些诗作，于是就有了这本译诗集。大约始于十年前吧，当时我读到里尔克的《俄耳甫斯》的一个法语对照译本，于是就觉得用英语有可能会做得更好。很久以来我都对蒙塔莱惊叹不已，但一直不知怎样才能把他很好地译介过来，直到我发现他不同于大多数优秀诗人——贺拉斯和彼特拉克是两个极端例子，他在简单的散文体中很有力量，在自由诗中可以变得更加有力。我对波德莱尔的翻译开始是作为一种对句和四行诗的练习，目的是为了摆脱翻译拉辛的《费德尔》时那种诗句较长、不够紧凑的问题。

所有我译诗的原作都是重要的诗篇。英语中没有类似于它们的东西，因为诗人的卓越取决于他母语的独特机会。在想方设法让原作的声音于我而言正确再现时，我几乎和那些原作者们一样自由。

1961 年

# 与弗雷德里克·赛德尔[1]进行的访谈

（在洛威尔先生书房的一面墙上，挂着一幅埃兹拉·庞德的巨幅画像，那疲惫、傲慢的面部线条，密集如放大的密封圈上凸起的轮廓线。另一面墙上，在书桌上方，同样留着胡子的詹姆斯·罗素·洛威尔处于刚好形成的一个三角形的顶点，从一张老式灰色照片上注视着下方。他的曾孙正坐在书桌旁接受采访。洛威尔先生在谈他在波士顿大学讲授的课程。四楼书房的窗户下面，汽车呼啸着穿过早春的雨幕，向波士顿公共花园驶去。）

**弗雷德里克·赛德尔**：您现在在教什么？

**罗伯特·洛威尔**：我正在教一个诗歌写作班，上的是一门名叫“实践批评”小说课程，这门课程我每年都教，但是教材在变，从俄国短篇小说到波德莱尔、新批评派研究，或者只是讲虚构作品。我手

---

① 弗雷德里克·赛德尔（Frederick Seidel，1936— ），美国诗人，曾任《巴黎评论》的编辑。

头在做什么我就讲什么。

过去几年的教学对您作为一个作家来说有什么样的意义？

我认为对我意义很大。但教书只是我的兼职工作，没有太多好处可得，也没有真正做老师的负担。教书与写作完全是两回事。你总是能胜任这份工作，或多或少能胜任它吧，不存在什么思路堵塞或灵感来不来的问题。这份工作不是太主观，就其本身而言是个非常愉快的选择。在我的课堂上，比如对谈课、研讨课，如果学生表现好，会很有趣，极其开心，他们大部分时间都表现得很好。现在，我还不知道它和写作有什么关系。你温习很多你喜欢的东西，读一些你以前没有读过或没有认真读过的书，把它们大声读出来，有机会更加仔细地去研读，这样肯定会让你受益良多。但是从教书到写作，跨度还是蛮大的。

那么，您认为学术生活有可能会钝化作家教授的直觉敏感度吗？

我认为这个问题不可能笼统作答。我们这一代几乎所有的诗人，所有最优秀的诗人，都在教书。目前我只知道一个人，伊丽莎白·毕肖普，她没有教书。他们这样做是为了生计，但也是因为你不可能所有的时间都在写诗。他们这样做是为了拓展自己，我认为这无疑是他们的收获。现在的问题是，做其他工作是否可能收获更大。当然，教书的危险在于，它太接近你正在做的事情——接近又不接近。你会因此成为教学行家，实践起来却十分生疏。修订，对诗歌进行推敲修改，与教书和做文学批评有些关联。但是，想要创作一首诗，想要使它变得无比重要，这种一时兴起的念头与教书是两码事。

您是不是也认为这保护了您，使您在细读诗歌和小说时不受其所带来的任何东西的影响？

我想你得把它分开来说。教书可能会让诗歌变得更不一样，学术性没那么强吧。我确信写作不是一门手艺，也就是说，它不是你学到一些技能之后就可以为之的。它必须来自内心深处的冲动，来自内心深处的灵感。这是不能教的，它不可能是你在教学中使用的材料。如果你不教书，你可能会去更远的地方寻找。我不知道，是真的。教书很可能使你变得更谨慎、更自觉，让你写得更少。它也可能让你写作的时候变得更加胆大。

您认为最后一句话可能是那样吗？

这种胆大是个模棱两可的概念。它不仅仅是在教，而且是在这个我们都熟知的批评时代成长起来的，不管我们是喜欢还是不喜欢，不管是实践还是不实践。你思考再三之后写下一个词，又十次把它删除。这就和胆大有关，词句写下来了，它们就必须有所作为，你不会去写些陈词滥调。但这也和谨慎有关，你写得更少了。

您本人很少写评论文章，对不对？您曾经写过一篇研究霍普金斯的文章。

是的，我写过几篇综合性的评论。一年写一到两篇吧。

您写过一篇评论理查兹诗歌的文章，很精彩。

我当时感觉想要写些东西，我有话要说。有时我希望自己多写一点东西，但是在评论方面我害怕写标准的分析文章。我想让自己的文章变得较为松散、较为直观。但我的朋友们都是评论家，而且大多数都是诗人评论家。我二十岁学习写作那会儿，艾伦·泰特、艾略特、布莱克穆尔和温特斯，所有这些人都是很火的新闻人物。你等待他们的文章，一篇好的评论文章出现时，会让人产生阅读一部富有想象力的新作时的那种兴奋感。

*您认为今天那些评论家完全不可同日而语，是吗?*

好的评论家几乎都还是老一代人。我这一代最出色的评论家，我认为是贾瑞尔，他在某种程度上和更老一代的评论家联系紧密。但是他现在不像他以前写得那么多了。

*您在圣马克中学和哈佛大学求学的时候——我们稍后再谈肯庸学院——有没有老师或是朋友对您的写作产生过影响，不是通过他们自己的写作，而是通过个人督促或指导，比如建议阅读什么的?*

嗯，当时中学里有一套卡内基艺术丛书，我有一个朋友，弗兰克·帕克，他在绘画上很有才华，但是从来没有受过系统的训练。我们在一起阅读那套丛书和艺术史，看艺术复制品，在描图纸上描《最后的晚餐》，研究动态对称性，学习塞尚等。我对绘画并没有实际的兴趣，但那种学习似乎与诗歌靠得很近。我就是从那时起开始写诗的。我想我读过伊丽莎白·德鲁[1]或是一本关于现代诗歌的书，里面

---

① 伊丽莎白·德鲁（Elizabeth Drew, 1887—1965），生于新加坡，英国学者、文学批评家。著有《T. S. 艾略特——论其诗歌设计》（1949）、《诗歌——理解与欣赏导读》（1959）、《发现诗歌》（1962）、《小说——导读十五本英语杰作》（1969）等。

的自由体诗，似乎很容易上手。

**那时候您在哪个班？**

那是我的最后一个学年。我曾经非常想成为一名足球运动员，也得到了推荐信，但最终没有入队。嗯，很是令人满意，但也很是令人失望。我读了很多书，但从未动笔写过。所以说现在是一个反冲。后来我运气好，理查德·埃伯哈特①在那里教书。

**我还以为他和您都是那里的学生呢。**

不，他是个大约三十岁的年轻人。我没上过他的课，但我常常去找他。他会大声朗诵，我们会聊天，他很招人喜欢。他抽蜂蜜味的香烟，读波德莱尔、莎士比亚和霍普金斯——这些都让诗歌变得活生生的——他还朗读自己的诗作。起初我写得很糟糕，但他总是热情地鼓励我。这点可能很关键，因为有一个我钦佩的人在从事诗歌创作。

**我听说《醉酒的渔夫》最早是发表在圣马克中学的校刊上。**

不，是在肯庸学院的杂志（*Hika*）上发表的。这首诗的创作在当时别具一格。我一直在读温特斯，他的楷模是罗伯特·布里奇斯，而我想要写的是一首相当遥远、安静、没有任何象征意义的古典诗歌。四音步双韵体，我尽量把它写得很流畅。《肯庸评论》发表过我的一

① 理查德·埃伯哈特（Richard Eberhart，1904—2005），美国诗人，获得过一个美国诗人所能得到的所有重要荣誉，包括普利策诗歌奖、美国国家图书奖、博林根诗歌奖、雪莱纪念奖、美国诗歌协会的弗罗斯特奖章以及哈丽特·门罗纪念奖等。

些诗，然后就停止了。当时他们是这么说的——假如你已经投了稿，我们有可能会接受。

*然后您就把其他诗作投给了该刊物？*

是的，但是那首诗和我写的其他任何诗作都有很大的不同。那时我也读哈特·克莱恩、托马斯、泰特、燕卜荪的《朦胧的七种类型》。每首诗都比以前难得多，而且更为多义。这些诗作令兰塞姆印象深刻，他当时是《肯庸评论》的编辑，但他并不想发表这些诗作。他觉得它们读起来含糊黏稠，让人望而却步。

*但他最后的确是兑现了承诺。*

是的，那都是我毕业之后的事。我大学三年级时便发表作品了，可是接下来大约三年都没有杂志接纳过我的任何稿件。我会收到那种措辞令人充满希望的信件——“这组诗中有一首我很感兴趣，你要是能再多写七首的话就好了。”那时候，我一年才写两三首诗。渐渐地我就不写了，真是有点放弃的那种感觉。我似乎陷进了一个死胡同。我觉得那种有趣的、我会写的诗，变得如此混乱与夸张，真是让人不痛快。

*我在读《异样的国度》，发现您拒绝放进《威利爵爷的城堡》中的诗和您收入这部新作的几首诗和段落，区别很大，我感到非常吃惊。*

我想我大概收了三分之一吧，但是我收进去的诗都是重新改写过的。我想知道到底是什么让你感到非常吃惊。

有一点是这样的，泰特在他为此书撰写的序言中谈到书中的两类诗，在我看来，几乎所有被拒绝的诗似乎都是泰特所谓的更为严格的宗教诗和象征诗，与之形成对比的是他所说的另一类诗作，这些诗可能更有力量，因为体验更多，或者更多地依赖了您的历史感。您收入的诗歌似乎真的比您所弃用的要好。

是的，我拿掉了几首早期基督教释义诗，我摒弃了一首颇为枯燥的抽象诗，然后是我认为似乎有点凌乱的诗。我认为所有这些诗都有宗教的意象，而我收入的诗歌都更具体。这就是这本书要走的方向：更少象征意象。正如我所说的，我试图采纳意象不那么狂热的诗作。第一本书中似乎有太多扭曲和令人反感的东西。

我想知道您当时的阅读面有多宽。我在泰特的序言中读到您的一首诗，有一节是以《弗吉尼亚航行》中的诗节为基础的，我想知道，是否有人让您读过德莱顿的这首诗。

我和泰特合编过一本选集。我与泰特和他妻子在一块相处了一年，过得非常有趣。泰特写起诗来思如泉涌，他已经写了大约一本书的三分之一了。我打算写乔纳森·爱德华兹的传记，他打算写一部小说，我们的妻子也打算写小说。嗯，她们嘴上不停地念叨。她们会在一天结束的时候说："我刚写完三页纸。"她们的书稿越堆越高。但是我们的书却没有多少进展，尽管有一天早上艾伦写了四页纸，写得非常精彩。我们那时待在一个小书房里，隔着一个屏风。我在码堆关于乔纳森·爱德华兹的参考书，边读边记笔记，对那个话题越来越麻木，看着那些皮面装的关于自由意志等的旧书，越来越没了使命感。我们都卡住了。然后我们就决定一起做一本选集，我们都喜欢形式比较传统的、有难度的诗，特别是16世纪和17世纪的诗歌。到了晚上，我们大声朗读，开始为选集制作一个卡片目录。然后我们就开始写诗。在我看来，我们采用了一些旧的样板，比如德莱顿的《颂歌》——泰特用那种诗节写了一首名为“空中的年轻总督”的诗。我认为写传统诗歌有一个诀窍。大多数诗歌形式都非常传统，但如果一个现代诗人传统起来，他会比老一辈诗人更加关注形式。我们试图让它看起来很难掌握。例如，雪莱可以在纸上飞快写出一整页三行体诗，而且写得很顺利，对他来说似乎形式根本不是障碍——有时你希望它更有难度一些。如果今天有人这样做，而且带有现代风格，他似乎就在与每一行诗句角力，有可能陷入混乱之中，他似乎就是在与形式和内容进行真正的角斗。这一点在那首已完成的诗中有所体现。我想泰特和我都觉得，我们想要我们的传统形式看起来有一定的难度，是一种我们无法轻而易举写出来的东西。

但在《威利爵爷的城堡》中，有几首诗趋向一种叙事上的平静，几乎是散文式的平静——例如《凯瑟琳的梦》，或者是关于爱德华兹文本的两首诗，或者是《幽灵》——然后，另一方面又坚持了诗的传统形式，也可能是在炫技吧，您当时的诗歌有些特点——跨行，押韵，当然还有格律——看起来都是有意为之，而且是勉力而为，因此您遭遇了由重音、意义、张力构成的一个异乎寻常的困境。

我知道有一个对照，是我感觉到的，它在不同时代会以不同的形式体现出来。理想的现代形式似乎是小说和某些短篇小说。也许托尔斯泰就是一个很好的例子——他的作品是意象主义的，所有经验都能处理，并且在形式和内容上似乎没有冲突。所以有一点就是，以一种简单的描述性语言深入诗歌，因为它具有人的丰富性。诗歌还有另一面：浓缩性、节奏感非常强，也许是被拧压进一个很小的空间的。这两点一直让我非常着迷。我通常是把所有内容分几个诗节写在一页纸上，尽可能压缩，然后反复修改，虽说不可能做到完美，但每一个词和节奏都是深思熟虑的，经过仔细推敲的——散文就做不到这一点，那样的话你的书永远也写不完。《凯瑟琳的梦》是一个真正的梦。我发现我给它做了造型，动了剪刀，并且把它寓言化了，但这仍然是某个人做过的一个梦。我认为，一般情况下，这种材料可以写进散文，然而，它一定会很长，或者是某个长篇的一部分。

**我认为您可以寻找形式，为了形式您可以做一些特定的阅读，或者，形式可以由您想表达的内容来决定。当诗歌素材似乎处于难以忍受的压力之下时，您就想弄清楚这种形式有没有把诗人想表达的东西裁切掉。但是您选择了对韵，是吧？您的一些最自由的段落是用对韵体写成的。**

我使用的对韵体很像勃朗宁的《索尔德罗》[①]中《我的上一任公爵夫人》使用的对韵体，韵脚因词意连贯而被埋没了。我使用对韵体的时候，总是试图给人这样一种印象：我选择押韵词时就像在选择其他任何词一样，有很大的自由度。然而，它们几乎都是真正押韵的词，也许有一半时间押韵之后会出现暂停。我想要的是像散文一样流畅的东西，你注意不到它的形式，但回过头一看，你会发现已经翻过了巨大的障碍。从这个意义上说对韵是件好事——一旦你有了两行诗押韵，那就成了，就可以进行到下一行了。你不会为整个诗节所束

---

① 《索尔德罗》（*Sordello*）是英国诗人罗伯特·勃朗宁的长篇叙事诗。创作时间长达七年，主要写于1836年到1840年之间，1840年3月出版。它虚构了索尔德罗·达·戈伊托的一生。但丁在《炼狱》第六章中也描写过这位13世纪的伦巴第游吟诗人。

缚，可以去不断充实，建立一个高潮。对韵可以是一个对句或是一句分成两行，或者连续分成上百行；任何形式的压缩或展开都是可能的。诗节就不一样了。我觉得对韵体没有诗节那么富有抒情性，更接近散文。然而它是一种诚实的形式，很多难点也是公开的。要使每一行都和它后面的一行押韵真的是很难。

《生活研究》的风格变了，是否与通过例如《凯瑟琳的梦》这种散文式的清晰来摆脱那种压缩和压力有关？

是啊。开始写《生活研究》时，我一直都在写我的自传，也写一些打破格律的诗。我一直把诗歌大声朗读出来。我去西海岸旅行时，每天至少做一次朗读，有时是两次，共十四天，而且我越来越发现我在简化我的诗作。如果有拉丁引语，我会把它译成英文。如果一行中增加几个音节会更清楚，我会增加，而且在朗读过程中我会做一些即兴的小小改动。这样做似乎有利于朗读效果。

您能想起在通常的诗行添加一两个音节的地方吗？

我添加的通常是冠词和介词，非常轻微的改动，而且我并没有修改印刷的文本。只是临时起意罢了。

您为什么要这样做？就因为您认为最重要的事情就是把这首诗读完吗？

是的，把它读完。而且我开始对这些紧凑的形式不那么尊重了。如果你能通过增加音节使之更容易朗读，为什么不呢？我在写《生活研究》的时候，很多诗的韵律一开始都非常严格，我发现除了押韵之外，有规律的节奏并不是我想要的。我有一首关于我父亲的长诗，叫作《洛威尔中校》，实际上大部分是用对韵写的，但我最初用的是非常严谨的四音步对韵。以那种形式来写，很难不听到马维尔的回声。那种规则似乎损坏了诗歌情感的真诚，变成了一种修辞；它说，“我是一首诗”——它只是对我修改最初的骨架起过很大帮助。我想要这些对韵时就要，不想要的时候就去掉，还是会回到某种形式的。

**您原来打算用散文来处理所有那些素材吗?**

是的。我发现，完成过渡，把看似不重要但对散文连续性必不可少的东西加进去，非常单调乏味，而且修改起来也很困难。把它拆分成小块，我就可以做得更仔细，快速过渡。但是，关于散文和诗歌、形式和内容，以及打破形式的种种原因，还有另外一点。我不认为有什么令人满意的答案。我在高度韵律化的东西和高度自由的东西之间来回摇摆，没有任何一种方法可以写作。但在我看来，我们似乎已经进入了一个亚历山大时代。我们这一代的诗人，尤其是年轻一代的诗人，对这些形式已经非常精通了。他们写一首音乐性很强、难度很大的诗时，技巧娴熟，也许从来没有过这样的技巧。然而，写作似乎在某种程度上脱离了文化。它已经成为某种过于专业化的东西，处理不了太多体验。它已成为一门手艺，纯粹是一门手艺，必须有所突破，回到生活中去。散文在许多方面比诗歌好。很难想象一个年轻的诗人有塞林格①或索尔·贝娄那样的活力。然而，散文往往是非常分散

① J. D. 塞林格（J. D. Salinger，1919—2010），美国作家，其小说《麦田里的守望者》被认为是20世纪美国文学的经典之一。

的。小说实际上比看上去的要难得多，很少有人有勇气写那么长的东西，即使是短篇小说也需要近乎诗意的完美。然而总的来说，散文不像诗歌那样完全与生活隔绝。现在，有些亚历山大格的诗歌写得非常出色，你可能根本改变不了它，但我觉得它越来越令人窒息。我无法把我的经验用紧凑的韵律形式表达出来。

所以您对自己的诗歌、对自己的技巧有这样的感觉，不仅仅是关于诗歌的一般状况?

是的，我感觉格律把我想说的话粉饰得过于复杂，矫揉造作，已经严重妨碍到我了。

不管怎样，这也解释了您对伊丽莎白·毕肖普诗歌的仰慕之情。我知道您说过，这些特质和那种描述性语言的丰富性比其他任何东西都更能让您想起俄罗斯小说。

很多人都犯了一个错误，他们写作一种运用了一定数量的象征手法、理解起来非常困难的复杂的诗，一种用以教学的绝妙好诗。然后你解开它，感觉到智力，还有经验，不管其中投入的是什么，都是肤浅的。伊丽莎白·毕肖普的《人蛾》里，出现了一个全新的世界，你不知道在任何一行之后会发生什么。它在探索。它和卡夫卡一样富于原创。她得到了一个世界，而不仅仅是一种写作方式。她很少写一首没有那种探索性的诗；然而它非常坚定，不像节拍诗，它是完全在掌握之中的。

**斯诺德格拉斯[1]怎么样？您在《生活研究》里试图去做的，肯定与您钦佩他的作品有关。**

他在我之前就做了这些事，他比我还小，是我的学生，但他很可能影响了我，尽管人们有着相反的看法。他在爱荷华大学待了十年，先是上写作班，后来当了讲师；他不懂人情世故，也不怎么挣钱，只专注于和写诗的人交谈。你可能会说他被细微的技术问题和地方经验困扰了——然而他写的就是这方面的东西。我的意思是，那些诗写的就是他的孩子、他的离异、爱荷华城，写他的孩子是一个接受斯波克[2]医生治疗的孩子——一切都用短小的诗节，处理得很老到。我相信这是一种新的诗歌。别的写得很直白的诗，都很松懈，毫无生气。他的体验之所以那么有趣，那么令人信服，就在于那种奇思、那种音乐、那种平衡，在于一切经过修订、划分和深思之物。所有这些都来自高超的技巧，照亮了那些关于痛苦主题的诗作。

**然而，他最好的诗作都近乎纤细甚至有些多愁善感。**

我认为很多好诗作都是如此。拉福格——很难想出比他更令人愉快的诗人了，他的散文也很精彩。嗯，他的诗处于多愁善感的边缘，如果他没有胆量表现得多愁善感，他就不会成为一个诗人。我是说那是他灵感的来源。有某种方法可以区分虚假的多愁善感，它突然就爆

① 斯诺德格拉斯（Snodgrass，1926—　），美国诗人，主要作品有《心的指针》和《元首的掩蔽部》。

② 斯波克（Benjamin Mclane Spock，1903—1998），医学博士，致力于儿科研究。1946年出版的《斯波克育儿经》在很长的一段时间内都是畅销书，影响了几代人。斯波克是第一个积极研究并运用精神分析的儿科医师。

出一个话题，激起一些你感觉不到的情绪，并能运用一些奇怪的、细腻的、温柔的小情绪，这些情绪大多数人都感觉不到，但拉福格和斯诺德格拉斯却能感觉到。所以我会说他具有令人感伤的特质，很脆弱——但这也是一个大话题。他周边的毛细血管很脆弱，但是穿过中心的主动脉却强劲有力。

有些人对《生活研究》感到失望，正是因为您之前写了一种英雄史诗，一种美国版本的英雄史诗。除了您自己写的，最近还没有出现过这种诗歌。您有可能回到那个主题上去吗？

我并不认为个人历史可以永远持续下去，除非你是沃尔特·惠特曼，自有一种方法。我觉得我的个人诗歌已经写足够了。这并不意味着我不会再这么写，但我现在不想再写了。我觉得我还没有记录下自己所有的经验，甚至最重要的经验都还有待记录。但是我已经把很多我真正有灵感想要表达的东西都说尽了，再写只会被稀释。所以你需要一些更加非个人化的东西，其他东西同样重要，最好把你的情绪发泄在麦克白身上，而不是在忏悔中。麦克白身上一定有很多莎士比亚的成分。我们不知道在哪里寻找，莎士比亚的生活中没有任何东西像麦克白一样，然而他多少给人一种直指莎士比亚内核的感觉。那样来写自传体诗，自由度更高。

这些诗，我从您之前说过的话中得知，它们确实和之前的诗一样，都花了很多功夫。

它们一样都很难写。它们并不总是真实的，会对事实进行大量的修补拼凑。你会漏掉很多，强调的是这个，而不是那个。你的实际经验是一个完整的变体。我创造了事实，改变了事物，而诗的整体平衡是虚构的。所以我希望这些诗里有很多艺术性。但有一点是这样的：如果一首诗是自传体的——任何形式的自传写作和历史写作都是如此——你会希望读者说，这是真的。就像读麦考莱的《英国史》，你认为你真的了解了威廉三世。那就像小说中的一个好情节。所以真实的标准一直都有，只是你通常在诗歌中不会去用——读者会去相信他正在了解那个真的罗伯特·洛威尔。

**我想问问关于从之前的诗中取一些段落，把它们放在新的语境下重写这件事。我想到了《异样的国度》中《在德国的西多会修士》这首诗结尾的一段话，您把这段话改写成了《在印度杀手的坟墓前》中那些精彩的诗行。我知道哈特·克莱恩重写了早期的碎片诗，并且大部分的重写都得到了使用。但是这样做，难道不正表明了一种理念：诗歌更多是在谈论技巧而非经验？**

我不知道。如果你写出的诗句对错参半，那就是一个奇迹了，而不仅仅是一个技术问题。这些诗句对你而言一定意义非凡。你所有的诗作在某种意义上都只是一首诗，你总是在为得到某种平衡的、进展顺利的东西作斗争，这种斗争中所有的部分都是好的，而且有你所珍视的体验。所以，如果一首诗中有几句发着光，或者开始要发光了，然后却黯淡了，被盖住了，淹没了，那也许它们的真正形式是在另一首诗里。也许你误解了原诗中真正的灵感，这些灵感完全属于另一种东西。我不认为这点违背了体验。《在德国的西多会修士》于我不是很近，但最后几行诗句似乎还有些感觉；我放弃了那些西多会修士，把波士顿的一块墓地放了进去。

**克莱恩的《美瓮赞》是一首关于一个私人朋友的诗，但其中有几行最初用来描述一些与之非常不同的事物，因此，在一个版本或另一个版本中，它们至少不能被称作是个人化的。**

我想我们总是通过移换诗行来克服一些无法解释的模糊之处。在最初的版本中，有些清晰的东西在最终的诗作中会显得古怪，无法解释。当然，那可能是相当糟糕的事，但你总是想要——我认为契诃夫谈到了这一点——那个你无法解释的细节。它就在那里。在你看来它就是对的，但是你不必拥有它，你完全可以拥有其他的东西。如果所有的事情都是这样的，你就会陷入混乱，但有一些无法解释的困难——它们似乎是变化的生命之血——它们可能会起作用。在原先的诗中，有些似乎有点古怪、有点困难的东西，在新诗中会以新的方式变得更加困难。这纯粹是偶然的，然而你可能得到的比失去的更多——一种新的暗示和魔力。

**您做很多修订吗？**

没完没了地修订。

**您经常使用一个习语或一个很常见的词组，要么用来讽刺，要么让它比习惯上承担更多的意义——这些词要是迟迟不出现，您要不要四处寻找它们？**

它们迟迟不出现，是因为它们自身并没有什么用途，而且它们经常替换那些更庄重、精制的东西。我后来的一些诗确实具有以前所不具备的特质：有几行诗几乎就像和你在谈话一样。也许和一个朋友或者和我妻子聊天时我会说“听起来不太对”，就在说这话时，有点感觉了，于是改了几个词。从这点来说，新的风格更容易写，我有时自然而然就摸索出一系列有效的诗句。但整首诗就不会这么写，我那些看似轻松得来的诗和那些苦思之作差不多一样辛苦。

这种对合与熟悉，在《门廊和祭坛之间》的几个用对韵写成的段落中就有。

我写格律诗时，发现简单的诗行永远不会立刻出现。不会。能保留原先诗作一行诗句的格律诗，我相信我一首都没有。通常，我重写我的旧诗时，我会把它们写成无韵诗，然后再来押韵。当然，我会改变很多韵脚。首先我所能希望的是，押韵的版本不要比无韵诗差太多。然后，真正的工作才开始，克服用律的种种困难，使它比原来的作品好上加好。

您看过叶芝的书吗，先写出散文观点，然后再来确定用韵?

我后来的一些诗作，都是先写出散文版，然后把它删减。很快写成的散文诗稿似乎没有什么好处，也没有多少痛苦；但真正写出来的诗，一定会有无价的词句。这是一个很好的技术问题：如何保留词句短语并弄出格律来?

您在发表作品之前通常会把它拿给朋友看吗?

我现在很少这么做。过去一直都会，给贾瑞尔和另外一两个人看。去年我还让斯坦利·库尼茨看了很多。

**您在写《威利爵爷的城堡》中那些诗歌的时候，您觉得阅读您诗稿的诗人是不是天主教徒这点会对您有影响吗？**

我想我从来没有给一个天主教徒寄送过我的诗稿。那时我最亲近的人是艾伦·泰特，他当时还不是天主教徒；后来我寄给贾瑞尔，他根本就不是天主教徒。我的两位关系亲密的天主教作家朋友都是散文作家，J. F. 鲍尔斯和弗兰纳里·奥康纳，他们对诗歌的技术问题不感兴趣。

**所以您觉得宗教才是诗歌的事，跟教会或宗教人士完全不相干。**

不应该有关系。我的意思是，宗教应当具有客观有效性。但是，当它进入到一首诗的时候，它就与技术和想象力的问题交织在一起了，神学家、牧师、严肃的宗教人士都没有太大用处。这首诗对他们来说太奇怪了，他们感觉不自在，所以也提不出任何建议。

**是什么让人把这些宗教诗理解成了一个宗教练习？**

至少可以这样说：这首诗作试图成为一首诗，而不是一段纯粹的宗教声明。这里就有一点不足。在我看来，任何一首诗，特别是一段有共同兴趣的宗教诗篇，不是诗人的智者，他们的意见应当是有用的。不从宗教人士和局外人那里听取建议这种做法不仅有点自恃，而且是很狭隘的。还有一个问题，即我的诗作是不是宗教诗，或者说它们只是使用了宗教意象。我真的不知道。我最后的诗都没有使用宗教意象，也没有使用象征手法。在许多方面，它们似乎比早期的那些诗作更虔诚，尽管那些诗充满了基督和上帝的象征和暗示。我确信那些象征和天主教观点并没有使那些诗成为对宗教的体验。然而，我并不觉得是我的体验有了很大的改变。在我看来，这种体验现在比过去更清晰了，这跟写宗教诗歌的情况很相似——同样的挣扎，光明与黑暗，经验的变迁。道德观几乎一致。但是象征手法已经消失了；你不可能说出我信仰的信条。我自己也经常想弄明白。然而，使早期诗歌有价值的，似乎是对一些体验的记录，这点似乎成就了后来的诗歌。

*所以您最终会说，这首诗确实有某种诚实性，除了所表达的信念，还可以有一些美的东西。*

我认为除了信念之外，只能是诚实；没有任何政治立场、宗教立场、宽宏的立场或诸如此类的东西能使一首诗成为好诗。如果一首诗能运用政治学、神学、园艺学，或任何除诗歌之外有其自身有效性的东西，那就再好不过了。但这些东西本身并不能构成一首诗。

*这个难题就在于，当一首诗中所表达的信念令人讨厌时，整首诗是否还可以被认为是美的——这就是《比萨诗章》的问题。*

《比萨诗章》中的诗歌质地参差不齐，不是吗？如果你把大多数人都认为最棒的一百个段落拿来看，那些段落中的信念会让人反感吗？我想你会得到一个很复杂的答案。你可以为庞德的幽默开脱，他并不自怜，他目光敏锐，他回忆文学上的朋友，他具有那些任何人都会认为是好的慷慨的品质、开放的品质和抒情的品质。即使他写了类似墨索里尼之死的事情，就在《比萨诗章》的开篇，人们还在为此争论。我和意大利游击队员谈过，他们说这是写墨索里尼的唯一的一首好诗。庞德常常很狡猾：墨索里尼像牛一样被挂起来——他那残忍的外表。我没有。我不知道你是否可以说这些信念是错误的。我脑海里想起了别的诗作：在艾略特的笔下，《枯叟》中用小写字母“j”拼写犹太人，这是不是反犹太主义呢？艾略特在任何方面都不是反犹太主义的，但他早期的诗歌中，肯定有不喜欢犹太人的成分。他用一个小写的“j”写他的犹太人，这种激烈行为让他获得什么好处了吗？他说，你写你必须写的东西，在写批评文章时，你可以表达你认为你应该相信的东西。非常丑恶的情感或许也能成为一首诗。

**在将诗歌奖授予庞德时，您是博林根评委会的成员。您怎么看待这次纷争？**

我认为这个问题很简单，投票选出年度最佳书目；在我看来，庞德的书就是。我认为《比萨诗章》是庞德所写过的最好的作品，尽管其中也包括了他的一些最糟糕的诗作。它是一本好坏参半的书：这就是问题所在。结果就是，由于一些不相干的原因，从某种角度上说甚至是一些可怕的原因，没有把奖项授予年度最佳书目——我认为这是艺术的死亡。然后就是禁止发表帕斯捷尔纳克的作品，一切都变得令人窒息。特别是在我们这样一个强大的国家，你必须客观地奖励事物，而不是让你所信仰的人来支配你的选择。战争刚刚结束不久，大家一定会觉得，与集中营相比，诗歌奖只是一件微不足道的事情。实际上我认为他们离庞德很远。他没有任何政治影响，而且他这个人相当古怪，不切实际。庞德的社会声望、他的法西斯主义以及所有这些各式各样的东西，对他自己来说都是巨大的收获；没有这些，他将成为一位非常高蹈的诗人。即使它们都是些不好的信念——有些是错误的，有些不是，当然有些只是很可怕——它们使得他更有人情味，更多地与生活有关，更多地与时代有关。它们为他所用。采用这些事物中使他感兴趣的部分，赋予了他的诗歌一种在其他地方不曾有过的现实主义与生命力。

**您做翻译是为了满足自己的需要，还是因为您想把某些诗（大多数之前都没有被翻译过）译成英文？或者是两者兼而有之，就像我通常所想的那样，和庞德的情况一样吗？**

我想是兼而有之吧。我总觉得我翻译过来的诗歌完全不同于英语中的已有之作，另一方面，它们在某种程度上又很接近，我感觉有一种亲缘关系。我感觉我所翻译的里尔克和兰波就在某种程度上很接近，但他们所做的是我不能做的事。那些翻译既是对我自己偏见的一种延续，又是对自我的一种解脱。

**您是怎么翻译普罗佩提乌斯的——事实上，您是怎么对罗马历史和拉丁文学产生如此大的兴趣的呢？**

在哈佛上学的第二年，我选修的几乎全是英语课程——这是一条捷径。现在想这可能会是一场灾难。但在去肯庸学院之前，我跟福特·马多克斯·福特和兰塞姆谈过，兰塞姆说你必须选修哲学和逻辑学，于是我修了。他的另一个建议是古典文学。福特则轻描淡写地说："你当然必须学习古典文学啦，如果不修，你就是在自断人文经脉。"我认为古典文学给了我衡量英语的某种尺度。那些文学作品真是令人惊叹，特别是古希腊的作品；英语和希腊语没有任何相像之处。我们的戏剧在形式上也完全不同于埃斯库罗斯和索福克勒斯。他们的灵感完全不同，真是难以置信，尽管他们的声望很高，你甚至想不到要去试图模仿他们。像《安提戈涅》《俄狄浦斯》或《伊利亚特》中伟大的阿喀琉斯时刻这样的东西，都会成为一种文学的核心，这对于任何在英语文化中长大的人来说都是不可思议的——古希腊人的野性和精明完全不同，女人也不同，一切都不同。拉丁语当然更接近一些。英语是半拉丁语，我们已经尽了最大努力吸收拉丁语文学。但是古罗马诗人没有英国人那么理智，也不怎么喜欢抽象。他在某种程度上更接近自然——有些像我们对法国人的那种感觉，但犹有过之。然而他很精明。虽然他所探索的形式、数量相当有限，但他有自己的做事方式。他可以从希腊人那里学到大量的东西，但改变才是一条非凡铁律。你也可以阅读几乎任何一位真正优秀的古罗马诗人——朱维纳尔、维吉尔或普罗佩提乌斯、卡图卢斯——他比英语中的任何东西都更原生、更直接，但他有这种像方块一样的形式。古罗马人的坦率令我很感兴趣。直到现在我们的文学也没有像古罗马人的那种原生状态，因此翻译作品必须要有星光。他们的历史有着一种可怕的人性之坦率，这是我们所不习惯的——对当权者进行刻薄的抨击，对政治和道德沦丧进行激烈的评论，所有这些，诗人和历史学家都有强烈的感受。读古典文学的英语作家手头在做一件事，他的眼睛却盯着另一件做不到的事。我们将永远拥有拉丁语和希腊语的经典，它们永远也吸收不完。关于这点毋庸置疑。

*但是，更具体地说，拉丁语诗歌——您对它的研究，您的翻译——是如何影响您衡量英语诗歌的呢？*

我最喜欢的英语诗歌是伊丽莎白时代那些难懂的戏剧诗和玄学诗，然后是19世纪的诗，讲到它，我就有些战栗和厌恶，它比其他任何东西都更接近我自己的写作。拉丁语文学与这两个时代的东西似乎很不相同。我很快就可以发现雪莱不像贺拉斯、维吉尔或者埃斯库罗斯——拉丁语诗歌是一种很成熟的诗歌，一种现实主义的诗歌，没有玄学诗派的那些机巧曲折。马维尔同贺拉斯相比，是多么脆弱、枯瘦、紧张的一个人啊！

您对普罗佩提乌斯的改写呢？

我是通过庞德知道他的。后来我读拉丁语原著时，发现了另一个普罗佩提乌斯，你在庞德的译本中读不到的那一个。庞德笔下的普罗佩提乌斯是一个相当奥维德式的人物，有着很多庞德式的流畅、幽默和讽刺。真正的普罗佩提乌斯是一个激情四射、充满张力的诗人，相当绝望；他的行文更像是马洛[①]写的《浮士德博士的悲剧》中的部分章节。在所有古罗马诗人当中，他最像一个绝望的基督徒。他的种种经历，他与辛西娅的爱恋，完全是撕心裂肺的，毁灭性的。他就像一个堕落的基督徒。

您翻译过其他拉丁语诗歌吗？

我译过一段独白，本来是想翻译维吉尔的，然后就完全变成改写了，其他好几首诗里也埋藏着一些翻译。在我的上一本书中，有一首诗叫作《说起婚姻中的不幸》[②]，开头就是卡图卢斯那句 siqua recordanti benefacta[③] 的翻译。我不知道有没有留下什么痕迹，但没有卡图卢斯，它就写不出来。

---

① 马洛（Christopher Marlowe，1564—1593），英国诗人、剧作家。代表作有《浮士德博士的悲剧》《帖木儿大帝》《马耳他岛的犹太人》等。

② 这首诗收录在《生活研究》的第三部分。但开头的引子并非来自卡图卢斯，而是叔本华。估计是洛威尔记错了。

③ 引自卡图卢斯的《歌集》第 76 首，大意是“如果回忆从前的善行”。

**您翻译过帕斯捷尔纳克。您懂俄语吗？**

不懂。我是在其他几个英文译本的基础上改写的，甚至很少请俄语专家审读。我想出版一本翻译集子。除了俄语，我读的都是原著，但我觉得自己完全可以做些自由的改动，而且我也不知道帕斯捷尔纳克看起来会不会比我仔细研究过的那个意大利人要高冷一些。在出版之前，我想请一位俄语专家审读一下。

**我可以将您带回到哈佛一会儿吗？您试过参加《哈佛倡导》编辑的选拔，为自己的候选资格做了些手脚，然后被拒绝了，这都是真的吗？**

我当时差不多把事情搞定了。我忘记了当时的编辑是谁，但他写过弗罗斯特。那时候写弗罗斯特的人和现在写他的人很不一样，他们往往很保守，联系不上。那时候我写得并不是很好，也许我应该被拒绝。我试着像威廉·卡洛斯·威廉姆斯那样，写些很简单的自由体诗歌、意象派诗歌。我有一个令自己非常骄傲的小圈子，还是在狱中建立起来的；我离开哈佛时，它就解散了。

**那时候您认识什么诗人吗？**

我有个朋友，哈利·布朗，现在写电影剧本，在好莱坞待了很多年。他那时是一个非常有前途的诗人。他来哈佛时还和哈丽特·门罗通信往来了很长时间，比其他任何人都要先进得多。他可以模仿奥登、韦伯斯特、艾略特或克莱恩的风格。他高中都没毕业，不是大学生，但他是我感觉最亲近的人。我的其他朋友都不是作家。

**您遇见过年纪更大一些的诗人吗？比如弗罗斯特，他一定就在您边上吧。**

我带着写第一次十字军东征的一沓厚厚的史诗去拜访过弗罗斯特，是用笨拙的手写体在画着横线的纸上写出来的。他读了一页就说："你没有压缩。"然后他给我读了一首柯林斯的短诗《勇敢的睡眠》，说："这不是一首伟大的诗，但它有节制。"他真的表现得很友善。你知道他是怎么讲诗歌中的声音吗，他举了一个非常不寻常的例子，《希珀里翁》开篇关于水泽仙女那伊阿得的那一行，讲她用冰冷的手指按在唇上，看起来根本不像是要传递声音。接着他说："现在济慈在此活了。"这是给我的启示，当时令我印象深刻的是《希珀里翁》中那种对弥尔顿的极大模仿。我不知道当时是怎样的反应，但我退缩了，意识到自己的诗很散漫，很单调。

**是什么令您离开哈佛去肯庸的？**

我结识了梅里尔·摩尔，他曾在范德比尔特当过"逃亡者"。他说我应该跟着诗人一块学习。他和兰塞姆走得很近，就计划让我去范德比尔特；我本来是要去那的，但兰塞姆改去了肯庸。

**我知道您的离开极大地违背了家人的意愿。**

嗯，我那时变得相当郁郁寡欢，很孤独，他们差不多也就接受了。他们本来希望我成为一个温雅合群的哈佛学生，但至少我会这样努力去做。在他们看来，这一步走得奇怪，但还是按部就班的。

**您家族中的知识分子和文学人物对您有帮助吗?**

去南方之前，我真的不知道家族中还有这些人物。对我的家人来说，詹姆斯·罗素·洛威尔是驻英大使，不是作家。艾米在他们看来似乎有些古怪。我开始写作的时候，如果把艾米或詹姆斯·罗素·洛威尔当成榜样，我认为那就无法想象了。

**您是通过兰塞姆认识泰特的吗?**

我几乎是同时遇见了他们，但实际上，我在了解兰塞姆之前就和泰特在一起了。

**福特·马多克斯·福特也曾在那里待过一阵子，是吗?**

我在波士顿的一个鸡尾酒酒会上遇见了福特，并在雅典奥林匹亚餐馆与他共进晚餐。他打算去拜访泰特夫妇，说："来看看我吧，我们都要去田纳西州。"所以我就开车去了。他比我晚到，所以在他出现之前我就跟泰特夫妇很熟悉了。

**住在小帐篷里。**

那时候年轻不懂事，脸皮很厚。他们虽然有一个黑人妇女到家中帮忙，但还是泰特夫人料理所有的家务。她要照顾三个客人和自己的家人，还要做饭，写小说。我这个年轻人来了，充满激情、性格古怪。我想我跟他们说了也许我应该和他们待在一起。他们就说："我们真的没有房间了，你得在草坪上搭帐篷。"于是我去了西尔斯罗巴克百货商场，买了帐篷在他们家草坪上搭起来。泰特夫妇碍于情面，不会告诉我，他们不过是打个比方。于是我在帐篷里住了三个月，吃饭就和泰特夫妇在一起。

**您一直都在给他看您的作品。**

噢，我改变了自己的写作风格，从虚弱的自由体转向了形式主义，就几个月的时间。所有的诗行都押韵了，还是写得不好。但这是一个巨大的刺激。我的诗歌喷涌而出，并且去参加了各种作家会议。

**福特呢?**

我去见他，暂时做起了他的口授记录员。这份活儿简直就是地狱，因为我不知道怎么打字。我把口述先手写记录下来，他说话有些含糊不清。我问他说了些什么，他便说："哦，你没有散文的节奏感。"然后又嘟囔了几句。等他说的我大部分都听懂了，然后就在打字机上即兴发挥。

**所以，福特的作品有一部分我们还得感谢您。**

《文学的行进》中的一些词句，论述普罗旺斯诗人的那几句吧。

**这件事发生在您进肯庸学院的前一个夏天。但是在《异样的国度》里，大部分的诗都是在您毕业后才写的，是吗?**

是的，那些诗几乎都是我后来与泰特夫妇一起度过的那一年写的，尽管其中有些是对以前诗作的重写。我认为成为天主教的皈依者与再次写作有很大关系。我对当天主教徒比当作家更感兴趣。我读天主教作家的作品，但我不打算自己写作。但不知为什么，当我重新开始时，我不会说天主教给了我主题，但它确实给了我某种形式，我可以开始写诗，并把它发展到高潮。这和我以前的做法很不一样。

那么，您为什么选择在那些宗教立场和政治立场与您迥然不同的小型自由派杂志上发表您的作品呢？您向《纽约客》或《大西洋月刊》投过稿吗？

我想我可能给《大西洋月刊》投过一篇写桑塔亚那的稿子，而《纽约客》我什么也没给过。我认为《纽约客》发表了全国最好的一些散文，在许多方面比那些季刊和小杂志有趣得多。但诗歌却迷失在其中，没有目录，有的诗是轻体诗。那里没有特别好的连续性。在那里发表似乎没有什么意义。有一段时间，那些小杂志的宗教政治立场和我的立场虽然大相径庭，但只有它们会发表我的东西，我想和它们待在一起。我喜欢像《新政治家》[①]《国家》《新共和》这类稍微有点偏离主流的杂志。

就因为它们离经叛道？

我想是的。一个我不一定同意的政治立场，会有一点点不利，但对我来说，它似乎比一个随波逐流的传统立场更有吸引力。那些杂志往往有很好的评论。我认为你是为一小部分读者写的，为一个热忱的有批评精神的评论家写的。你知道，格雷夫斯说诗人应该互相帮助，因为他们是唯一有责任感的读者。这样也有一个危险——你会变得过于专业，但是我非常赞成你为这样的读者写作。如果作品能走得更远，那也挺好。

---

① 英国一本关于政治和文化生活的周刊，1913 年创刊于伦敦。

**然而，那些杂志，至少那些文学季刊，都患有一种先天性的、群体性的贫血症。例如《宗派评论》，我认为它是那些杂志中做得最好的一本，几乎难以想象他们会针对您最近出版的那本诗集发表一篇糟糕的评论，甚至是尖锐的批评。**

我认为没有一家杂志喜欢抨击它的老撰稿人。《宗派评论》有时只是不去评论他们非常喜欢而他们的评论家却不喜欢的人写的书罢了。我知道夏皮罗在《宗派评论》中受到过攻击，然后又在那里发表了文章，其他人得到了不利的评论都会在事后特意给他们寄一些东西。你会觉得你发表过作品的杂志是不会发表那些比较差的作品的。优秀的小刊物可能会发表很多相当枯燥的东西，但至少那些是严肃的东西。即使写得很糟糕，想出风头，努力把某些东西推向公众也不是什么坏事。得到发表的是一种痛苦扭曲的个人无能，而不是一篇公开的花言巧语。我认为这和杂志上发表的好评论有关系。我们都在谈论《宗派评论》没有猛烈抨击自己的投稿人，但《宗派评论》在审稿方面有着相当严苛的标准，他们肯定不会去赞扬他们那些变糟糕了的投稿人。

**同代人中您最仰慕谁？**

我最亲近的两个人是伊丽莎白·毕肖普——我之前谈到过她——还有贾瑞尔，他们不是同类人。贾瑞尔是一个伟大的文学家，一个见多识广的人，也是我这一代最优秀的文学评论家，最优秀的职业诗人。他写下了最好的战争诗，我觉得那些诗是我们文化了不起的产物。我说过，伊丽莎白·毕肖普的诗更个人化，更多是她自己做的事，她不是个评论家，但有她自己的品位，而且可能是非常独特的。

她的诗带给我的乐趣比任何人都要多。我很喜欢夏皮罗的一些东西，还有罗特克[①]和斯坦利·库尼茨的一些东西。

**罗特克怎么样？他恰恰试图做您不想尝试的一切。**

我们都给对方念过诗，有过争论，实际上我们的性情可能很相似，但他想要一首很有音乐感的诗，总是会和我的耳朵吵架，就像我会和他的眼睛吵架一样。他写情诗、儿童诗，还有令人吃惊的超现实主义诗歌，都是简单经验和力量之焰的糅合。他喜欢讲究修辞和音韵，但会有些打破常规的东西，有时会毁掉一首诗，有时又会成就它。我觉得自己对他所知道的东西一无所知，比如花花草草之类的。我认为我们分享的是狂欢时刻，尽情燃烧。每当我尝试写他那种诗的时候，我都会感到很无助，这才意识到他真的是精于此道。

**您显然也是戴尔莫·施瓦茨非常亲近的一个朋友。**

是的，而且我认为我从未见过像他这样深深影响我的人。说起来还是个复杂的私人交往。他的阅读非常多样化，马克思、弗洛伊德和罗素，十分广泛，一点也不保守。他从小就知道这些东西，并且会以一种绝妙的犀利的幽默方式来谈论它们。要是他见到 T. S. 艾略特，他会把对艾略特的印象与他对弗洛伊德的印象，以及他所读到的有关艾略特的文章混为一谈；所有这些东西都在他身上反反复复。我的大

① 罗特克（Theodore Roethke，1908—1963），美国诗人、教育家。他的诗集《苏醒》获普利策诗歌奖（1954）。在他逝世以后，他的主要诗歌作品都被收入《诗集》中，他的诗歌理论著作和讲稿则被收入另一本书《论诗人及其技巧》。

多数作家朋友都比施瓦茨更为专门化，学识有限，他们中大多数人所持的与社会格格不入的立场也同样狭隘。施瓦茨这个人给人以启示。他觉得有感而发的诗人要比技法娴熟的诗人好得多。华兹华斯会比济慈更加让他感兴趣——他希望对直接经验持开放的态度。他说，如果能让人们在一首诗里交谈，那你也就无所不能了。他自己的作品，《科里奥兰纳斯》和《谢南多厄》，在这方面就很有趣。

这不就是您在谈自己对《生活研究》寄予的希望时所讲的吗?

是的，但从技术上来说，我认为戴尔莫和我很不一样。很少有诗人能够在技术层面让我有所获益。泰特是离我最近的人之一。我认为我早期的诗都源于对他的诗作的钦佩。

过去的诗人呢?

模仿某个人对我而言是件很难的事。我在这方面很自觉。这也许是个优势吧——你不会变得过于模仿——但这也是一个局限。当我觉得自己和别人很相像时，我就会颤抖。如果是里尔克、兰波或者是普罗佩提乌斯，你知道语言是个很大的障碍，而且如果你在模仿，你就是在做另外的事情。那样的模仿让我感觉有更大的自由。我想我尝试过像伊丽莎白时代的某些作家那样写。

克莱恩呢？您说您读过很多克莱恩的作品。

是的，但他的风格很难模仿，我一直都不怎么会使用。他可能非常晦涩，但比起我能做到的晦涩，他的诗更具启发性。克莱恩和泰特之间有某种关联，出于某种原因，泰特对我来说要容易得多。我可以看明白泰特是怎么做的，尽管泰特有一种节奏我从来都模仿不来。他比我更不守规则，我不知道那种节奏的出处，但我很欣赏。克莱恩在某个地方说过，他能写出五六行好诗句，但泰特能写出十二行合在一起的好诗句，而且你能看得明白这十二行诗是怎么写成的。泰特在某种程度上更像是个榜样：他这个人有很多野路子，他有很多结构。当然我了解他，从不了解克莱恩。我认为克莱恩是那一代人中的伟大诗人。他的作品比任何人发表的都多。不仅是作品拥有巨大的力量，而且他还以某种方式得到了整个纽约的认可，他让自己处于事物中心的方式，其他诗人是做不来的。他的生活充满各种混乱，但这都没有让他像其他诗人那样偏离正道，他所受到的限制比他同时代的任何诗人都要少。各种经验都齐全了，没有这点，如果你学到的只是他的各种造作，而不是他那简单的文风——如果写得不好，就只是滥情伤感——或者学到的只是他的晦涩，那么整个东西就只是词语的堆砌。那不是克莱恩。他整个人的力量都在这点上。但他的风格对我从来都没有起过作用。

但是克莱恩的某些东西似乎已经进入您的作品中了——或许只是那种奔腾的力量感吧。我以为它来自对克莱恩的仔细品读吧。

是的，我猜想是某种野性和力量吸引了我。但是，我写出难以理解的诗作并不是有意为之的，尽管我不知道克莱恩是不是有意的。我想写得丰富充实，但我觉得那些诗的逻辑都清晰而完美。解释一首像《航行 II》这样伟大的诗作，你可度过一段美妙的时光，它的一切都可以被解释，但到最后，它也只是一首爱情诗，里面的各种意象极其混乱，但在情感上又是清晰的；散文性的释义不会让你对这首诗留有任何印象。我认为我写不出那样的诗，至少我从来没写过。

**您说您认识的大多数作家都与这个社会格格不入，这话是什么意思？**

我开始写作那会儿，大多数伟大的作家都不受欢迎。他们的作品在大学里都没有，发行量很小。就连艾略特也不是很受欢迎。但是生活似乎就在那里。那时候似乎属于“揭盖”时期吧。其中一个伟大的“揭盖”时期就是勋伯格、毕加索、乔伊斯和艾略特早期的那个年代。那时候，一种力量进入了此后我们可能再也没有过的艺术领域。这些人都是相当传统的人，但他们所做的事情却让他们无法自由呼吸，他们几乎是破釜沉舟不顾一切去完成他们的伟大作品——即使是名不见经传但却非常优秀的作家也一样，比如威廉姆斯，或者玛丽安·摩尔。他们的那种抗议和奇特之处几乎再也没有被重复过。他们是很棒的作家。你不会再见到像玛丽安·摩尔这样奇怪的人了，好久都没有见到了。尽管她很保守，具有詹姆斯式的风格，但她的诗却是一种惊世骇俗的、个人化的、奇怪的革命性诗歌。现在没有这么做的动机了。然而，那都是经典之作，而且在我看来，他们都是反主流的，玛丽安·摩尔和克莱恩在某种程度上是一样的。这就是小众的生活所在。要说明这些情感是否也是反主流的，是否是净化的、虚无的，或者是两者兼而有之，这将是一个巨大的话题。

**您和艾略特接触多吗？**

我这一生中可能见过他二十来次吧，他总是那么善良。早在他出版我的作品之前，他的文件袋里就收了我的一些诗。我们之间存在着某种新英格兰式的联系吧。

**他有没有为您的作品写过一些帮助性的评论文章？**

只是非常笼统的评论。对于我在费伯出版社出版的第一本书，他有喜欢之处也有不喜欢之处。然后他谈到我上一本书《生活研究》——“这本书一流，我说的是真的”——这样的话说得非常低调又令人感觉欣慰。我觉得艾略特和许多受他影响的人相比，更不拘泥于形式，他的作品里有20年代的一种自由，我觉得自己很赞同。他和弗罗斯特无疑都是伟大的新英格兰诗人。你不太会认为史蒂文斯是新英格兰的，是清教徒式的。他俩都是对传统的一种延续和批判，他们也可能是同样伟大的诗人。弗罗斯特不知何故把生命融入了一个死掉的传统。当时他那一类诗一定是几乎不能发表的，它刚写出来的时候，是那么的陌生又新鲜。但它仍然是旧式诗歌，真的与现代写作无关——除了他是最伟大的现代作家之一。艾略特是极端现代的，是传统主义者所不能接受的。现在他被说成是一个文学独裁者，但在我看来，他处理他的立场时很精彩，尖锐而又优雅。那是一个狭隘的立场，而且不是我特别坚持的那种，但我认为他坚守的方式非常诚实，而且还对其有所完善和发展。艾略特做了他所说的莎士比亚所做的事：他所有的诗都是一首诗，是一种延续的形式，已经成长，并随他像雪球一样越滚越大。

**我记得贾瑞尔在评论《卡瓦纳家的磨坊》时说，弗罗斯特多年来一直在写叙事诗，笔调轻松，其他任何人都赶不上他。**

贾瑞尔说的是对的，除了弗罗斯特，没有人能像乔叟那样把故事写得有条理，清晰易懂。嗯，很多人都写叙事诗，但他们作品的肌理松软无力，缺乏灵感。弗罗斯特的诗却写得很有力量，其中大多数都是早期完成的，完成于《波士顿以北》的那个时期。这是一个奇迹，因为除了罗宾逊——我认为弗罗斯特是一个比罗宾逊伟大得多的诗人，在英国和美国，没有人这样写。

但您要是写《卡瓦纳家的磨坊》，并不会简单地只想讲一个故事吧。

对，我会写得比较晦涩，有点像伊丽莎白时代那种夸张的戏剧诗。我不太清楚如何去描述这种直接的经验。比如说勃朗宁吧，他天赋极高——几乎没有什么是勃朗宁不能运用的——可你觉得他所写的东西和真正发生的事情还是有差别，有一层釉光，你觉得那些人物是编造出来的。但在弗罗斯特的诗中，你会觉得农民之类的人就是那个样子的。弗罗斯特的诗具有照片那样的特质，但却是艺术之作。这点非比寻常，现在几乎没有其他诗人能够做到这点。

您觉得拥有这种能力需要具备哪些特质？

我不知道。散文作家更具备它吧，相当多的散文作家都具备。这是对人的一种同情与观察。我最看重的就是深沉又带有点悲剧意味的诗。也许这样的诗弗罗斯特写得太多了吧，但那些诗有一种丰富性和亲切感，这点并非是悲剧性元素。有了那种遣词、造句和节奏感，再进入他的诗歌语言中，就会发现与他平常说话的语言非常相像——他的话语也是艺术作品，远胜于别人的平常话语，而且对他来说很自然；他能将平凡的自我和诗意的自我保持一致——他的东西，其他人那样写只会平淡无趣。只有非常优秀的散文作家可以做到这一点，写出点东西来。你经常在福克纳那里看得到。虽然他有几分伊丽莎白时代那种修辞家的味道，跟弗罗斯特完全不同，但他可以写出这种惊人的即时性和简单性。到了诗歌这里，因为形式非常难，所有这点东西都被耗尽了。在一个非常传统的老式作家那里，或者在一个试图实事求是但又富有戏剧性和灵感的人那里，尽管他可能仍然是一个好诗人，但大多数的直白和现实主义都不见了。艾略特就很难做到这么直白，尽管你在《荒原》中会读到那么一点点，就是那个不可思议的伦敦囚片段①。他可以是他自己；我觉得艾略特在整个《四个四重奏》中都是真的他。在那里面，他可以非常聪明或是非常简单，他就在那里面，但是《四个四重奏》中没有其他人在。

您的很多诗都是从真实的人和真实的事件中得来的吗？

我想，我在诗歌中用过我自己或偶尔几个实名的人，除此之外，那些人物都是纯粹虚构的。我试图把我实际看到的形象和我实际经历的事情以间接的方式放到诗歌中来支撑他们。如果我写的是加拿大修女，那么这首诗里可能有上百种我看过的东西，但她并不是我所认识的任何人。我不相信有人会认为我写的修女是个真实的人。她有一颗心，活生生的，我希望吧。她有很多色彩和戏剧性，而且有些东西是弗罗斯特笔下的人物所没有的，但她却不具备他们那种绝妙的生活品质。他的"库厄斯的女巫"②绝对在那里。我从和他的谈话中得知，《波士顿以北》中大部分诗歌的人物都是他认识的真实的人，被他拽

---

① 指"对弈"的最后一节。

② 弗罗斯特写过一首名为《库厄斯的女巫》的诗，以一个寡妇和她四十岁的儿子对话的形式呈现，讲述了这个寡妇年轻时不得不帮助丈夫藏起被他杀死的自己情人的骷髅，之后一直活在谎言和愧疚之中的故事，是一首非常精彩的叙事诗。

到一起。不过最重要的是，弗罗斯特的情节设计得如此精心与非凡，跟不存在似的。就像契诃夫的某些东西一样，这种技艺隐藏得非常之好。

**难道您不认为它很大一部分都取决于正确的细节吗？不论这些细节是否具有象征性，是它们把诗缠绕得越来越紧。**

一点风景或者你已经感觉到的东西吧。几乎写诗的全部问题就在于把它带回到你真正的感觉上，而这需要一大堆的操练。可能门把手比某些重大的个人事件带给你的感觉更强烈，门把手会打开通向某个事物，你可以把这个事物当作自己的东西来使用。许多诗歌从传统上来讲似乎很好，只是不太能打动我，因为它没有个人的活力。我可能夸大了它的价值，但它对我来说是宝贵的。你注意到某个小小的意象，某个细节——你写的是一个乡村小店，仅仅是描述它，你的诗结果写成了存在主义的经验叙述。但是诗是这家小店引发的。你不知道为什么它对你意味着很多东西。通常都是意象，还有诗开始和结束的那种感觉，才是你所有的一切——写诗就是在这些东西之间穿行的一段旅程；你知道这点，但你并不知道它的细节。这太神奇了，然后你就觉得这首诗要出来了。这是一场可怕的挣扎，因为你真正感觉到的东西没有形式，它不是你能写在诗里的东西。你所能写的诗，根本涉及不了你非常在意或很多要说的东西。你的技术装备分辨率足够高，你知道如何构建，用什么材料来创作一首诗，击中你真正想说的东西，当这些东西都有了，最棒的时刻也就到来了。你可能都不知道你有话要说。

1961 年

# 与伊恩·汉密尔顿的谈话

**伊恩·汉密尔顿**：如今您在英格兰已经有一段时间了。为什么选择在这里住下来？

**洛威尔**：我为何在英格兰，主要是个人原因，不方便在采访中讲。但是也有某些常见的原因。我来这里，不是为了抗议美国的环境不好，虽然这里更悠闲，一点都不紧张，一点都不狂躁，大家都这么觉得。在所谓的前线，在纽约，居住了十年之后，我很高兴让强光暗淡下来。

您想起了什么样的强光？

我们的气氛有时很脆弱，仿佛下雨的时候雨中还夹带着一点点钢。主要是引发了思考，引发了争论，引发了我们的焦躁。纽约是一个大得可怕的城市，尽管我个人从未经历过什么暴力事件。有人听说过：朋友的房子被强行闯入。我们那边的闯入方式很粗暴：你宁愿当时不在家，那些为了弄到吸毒钱的小偷都是怒气冲冲的。这边的入室偷盗很温和，小偷们害怕屋主。

当然，您的作品在这边大受欢迎，其中一个原因就是它似乎精确地说出了那种愤怒感。换句话说，您描述的情景是那种在某种程度上喂养了您作品的情景。您害怕离开美国也就离开了您的主题吗？害怕在这边没有那么多东西可写吗？

我不知道我失去的是什么。上周，我为录音朗读了自《生活研究》以来的诗歌，也就是最近十到十二年的作品吧。我发觉我只写了四个地方：哈佛和波士顿，纽约和缅因州。这些我居住过的地方也是一个有意识的、不可避免的符号。

纽约是我们的文化城市，离大自然比较远，缅因州是自然的。哈佛也许介于二者之间吧，是一所大学。伦敦不可能成为我血液里的文化。我猜想，如果我夏天在奥克尼群岛[①]，冬天在伦敦，可能会发现一种类似于缅因州和纽约的对比，但这种重复似乎会分心。

我记得唐纳德·戴维去美国的时候，他说过的其中一件事就是他为什么离开，因为他想尽情享受移居国外的那种奢侈，不会过于涉入或者被周遭的环境弄得很恼火，也不会感觉与美国的命运掺和在一块，诸如此类的话吧。也许他全部的意思就是，他能够过上一种更加平静的生活。

不知道他是不是过上了这样的生活。我要去埃塞克斯大学他原先工作的那个系任教时，他给我写过一封信，说他离开英国去美国的原因可能跟我从美国到英国来的原因一样。这话肯定只说对了一部分。我无法想象命中受够了威尔逊和希思跟命中受够了约翰逊和尼克松会是一码事。我和戴维都在跟命运女神要休假呢。

---

① 位于苏格兰东北部。

**您似乎在诗歌中显然越来越关注公众事件，此时离开美国，的确是有些奇怪。**

在英国对于我是不是有点奇怪，这个我不好说。我认为摇摆（wavering）是一种良好的感觉，不能一切都只是为了事业。在过去的几个月里，我读的书比平时更多，翻阅了我喜欢的旧书。它们对我来说变成了新书，印象不同多过评价不同。

我比第一次读到这些经典的时候年纪大多了，我的朋友们现在都又老又聋（我还没有）——我的意思是说，我已经年长了很多，但还不聋——现在是整个性格似乎更接近了。我和大多数老一辈作家活了一样长的时间。从前，五十四岁，我这个年纪，在时间的拐弯处古老而又深刻。坐下来看看书，反复思考变化的经历，是一件很美妙的事。30年代的女强人在哪里？你说我显然越来越关注公众事件，但真正的公众诗歌必须是一个不可避免的意外。我成长于一个“反艺术家圣人”的时代，艾略特和毕加索以令人惊讶的风格创作了好几年，然后又惊讶于另一种风格——成熟但不成为公众声音或预兆。谁愿意随时听命于社会？每一个重大问题出现时都要有一首共鸣的诗吗？

**我记得您在《生活研究》发表后不久的一次采访中说过，您不能无限期地写那种个人化的诗，经验迟早会被耗尽的。**

那条银矿脉[①]会断的。您觉得《献给联邦烈士》中的诗不那么个人化了吗？

---

① 这个词我想应该是洛威尔自谦的一种说法，英国作家斯威夫特有一句名言：“世人多不知自己的短处，但也很少人了解自己的长处。人如土地，有时蕴藏金矿却不自知。”

**不，不全然是。这本诗集在很多方面并不像《生活研究》那么带有很强的自传色彩。**

我在想我最后的四本书。《生活研究》是个意外收获。虚度了六七年——总是那么懈怠。我记得我有个表哥向别人证明我完蛋了——才三十九岁！五年中才写了五首乱七八糟的诗。

**就是《生活研究》开头的那些诗歌吗？**

是的，但都做了很大修改。或者应该说“重新受到启发”？《生活研究》中其余的诗歌创作历时两年，分成两半。想办法把它们连接起来比创作更费功夫。这之后，连续的自传就写不成了。在《献给联邦烈士》中，我将《生活研究》中的那种风格——自由体诗节——做了一些改变，每首诗都有自己的特点，而且语言组织很考究。然后就是格律诗，更为华丽，远离谈话风格，带点玄学派意味。主题大多仍然是写我的生活现实。我还写了一首较长的公众诗歌，名字就叫《献给联邦烈士》。接下来的一本书《靠近大洋》始于公众事件。因为越南战争问题，我拒绝了在白宫举行的艺术节邀请。这件事引起的公众关注比诗歌更多，我觉得自己的角色很不恰当，觉得自己有责任写一写这个伟大的主题，它是个人的，但也几乎是“全球性的”。

**所以，有人可能会说，白宫插曲在某种程度上开创了您作为公众诗人的时代？**

也许我选择的格律更为重要吧，我选用了马维尔的八行诗节。它在我的脑海里从夏天一直嗡嗡地响到秋天。你很可能有一个好的节奏但意图却很糟糕，反之亦然——比如 vers de société（轻松诙谐的讽刺诗），或者瞎诌胡扯。整个夏天，就像我说的那样，那个稳定不变的具有催眠效果的对句节奏像狗一样跟随着我。这点我很喜欢。两个月后，我写了两首诗，一首披着不可救药的音韵蛇皮。我的上一首诗也是我最有抱负、最不具有公众性的作品，有点像《多佛海滩》，是一首晦涩的婚姻诗，背景是我们美国东海岸的一个小地方。

**那时候，您的一些崇拜者发现您写严谨的格律诗时感到很尴尬。您会回到自由诗吗？**

自由诗留下的粘针更少，我认为我后来的一些格律诗作虽然更笨拙，但更像我自己。我不是在指路，我走得磕磕碰碰。我读到一本书:《现代美国诗歌的韵律》。作者因为我使用马维尔那种优雅的巴洛克诗节而称赞了我。我记得二十五年前，我还觉得它太平顺就把它给丢开了。读这本书的时候正好发生了白宫插曲。格律与事件——我想我起初尝试过写自由体诗，但是写砸了。接下来的诗，《笔记本》，没有押韵，是用松散的无韵体十四行体写成的，诗节更宽松，不像是一个讲究格律的诗人喜欢的东西。它几乎可以言说任何内容，就像交谈或通信那样。我在我最近的一本书（《海豚》，未出版）中再次使用了这种格律。它真是一点就来，经不住诱惑。

**在《笔记本》里，您觉得这种十四行体的实际功能是什么？**

允许我使用修辞、传统结构，快速断行。《生活研究》大部分是回忆，《笔记本》则将日常生活和历史混合在一起——这扇窗外雷德克利夫广场上一棵树旁的灯……也可能是雨，但总是那个瞬间，有时又会迷失。突然闪现的俳句照亮远方。这和一首无韵的十四行诗有关吗？一首诗必须引向下一首诗，但要相当完整；它可以踩高跷跨步走，或是交谈。

*您有没有发现自己自然而然就掉进了这种十四行的单位？*

它是一个诗节，我写了很多——先前是卡住的一个小节，然后被哄着成了形。

*在决定成为十四行诗者之后，您是否觉得自己很受限制，您的诗本可以将自己传播得更广一些？*

是的，但是任何固定的形式都是如此，不是吗？就拿弥尔顿的一首个人化的十四行诗来说，它可以被摘出来放到《失乐园》的序诗中。我并没有觉得十四行诗就像一副手铐。我得到的比我付出的更多。如果从来都不知道一段诗什么时候必须结束，这可能会是一个令人担心的问题；变化形式或许可能很单调。没有形式或许会把我挤向连贯的叙述。有时，我确实想要写传统的十四行诗，一种有机体，差不多在中间分开，再构建起来准备在最后一行断开。一首诗常常要到最后一行心肺舒畅了才有生命力。虽然莎士比亚的《十四行诗》不是这样的，但许多诗都是。弥尔顿的大部分十四行诗都是这样。最后一行给整个运动画上句号。我觉得，莎士比亚是在一个鲁莽的下午给他的十四行诗写了那些对韵句。跟着他那不可避免的音乐，发出铛铛的响声。

有人说，在《笔记本》中，您没有像在以往的书中那么在意对每一行都精雕细琢。您觉得这本书更多是“碰运气”碰得的吗？

我在写作的时候没想那么多。开始诗行末尾都有标点，然后重写以保持诗行的感觉。我从不多写，也不对改变之处着墨过多。文字来得很快，四年几乎有四百首十四行诗——相当于每个工作日都在写诗。我除了写作什么也没做，即使在教书或打网球时，我也在构思诗句。我有惰性，所以不得不花费比以前更多的时间，或者可能将要花费更多时间去工作。很多想法从这个灌木丛一样的脑袋中冒出来，一天之内就有五到六首十四行诗开始创作或是重写。我说过，我想即刻描述。如果有一天我看到了什么，我就会在那天，或者第二天，或者再后一天把它写下来。我感觉的、看到的或者读到的东西，都在这个漩涡中漂荡，在十四行诗中被挤压，在无韵诗中松散地回旋。我希望《生活研究》——它是一种限制——这本诗集里每首诗看起来都像照片一样，是开放的，单面很光洁。《笔记本》比《生活研究》中所期望的更不平整，有更多想象的东西。局限于外观呈现是极其苛刻的。这似乎是完美的方式，《战争与和平》就是这么做的，但它平抑了诗歌的简洁特性……有时候自由诗就像呼吸赤裸的空气，只靠它活着。

在某些方面，美国文学界的竞争似乎比我们这边更加残酷。您认为是这样吗？

我认为我们极度缺乏伟大，我发现英国人在这方面并不匮乏。我们有太多粗鲁的作家，他们以为自己是爱默生、惠特曼或菲茨杰拉德——他们弄出来的东西都是干草堆。

*您看到最近的《罗特克书信选集》吗?*

罗特克发疯似的想成为最优秀的诗人，也许是拼了命想得到这份赠品。狄兰·托马斯是你们这边一个对等之人吧，托马斯可能因为怀疑而更纵情狂欢。我不喜欢拿拳击场上的规则来对待艺术，这种类比是错误的。许多人跑了又跑，有时候可能会赢。罗伯特·弗罗斯特抱负最大，但他比其他人更复杂。他有更多伪装。我喜欢过弗罗斯特，现在依然认为他是一位伟大的作家，虽然他不为别人腾出地方。你跟他说《白鲸》写得很好，他会讲《巴特比》很不错。《巴特比》跟他自己的诗歌独白一样伟大。然而，弗罗斯特非常礼貌，你可以和他进行亲密的交谈，而罗特克，这个工匠，像孩子一样又天真又耳聋。

*您真的觉得这是美国特有的恶习吗?*

我敢肯定你说到点子上了。我们最崇高的一个雄心壮志的例子是这样一位作家，他从来没有说过他是当今最优秀的作家，然而他可能做到了。他就是麦尔维尔。惠特曼自吹自擂，但是他因性格羞怯得以保全颜面。庞德不可能仅凭虚荣心去尝试写《比萨诗章》。你们可能会偏爱相反的一类作家，爱德华·托马斯，菲利普·拉金，他尤其志在诙谐与坚实，做个利维坦之流的嘲笑者。

*这真的是我心中所想到的一种更无耻的虚荣——对掌声、奖励和荣誉的不懈追求，耍尽手段。也许在美国，您可以从文学上的成功中赚很多钱……*

在诗歌上不可能。

好吧，有人看到报道，詹姆斯·迪基[①]一场诗歌朗读可以挣到三千五百美元……

他是我们的另一位冠军，虽然有些才华。我想人们自吹自擂，讥讽他人，是为了振作他们自己吧。我们也有谦虚的人：玛丽安·摩尔、约翰·克罗·兰塞姆。但我认为英国和美国情况不同。我们有海明威，你们有艾薇·康普顿·伯内特[②]。我不想做特别的选择，文学既要有狮子也要有狐狸。

您对黑山派诗人有什么看法？

我崇敬庞德和威廉姆斯，我认为黑山派诗人是他们的随从，他们很有力量，但缺乏灵感，成不了探路者。庞德和威廉姆斯更自由，更有涵养。奥尔森的《马克西姆斯》相当于《佩特森》和《比萨诗章》，虽然笨拙了些。克里利是个更苗条、更抽象的威廉姆斯；邓肯有庞德的音乐，但缺乏他的幽默或情怀。其他更年轻的美国诗人，斯诺德格拉斯、阿兰·杜根和阿德里安娜·里奇[③]，似乎更有独创性。在庞德一派人中，最具个性的人物是加里·斯奈德。

---

① 詹姆斯·迪基（James Dickey，1923—1997），美国诗人。他的第一本诗集《进入石头》出版于1960年。1965年出版的诗集《踢踏舞者的选择》获得美国国家图书奖。1966—1968年荣任美国第十八任桂冠诗人。

② 艾薇·康普顿·伯内特（Ivy Compton Burnett，1884—1969），英国小说家，著有小说近二十部，多以描写维多利亚时期和爱德华时期上流社会生活为主，1955年小说《母与子》获得英国最古老的文学奖詹姆斯·泰特·布莱克纪念奖。

③ 阿德里安娜·里奇（Adrienne Rich，1929—2012），美国女诗人、女权主义者。著有诗集《世界的变迁》《儿媳的快照》《潜入船骸》《共同语言的梦》《艰难世界的地图集》等。

**他们作品的背后都有一个愿望，那就是创作出具有鲜明美国特色的诗歌。您是否也曾有过这样的冲动，或者说责任，想要成为一个更为美国式的诗人？**

我到这里才一年，就有人问我是否想做英国人。我刚写了一首诗，不是关于英国的，但是有英国的场景，因为我必须使用日常的素材。起初，我几乎不敢说出英国这个名字，后来却发现它在我耳边盘旋——我从这扇窗户看到的那棵树，还有交谈的人们。美国在哪里？在我五十年来的记忆里，它就在我周围，从我的眼睛里流过。

**我想起庞德和威廉姆斯之间的那场争吵，还有威廉姆斯的观点，例如他认为《荒原》是一种背叛行为……**

我知道他们的争论，我是在他们膝下听到的。我想以不同的方式来陈述威廉姆斯的观点。他好的一面是庞德没有的，那就是他在自己的地盘上工作。我倒数第二次去看他时，他已从中风中恢复。礼拜日出来，没有去教堂，而是走到街上，每个人都跟他打招呼："威廉姆斯医生，很高兴您的身体好多了。"他可不是在礼拜日的一场散步中知道各种事情的，比如他的病人是怎么说话的，他们的婚姻中发生了什么。他的手搭在汽车方向盘上，而庞德的手永远不大可能在拉帕罗。威廉姆斯比庞德更有确定的意象和习语，也不那么华丽。我可不认为如果艾略特从未离开过波士顿《荒原》就会更真实。威廉姆斯在民族性这点上的对手是菲利普·拉金。

**威廉姆斯从不写十四行诗。**

艾略特和庞德也不会。两位都很胆大，具有现代性和庄严的想象力。说到庞德，我想起《比萨诗章》，这是一个刚硬、有棱角、在某种程度上很尖锐又做作的人，勇气十足，希望那颗心脏突破钢铁一般的肋骨……比自哈代以来的任何一位诗人都用心。

**我们回到现在的美国看一看，我想知道您对《纽约书评》的看法——它对艺术，特别是诗歌，越来越不重视了。**

这件事我不想多说。我妻子是顾问编辑，我相当了解罗伯特·西尔弗斯编辑。我跟芭芭拉·爱泼斯坦也很熟。从个人意义上说，我是深陷其中。它以前就从未对艺术有过兴趣，也不曾装模作样。它是一份给时事评论员和政治家读的刊物，一本史诗级的《新政治家》……诗歌评论在这边比在我们那边更受欢迎。我不会断言它的质量就更好。真正的评论能深入被评论者的思想当中，引起变化和发现，而且永远是不可预见的。我们指派了太多的记者和大众来评判诗歌，你们则把这些人留给了戏剧。

**您曾经说过兰德尔·贾瑞尔是最后一个您觉得有用的评论家。是不是美国的诗歌评论不像这边那么关注评价问题？**

贾瑞尔的评价往往比作者更富有想象力。我们俩都开始于新批评时代。我想，新批评家们有点被人诟病，但是我们俩都变得太过粗暴，不能继续当门徒了。第一批人都有艺术天分；温特斯、布莱克穆尔、肯尼思·伯克、艾伦·泰特，甚至哈特·克莱恩，他们都在书信中写过一些有思想性的“新批评”。那个时代已经过去，兰德尔是它最后的精神。在更为年轻的英国评论家中，我读过阿尔瓦雷兹和唐纳德·戴维。评论家之王非威廉·燕卜荪莫属。但他不是年轻人的救世主，我不相信他评论过比奥威尔和狄兰·托马斯等更年轻的诗人。即使是燕卜荪最简短的音符，都会令思想发生改变。然后是利维斯，就像那棵烧焦了的橡树……

**您读小说多吗?**

我重读。

**您从来没想过要写小说?**

我写不了。我没有那种有创意的消遣。我喜欢把我所看到和听到的写成诗，但要写一整本书，书中就只有故事没有其他东西了——我没本事滔滔不绝。

**您认为现在写小说有前途吗?**

大多数小说都情节雷同，只是装饰变了。与二三十年代相比，或者与上个世纪伟大的俄语、法语和英语小说相比，影子小说的时代似乎已经到来。那个森林渐渐成了秃子。

**《笔记本》背后有某种小说意图吗? 从某种程度上说，它读起来确实像一部小说。**

希望如此。我希望从小说中——甚至从我们的新小说中——盗得一些东西，因为我认为诗歌必须摆脱抽象。从《包法利夫人》中而不是从《比萨诗章》中写出一首长诗或许更好些。在丁尼生的《田园诗》或《指环与书》①之后，长诗都在一天的丰富中寻求一种超越。小说是伟大的形式……虽然从曼和福克纳以来已经式微。

**我现在想稍微回顾一下，问问您自己的职业。我认为，第一个问题显然是关于成为洛威尔家族中的一员。这对您有多重要?**

我到二十岁才知道我的家族不一般。我家有名的祖先是詹姆斯·罗素·洛威尔，一位被人遗忘的诗人，没有任何财富留给他的侄孙子，寄宿学校中那些运动员都比我更富有。另一位是我的曾祖父，詹姆斯·罗素的哥哥，曾担任过我们寄宿学校的校长，记忆中的他是一副学者模样，很超然。他写过一篇特罗洛普式的关于这所学校的纪实小说。还有艾米·洛威尔，大大咧咧，传闻有很多丑行，仿佛梅·韦斯特跟她是堂姐妹。还有一些很富的洛威尔，但没有一个像我纽约同班同学的祖父们那样富有。当然，这些洛威尔都是有血有肉的人，但我反对那些夸大其词的谣言。我的直系亲属，如果拿你们英国的话来说，就相当于是某某公爵第六代的堂兄妹。我们一点也不觉得有什么了不起。我是后来才感觉和詹姆斯·罗素有点血缘关系的，他用强悍的方言写下反对墨西哥战争和赞同内战的《毕格罗诗稿》——不适合做30年代的读物。艾米是一个叛逆的艺术家还是一个企业家呢?不好说。我们的家族是个古老的家族，它只是曾经矗立着。家族中最后一位名人是劳伦斯，艾米的哥哥，哈佛大学的校长，千年以来一个伟大的世纪末校长，是美国消亡已久的一个物种。他在1900年②的文化现象中得到栽培——八十多岁的时候耳朵聋了，还非常活泼。他在我

① 《指环与书》是英国维多利亚时代著名诗人罗伯特·勃朗宁晚年时期的代表诗作。

② 劳伦斯·洛威尔1900年出版过著作《殖民地公务员服务》。

们这个家族中很独特，因为他能读到一些优秀的诗歌。我常常晚上和他待在一起，凌晨四点才回家去大学上课。

**您怎么会成为天主教徒呢？我希望原因是精神折磨。**

我不知道。我现在不是天主教徒，但曾经是。也许是因为绝望以及学习一门宗教的丰富性，我那时对自己的境遇很绝望，这是个性格问题——我刚刚结婚，找不到工作。太紧张了，没法跟人交谈，精神有些反常。于是就接受了基督教。我囫囵吞枣地接受了很多这方面的东西，有好几年，虽然现在看起来难以置信。现在，当我一眼就能看出所遇之人是不是天主教徒时，我会跟他们相处，觉得自己对他们的情况还是有些了解的。我虽然不信了，但我有点像一个福音传播者，我喜欢读基督的话。

**人们常说，您早期诗歌中的技巧——《威利爵爷的城堡》《异样的国度》中的那些诗——在您的加尔文主义背景和您接受的天主教信仰之间会引起一场争吵。您这么看吗？**

我一出生就是一个无信仰的新英格兰新教徒。我的父母，还有我看到的每一个人，都是无信仰的新英格兰新教徒。他们上教堂，但信仰很荒谬。在大学里，我开始阅读霍桑、乔纳森·爱德华兹、英国17世纪的传教士、加尔文本人、吉尔森，还有其他人，他们中有一些是天主教徒——天主教徒和加尔文主义者，我认为他们并不是对立的，他们跟我们很相似，都在世俗中扩张。从满腔热忱的不信神的加尔文主义者到信仰天主教，并不是什么大的飞跃。我们夸大了辩论的要点。然而，加尔文主义是一个构想过度的抽象表现主义的罗马教会。

您与南方派诗人的接触和这一切有什么关系吗?

可能主要是通过艾伦·泰特。我认为与新批评有关。泰特和兰塞姆，既是诗人又是评论家，他们都是南方人，他们所采取的是南方人看待事情的态度，喜欢看整体，不像北方人那样只重才智。如果兰塞姆写了一首关于男人和女人的诗，那么这个男人就是加尔文主义者，而这个女人就是个南方人，她了解花花草草、肉体、美和孩子。有人可能会说，天主教关注事物，关注细节，而加尔文主义研究的是衰微的理想。我在那场混战中已陷得太深，再也出不来了。我那时很年轻，艾伦·泰特大概四十岁，他会说，也确实说过，说我是一个信奉理想主义的新英格兰人，一个清教徒，诸如此类的话，而艾伦的妻子却会说，他连路边那些树的名字都叫不来。人一直就是清教徒。

当初大概是泰特和兰塞姆这样的人把您吸引到南方的吧。

他们吧——但不是他们当时的立场。他们似乎是写诗和教书都做得最出色的人。我喜欢庞德、威廉姆斯、艾略特、哈特·克莱恩、普鲁斯特和弥尔顿，但我之前没有读过泰特和兰塞姆。等到要见面了才在火车上赶紧读他们写的东西。

当时布莱克穆尔在吗?

我对他很了解，但也只是后来的事，过程很痛苦。他比任何人都更有新英格兰特点，而且有天赋。他的散文里每一句话都要奋起成为诗歌，在岩石上铮铮敲响。他是一个优秀的诗人，性格古怪，心灵备受煎熬，沿袭前人，又很新颖——作评论时更像是一个诗人。他一方面想写小说，因为他什么都记得，能感受到大多数评论家感受不到的东西——人。他比其他评论家更勤奋，有风格，写得很多，但文采优雅，既信奉无政府主义又很讲纪律性——也许他过于珍视这两者……是那种很真诚的人。

**作为诗人，这个群体的人谁对您最为重要？**

我认为兰塞姆的诗写得最好。温特斯，他是个人文主义者，我们的玛勒赫斯，也许他的评论文章写得条理最清晰……直觉性强，有威信，一意孤行。我自己的诗最接近泰特。我写不来兰塞姆那种诗。兰塞姆是一个更优雅、更流畅、更小巧的哈代。我认为他有时很完美，就是说，不可能再做任何改进。他会对我说："你是一个强有力的诗人，但你的诗很沉。"我知道，我的诗跟他的放在一起永远都很沉。

**我相信，您第一次发表作品是在南方。**

大学三年级的时候，我在兰塞姆主编的《肯庸评论》上发表过作品，接下来四年却没有发表过任何东西。我对发表作品看得太过严肃。接着就跟泰特夫妇在一起待了一年，之后才写了我的第一辑很粗糙的基督教诗。没有得到普遍的好评，但出版了。

**您因为拒绝服役被判处"一年零一天"的监禁——在里面是怎样一个情形？**

我做校对。我进去的时候很害怕，但只在监狱里待了五个半月，然后就是六个半月的假释期，在一个天主教实习护士宿舍里打扫走廊和厕所。这活比在监狱更脏更累，但我是自由身，可以和我妻子

（琼·斯塔福德）在一起。监狱生活很单调，为一点小事就会发生摩擦。我要排好几个小时的队才能拿到香烟和巧克力，而且做役使性的工作，比如推着独轮车运煤渣。我发现生活很平静。我跟八十个人睡在一起，只隔着一英尺的距离，和那些信奉理想主义的重罪犯意气相投，他们的信仰都是自己定的。我很感激能找到比寄宿学校或大学更温和的监狱——那里就是一个成人兄弟会。我读了《埃瑞璜》①与《众生之路》②……上帝知道现在是怎么回事……一千页的普鲁斯特。我觉得在监狱很受教育——但不是像他们所希望的那种再教育。

*您会推荐它吗？*

不会。但确实如此。幸亏我不会写小说。当我重新开始思考的时候，我有了更多的南方完整性。写作不是运气。

*您拒绝服役时内心有多犹豫？您并非一直是拒绝服役的，对吗？*

对，战争开始的时候，我并没有想要这么做。后来发生了对汉堡的浸透式轰炸和宣布无条件投降，我才拒绝服役的。我也担心俄罗斯会控制中国和半个欧洲，而这在今天是一种不那么危险的可能性。

---

① 《埃瑞璜》（*Erewhon*），19世纪的英国作家塞缪尔·巴特勒1872年发表的一部反乌托邦作品，书名是英文单词nowhere（乌有乡）被倒过来拼写。在埃瑞璜，疾病应受惩罚，而道德上的堕落和犯罪行为却得到了同情和宽恕。这部作品被认为是继斯威夫特的小说《格列佛游记》之后英国所诞生的又一部讽刺文学经典。

② 《众生之路》，塞缪尔·巴特勒的一部半自传体小说，写了十余年，死后一年才得到出版，颇受冷遇。

我相信您以前在海军当过志愿兵?

是的，我当过志愿兵。后来在 1943 年，我们攻克了西西里并赢得了那场战争的胜利。从某种意义上说，我是拒绝向陆军报到，并向罗斯福总统发出了一份一本正经、大话连篇的声明。我还是这个立场。

您现在会对越南战争采取类似的立场吗?

我会的。但假如我现在还年轻，我会怎么做呢? 无法想象——假如我十八岁就得应征入伍。我祈祷我能站在逃避兵役者的立场上，不离开这个国家，而是进监狱。

您觉得自己的诗作在美国的年轻人中会有很大反响吗?

没接触过年轻人。我认识的人都和你年龄相仿，二十好几，三十出头，大学毕业。他们是我在职业上经常与之相处的人。大学生似乎还有很多性格有待发掘。我是从不利的角度来判断的。这是另一代年轻人，年轻总是好的——他们的日子长着呢。我不觉得所有的年轻人都有同情心——也许我们稍微多一点吧，因为他们的穿着和邋遢。这一代人，就像我们从前一样，是希望。我不喜欢模仿他们的反自由主义，但自由主义的蓝图又太纯粹、太理想化了。我从未跟罗斯福一条心过，现在的年轻人不再向他致敬。自由主义的英雄黯然失色，但这算进步吗? 污染使我恶心，毒品不会使我兴奋。我反对暴力，如果我仍然是加尔文主义者，我会称之为地狱之火。

**他们的文学品味如何？**

我认为年轻人什么也不读。少数有文学情趣的人除外，他们以后可能会成为读者或作家。年轻人的品味？假设某个作家写了以暴力为基本体验的诗歌——我没有，但我写过一些碎裂的东西——假设成群的二十岁的年轻人说暴力就是那种最基本的体验，然后毫无火光或激情就开始唱“枪支很美”，那么，这个作家就不应当受到恭维。我会感到无聊与恐惧。我有我作为一个老师的骄傲，我比我的学生懂得更多。真的必须这样。我有这个时间。大多数学生都是市侩之人，拉帮结派，现在是这样，永远都是这样。在我们的社会中，我恐怕文化必须是精英；任何一代中五大三粗的人，不管是现在还是过去，都不能将《情感教育》[①]与教育区分开来。

**您曾经参与过尤金·麦卡锡的总统候选人提名竞选。那一定很奇怪吧。**

麦卡锡参议员是个奇怪的候选人。他希望结束在越南进行的战争，并希望寻求能有所作为的权力。麦卡锡是我和妻子在华盛顿见过的众多参议员之一。我的妻子当时要写一篇文章，我只是跟班。我们要见的人不在那里，我想是在最后一分钟才有人提到了麦卡锡的名字。于是我们见到了麦卡锡和富布赖特。富布赖特是一位令人印象深刻的19世纪的南方参议员，有点像我的一位年长的南方作家朋友。麦卡锡对作家有兴趣，他喜欢作家，也认识他们，本人也是其中之一。我们交谈，讲了很多故事。

---

① 《情感教育》是法国小说家居斯塔夫·福楼拜创作的长篇小说。

**您有没有发现权力的气氛，那种大权在握的政治气氛，令人兴奋吗?**

不敢这么讲。我喜欢和麦卡锡交谈，他也喜欢跟我聊天来消除他的紧张情绪。他实际上并没有谈论到任何沉重的政治话题——说得更多的是用农业寓言表述的观点，政客们死气沉沉的模样；他让鲍比·肯尼迪表现得就像林·拉德纳[①]笔下的一个人物。这就像在看棒球比赛的时候听参赛的棒球运动员说话一样。

**所以您不认为这里是政治和诗歌的一个独特结合，或是诸如此类的东西吗?**

我都怀疑麦卡锡到底是不是个政治人物；政治是他的职业，但他是个必败无疑的人，很讽刺。他不得不面对很多可怕的事情：没头没脑的群众，反射性的掌声，别人代笔的演讲稿，热血沸腾的颂词。他对那些争取选票的吹嘘没有多大兴趣，那些东西很可能是别人代写的；这类东西总是由别人来写，也是为别人写的。如果他当选的话，人们会觉得在白宫里待着的是一个人——缺陷和才华并存，但却是某个人。他很讨人喜欢，不像其他大多数人那样。假如因果相称，就像怀疑主义者所说的，别人代笔的政治行话怎么能把一个树墩变成一个骑手呢？麦卡锡若是总统，我不会感到震惊。当他带着俄勒冈和北加州对抗鲍比·肯尼迪的时候，我很惊讶。我可以感受到那种兴奋，也许可以认为我们正处于高潮。我在那个盛夏给他写了一首诗……“冷冰冰地决意把球砸向那些买下公园的人。”有一个朋友的影子像一只手落在磨刀石的柄上，这倒是挺有诱惑力的。

---

① 林·拉德纳 (Ring Lardner, 1915—2000)，美国记者、编剧，在20世纪40年代到50年代好莱坞的右倾主义活动中被列上黑名单。其父是著名的记者、小说家林·拉德纳。

**那么，对于您个人来说，这段插曲没有改变什么吗？**

我不能将事情夸大。从某种意义上说，这是在一个新的国家观光。我花了一个半月的时间旅行。就像我第一次去意大利一样，可能很严肃，更匆忙，更辛苦。我从来不知道意大利是如何改变了我。

**您对诺曼·梅勒[①]在《夜幕下的大军》中对您的描述有什么看法？**

我对他不太了解——这是从他书中得出的结论——他对我也不太了解。我们以前见过面，之后我们关系就更近了。我想他的书的形式也许来自我。不是因为我说了什么，而是因为我和他自己之间的对比。他一开始就格外强调这一点。我的形象……不完全是真的。我被描绘得更像是一个愚蠢的外邦人，新英格兰的、贵族化的，五花八门，就像待在桑丘·潘萨身边的堂吉诃德。我认为这是唯一把我作为一个大活人来写的最棒的作品了吧。后来我给他写信，说希望我们在生活中也能像在小说里一样还是好朋友。

**但那是一幅充满敌意的画像呀，不是吗？**

开始是的，在头三十页左右，然后我就认为不是那么回事了。我不知道他在我轻描淡写的东西里看到把他搞下去的阴谋。而且，我也

---

① 诺曼·梅勒（Norman Mailer，1923—2007），美国作家、记者。美国文学艺术研究院院士。他毕生将写作视为一项英雄般的事业，不仅苛求自己与同时代的同行竞争，也把自己视为托尔斯泰和陀思妥耶夫斯基式的人物。凭借《夜幕下的大军》和《刽子手之歌》两度获得普利策奖。作为记者，梅勒还成功地将小说的写作技巧融入到纪实作品中，如今这样一种写作手法被许多记者所模仿。无怪乎他被誉为“20世纪最伟大的美国作家之一”的同时，也被称为“20世纪伟大的记者”。

没意识到他什么都看见了。有时他似乎什么也不在意，甚至连他自己也不关心。在我所看到的和能够测试的一切当中，我觉得他的准确度就跟记忆一样，他的故事实际上并不是真的。不是通过针眼来衡量一个人就可以称之为准确。有人奉承我，说我再没有触怒过梅勒，我得到了仁慈的对待。难道说画像有了框就可以盖棺定论了吗?

**您对读者有没有一个清晰的了解?**

我跟他们走得不是很近。我坐在我的房间里，我有我的生活。我有我个人的希望、困难和兴趣。读者不能进来说话，他们聚合的声音不是英语。我至少会读一读评论我的人，但大多数都是妄言断语。名声？偶尔有人把他的诗寄给我，并写道："您是最伟大的诗人，您愿意给我的手稿做评注吗？"我必须把它放在一边，我不会寄回去，我没有足够大的信封。或许过了一段时间，就会有第二封来信，推翻了赞词，并威胁要起诉我，要我付他邮资。

**那么诗歌朗诵会呢?**

在美国，诗人可以靠朗读诗歌来谋生，来缩短寿命。他出场一次能挣五百美元到一千美元。而在这边也就只够付火车票钱。我害怕表演。我在台上会膨胀，会感觉很了不起。人家去伯明翰，或任何地方，花了两个半小时到达那里，然后见面——我从未去过伯明翰——我见到某某博士，朗诵了诗歌，他答应给我二十英镑，这笔钱大概是两天的费用——如果有的话。我传播了我的诗歌。有些朗诵会令人愉快，换换空气挺好。

**在可能得到的这么多现金和掌声里，您不觉得有什么东西是很吸引人的吗？**

永远不会，因为那绝对是让人精疲力竭的……也许是因为我自己习惯不好，不够谨慎。没有人会回避观众和现金。我说我会，肯定很虚伪。我讨厌到现场去，讨厌在休息室里聊天，然后继续。比起诗歌朗诵会，我更喜欢回答问题，但我的听众不喜欢……最后坐车回家，一路都很寂寞，心烦意乱！我更喜欢教书。

**不过，您说过，朗读诗歌帮助您找到了《生活研究》的风格。**

那时候，诗歌朗诵在艾伦·金斯伯格的实践推动下很是火爆。我那时却还在朗读我以前写的那些带有新批评派特色的、宗教性很强的诗歌，许多是在第二次世界大战期间发表的。我发现——我没有批评的意思——观众就是不理解，而且我在朗读的时候也不总是能理解我自己。许多好诗不适合在观众面前朗诵表演，我的诗令人费解。甚至狄兰·托马斯也来凑热闹了。我不想成为金斯伯格。我希望写诗像谈话一样和顺，倾听者可以听懂每一个词，我会的。我是否可以承认，我很少能够不看文本就跟着一个声音走。《生活研究》是高谈阔论，不是音乐会。

**不论您的听众是谁，您都有点对他们持怀疑态度。我想知道，您认为文学能做什么，无所不能还是一无所能？**

奥登说诗歌不能使任何事情发生。而在这一点上，福楼拜写道，人们如果读了他的《情感教育》，就不会发生巴黎公社那样的流血事件。我确实认为做事投入是很重要的。拿福楼拜来说，他过的生活甚至连亨利·詹姆斯都称之为平淡——一段长期的单身恋情，一次尼罗河之旅，五十年与母亲待在一起，写作，从书房向外眺望鲁昂省的塞纳河。我觉得他是乐在其中的，有失误也有成功……他相信形式，一种不同于龚古尔兄弟和莫泊桑的形式，但不规则，内在有瑕疵——匿名的恩典，个人的粗糙。我会在这个搜寻中搜索出我所知道的一切……我在过去十五个月里读到的最好的新诗是海涅在巴黎写的，当时他的脊椎正在软化，他以为他会在一两个月之内死去。他写了一部超越他能力的诗。有些最动人的诗作是写他妻子的，一个简单的人，还有他的孩子。在这个时候，他甚至爱上了另一个女人，甚至希望能和她上床。第一部分几乎是那种任何人都会写给妻子的最温柔的诗；第二部分是精神上的，因为另一个女人是知识分子，读过黑格尔和歌德等人的作品。一个灵感发挥得与另一个灵感一样好；海涅从未想过要调和这个矛盾。他采用的格律是他那种老掉牙的四行押韵诗节——他觉得不需要新的技巧。我觉得他是一个绝对面对现实的人，他用他老式的机智和民谣风格、犹太笑话和德国浪漫主义来面对它，用完了他所有可怕的经验。他最不想要的就是死去，尽管鸦片和吗啡不再能减轻他的痛苦。他说他写的是其他德国人没有写过的诗，因为其他德国人没有经历过他那种肉体上的苦痛。

**您常常被说成是一个“极端诗人”，您怎么看待这些颇具戏剧性的描述？**

我不配得到这样的颂词。我认为我比一般的诗人活得久一点，但其他人比我活得更久。在《生活研究》中，我以一种相当温和的方式记录了真实的记忆。这并不意味着是极端。我同意那些评论家认为它是人工合成的。我经历过狂躁和抑郁，《生活研究》没有写这些。狂躁是对朋友而言的病症，抑郁是对自己而言的病症。两者都是化学性质的。在抑郁的时候，一个人醒来，大约会高兴那么两分钟，也许更少，然后陷入对这一天的恐惧当中。什么也不会发生，但你知道十二小时后就会回到床上，在梦中庇护你的意识，或者什么都没有。这并不危险，也不是一种成就。我认为这不是天使的探视，而是血液的衰弱。在《生活研究》中，我写了我的婚姻和父母；我没有把这些看作是绝望——尽管生活一定是歪歪扭扭的。我写诗的时候，大多数优秀的美国诗歌就是一个徽标，像一杆枪悬挂在军械库里。许多人都有这种感觉。

*您想到谁了？*

斯诺德格拉斯。垮掉派是个突破。他们中大多数人对经验都不感兴趣，但对激昂的表达却兴致勃勃。《嚎叫》似乎与生活的激荡没有多大关系，但它是一篇激动人心的布道词。

*在创作《生活研究》之前，您大概觉得自己的风格已经变得很机械了。可是，要知道一个人的行为何时变得完美也绝非易事。*

我们中的大多数人都在寻求自己的标准风格：一首普普通通的勃朗宁诗，一首普普通通的奥登诗，诗人的创作习惯在其中起了很大作用。有时候，祝福的敲门声会响起，并将这种创作习惯扩展到灵感上。有时至少在阅读方面我是知道这一点的。我有一种机械的、难嚼的、押头韵的风格，没什么魅力，除非……有什么东西出了岔子。

**在您所说的抑郁期，您继续写作吗？或者诗歌似乎会变得毫无意义？**

抑郁不是来自缪斯的馈赠。最糟糕的时候，我什么也做不了。但我经常写作，并且写了一整本书——《献给联邦烈士》——讲的就是枯萎。并不是什么严重的抑郁，我觉得自己能够连续写好几个小时，写了又重写。大多数最好的诗，最个人化的诗，都是从丢失的蛋糕中搜集到的碎屑。我心情好多了，但这本书现在是柠檬味的，酸的，很枯燥，是我用自己的手触摸过的那种干枯。那个，也可能是诗歌——宽容一点说吧。

**您有相当多的模仿者——事实上，应该有一个所谓的自白派。您对他们有什么感想，比如，安妮·塞克斯顿[①]？**

我读得不多。但我对安妮·塞克斯顿还是很了解的。要说出我对她的看法是个考验。她是斯诺德格拉斯之后的埃德娜·米莱。她有她的感染力。她是一个受欢迎的诗人，非常喜欢使用第一人称，几乎是第一个写个人化诗歌的人。我曾有过一个令人羞愧的意外发现。当时我在读一部诗选集，以为自己读的是另一个我更喜欢的诗人，不是塞克斯顿。真是写得太精彩了，“堪称某人最棒的诗”。我认为某人终于不混浊了，有个人特点了，结果发现它是安妮写的。然后这首诗恐怕就稍微沉下去那么一点点。我知道安妮可能很个人化。我是带着偏见来读她的。

**西尔维娅·普拉斯呢？**

我以她的力量为荣。我不知道她是否像我一样写作。从一种极端

---

① 安妮·塞克斯顿（Anne Sexton，1928—1974），美国自白派女诗人，1967 年因诗集《生或死》获得普利策奖。

的生死风格来说，她和沃尔特·罗利爵士一样出色；不，不是一样出色，而是没有谁的诗会这么酸涩刺痛。很少有女人写出重要的诗。我可以归纳一下吗？只有四个可以和我们最优秀的男诗人比肩：艾米莉·狄金森、玛丽安·摩尔、伊丽莎白·毕肖普和西尔维娅·普拉斯。这是一条崎岖的道路。西尔维娅不是最让人觉得安慰的，她也许是我最不喜欢的，但她属于这个群体，她有半打极为优秀的极端诗作。几年前，西尔维娅和安妮·塞克斯顿旁听过我的诗歌课。安妮更为自我，知识面较窄。我以为她们会互相影响。安妮是西尔维娅学习的榜样。

英国诗歌怎么样？您对这边的情况感兴趣吗？

相比我能记得的，我喜欢的过世的英国诗人更多。我喜欢的在世的诗人大多是我来这里之前就很喜欢的。老一辈里面有奥登、罗伯特·格雷夫斯、燕卜荪、大卫·琼斯、麦克迪尔穆德、拉金，还有写了《狗鱼》和《猪》的休斯。都是顶级的诗人。我喜欢史提夫·史密斯、斯彭德和贝杰曼。这里有许多优秀的诗人，都令人非常着迷。在美国大概会有同样数量的诗人……会更多一点，我祈祷。

您对所谓的流行文化感兴趣吗？您有认真对待过吗？

你是说甲壳虫乐队吧？我当时在跟我的学生讲史蒂文斯，我想是的，然后我对他们说："你们到底喜欢什么呢？"他们说甲壳虫乐队和罗德·麦昆[①]。所以我们读了一个月的流行歌曲。甲壳虫乐队是诺埃

① 罗德·麦昆（Rod McKuen，1933—2015），20世纪60年代后期美国最受欢迎的诗人之一，在写歌和唱歌方面也取得过不俗的成绩。

尔·考沃德[1]和吉尔伯特的混合体，比大多数诗人更娴熟、更通俗。我从麦昆那里读不出任何东西。鲍勃·迪伦是合金，他既是真民谣又是假民谣，有一副卡鲁索[2]那样的嗓音。他写诗句，但我怀疑他是否写过整首的诗。他倚靠的是他的吉他。

**我想问您有关戏剧的事。**

我希望在这一点上我能像讲流行文化一样轻松。

**您认为诗剧有前途吗?**

我认为在这个世纪，除了《斗士斯威尼》[3]和叶芝最后几部短剧，几乎就没有什么好说的。我想，布莱希特是最厉害的现代剧作家；他是一个诗人，即使写的是散文——写得跟诗一样好。

**您认为这是您自己将要多做的事情吗?**

说到戏剧我就提心吊胆。我认识很多出色的导演，比如乔纳森·米勒，甚至还有明星演员。我就是对这种游戏喜欢不起来。我知道这有点偏执，但我不觉得演戏的剧本是文学。我不喜欢我自己的剧作，不管是拿来读还是拿来表演。我们从未有过美国的剧作家，我们最接近的就是奥尼尔。很多事情很好笑，威廉姆斯、阿尔

---

① 诺埃尔·考沃德 (Noel Coward, 1899—1973)，英国演员、剧作家、流行音乐作曲家、导演、制片人。

② 卡鲁索 (Enrico Caruso, 1873—1921)，意大利男高音歌唱家。

③ 《斗士斯威尼》，T. S. 艾略特的诗剧，出版于 1926 年。

比，更多非百老汇的人，他们呼吸的空气不同于福克纳或艾略特呼吸的。我想这是一种受困受挫的艺术——挑战就在这里。难道坐着看完一整部戏不腰疼吗？最好的英国或美国作家绝对是莎士比亚，他写了很多剧本，都是拿来表演的，不是拿来坐在扶手椅上读的。然而戏剧演得比歌剧还要糟；《奥赛罗》比威尔第那部差劲的《奥赛罗》还要差劲。

您怎么看待自己的剧本？

我写过一个剧本，认为还过得去，《贝尼托 · 西兰诺》（Benito Cereno），我不确定它是我的还是麦尔维尔的。我还写了两部美国历史剧来跟它配套，我发现有很多好玩的地方。说不清是我写的还是霍桑写的。写它们的速度很快，比翻译诗歌花的时间还少。我认为《贝尼托 · 西兰诺》是我写得最好的散文体作品。

您的确是有点偏离了原著，不是吗？

我不得不把整件事都放在对话中，而麦尔维尔的中篇小说大多是幻想和描写。然而那个主角，那个美国船长，很不一样。有些人认为我有所添加，有些人看到的则是漫画。我笔下的主人公是国务院的一个独裁者，麦尔维尔笔下的则是国外的一个无辜者。我的人是帝王，他的人则很辛酸。我的人知晓一切，所以驶向了灾难。有些评论家希望我没有去硬化、政治化。我肯定我剧中的天才人物是麦尔维尔。

**当您回顾您作为一个诗人的职业生涯时，您看到一个高点吗，或者说您觉得有没有一个稳定的发展和进步？**

回顾我的职业生涯，我记得几个高点——其时风光无限。后来，它们失去了高度。我无法计算这个或那个曾经是一座山，闲暇的时候总是会回望过去，修订的时候总是会向上看——修订即是灵感，朗读完成的作品可没有做最后几个改动那样令人兴奋。我的艺术，像许多其他艺术一样，都失败了。失败是不确定的。几个月的假捣鼓，然后罢一天的工，这比我以前做的任何事都要快乐。我不能勇敢过了头，断言——利维斯仔细阅读了他自己所有的文章，发现几乎没有什么局限性，然后就说："我写乔治·艾略特的时候简直是个天才。"我不会满怀同情地去读我最早写的书。我最喜欢的还是《生活研究》和我最后两本诗集。最后一本《海豚》尚未出版。所以我有一个幸福的结局。

1971 年

# 战前波士顿

我也出生在波士顿州立议会大厦的阴影下，双鱼座，那天是 1917 年 3 月 1 日。美国即将步入第一次世界大战[①]，并将在四个帝国[②]的覆灭中起到重要作用。那个时候，大多数老派的贵族阶层的波士顿共和党家庭的儿子们，就像一只只被弃用的猎犬，在家门口候着。他们，这些家庭和儿子们，在等待，并期待有第二阵风吹来。詹姆斯 · 迈克尔 · 柯利[③]已经出狱，正等着人民的批准，开始他作为数任波士顿市长的第一个任期。从现在起，一切都不会如期而至，甚至会走下坡路。

---

① 1914 年 8 月第一次世界大战爆发后，美国宣布中立。之后，协约国作战失利，俄国发生革命，协约国陷于困境。美国担心协约国失败会导致美国对外贷款的损失，为维护经济利益与控制战局，美国于 1917 年 4 月 6 日，以“德国实行无限制潜艇战”为由，对德宣战。

② 指奥斯曼土耳其帝国、德意志帝国、奥匈帝国、俄罗斯帝国。

③ 詹姆斯 · 迈克尔 · 柯利（James Michael Curley，1874—1958），美国政治人物，民主党最著名、最活跃的大城市领袖之一。先后于 1914—1918、1922—1926、1930—1934 及 1947—1950 年当选为波士顿市长，主宰波士顿政坛达五十年之久。

我的外祖父温斯洛选择住在栗树街18号，高高位于灯塔山上。他家门口有两根风格粗俗的褐沙石石柱，是孟菲斯的国王神庙石柱的复制款。每天下午四点，外祖父都会在这里停留几分钟，用手指触摸手杖，那上面刻着他攀爬过的挪威山脉的名字和海拔高度。他环顾四周，看到自己周围的邻居不是创造世界历史，就是创造国家历史的名人，顿时心满意足。这些名人去世时，他们的房子就会在旅游指南书上用星号标出，而房子基座坚实的砖上会刻有他们的名字。街对面，埃德温·布斯住过；街对面，朱莉娅·沃德·豪尔还活着；街对面，拉尔夫·亚当斯·克拉姆最近才把家安在此。埃德温·布斯已经举世闻名了，人们差不多都忘记了他是演员；朱莉娅·沃德·豪尔太老太尊贵了，人们可能不记得她只是一个女人；克拉姆，他决定，宁可不辞辛劳也要到很远的地方去寻找修造新教堂的老方法。外祖父对克拉姆并不满意，但他一直让克拉姆的图画散乱地摆放在一张他从巴勒莫带回来的已经被虫蛀了的书桌上，这样看着自己嘲笑的对象不断被自己善良的本性打败，是一种让他很享受的崇高仪式。在栗树街上的二十栋房子里，矗立着一栋属于弗朗西斯·帕克曼的房子，附近是最近去世的奥利弗·温德尔·霍姆斯①的房子，另一栋是帕西瓦尔·洛威尔②的，他最近也去世了。我外祖父是一个波士顿男孩，后来在科罗

① 此处应该是指奥利弗·温德尔·霍姆斯（Oliver Wendell Holmes，1841—1935），他是美国诗人老奥利弗·温德尔·霍姆斯（1809—1894）之子，美国著名的法学家，曾任美国最高法院大法官。

② 帕西瓦尔·洛威尔（Percival Lowell，1855—1916），美国作家、数学家以及天文学家。他是罗伯特·洛威尔的远房亲戚。他并非职业天文学家，当听说有人发现火星运河后，他对火星产生了极大的兴趣，并自己花钱建立了洛威尔天文台，专门研究火星，画了大量火星表面图并将它们发表。晚年他将兴趣转向寻找海王星外的冥王星。后来人们真正发现了冥王星。冥王星的缩写PL中含有他的名字的缩写，以示对他的缅怀。

拉多成了一名很棒的采矿工程师。他为自己自学成才的经历感到骄傲。他也为自己是新英格兰的温斯洛家族的后代而自豪，这个家族曾经在 18 世纪支持过乔治三世，就像他们在一个世纪之前疯狂支持克伦威尔一样。美国革命期间，温斯洛家族没落了，有的人甚至暂时被流放到了加拿大。外祖父希望每个人都是革命前的状态，都能自我成才。早上，他会宣称波士顿的每个人都是机会主义者，是暴发户，到了晚上，他又会郁闷地表示，他的邻居都是颓废派，只是徒有其名罢了。1917 年，我外祖父是心满意足的。然而，他晚年的痛苦时不时也会表现出某种毒性；他的重要器官都不行了，他向外看时，苍白的眼神中充满了渴望。

我从我母亲的剪贴簿和她的回忆录中可以想象 1915 年所发生的事情。在我看来，回忆自己没有看到过的事情是一种欺骗。然而对我来说，我出生前的两年比随后的那两年更真实。美国参战了，我母亲在 1915 年后的两年内结了婚。在我正在变得有生命的那几个月里，任何事的发生都不能怪罪于我，我常常为此感到很庆幸。

在我三四岁的时候，我就开始想我出生之前的事情。在这之前，母亲就是一切，但到我三四岁的时候，她突然开始变成了另一个人，而且声音很刺耳。我想重新找回记忆中的母亲，于是我开始编造。在我的记忆中，她是一个保存在剪影、线条画和照片中的女士；她坐在一张蓝色长凳上；她穿着一件蓝哔叽连衣裙；她对着我父亲微笑，他是美国海军中尉，身穿无领蓝色制服。蓝色意味着大海、海军和男子气概。蓝色是理想的定义色，母亲曾对父亲描述蓝色是他的“瓦格纳式主题”，他一辈子都必须穿的颜色。我是一个小玩偶，穿着白色水手服，口袋上绣着蓝色的锚，一个毫不偏袒、笑对自己父亲和母亲的玩偶，因此，在我的赞许下，他们结成了夫妻。但是就在我三岁的时候，一切都开始改变了。我再也不把母亲看作是那个很少出现、外形光鲜美丽、穿着礼拜日漂亮衣服来照看我的护士了。我把她看作是我的母亲，是一根棍棒，或者是一个责骂人的、生锈的铰链——看作是一个人。我越来越多地尝试去想象母亲的幸福时光，当她只是她父亲的掌上明珠的时候，当她订婚但尚未结婚的时候。也许那时我也是最幸福的，因为我还不存在，只是一个想象的未来。

我发现，当母亲谈起她的少女时代时，我所要做的就是屏住呼吸，然后那一切就会生动地出现在我的脑海里。宽敞的房屋，一大群仆人，盛大的家庭聚会，美好的未来——我就在那里，经历着那一切。有一天，我屏住呼吸的时间越来越长，比以往任何时候都做得更加完美。然后我发现自己在喘着粗气用力挖土。我发现我得了哮喘。实际上，我几乎不能呼吸。我躺在那儿，直勾勾地盯着我那衬托在白色床单上的黑色指甲。母亲说："你就是个哀悼物啊。如果要洗干净指甲，你就挽起袖子用力挖呀。你就会从地球的另一端出来了，在中国。"

整整三个漫长的喘不过气来的夜晚，我醒着躺在那里，吹着我的熏气壶让它一直燃烧着。我吸了一口能舒缓疼痛的有香味的安息香，感觉那就是东方三博士送的没药。按传统讲，他们一开始是带着羊羔和骆驼来的，但后来我那些精神错乱的访客给我带来了奇异的、令人安慰的非正统生物：好多会飞的松鼠、好多会跳的老鼠和一只鸭嘴兽。我看见那些动物在听从指挥做表演，整夜围绕着安息香的火焰跳舞，我很高兴他们选择来探望我而不是去看柯立芝总统[1]，他的儿子刚刚去世。母亲在我身边与我同坐在一张蓝色长凳上。我的眼睛能睁着的时候，她一直都待在我身边，那是整整三天三夜啊。我望着那些飞机、旋涡和她金字塔式的浓密得惊人的棕色鬈发，试着向她解释那些会飞的松鼠在她头顶上欢快地盘旋，它们不知疲倦地盘旋着，像一

① 柯立芝 (John Calvin Coolidge, 1872—1933)，美国第三十任总统。

整天休课都在荡秋千的孩子们一样；会跳的老鼠把闪闪发光的小饰物埋在她的发环里；鸭嘴兽模仿一只剪了翅膀的鸭子，把蹼掌当成翅膀那样拍着，发出胡桃夹子似的声音。然后，换成了另一个场景，我会翻阅母亲的剪贴簿，看着拉斐尔的波蒂纳里和卡罗·多尔奇[①]的圣母来度过那段生病的时光。那里面还有母亲和她的兄弟姊妹的照片，摆放在时不时拍下的家庭合影照中。还有家庭聚会的快照，五张彩色的明信片，上面印着萨拉·伯恩哈特[②]扮演的“雏鹰”[③]。我想知道为什么在剪贴簿只有半满的时候图片粘贴就停止了。最后一张是母亲和外祖父在一起的照片。外祖父在黑色的纸上用白色的墨水写下了他们名字的缩写：A. W. 和 C. W.，1915。

我现在还能看到母亲在那张照片上的样子，那是在栗树街 18 号的褐沙石石柱前摆的姿势。我看见她结实的下巴就像是用模子塑出来似的，腰肢纤细，她身穿有荷叶边的连衣裙，围着海狸皮围巾，她的脖子就像天鹅的脖子一样，头上顶着一摞金字塔式的头发和一支鸵鸟毛。她看起来就像是伊迪丝·华顿[④]那本《纯真年代》中的一位女士。那本小说涵盖的时间至少要早十年，但波士顿，还有我外祖父，都为自己所做的事情感到骄傲，不屑于紧跟时尚，这是一种精确而神秘的滞后，就像最新的时尚本身一样难以理解。在那张母亲在栗树街房前拍的照片中，我外祖父站在她身后的门口，面带微笑，头上戴着一顶圆圆的皮帽，看起来就像是个哥萨克人。在好奇的我看来，他似

---

① 卡罗·多尔奇（Carlo Dolci，1616—1686），意大利画家。

② 19 世纪末巴黎的当红女星。

③ 拿破仑二世的昵称。

④ 伊迪丝·华顿（Edith Wharton，1862—1937），美国女作家，代表作品有长篇小说《快乐之家》《纯真年代》等，前者使她成为 20 世纪前 20 年最受欢迎的美国作家，后者则为她赢得了普利策奖。

乎一点也不像那个魅力十足、面孔常新、笑得乐呵呵、脖子上围着皮毛套索的人。

我想象母亲在等着被人引送到她的旅游车里，那是一辆外表脆弱，车况不佳，但却坚不可摧，有三十英尺长，类似马车的东西，有着博物馆里那种名贵的过时的老爷车，或是无声电影中的道具车的样子。母亲坚强的下巴在那个无助的秋日里没有围围巾，冰凉凉的。在我看来，她就像年轻的亚历山大，光彩照人，神气十足，就像她那本普鲁塔克书中的亚历山大一样，在格拉尼库斯河战役前，同他的副官商讨作战事宜。母亲在她的处女战场上也是一个总司令。我在哮喘发作的谵妄中，看见几匹马，高大威猛，踏上栗树街——现在是马栗街了，那里的马厩甚至被改造成了车库。那些马低下头，用它们光秃秃的、漂白的诺曼式鼻子看着我，摇晃着笨重的银铃铛，那些铃铛原来是我接受洗礼时用的杯子，母亲把它们卖了，因为她想清理她的装饰架。我的马儿们把鼻子伸进树木上层的叶丛中，扯下一蒲式耳绿色和金色相间的叶子；它们古怪地嚼着，嘴角边就像山体滑坡似的泻下很多绿色石板，石板从马厩顶上滑下来。绿色的颠倒过来的雨伞在空中飘飞。在母亲的剪贴簿的另一页上，我看到伦敦、布鲁塞尔和巴黎的人群；人们在他们发亮的被雨淋湿的雨伞下做鬼脸。他们看起来就像是一场角斗士表演中的观众。他们正在听第一次世界大战的宣言。

如果你快速扫一眼我提到的快照，你首先注意到的只是我的母亲和外祖父。需要再看一眼才能发现我父亲也“在照片中”——唉，这种退隐，就像在这张家庭肖像照内，并不是偶然一次出现在单张的照片中，它一直是真实而持久的存在。就连父亲那四个明显得令人不安的首字母（R. T. S. L.）也缩进了相册的角落里。他是一个穿无领蓝色中尉制服的年轻人，总是有点不合时宜，即使他一丝不苟地把自己打扮得整整齐齐——那个样子显得有些不近人情，不是他真正的风格——他和他的衣服看起来好像还是经历了一夜的疏忽，早上才匆匆收拾干净，才熨烫过的。他在那些照片中微笑着，微笑着，他在生活中也是那样微笑着，微笑着。他会盯着别人的脸仔细看，好像期待在别人的眼中看到他自己的影子似的。他是一个对待自己都非常谨慎的人，不相信那些忘记别人名字的人，这里说的是他自己的名字。父亲既不会直截了当，也不会畏畏缩缩；既不会太懈怠，也不会太努力。他拒绝夸大其词，那是他做人倚靠的柱子，比萨斜塔就是他的姿态，他的定义，他的色彩，以及他的支撑。在这张照片中，父亲自觉地拿着一根皮带，皮带的末端拴着一只烟草色的、老态龙钟的锡利哈姆犬。尽管这个小东西已经很老了，但它还是暗示着我父亲是它的奴隶，在散步时相当尴尬地充当着侍从的角色。在这张照片中，母亲似乎陷入一个激动人心的、命中注定的年轻日子，仿佛此时此刻，她已经鼓起勇气对我的外祖父说："爸爸，我和洛威尔中尉想要订婚。"而且她还勇敢地补充了一句，或者至少是这么想的："鲍勃骨子里没有一点庸俗卑劣或不同寻常的东西。"

母亲对她父亲的看法与她对洛威尔中尉的看法却大不相同，甚至连她的军事观念也是留给她父亲的。在她的心目中，我外祖父是一位伟大的征服大帝。六年前，她读过阿布朗泰斯公爵夫人[①]写的《拿破仑回忆录》。

> 总之，我记得1793年拿破仑走进"宁静旅馆"庭院时的样子，他头戴一顶破旧的圆帽，乱蓬蓬的头发打着发粉，披在灰色的大衣领子上，这件大衣后来就像亨利四世的白羽毛一样出名；

---

① 阿布朗泰斯公爵夫人（Duchess d'Abrantès，1784—1838），法国作家。据说是著名作家巴尔扎克将其引入文学之路的。

没戴手套，因为他常说，那是无用的奢侈品；他的皮靴做工很差，擦得不是很黑；很瘦，皮肤蜡黄……

是的，他是个“邋遢的人”，但异常爱整洁的母亲却爱上了这个她想要整理的人，并想象自己是一个整理高手。她开始狼吞虎咽地吃东西，有一段时间还睡在行军床上，早上洗冷水澡。她这样做，就是想照我外祖父的普鲁士形象把自己改造成拿破仑。她一直很崇拜我的外祖父，甚至会直接称他为拿破仑。她可能会跑到她父亲的书房里说：“我希望你在天才面前又矮小又稚嫩，不到六英尺高，脸蛋是红棕色的。”她已经学会了如何领导她父亲：她只是假装让他主宰一切。

我外祖父的行为极其夸张。当母亲的追求者们到来时，他就表现得很专横，十分警惕的样子，即使是在那个保护主义盛行的年代，也是很荒谬的。母亲和上门的年轻人会坐在栗树街上“路易十六式的”房间里。我的外祖母和外祖父就坐在旁边的房间，只隔着几英尺。人可以看到一部分，话则是完全听得清楚。但是，他们推说是为了母亲的私隐考虑，固执地拒绝被介绍相识，并说年轻人没有必要在意他们的存在。然而，可没有谁的忘性会那么大。

在战争年代，关于普鲁士人和奥地利人这个话题的谈论很多。我的外祖母温斯洛来自北卡罗来纳州的罗利。她生性太开朗、太敏捷、太有趣了，所以不会为南北战争中的事责怪外祖父，尽管在心里面她可能认为那是他的错。她无法想象对着家人大吵大闹的样子，或者假装不满我外祖父为她赢得的财富。然而，她永远也不能完全咽下新英格兰这口气。这是一个特别惹人生气的地方。她并不觉得是新英格兰养成了我外祖父的那种气度，所以在一定程度上他没必要选择新英格兰作为背景来展示他的严厉。讲到奥地利时，我外祖母会因批判的感情而变得激动起来，她会说："要是那些没幽默感、剪短头发的普鲁士人还留在自己的国家就好了。"她咕哝着，谴责着，还把冯·莫特克、谢尔曼将军、卢瑟福·B. 海斯和霍恩洛厄王子混为一谈。我外祖父听了立刻就会大发脾气。他会反复说，他在斯图加特学习了两年，而且效果很好；他会坚持说北方的气候能培养人的品格。他讲这些话的时候，他那份英语演讲联盟的简报会从桌子上滑落，他会一把推开桌上的剪报，那是他从《国家地理杂志》上剪下来的，用回形针别在一起并打算寄给某个国家的亲戚的。在辩论时他会激动起来，有时甚至在地板上跺脚。每当一个被我母亲完全征服的年轻人说了一些他不赞成的话，他就咳嗽。但从来没有人用咳嗽回敬过他。在向母亲求婚之前，父亲必须克服所有这些咳嗽、反对和阻挠。

婚礼举行了。新娘和她的伴娘的照片还在，放在壁炉架上已经泛黄；父亲的同船队友送给他的金铂表链的故事也还在。以前从未见过这样一个由如此丰富且珍贵的材料制成的表链。它的价格一定不菲，而且说它的设计毫无品味明显是在诽谤。母亲不知何故却设法将这个表链处理掉了——她可不是一个不喜欢感情用事不搞破坏的人——因为这条链子已经被宣布为非法物品了。但奇怪的是，它作为一个话题至少是不可抹杀的，我后来甚至好几年的时间都希望自己能看到这条沉重而又无望的表链。母亲从不喜欢她收到的礼物，她要么把它给交换了，要么以某种含含糊糊的方式给改造了。如果你给她一个银腰带扣，她就会截下一半做成大衣的别针；如果你给她一个旅行箱，她会叹声说，只要她活着，她就永远不会希望再看到火车或轮船。

为了度蜜月，我父母去了大峡谷进行为期两周的旅行。这个选择英勇有余，创意太少，所以他们始终都有一种巨大的空虚感。整个事情也无法解释，因为我的父母，至少在很多重要时刻，喜欢的是那些时髦的、大家都认可的事情：亮相派对、豪华旅行、舒适酒店、巴赫拉赫的摄影作品、沃思设计的服装。那些普通的、卑微的、年轻的蜜月旅行者在大峡谷里干的事情，对他们来说极其不和谐，总有点刺耳。我从来没有想到过我们的生活是由星星决定的，在闲暇的时候我可以想象自己身上印着大峡谷的印记，就像汽车上的贴纸。大峡谷那巨大的裂口对我们所有人来说都是一个糟糕的开始。我从未见过它，但它的确是太熟悉了，没必要去看了。

婚后，母亲立即去了詹姆斯敦，或者更确切地说，是被带到那里或送到那里的。我父亲就驻扎在纽波特附近的这个物价便宜的小港口。父亲常常要出海几个星期，但詹姆斯敦离纽波特不远，有些社交活动，也有很多地方可以让母亲独处。她特别喜欢这里的一切。作为一个没有经验、行事鲁莽的家庭主妇，整整一个星期她每天都要订三夸脱的奶油，以为那是仅有的 A 级牛奶。她的新婚丈夫一点也不抱怨，他也不擅自提出忠告或做指点。于是母亲为自己的父亲而感慨，因为她早已习惯了，也一直支持着她父亲那种掌控一切、雷厉风行的做法。

冬天来了，我父亲去了关塔那摩。然后母亲就被送到纽约市对面的史泰登岛，与祖母洛威尔和曾祖母迈尔斯住在一起，她们是我父亲的母亲和祖母。我母亲很不开心，在她眼里，洛威尔祖母无精打采，唯唯诺诺，郁郁寡欢，依赖性强，很容易满足。她有一头柔软可爱的白发，还喜欢把它扎成辫子；她的丈夫，我父亲的父亲，在他们结婚的第五个月就去世了，我父亲五个月之后才出生。

这种可怕的早年丧亲之痛使洛威尔祖母感到很困惑。她仍然是一个年轻女孩，贞洁、温柔、多愁善感，而且常常感到悲伤。她崇拜她的儿子，怀着少女的喜悦期待着我母亲能给她的生活带来很多新鲜又快活的东西。但我母亲感到自己被错放了地方，迷失在一个没有兄弟姊妹、没有男人、没有争吵、没有怒火爆发的家庭里。她一点也不喜欢洛威尔祖母和迈尔斯曾祖母，她跟她们在一起时很痛苦。她唯一喜欢做的事就是一边轻快地散步，一边为她怀孕的事实而伤悲。她自豪地望着浩瀚的大西洋说："我希望我能死去。"她说这话时可不带一丁点的畏惧或幻想。在她的坚持下，而且肯定是与我父亲的愿望相违背的，我们第一次搬回了波士顿，此后我们又多次从父亲生活和工作的地方搬回波士顿。我母亲真正爱上的是波士顿，或者说是住在波士顿，又或者说是离不开波士顿；离开了她就了无生气。1917 年 3 月 1 日，我出生在温斯洛外祖父家。

关于我父母的婚约、婚礼和蜜月，我所知道的都是我后来听说的，还有就是根据我对父母的生活和性格的了解所想象的。在我生命的最初几年里，我记得相当多——在我的脑海里，除了有白色的沙滩和白色的阳光，还有野蛮的、毫不克制的、令人恼火的固执。当然，这些事很多都是听来的。

我们家的顶楼有一个黑乎乎但永远没有细菌的房间，因为窗户都是开着的。我过去常常在那个房间里仰面躺着，抱着膝盖发抖。我的保姆或母亲会说："别摇晃了。"我记得这种战栗的愤怒，但我不知道它的原因。在回忆中，我似乎看到水从天花板上滴下来，落在壁纸上，但那是后来发生的事，后来我们把房子租给了一些"不负责任的破坏者"。我可以看到阳光照射在我们灰色的地毯上，光线落在餐具柜上，落在橘子酱罐上。这栋位于布里默街上的房子，是我父母新婚时住在波士顿的第一所房子。它是一个金融奇迹。我母亲未付一分钱。温斯洛外祖父先是借了一笔抵押贷款，然后又借了第二笔抵押贷款来支付第一笔，然后又借了一笔贷款来支付第二笔抵押贷款；然后他送给我母亲一份圣诞礼物，用来支付贷款的利息。在这些激动人心的谈判中，或许还有其他步骤，甚至可能有第三笔和第四笔抵押贷款，但全都是外祖父贷的，他被认为是这方面的奇才，而且有足够的时间来执行他那惊人的财政计划。

当母亲最终卖掉布里默街的房子时，她还清了所有的债务，还净赚一千美元。我因固执而抱着膝盖颤抖的那个房间，已经褪色，更鲜活、更生动的记忆，是我父亲的海军职责迫使我们搬离波士顿，这事引起了大家的愤慨。母亲鄙视海军对她提出的要求，她会神秘兮兮地说，她需要毅力和勇气去阻止我父亲听任事情顺其自然地发展从而把我们给毁了。

住在布里默街的时候，有一个场景我仍然记得，那是一部很幼稚的戏剧，充满宗教象征和黑色魔法，沉重得令人尴尬。当真实的事件如此富有赤裸裸的寓意时，这种事情的意外性质就会被阴险地加以强调。两岁的时候，我有一个年轻的保姆，她只有十八岁左右，从爱尔兰来到波士顿。人们总是夸她长得很漂亮，说是她那个国家标准的模样：乌黑柔软的波浪发，蓝色的眼睛，白皙的皮肤，精致的粗革皮鞋。她笃信耶稣、不惧权威、四肢灵活——是一个美人儿，拥有温斯洛外祖父所说的“系得很宽松的心”。她的名字叫凯瑟琳，凯瑟琳有一串念珠，是一件大规模生产的令人难忘的宗教物品。它的设计有着凯尔特人的夸张手法，珠子是由外观和质地都跟冰糖相似的某种材料做的。这些珠子坚硬、冰冷、珍贵，非常迷人，使得那些装饰婴儿车的圆滚滚的、温暖的木珠子一下子就对我失去了吸引力。但比起凯瑟琳的念珠，更让我喜爱的是那个银色的十字架。它很沉，很复杂，很重要，因为我看到凯瑟琳看它时的目光充满了敬爱。凯瑟琳跟我讲过耶稣的事迹，但我很遗憾地回想起我那时是极度地以自我为中心：我绝望地看到，即使是在我的保姆眼里，我也是排在第二位的。然后念珠就突然消失不见了，整栋房子都让那种神秘给搅得乱套了。我受到质疑，但我只是可爱地瞪大眼睛，把我自己表现得很无辜，一脸的阳光，一头的棕色鬈发。我微笑着、微笑着、微笑着，那样子非常像我父亲，他微笑的方式也很令人费解。一天左右的时间之后，念珠被发现了，就隐藏在地毯的角落里，根据家人的判定，它是不小心滑落在那里的。然而，有人注意到，那上面的耶稣像不见了，还尴尬地指出，念珠上的链子有咬过的痕迹。我又继续露出那种否认的微笑。但后来母亲看见我把纸条推到暖气调风口，她说："你会把房子烧掉的。"两天之后，她又看见我把一大把纸条推到暖气调风口。"你这是要把火炉点着啊。"我微笑着，微笑着面对她的极大的不快。"是的，我知道，"我说，"耶稣就在那里。"

我父亲被派往费城了，所以我们也要收拾东西被送到那里，度过我的第三个和第四个冬天。那两年是不快乐的，我母亲总是这样描述，她不想去费城或任何其他地方。她早年婚姻生活的主题十分明确，持续不变，令人震惊：我想住在波士顿。我现在仍然能感觉到费城那两个冬天刺骨的寒冷和凄凉的景象。那是一个阴沉、无雪、乌黑、没有阳光的日子，我们走在一条难以忍受的漫长街道上，两旁是难以区分的住宅。我现在回想起来时，真想知道当时为什么我母亲会说费城"绝对令人无法忍受"。毕竟，它不就是一个更大更暖和的波士顿嘛。

费城——我们在那里度过的冬天在我个人的历史中留下了一道令人不快的痕迹，就像嘴里有一股金属味。我想，这源自我母亲对这一时期的绝对痛恨，因为我无论如何是不会在意的。我记得我们的火车旅行，非常舒适，非常严肃。我觉得我是在启航前往欧洲或另一个时代。而正是我坚定的勇气和持久的耐心使得到达费城成为可能。母亲带着种种不愉快的责任开始了这次旅行，那种虚张声势似乎在说，虽然她不愿意去，但她战胜了自己，至少是值得敬佩的。她的衣着，她骄傲的步态，她戏剧性的紧张，让她在有压力的时刻能摆出一副不正常的随便和冷漠的神态。我在这个时候发现，大人们喜欢演戏，甚至是演苦情戏，因为只有当他们内心在沸腾和愤怒的时候，他们才能平静地行动，带着一种重要感和控制力。

我们终于庄严地、重要地、尽职地到达了费城。我们租了一套公寓，里面有若干不同的房间，但无一例外都很小。窗户从地板一直延伸到天花板，但照进来的阳光却很少，多的倒是耀眼的电灯光、灰尘和对流的空气；窗玻璃是蓝灰色的，装在铁框里——我们透过玻璃所看到的内外世界都有些阴影，歪斜不正，就像一部德国表现主义电影中的装饰。公寓的主卧、佣人房、餐厅、婴儿房和客厅，都是附属于厨房的小人国，厨房的地板上铺着一层剥落的黑白相间的油毡。当我们终于到达的时候，我的父母花了几个小时把灯泡拧上，而我则静静坐那里噼噼啪啪地压一盒无花果酥里的纸片。搬家的混乱，对公寓的失望，让所有的一切都失去了平衡，所以我可以史无前例地拿到无花果酥的盒子，甚至吃到里面的饼干，那是一种富有异国情调的混合物，通常是不被接受的，因为不像格雷厄姆饼干那样有益健康。

费城：一天下午四点钟左右，大冬天，煤烟已经把天空染得漆黑一片，我从长长的厨房里走出来，惊恐地看到父亲穿着他那件棕色僧侣式的围裹服躺在沙发上，那张沙发已经被搬到了客厅。他得了流感，体温一百零三十华氏度，他像麻袋一样躺着，面带微笑。父亲看上去很冷，脸色蜡白，而且我觉得他的廉价拖鞋很像小雪鞋。在他肘边的硬椅子上，放着他的衬衫和内衣——他似乎处于某种戒备状态。父亲因病离开了与母亲同住的卧室，这样房间就可以保持健康和无菌，避免了他康复期间的混乱。在他平静、微笑、高热的流放期间，他想成为一个理想的丈夫，要求微乎其微。但是，我们每动一下，就会笨拙地撞上这个无私的病人。他努力使自己英勇消失，可带来的紧张气氛却又是另一个极端，一切都变得沉寂、恼人和不协调。还有，这样大胆暴露了一天之后，父亲的感冒竟然好了。以这种方式生病是没有任何好处的，在我看来，似乎父亲身上某种光荣的谦虚品质和自我牺牲精神更有疗效。然而，他的目标却被挫败，因为母亲还是得了流感，病了一个星期。她躺在温暖而又富丽堂皇的卧室里，由热水瓶、栀子花、医生和放着粉色餐巾的托盘支撑着。在她的病肆意妄为期间，家里的一切不但没有不协调，反而比以前更顺畅了，仿佛音乐正在奏响，我们都住在飘浮在空中的宫殿里。

费城的这次生病，让我第一次体验到坚忍与病态的许多奇怪的矛盾，这也一直是我们家庭生活的一个重要组成部分。这一次，我也得了流感，这个病神秘地持续了三个星期。我感到和母亲很亲近，因为她从给我所有的安慰和关怀中得到了快乐。我甚至可以感觉到，病了长达三个星期的行为是一个非凡的成就。这一壮举给人们带来了许多麻烦和费用，然而，这却是一种无须感到羞耻的麻烦。这是一个能让母亲振作起来的困难。她把疾病当作一种乐趣和特权，用理智、幽默和轻松自在来包围它。然而，不管怎样，坚忍总是能得到心理上或言词上的赞许的。所以后来，我根本不生病了。坚忍好是好，但不知何故，在我的心里我却把它和固执联系在一起，和我违抗母亲的坚定意愿联系在一起。坚忍可能是心很坚硬，是自爱，而一些方便的微恙则是一个人温柔、宽容和家庭精神的宣示。

在生病这个问题上，母亲感到困惑，理论和实践并不总是统一的。她拼命相信坚忍顽强，总是坚定地说“我从来不要生病”，但与此同时，她每个月都会因为这样或那样的原因躺在床上好几天。她的家人生病时，她的职责就很明确，家庭生活也变得重要起来，她身上顽固的意志得到了愉快的休息和休养。疾病从前既是男性鲁莽和荒谬的最高证明，也是一种惩罚，但奇怪的是，它能缓和家庭紧张关系。

如果一个人生病了，他是有罪的，可恶的，但另一方面，他的表现更好，更体贴：病人吃饭时不会迟到。被动的、紧急的事务可以按规定的条款来处理，这种紧急情况本身也给日常生活带来令人愉快的戏剧性。

当我从流感中恢复过来的时候，圣诞节假期到了，我在脑子里把那些懒散的、放纵的、康复的日子和日历上真正的假期联系了起来。父亲出海去了，温斯洛爷爷突然从波士顿来看我们，给了我们一个惊喜。我父亲给我寄来了一大包玩具，我一心认为，我得到这些玩具只是因为父亲不在身边，所以他的缺席似乎令人很开心。他回来的时候，我会满眼含泪跑向他，说："爸爸，我爱你，但是请你再次离开吧，这样圣诞老人就能给我们寄一车玩具了。"父亲面对儿子的这一表示，似乎有些不安。

选择那些玩具都是有目的的，是想让我了解父亲海军生涯的魅力，而不仅仅是一种平民生活和为人父母。费城海军基地有人向日本订购了一批海军玩具，并以折扣价出售给军中服役人员。在我的礼物中，有一个可怕的灰色木制德国潜水艇模型。只要按下一个按钮，就能折断潜水艇里面一个像陷阱一样的弹簧，让它的齿轮坍塌在地毯上，好像这个东西被深水炸弹击中了似的。这个装置的目的是为了教育孩子战争意味着生意，更有一点是，它本身就是这件玩具的神奇之处。母亲一把从我手中拽走我的礼物，把里面的弹簧扯出来，然后再还给我，这时它已经成了一个悲惨的、失去重量的、扭曲了的残骸，就像它从前在战场上一样，我感到很沮丧。但这个错综复杂的被禁的潜水艇让我对制造它的德国人产生了好奇。我想他们一定是很了不起的人，他们有模型船、枪炮和鱼雷；我猜想他们是那种把石头藏在雪球里，把倒钩子放到鱼钩上的人。父亲回到家时，他告诉我，我这个玩具潜水艇的船长是斯图加特一个身高六英尺的金发男孩，名叫弗里茨·舒梅克，只要那个弹簧被折断，他就会被淹死。有好几个晚上，我都做了噩梦，梦见可怜的弗里茨这个德国人冰冷、僵硬、毫无生气的尸体。

但另一件礼物给我带来了些许安慰：一套六个手绘的法国水手，他们的水手帽上都插有一簇红色的羽毛。整个圣诞节期间的早上，我都在厚厚的牛皮纸里笨手笨脚地摸索着，那些水手们就是用它们裹着的。我还被告知，第七个水手就藏在那厚厚的纸里。我想要这一个水手，但是我却找不到他，我很绝望，以为自己寻找的方法错了，他可能就躺在纸上的某个地方，只是我笨拙、急躁、没有耐心，所以才没有让他立刻现出身。温斯洛外祖父在壁炉前走来走去，啪的一声打开他的金质火柴盒又关上。母亲开玩笑说那个水手藏在火柴盒里，但我看了看，只看见一片青黑色发霉的黑暗。这个寻找水手的过程充满了痛苦，我恨自己无能，感到真正绝望。我动摇了，相信自己确实发现过那个水手，相信我已经掌握了那些折纸的奥秘，但不知何故却神秘地变得一无所知。寻找的乐趣，加上我那不知疲倦的、笨拙的坚持，在某种程度上使我感到满足，同时也有些悲伤和焦虑。直到现在我都还不能断定是否真的有第七个水手，他头戴第七顶插着红色穗子的帽子。

费城到处都湿漉漉的，很脏，就像它自己那个大火车站的黑色水泥地板一样。我们长长的厨房里那白色搪瓷一样的浮冰，颤抖着，闪着幽光；烟尘在空气中静静飘浮着，窗户闪烁着钢蓝色的光芒。我们的生活很新鲜，处处都感到陌生，事实上，我们不会停留足够长的时间来真正成为这个城市的一分子，所有这一切意味着我们周围的人是稳定下来了，他们过日子，闲聊，接受着自己的生活，但我们并没安定下来。我们似乎整天都在涉水而行，没有任何进展。母亲觉得费城有点蹩脚，是个边缘社会，一个超大号的仿造的波士顿。城里一些当地人来拜访我们。来访过程充满温情，大家都相互尊重，但我母亲认为这些孤独的女士和举止庄重的夫妇特别不会找乐子和搞怪。他们至少在性格上有些像贵格会信徒，安详地习惯了生活的平庸与无聊。

有一天，一个名叫玛莎·本特的人来串门。她的鼻子长得像橡树的果子，她帽子的颜色是那种忏悔紫[①]，帽子在她的眼睛上留下的阴影也显得很友好。她的脖子上围着一条普通的黑色灯芯绒围巾，上面扣着一个大象饰物，是象牙做的，有裂痕，黄疸色，跟人的磨牙差不多大。母亲无法阻止玛莎"您"啊"您"地称呼父亲，并叫他"鲍勃表兄"。每次他跟她说话或用急迫的语气谈论海军那些事时，她就咯咯地傻笑，样子很夸张，令人遗憾。过了几周，玛莎·本特就成了所谓的"家用固定设施"。事实上，她确实是一台机器，连续运行的时候总是发出自己特有的噪音。她非常喜爱孩子，喜欢每天都来看我一次；她来的时间总是选在喝下午茶的时候，那时我父亲会从船厂回来。玛莎是我父亲喜欢称作"可信之人"的那种，即使我母亲说她令人厌烦，就知道打情骂俏时，他也没有动摇过这个坚定的看法。在关于玛莎·本特这个问题上，我被撕裂成两半，痛苦地接受他们双方的态度都正确，我发现自己被扔给了一个既被追求又被拒绝的人，一个混合的、令人费解的对象，就像费城本身。我已经感到了反抗我母亲的判断的那种搅动，感觉到她责备或谴责的事物的吸引力；在她的敌人，或至少在她不屑一顾的事物身上，我总是看到一个可能的盟友。在我坚定的自我崇拜中，我想出了一个方法来试探玛莎·本特的耐

---

① 相传酒神巴克斯因与月亮女神狄安娜发生争执而满心愤怒，派凶狠的老虎前去报复，却意外遇上去参见狄安娜的少女阿梅希斯特（Amethyst），狄安娜为避免少女死于虎爪，将她变成洁净无瑕的水晶雕像。见到少女化作的雕像，酒神为自己的行为感到悔恨，忏悔的泪水滴落在水晶雕像上，顿时将它染成了紫色。

心，来证明她的善良，考验她的忠诚。她必须把她的象牙大象给我！我要那个大象，不仅是因为它可以作为忠诚的证据，还因为我真的贪心想要它，它个头不大，手感很沉，珍贵，无用——玛莎除了脖子上戴着这个可笑的动物，她的袖子上还别着一颗心。然后，我不知怎的就得到了那只大象：我躺在床上，望着从百叶窗帘透进来的灰蒙蒙的阳光，我拉上窗帘为的是欣赏这珍宝，但在近乎黑暗中它根本看不清。我用牙齿磕那个象牙，好像它是一块冰糖。然后它就被吞下去了。医生来了。母亲异常温和，不停地说："鲍比吞下了一头大象。"然后不消说，象牙大象出来了，拉在我的便壶里。他们告诉我它碎成了三块，所以我再也看不到它了。我和一个愚蠢的女人都珍爱的小小饰物，结局竟然这样诡异，糊里糊涂就没了。

1957 年

# 里维尔街 91 号

描述他是一件让人感觉陈腐、世故却又愉快的事。他没有教名，只有 M. 迈尔斯少校这个称号，是我从表亲卡西·梅森-迈尔斯·朱利安-詹姆斯私人印制的《传记速写：打开国立博物馆传家宝柜的钥匙》上看到的。他的肖像下的铭牌上，拼写出了他完整的名字，还真是足够勇敢，他就是：末底改·迈尔斯①。那幅肖像画画的是 1812 年战争中那个乐观的迈尔斯少校，他身着带肩章的军服、白色马裤和饰有盘花纽扣的红色背心，右手握剑，这柄剑“现在可以在国立博物馆的传家宝柜中看到”。那英勇无畏的姿势都是画作常见的套路。那满嘴的微笑显得既自负又有点局促不安，让人觉得他脾气不错，有幽默感。

末底改的父亲，既无全拼名，也无缩写名，他作为“尊敬的埃兹拉·斯戴尔斯，也即后来耶鲁学院的院长的朋友”，被我的卡西表亲描写成一副忙着自吹自擂的模样。他的这个毛头小儿子，末底改，师从一

① 末底改·迈尔斯 (Mordecai Myers, 1776—1871)，1812 年英美战争中的英雄人物。后文中提到的卒年应是作者记忆有误。

个法国移民——波旁王朝有名的德·拉·克罗瓦上校——学习军事战术。后来又在马丁·范布伦上校旗下的纽约兵团锻炼了六年，终于“成熟”了。“在克莱斯勒战场与英国人交手，获取胜利后，从他的肩膀上取出了三十块弹片碎片。”康复期间，他追求并赢得了夏洛特·贝利小姐的芳心，“从而证明了他比他的情敌们——普拉茨堡[1]联合部队——强大得多”。他成了十个孩子的父亲，并提议了一项开明的法律，主张免除教友派教徒在纽约州服兵役的义务。1870 年去世时他九十四岁。这位“高龄老人，以他的旧派作风给陌生人留下了深刻的印象”。

无疑，末底改少校生活的那个世界，比 20 世纪的波士顿更有仪式感，花哨俗气，富有动物习性。他的举止有些不确定，带点地中海风格，懂得很多技能，几乎是个两面派，这一切都说明，即使在他同时代的人看来，他也一定既是一个老派人物，又是一个得势新贵。他为人阴险狡诈，是一个德裔犹太人——不是一个彻头彻尾的北方人。他也许更像是这么一个家伙，拿破仑手下那个疯疯癫癫、油头粉面、父亲开酒馆的将军朱诺——阿布朗泰斯公爵，或是疯疯癫癫的乔治三世那个油头粉面、声名狼藉的儿子——摄政王“普林尼”[2]。又或者，他就像他同代人画家戈雅[3]笔下那些长相似摩尔人的教士当中的一个——西班牙游击队里的某个领导人，率众抵抗波拿巴的占领，后来逃到了南美洲。我们这位少校瞪着那双苦涩的杏仁眼，将目光落在他那奢华的曙光色手指上，手指下面是一只被揉得皱巴巴的灰白色的手套。

---

① 普拉茨堡 (Plattsburg) 是纽约州东北部的一个小镇，夏洛特·贝利 (Charlotte Bailey, 1792—1848) 出生成长于此。

② “普林尼 (Prinny)”是英国臣民对乔治三世的长子、后来的乔治四世乔治·奥古斯塔斯·弗雷德里克的昵称。

③ 戈雅 (Francisco Goya，1746—1828)，西班牙著名画家。

贝利-梅森-迈尔斯[①]！为人随和，我祖母洛威尔的这些亲戚，帝国[②]的显贵，似乎把这种性格赋予了我父亲。他缺乏我外祖父亚瑟·温斯洛身上那种归功于自己祖先——新罕布什尔丹巴顿镇的那些敢于破除陈规、意志顽固的斯塔克们——花岗岩般的乡下气质。在那张梅森-迈尔斯的藏书上，有两条快活的裸体美人鱼——可爱如棉花糖似的，没有骨头，鲁本斯式的胖球儿，全是滑稽表演戏里的那种胸怀和佛兰芒式的微笑。他们的座右铭是 malo frangere quam flectere，即“我宁弯不折”。

末底改·迈尔斯是我祖母洛威尔的祖父。他的生活平淡乏味但光荣体面。他是个悠闲的乡绅和商人，州议会议员，斯克内克塔迪市市长，金德胡克村的“总统”。但令人失望的是，他那著名的“炯炯如炬的棕色目光”似乎在所有事情上都避开了蛮横的暴行。在他死后，人们还清醒地记得他是纽约州的一位绅士，跟他交结的都是些世俗人士和政客，他们都有个荷兰名字：德威特·克林顿、范德坡尔、霍斯和斯库勒。迈尔斯少校那件红色马甲和那种奇异的眼神使我母亲倍感温暖。她总是坚持说他就是那个衣着得体、饮食得当的老祖宗，他就在我们从我父亲的卡西表亲那里继承来的那份运气当中。这个高曾祖父末底改！可怜的披着狼皮的牧羊犬！在我少年时对抗父母的混乱之战中，我试图让他成为一匹真正的狼，那个流浪的犹太人！Homo lupus homini[③]！

末底改·迈尔斯少校的肖像画现在不知搁在什么地方，已经找不到了，但在我的记忆中，我常常看到它的地方是在我们位于里维尔街

---

① 在洛威尔的这些亲戚中，知名的有西奥多罗斯·贝利·迈尔斯以及他的儿子西奥多罗斯·B. M. 梅森，后文中有提及。

② 纽约州的别名。

③ 古罗马喜剧作家普劳塔斯的名言，意思是：人即他人之狼。

的屋子里，那栋房屋现在已经定格在我的脑海中，它在那里经受住了幻想的各种扭曲、遗忘的雾锁云埋。在那里，大量的记忆中的事物仍然实在，坚如磐石，各得其所，各施其责，各有渊源，各有起伏。在那里，所有的一切都受到母亲般的关怀而得以保存，人在年轻的时候，既不会忽视也不会怨恨这种关怀。那些东西和它们的主人带着生命和意义匆匆返回——因为不复存在，它们恒久而又完美。

卡西表亲在 1922 年才与我们来往得比较密切。那一年她去世了。母亲和另一位女继承人海伦 · 贝利之间发生了一些不愉快，之后那份地产被分割了。母亲常常被这些财产纠纷弄得心神不宁，时而心灰意冷，时而激动万分，而我，根本不懂谁对谁错，只会有意无意地跟她作对，把海伦 · 贝利和特洛伊的海伦混为一谈，狠下心来对母亲那单调的先入之见不闻不问。1924 年我们搬到波士顿后不久，几十幅没人要的迈尔斯画像被送到我们在里维尔街的新家。随着这些画像之后运到的是“它们的嫁妆”——爱德华七世时期的沉沉的家具，把四辆搬运货车装得满满当当。我父亲开始收到梅森-迈尔斯 · 朱利安-詹姆斯信托基金的首份季度付款。母亲解释说，钱数“不大，虽然不会让我们过于奢华，但这让爸爸不至于完全听凭他那点薪水的支配”。做信托就足够了：我们的生活充满了各种可能性，我父亲开始对冒险跃跃欲试——在繁荣的年代，这只是一个很小的冒险——辞去海军职务，指望他生意上的收入会翻上一番。

我当时上三年级，第一次在学校里有点受欢迎了。我担心父亲离开海军会毁了我的地位。我是一个脾气很坏、不忠诚、爱幻想的男孩，对父亲没有半点的英雄崇拜，他的现状似乎比照片上那个穿制服的他差太多了，那张照片是他从金门寄给我们的。我的真正的爱，就像母亲过去一直对所有新来的访客所坚称的那样，是玩具兵偶。几个月沉浸在迷恋的洪流中，人对于我来说，根本不重要，他们只是我扩大自己兵偶军队的机会而已。罗杰·克罗斯比是我们布里默街学校二年级的一个同学，他有几千个玩具兵偶，不是那种批量生产的美国兵偶，而是在法国第戎[1]定制的手绘实心铅制兵偶。罗杰的父亲还有更多有艺术价值的成人收藏品；每个兵偶都至少有六英寸高，按军衔排列，在玻璃柜里列队而行，检阅它们的是很好识别的复制品——拿破仑的骑兵上尉：克莱贝尔[2]、内伊元帅[3]、缪拉[4]那不勒斯的国王。一个极度令人兴奋的下午，克罗斯比先生给我看了他的玩具，他也许是第一个不把我当作小孩看的成年人，跟我说话时语气很平等，因为他发现我是多么狂热地喜欢听他讲关于兵服的轶事和战术奇迹的演变。后来，我异想天开，跑到罗杰的游戏室，骗他相信他自己的兵偶都是“中欧血汗工厂生产出来的压舱物”。当我提出用二十四个不值钱的乔丹玛什商店买的纸型步兵来换他全部的进口法国资深近卫骑兵、第二帝国“红腿炮兵”和戴天蓝色贝雷帽的现代猎骑兵时，他还认为我非常慷慨，欣然同意跟我交换。这批货运量太大了，我只好带着小孩子玩的手推车去到平克尼街最远的罗杰家。当我把最后一车推到家时，克罗斯比先生正站在我们家门口的台阶上和我父亲说话。罗杰的兵偶全都被还回去了，我只是不慌不忙地藏起了一个兵偶，一个戴着圣地兄弟会毡帽的鼻子脱皮的黑皮肤印度兵。

我的损失惨重，什么都无法给我安慰。于是他们允许我去拔父亲

---

① 第戎 (Dijon)，法国东部城市。

② 克莱贝尔 (Jean Baptiste Kléber, 1753—1800)，法国大革命时期的将领。

③ 即米歇尔·内伊 (Michel Ney, 1769—1815)，法国大革命战争时期及拿破仑战争时期的法国将领。

④ 缪拉 (Murat Joachim, 1767—1815)，法国元帅。1800 年娶拿破仑的妹妹为妻。1808—1815 年间为那不勒斯国王。1815 年 10 月 13 日举兵反抗波旁王朝，被反法联盟枪决。

那把钝剑，我为我们家的末底改少校感到自豪。我常常不顾危险地站在里维尔街的街中间，为的是从我家窗户望进去，得意扬扬地欣赏那幅肖像画中鲜红的马甲，它在我们家那光秃秃的、斯巴达式的纯白色书房中熊熊燃烧。可后来我从父亲那里得知末底改·迈尔斯只是一个“临时少校”，他的荣耀一下子就消失了。那件红得跟火焰似的马甲，穿在平民百姓身上，甚至是穿在平民士兵身上，都很古板，跟我们学校音乐剧里的军官戏服相比没什么两样，一点也没有军事感。

1924年，人们都仍然居住在城市里。那年夏末，我们买下了里维尔街91号的住宅，面朝灯塔山尚未被挖平的那部分，此时那边已被北端贫民区包围，好在我们和外祖父温斯洛在栗树街18号有棕色柱子的房屋只隔着四个街区。在第一次世界大战之前和之后的几十年里，老北方佬家族从模仿中产阶级的爱尔兰开拓者手里夺回了这一段山丘，打破了人们的期望。这对我父母来说是个令人振奋的好消息，在那个乱糟糟的年代，共和党和所谓的“正人君子”不再在城市选举中占据主导地位。不过，即使是在金碧辉煌、放任自流的20年代，里维尔街也拒绝成为一个直截了当、一成不变的住宅的事实。整条街从这一头到那一端，房屋的表面不断被砂纸打磨，重新粉刷，或者被遗弃任其剥落腐朽。房屋，不断换手，变换了语言和国籍。我们南边那几扇门内的住户，说的是“灯塔山不列颠语”或者是波士顿婆罗门那种“不，不”的平淡之语。北边几家孩子们的父母大多说意大利语。

我母亲对这种选择住址的冒险感到震惊和兴奋。她曾经说过，我们差不多是栖息在正统中心的外缘。其实我们离路易斯堡广场还不到五十码[①]的距离，那里可是历史悠久的波士顿直言不讳、喜欢冷烤的

① 码（yard），英美制长度单位，1码约为0.9米。

精英们所在的焦点——宇宙中心的中心。就五十码的距离!

父亲作为海军少尉，曾在哈佛大学读过研究生。他也在麻省理工学院做过研究工作，更喜欢这所纯粹做科学研究的学院，但他对这两所学校都有一种屈尊感。然而，在 1924 年，他说话的语气开始变了；现在他开始把哈佛热情地称作他的第二母校。我们去哈佛体育场看橄榄球赛，这个时候，人会有一种感觉，觉得我们的日子就是在体育场里这种残酷而时尚的期待之中度过的：为了争取一个胜利的达阵，我们要做那么多的进攻，得那么高的分数，跑那么长的距离。我父母在心里暗暗保证，他们要在经济方面和社会方面都有所提升，父亲从海军辞职后，会接受利弗兄弟肥皂公司坎布里奇分公司为他提供的一份还不错的工作。

提升从未如愿而来。父亲于 1927 年辞去军职，过了二十二年普通市民的生活，但他从未作为普通市民就过业。他几乎是立刻买了一幢更大更时髦的房子；他卖掉了他那苦行僧式的黑漆漆的哈德逊汽车，买了一辆宽敞的棕色别克，后来别克汽车又换成了一辆高调的、跟新的差不多的帕卡德轿车，车身是专门定制的皇家蓝和红木色。没有任何戏剧化的情况出现，他的收入逐年都在或多或少地下降。

但是，只要我们还住在里维尔街，父亲就会尽力去适应它，而且他一定常常想知道，他到底喜不喜欢这一带邻居身上所缺少的那一面。这个时候他仍然讲民主，但方式却极为粗暴，还带有中上阶层、海军和共济会的行事风格。他是个含含糊糊的人，表达意见几乎是病态的犹豫不决，但他认为自己是个实事求是的科学人员，对北方民族的卓越效率抱有不可动摇的信心。他的忠诚和幽默都是在效仿鲁德亚德·吉卜林笔下那些骂骂咧咧的英国兵的伦敦帝国主义。波士顿土生土长的人都很势利，比如温斯洛夫妇或是母亲读书俱乐部的成员，他们对我们家的海军访客那种不为所动的厚脸皮就感到震惊，还把在里维尔街上遇到的意大利人分为“A级”和“B级”。里维尔街上的“B级”意大利人是来自西西里的天主教徒，他们在剑桥街兜售破旧的二手家具，那里离已经弃用的西教堂不远，高曾祖父查尔斯·洛威尔拥有的这座教堂，在一份陈旧的家庭文档里被誉为“远离三位一体正统派的索多玛[①]和蛾摩拉，是文字暴政的避难所”。里维尔街上的“A级”意大利人都来自意大利北部，他们在公共花园附近经营店铺，出售特色食品和殖民地传家宝。还有一些意大利人是父亲的老相识，他们把私酿的苏格兰威士忌和红葡萄酒放在茶杯里卖给他。

我们里维尔街的房子外面的砖墙是红色的，窗玻璃带有一点点紫色，带有精致的飘窗或三角形的窗檐——这面墙由四个不可分的立面无缝连接而成，所有这些立面都是相同的商业性和炼狱式的设计。虽然就在波士顿老城的中心地带，但它却没有年代感，也毫无艺术气息，是“庸常”品质的缩影，母亲觉得使人极度疲劳的海军服役也具有那些平庸特性。里维尔街91号是大批量建设的产物，是**规则性的事务**，波士顿社交圈都认为这桩特立独行的买卖很愚蠢，既昂贵又无用，就像其他那些“白象”——一把镶有珍珠母的童子军军刀或是一个茶壶形状的气压计，那些东西都是我父亲过去经常在一间陆海军商店打折时买回来的。

父亲在里维尔街上的那间小书房，白色的墙面上没有任何装饰物。白色的书架上也是空荡荡的。书房里唯一的装饰就是一台十管自制的电池收音机，它的扬声器的形状和颜色就像墨西哥宽边草帽。这台收音机的专长就是用来在凌晨收听澳大利亚和新西兰的广播节目。

我父亲最喜欢的家具是书房里那把用橡树和“犀牛皮”做的扶手

---

① 这个地名首次出现在《希伯来圣经》中，这座城市位于死海的东南方，如今已沉没在水底。依《旧约圣经》记载，这是一座不忌讳同性性行为的城市。

椅。那是一把夸张的男性座椅，或者更确切地说，是个单身汉的座椅。它有一个凹槽可调节靠背；它是黑色的，有裂缝、劈痕、刮痕、戳痕、抠痕、刻痕、火药的焦痕、平底玻璃杯的环痕。它看起来就像放在深色烟叶上的淡色烟叶。我怀疑像父亲这么一个体贴的人是否要对这些损伤负责。这把椅子可以追溯到他刚进海军军官学校读书的日子，是他从一个阴暗的、阴郁的风云人物，海军军官候补生“美人”伯福德那里买来的。父亲爱它每一个残缺之处。

我父亲是在他父亲去世五个月后出生的。他生命的每个阶段都缺乏父爱，孤立无助。他从小就很深沉，由一个性格温和的寡居母亲和一个守寡时间更长的祖母共同抚养长大。他十四岁半就成了一个深沉的海军军官候补生。当他从安纳波利斯的海军学院毕业时，他拥有了一种高度抽象的形式感，他会用自己的幽默来掩饰这种感觉。也许他已经达到了自己最后的精神境界。他深沉——但不深刻，他只是一个相信统计学数字的人，对个人经验则持怀疑态度。父亲在他四十多岁的时候，灵魂就已入土：作为一个普通市民，他还保持着他的高度形式感，他的幽默感，他的精确性，但从此以后，这种精确性不那么重要了，纯粹是种娱乐，毫无战斗力。他的批驳变得目光短浅，他的羞怯变得难以捉摸，就连争辩也是无精打采的。从海军辞职后的二十二年里，父亲再也没有离开过波士顿，也没有成为地道的波士顿人。他为了生存四处奔波，不停地更换工作，又不停地被辞退，正是无情地应了那句老话：一条在岸上苟延残喘的鱼。他不停地喘息，又满怀无能的乐观，每得到一份新的工作，就抱起一大堆新的理想，他从来没有优哉游哉地享受自己的闲暇时光，甚至不曾把头埋在沙子里自欺一下。

母亲憎恨海军，憎恨海军的社交圈，憎恨海军的薪水，她还憎恨那如同被杵锤敲打似的安家和搬家，因为每隔一年，父亲就会被调到新的海军基地或军舰上去。结婚九年或十年了，她还仍然觉得自己的丈夫毫无情趣，不够强势，只是体贴罢了。不够强势——父亲办事完全缺乏她指望的，就像她父亲——我的外祖父温斯洛身上那种让人喜欢的霸道劲。重点不在于父亲经常不在家要去海上执勤，而在于每次都必须跟着他一起走，与他保持步调一致，这实在是太损耗人了。当父亲远在太平洋的时候，她就跟朋友、跟父母待在一起，整个家都完全属于她自己——还有波士顿！她充分意识到自己的这份独特和常态，索性就让自己沉入梦境，享受那种提神的刺激，在那些梦境中，她把我父亲升华成一个伟大的形象。她常常在喝茶吃英式松饼的时候跟我描述这么一个高大的男人。他就像是西格弗里德[①]，那毫无生气的身体在晴空下由布伦希尔德护送运抵达瓦尔哈拉，还有姑外祖母萨拉那悸动的钢琴声伴奏，她在用从阿贝·李斯特那学来的恣意狂放的方式演奏着他的主旋律；或者是母亲心目中潜入莱茵河的岩洞，杀死盘绕在金木板上那条粗鄙凶残的恶龙的英雄。母亲重讲《雏鹰》的主演萨拉·伯恩哈特的传奇故事时，似乎兴奋得有些头脑发晕！她说“雏鹰”时的那种强烈语气真是太有趣了，我禁不住在脑子里勾画出一个浮夸的虚假的形象，“雏鹰”的父亲，就是那个雄心勃勃的拿破仑：一个强壮的男人，总爱挠痒痒，他那大腹便便的白色小背心下全是毛发、肌肉和男子气概。母亲现在做不了梦了，她得操持那些索然无味的家务事。她嫁的不是那只雄鹰，而是一个 20 世纪的海军中

---

① 德国神话故事中的英雄人物。传说“尼伯龙根指环”由雾魔阿尔贝里西盗取莱茵河底的魔金铸成，拥有统治世界的力量，但被众神之王沃坦攫取。为此雾魔发下毒咒——持指环者必遭祸殃。但最终，西格弗里德杀死守护的巨龙，窃取指环，同时唤醒沉眠在巨石上的女神布伦希尔德，与之相爱结合。他的事迹见于长篇史诗《尼伯龙根之歌》。

校，他只对轮船、无线电和“哥们”感兴趣。为了躲避海军基地、军舰和那些“哥们”，母亲在冲动之下购买了里维尔街上这套脏兮兮不实用的房子。她的婚姻每天都迫使她挥霍自己在潜意识里囤积的精力。

“我们啦喔——我们唉啦喔——我们啦喔”，母亲扯着嗓门尖叫。“可是——而且，可是——而且，可是——而且！”父亲压低嗓门嘟囔着回应。虽然我不确定自己是否听懂了这些词所表达的意思，但我就当是在看电影听声音，觉得很好玩。我感觉浑身湿透了，淹没在父母的激情口水战中。

里维尔街91号是折磨我们精神的地方，那些痛苦整整困扰了我们两年，我母亲一直试图说服我父亲从海军辞职。第二年秋天到冬天，那种无聊由庄严与空洞降格为刻薄，这时的我变得越来越不愿意开口说话了。我让我的父母感到厌烦，他们也让我感到厌烦。

“我们啦喔——我们唉啦喔——我们啦喔！”“可是——而且，可是——而且，可是——而且！”

周末的大部分时间我都待在家里。整个白天都盼望着夜晚的来临，那时候我卧室的墙壁就会再次颤动起来，父母有节奏的争吵声会把我吵醒，我就欣喜若狂地听着他们彼此争吵，争吵到筋疲力尽。有时候，我没穿浴袍和拖鞋就扭着身子爬到冰冷的大厅，躲在栏杆后面仔细听。我经常能听得很真切。“是，是，是。”父亲嘟囔着。他是一个“倒退分子”，“总是拖拖拉拉，反应迟钝，一贯懒惰，生活在愚人的天堂里”。在要求父亲辞职这件事上，母亲已经铁了心了。即使在她平静的时候，她也会突然歇斯底里地发作，但她像一个有耐心而且是宽宏大量的战略家，试图假装中立。一天晚上，她用带着杀气的声音冷冷说道：“我和鲍比要去爸爸家了。”这是最后通牒，父亲只好签署一份契约，将里维尔街的房子归在母亲名下。

有些夜晚，我很失望，痛苦翻扭，因为父亲和母亲就像牛一样哞哞地叫着，很和谐，那时他们是在指责海伦·贝利或是德·斯塔尔上将。有一次，我听到我母亲说：“男人必须自己拿主意。鲍勃呀，如果你要退役，现在就退吧，至少我就可以为你儿子在这一块陆地上的存活和教育做计划啊。”

大约就在这段时间，为了保命我被送到了戴恩医生那里，他是贵格会教徒，脊椎推拿医生，在万宝路大街有一间办公室。戴恩医生穿着一件老式的浅棕色药房工作服，身上的味道闻起来就像一间老式的健康药店。他的实验室里没有什么令人生畏的技术装备，只有我外祖父温斯洛乡间书房或卧室里我们熟悉的那种保守而外行的粗犷和坚韧，所以我们毫无戒备之心。戴恩医生一边用红润的双手猛拧我的肩膀，一边大声为我喝彩，弄得我感觉自己是个英雄似的；每当一块歪扭的肌肉复归安详之时，我都有一种说不出的快乐。我母亲对古怪的神秘学并无好奇心，也缺乏想象力，但她相信戴恩医生那清白、坚定的男子气概——就跟在家一样自在。她认为是脊椎推拿疗法治好了我的气喘病，打败了那些昂贵的专家。

“这么安静，叔本华，你在想什么呢？”我母亲会问。

“我在想安静。”我会回答。

“我小的时候，总喜欢把我做的一切事情都告诉我妈妈。”母亲会说。

“但你现在不小了。”我会回答。

在学校里上了一天学之后，我喜欢在里维尔街上一边哼着《起锚歌》一边瞎逛磨蹭。《起锚歌》是海军军歌，原本是为我父亲上军校时的那个班级谱写的歌曲。然而，当母亲对我的行踪想要刨根问底时，我的脑袋总是一片空白，似乎充满了一种黏糊糊的空虚。我就像其他舌头打结、说话困难的孩子一样，想象自己擅长做冷静、坦率的机智应答。“你都做了什么呀，鲍比？”母亲问。我会回答说：“什么也没做。”这样我在家里就可以使自己不至于身心俱疲，情绪衰竭。

然而在学校里，我一贯平庸，极其无趣，还经常心不在焉，这主要是因为我总做梦梦见别人来崇拜我。我最要好的朋友是埃里克·伯克哈特，他是哈佛大学一位建筑学教授的儿子。伯克哈特夫妇来自苏黎世，他们非常德国化，但不像鲁登道夫[①]，而是像《小男人》[②]中乔的德国丈夫那种和蔼、滑稽、19世纪流行的做派，或者像二年级德国小说中那些锐意改革狂飙突进的自由派学者那样。我母亲曾经说过：“埃里克的母亲和父亲都叫伯克哈特博士。”伯克哈特太太拥有博士的头衔，穿着土气的长裙，扎着引人注目的金发辫子，她身上确实有一种让人反感又讨人喜欢的东西。奇怪的是，伯克哈特夫妇家那种朴实的大陆中产阶级的住宅毫无金碧辉煌之感——所有的东西要么是古老的瑞士风格，要么是疯狂的现代派风格。伯克哈特博士夫人常常在上午做热巧克力给大家喝，上面还盖着一层玫瑰花形的泡沫奶油；她在一间长长的、没有铺地毯的大厅式起居室接待她的朋友，室内摆放着有致命危险的蕨类植物，打着黄色蜂蜡的硬木地板在中央天窗下闪闪发亮。墙上挂着大幅的专业照片，远远望去，就像是白山——它们实际上都是从不同角度拍的弗兰克·劳埃德·赖特[③]设计的一家日本旅馆。

我很钦佩伯克哈特夫妇，我在他们家感觉很自在。我发现我母亲

---

① 鲁登道夫（Erich Von Ludendorff，1865—1937），德国陆军将领。

② 19世纪美国作家路易莎·梅·奥尔科特的小说，《小妇人》的续集。

③ 弗兰克·劳埃德·赖特（Frank Lloyd Wright，1867—1959），工艺美术运动美国派的主要代表人物，美国最伟大的建筑师之一。

对他们越是感觉别扭，我的这些感觉就越强烈。对母亲来说，这种热情、这种启蒙，还有这种明亮的、种着蕨类植物的温室气氛实在是让她吃不消。

埃里克和我都太小，不喜欢看书或做体育运动。我们两家都没有吸引人的玩具或能够上上下下的电梯。我们形影不离，但我现在想不起我们那时的话题是什么了。我非常喜欢埃里克，因为他比我更受欢迎，但他在布里默学校绝对是 sui generis[①]。他的脸粉白粉白的，白金色的头发又软又细。他的体质不好，胳膊肘特别细，说起话来就跟一只热情的白山鸟儿一样啾啾个不停，如果被打断了，他困惑的脸就会涨得通红。布里默学校其他所有男生都穿着粗花呢做的金色套装和灯笼裤，就只有埃里克总是穿着一件黑色西装，一条拜伦式的领子和几乎遮住鞋子的无反褶灰色法兰绒长裤。天气暖和的时候，就换成灰色法兰绒短裤，就像还在幼儿园的孩子穿的那样。埃里克那些不讨人喜欢的古怪的衣着，不是太老成就是太幼稚了。他接受他父母那些怪念头时表现出轻松和平静，让我觉得很不自然。

我第一次也是最后一次与埃里克发生口角，错全在我身上。那次，我们布里默学校的全班同学几乎都得了百日咳，但埃里克的病得的就像他的长裤一样——不合时宜：他很早就病了，被隔离了整整一个月，被迫独自一人在公共花园的一个偏僻角落玩耍。他和他的瑞士保姆远离人工湖和天鹅船，在僻静的乙醚纪念喷泉边跳绳，实在太显眼。他的父母认为，这是埃里克重新学习德语的一个绝好机会，因此孩子和保姆不能说英语，只可以讲带喉音的瑞士德语，这样的绝对隔离就变得极其夸张了。他在喷泉边绕来绕去，玩得不亦乐乎，很虚弱，很听话，直到我开始戏弄他。尽管他示意我离开，但我还是走近

---

① 拉丁语，意思是：自成一格。

了。我已经吸引了一些最受欢迎的布里默男同学。我第一次得到了几个小女孩的好感。我走上前，大声喊，埃里克害怕女孩子吗？我模仿他，用德语说一、二、三、二、啤酒。我模仿埃里克咳嗽。那个保姆用她悦耳的瑞士英语说："他是担心如果跟你说话或是让你靠近，他会把百日咳传染给你。"我走得更近了一些。埃里克的脸涨得通红，由于咳嗽弯下了腰。他开始哭起来，不得不被带离了公共花园。整整一个星期，我每天都把埃里克从花园里赶走，有两三天我成了人们的兴趣中心点。我会大声喊："快来看日内瓦湖的蜘蛛猴！"我不知道自己为什么停不下来。我想埃里克从未把这件事告诉过他父亲，但当他恢复健康时，我们俩就不再说话了。这条深深的裂隙把同学们都吓坏了。他们甚至为我们的和解设计了一个庄严的仪式。我们在胸前画十字，把痰吐在一起混合，把血混合在一起。但这种和解方式空洞无效。

每天晚上十点或十一点，我父母就停止说知心话和吵架，那时我父亲会挂起他的无尾晚礼服，穿上他的中校制服，乘坐有轨电车回查尔斯敦的海军基地。他刚刚弄坏了一辆崭新的轿车。他像个专职司机一样，望着这辆哈德逊牌轿车，一副见多识广的警惕模样，总是让汽车引擎动不动就发出些许调节或友好的叮当声，总是担心它黑色的身躯会失去自己的轮廓线和光泽，就像他喝醉酒时穿的衬衫一样丑陋。他的开车技术无可挑剔，就跟个仪器似的，很单调。然而，母亲总是鼓励他走路或坐出租车。她会告诉他，他的腿如果长期不用会逐渐退化，还让他想起某某某在换轮胎时滑了一跤，摔断了腿。她会说："大晚上一个业余级的司机单独开车不安全。"父亲叹了口气，听从了——只是还带一副殉道者的面容和省钱的神情，但他宁愿坐电车而不是出租车来保持自尊。每天晚上，他换上制服，但他从里维尔街出发的时候总是鬼鬼祟祟的，几个月过后，我才知道到底是怎么回事。原来我们有两栋房子！我们的第二栋房子在海军基地的住宅区，是分配给他这个第三负责人的。屋子很大，有自己的旗杆，还有三层纱窗门廊——然而这并不是一件什么光荣的事。无论它有怎样的气派或与众不同，都被父亲的顶头上司，查尔斯敦的指挥官德·斯塔尔上将对父亲施加的一种古怪的侮辱所摧毁。我们买里维尔街 91 号的房子时，没有征求德·斯塔尔的意见。他对“在海军传统面前炫耀个人财富的行为”感到极为愤怒，命令我父亲必须睡在这个为目的准备的基地房子里，随时待命。

在我们第一个里维尔街的圣诞前夜，晚餐吃到一半时电话铃突然响了，是德·斯塔尔上将，要求父亲立即返回海军基地。不久父亲穿着制服回来了。在跟我母亲和外祖父母告别的时候，他像往常一样压力很大，有点闪烁其词又有些夸大其词。他说：“女人做一世，水手做一时。”他把海军军官的工作时间同医生的工作时间相比较，暗示他是在参加突击演习，并对德·斯塔尔上将那种话不多言的傲慢态度进行了解释：这位老人必须保密。那天晚上晚些时候，我躺在床上，试着想象我父亲带领着他的工程兵正在进行突击演习，穿过北极荒漠。希望渺茫！“嘘——嘘，嘘——嘘”，飒飒低语的雪片像街灯一样大，砸在父亲身上——破碎了，埋葬了。屋子外面，我听到了真人在唱圣诞颂歌，擦掉鞋子上的雪，开门，关门。我为我听到的引自《波士顿晚报》的一句话的含义而担忧：“这个圣诞前夜，整个灯塔山都会像往常一样，如愿以偿地变成一大间像以前那样敞门待客的开放屋，酒馆老板的名字，灯塔山，还有灯塔山的客人们，将会像社交名人录上的内容那样广为人知。”我想象灯塔山变成了白雪公主的宫殿，和北极一样大。父亲把一根冰冷的手指贴在嘴唇上：“嘘——嘘！”领着他的突击水手们绕着祭坛转了一圈，但这个祭坛是一个巨大的收银台，它那粗糙的镍制表面有泥铲、金字塔和阿拉伯旋涡纹的廉价装饰。一个巨大的抽屉无助地来回摆动，无法关上，因为里面塞满了绿色的美钞。“嘘——嘘！”父亲的工程师们用他们的眼罩、橙色饰带和窗帘环耳环将我捆起来，像吉尔伯特和沙利文海盗合唱团一样……灯塔山的街道上，已是夜晚，天色阴沉，下起了雨。熟悉而光荣的救世军乐队遭遇了一些令人不安的事情，大鼓和手风琴此刻在给醉酒的嚎叫伴奏：玛丽去挤牛奶时，那匹老灰马呀，她已不再是过去的模样。一声水手长的哨声吹响。女人都在笑。有人反复按我家的门铃。我听见我母亲在打电话。“你那群醉醺醺的水手把斯考利广场的渣滓扔到了我家门阶上。”她的声音中流露出一种幸灾乐祸的恐慌，这表明她喜欢与德·斯塔尔上将进行这种戏剧表演式的对话。她尖声说道：“先生，是您逼得我丈夫在圣诞前夜离开我，让我一个人无依无靠！”她跑进我的卧室，拥抱我，她说：“哦，鲍比，家里有个男人真好。”我说：“我还不是个男人，我是个男孩。”

男孩——那个时候这个词对我来说有些私底下的联想；它意味着软弱、不到法定年龄，但却是一种值得保持的状态。男孩在我的布里默学校只是靠边站的副业。八个高年级都只招收女生。此外，这些年级更强调纪律，不重视学业，似乎是在蔑视男性的两个偶像：事业和赚钱能力。学校的调子，或者说它时兴的做法，是要把女性和军事化混合起来，打造一个依次由强硬、机敏和稳重掌控的庞大现实。女孩子们一律穿着白色套头衫、黑色衬衣、长袜和长方形低跟鞋。一个前西点军校的人被聘来教体育课。我进布里默学校的时候，我们的校长，迄今为止一直很稳重的马妮斯小姐，据说已经显示出了年龄的迹象，她在校董会中的地位有所削弱，因为她那种女孩子气和与之不相称的狂想——她竟然组建学校女子篮球队，还连续两届获得冠军。另一方面，四个低年级，平和而懒散，几乎是一个独立的机构。马妮斯小姐对这些“男女合校”的班级表现出一种有趣的粗心，允许他们穿平常的衣服，而且……然而，粗心是不正确的——马妮斯小姐在她管理低年级学校时，表现出双重性格那样的前后不一致和兴奋劲。在这里，她神秘地抛开了她所有的普鲁士主义。她引用了爱默生和门肯的话，贬低英国人，威胁要与过去决裂，还大胆地与非军事天才调情，放映讲述爱迪生和福特职业生涯的电影。她允许受欢迎的低年级教员把我们当豚鼠温和地做一些实验。在布里默，我没有学会写字。在我的第一所学校，我非常痛苦才学会的手写字被指责为难以辨认：他们按照道尔顿计划[①]教我打字——结果直到今天，即使是我的两个中间名也只能靠打字机打出来，我只会手写“罗伯特”和“洛威尔”。我们的教学动不动就搞一些令人困惑的跃进。秋季学期通常有威尼斯玻璃吹制工来做表演，随后就是参观河畔出版社。我们听鲁迪·瓦利的演唱会，然后又去听汉普顿学院唱诗班唱的圣歌。我们从马妮斯小姐的父亲编写的一本令人生畏的古板的教科书中学习文法。在那里，我不得不同修辞格和希腊术语奋力作战：chiásmus，即以相反的顺序排列对应的词；brachylogy，即未能重复一个以或多或少修改的形式提供的要点。后来，所有这些迂腐的东西被弃用，又推出一本新的教科书，建议通过用游戏技巧和绘图来提升句法面貌。

低年级的体育课是不规律的，自发的，没有年龄较大的女生在体育馆锻炼时的那种打扫和装饰营房的同志情谊。在我们校舍的屋顶上，有一块难看的水泥地，看上去就像是准备用来做一个屋顶车库的。我们在这里玩标签，用粉笔画线条，踢儿童足球比赛或选择支持哪一方。阳光明媚的春天，来自波士顿大学的年轻男子纽厄尔先生会

---

① 道尔顿计划（the Dalton Plan）是海伦·帕克赫斯特（Helen Parkhurst）在20世纪初创立的一个教育概念。它提倡个别化教学形式，主要原则有两条：一是自由，二是合作。

带我们去植物园徒步旅行。他很有鉴赏力——给我们读玛莎·华盛顿写的关于旧州立大厦的诗，从海关大楼的顶层给我们指出布里默学校的屋顶，让我们数邦克山纪念碑的台阶。一个雨天的下午，还打破规则把我们赶进南波士顿水族馆，目的是他热切地想要给我们做一个关于海鳗可以消耗污水的不健康的小演讲。最后，马妮斯小姐似乎听到了一些风闻，对纽厄尔先生的情绪有所了解。她亲自给他代了一两个下午的课。我们步履轻快地走过帕克曼和戴纳的房子，主题就是要向那些克服了身体缺陷、爬到梯子顶端的伟人学习。她谈到了伊丽莎白·巴雷特[①]、海伦·凯勒；然而，她最钟爱的理论却是“女人根本不同于男人”。我能感觉到马妮斯小姐用威逼的眼神打量着我那脸色苍白、性格羞怯的父亲。“我们怎么能顶你呢？我们的阿基米德、瓦格纳在哪里？我们的西姆斯上将在哪里？”马妮斯小姐推崇“沃尔特·司各特爵士的大声汪汪[②]”，希望“波士顿禁止勃朗特姐妹的结核病小说”，觉得这个世界上“最讨人喜欢的事”莫过于罗斯福总统所过的那种“艰苦生活”。然而马妮斯小姐这种极度歇斯底里的慈善做法毫无意义；布里默学校完全由一个女人说了算——也许是个榆木脑袋吧，但丝毫不像堂吉诃德，统治布里默的是一个有明确目的的女人和她那天真烂漫的实用主义。这个政权的性质，是我母亲权力的延伸，它在全校大会上，或者当我和其他几个男孩坐在布里默新修建的马妮斯大礼堂的看台上时，大放光芒，充分展现。年龄大一点的女孩们齐声唱着“美国”；我们这群亚马孙女战士来回踏步——她们的表情呆板，她们的衣服黑白相间，她们的纵队跟随着高举美国国旗、马

---

① 即勃朗宁夫人。

② 苏格兰作家沃尔特·司各特曾经大赞简·奥斯汀所写的那些安安静静的小说“把平平常常的凡人小事勾勒得津津有味”，并称自己的作品是在“大声汪汪”。

萨诸塞州白旗和布里默绿旗的旗手。在与李小姐或温多小姐的篮球队进行的比赛中，是我们高年级的冠军们冲到球场上，身姿如猫一样娇弱，速度像狮子一样致命。这就是我们每天时时都能看到的景象，与父亲战友们指挥的巡洋舰出征相比，这种男性化表现就像是一派胡言——海军退入了一个幽灵般的王国，如同道格拉斯·费尔班克斯或者彼得·潘所要的精灵杂技一样，从我的生活中消失了。我真希望自己是一个年纪大一点的女孩。我给圣诞老人写信要一根曲棍球棒。在布里默做一个男孩，就是变得矮小、不被待见、软弱。

父母答应将来把我转到一所更好的学校，礼拜天下午还开车穿过郊区去考察了几所男校：利弗斯、德克斯特、乡村日校。这些远征是个设计好的计谋，目的是为了给我一个认识父亲的机会；母亲吵吵闹闹地待在后面，假装是我禁止她去干“男人的活儿”，这让我感到有些惊讶。父亲本应该坚持亲自见校长的，然而他却很少那么做。但他交了许多朋友，他的信任带来了信任，他的沉默也让初级教师甚至学校的门卫受到鼓励，对他讲了一大堆不利于竞争对手的闲言碎语。然而，每到一所新学校，这些流言蜚语又很快被驳倒。更糟的是，母亲总是准备仔细盘问父亲，那种方式就像是她问问题是为了给予指导，而不是了解事情的进展。她表示很惊讶，一个事事都想管的空泛欲望竟然使一个海军士兵对自己儿子的福利没有一点儿靠谱的关心。母亲认为郊区的学校“弄虚作假”，是中产阶级孩子所待的地方；父亲做完一系列视察之后，她自己又进行了后续访问，并当面告诉德克斯特先生和利弗斯先生，她是在为她儿子在布里默和圣马克之间的三年寻找一个权宜又体面的学校。圣马克学校是我出生时就注册好的寄宿学校，1930 年入学。我不相信改变，自打幼儿园起我就知道，每一所学校都比上一所有更多的约束和惩罚，并认为郊区的乡村日校是伪装得很差劲的少年感化院。带着独生子女那些自私自利、有点偏执的忧虑，我想知道从布里默四年级毕业的男孩们是什么样的情况，害怕出现那种最糟糕的情形——我们深陷险境，就像每年都注定前往米诺陶尔的一批雅典青年。根据我父亲的说法，年龄在六岁到六十岁之间的人，所要做的事情就是迎接新的挑战，承担更重的责任，以及失去所有肆意妄为的自由。在遥远的将来，我的白发苍苍的外祖父温斯洛才是一线希望，他不受约束的命令和要求总是让人为了个人利益而操心。他是我唯一想要成为的那种人：坏孩子、问题少年、他家里的海军准将。

当我进入布里默的时候，我才八岁半。我不好好学习，人家叫干什么就干什么，没人注意的时候就挖鼻孔，课间拉帮结派干坏事让我们三年级的老师操碎了心。我见到女孩子就害羞。愚钝、自恋、凶残，我有和我同龄人一样的前青春期的性格特征；女孩子只要靠近我，我整个人就会像海绵一样被紧握的拳头拧干。我不像大多数孩子那样有书卷气，不喜欢看书，但不断出现在我梦中的那个女孩有轮辐状的黑色和金色睫毛，金色的头发有两个披肩发那么长，系着一条小围裙，有一张胆大直率的脸庞，说起话来声音有点颤抖，还有……一个纸身体——她就是约翰·坦尼尔为《爱丽丝梦游仙境》所画的插图中的女孩。我理想中的爱丽丝活泼开朗、不偏不倚、沉着稳重，但很快她就被第二张脸充实并软化了。在母亲犯头疼病的一个下午，父亲带我去看电影，本来我选定了一部对儿童并无害处的电影，血腥、角色全是男性的《火爆三兄弟》，但父亲更喜欢做怀旧之旅，他要去以前在海滨度假时他喜欢去的一个地方看。于是我们去了美琪大剧院，他第一次看到波拉·尼格丽[①]就是在那里——我们在那里也看到了波

---

① 波拉·尼格丽（Pola Negri，1894—1987），美国女演员，出生于波兰。主要作品有《卡门》《杜巴瑞夫人》《好莱坞》等。

拉·尼格丽，她头发蓬松、懒散、打哈欠、备受蹂躏、浑身脏兮兮……跟爱丽丝完全相反的一个人。

我们班的美女，诺顿家的双胞胎，艾丽和林迪，跟北欧的爱丽丝和外来的波拉相比差远了。如果她们是一个而不是两个的话，如果她们的举止没有那么幽默、风趣和可靠的话，她们那种头发蓬松、脸上有雀斑、喜欢害羞的漂亮，可能就不会被人注意到。在布里默，对于我们来说重要的不是性感、运动能力强或者学习成绩好，而是我们的受欢迎程度。每个孩子脑子里都有一份不成文的班级人气民意调查，每个人都有排名，我们每个人都成天痴心妄想着自己的排名，它就像我们的血液或指南针一样颤动着，变化万千。九岁，性格对于一个孩子来说也许还“在卵中”有待形成，完全谈不上什么喜不喜欢的。坐在艾丽·诺顿旁边，我不敢拿正眼瞧她，只是从她的人气中大口吞食声望。一开始我们并不是很亲近，后来这种亲近使我们成了亲密的朋友，因为艾丽身上有一种小孩子天赐的恩典，我想，是恩典中的恩典吧：她能把和她谈话的那个同学的人气排名完全给忘了。没有哪个白痴会像我们这个轻率、健谈、聪明伶俐的孩子，像我们年级的这位美女一样毫不挑剔。她注意到我习惯把头歪向一边，闭上眼睛，像一头公牛一样在足球比赛中横冲直撞——她想自己取乐，又不想伤着我，就叫我布法罗公牛。在全校大会上，她会心满意足地傻笑，对着身穿黑白两色的高年级女生赞叹不已。“多么彪悍的人啊，简直就是个绞肉机！亲爱的姑娘们，”她会学着她母亲那副精明世故的样子，叹声说，“从布里默毕业之前，我们都将成为家庭教师班的饲料。”我觉得除了我那调皮的温斯洛小外婆，艾丽·诺顿比其他任何人都更了解我。

一天早上，灾难发生了。我身后那个没有朋友的男孩，轻轻碰我的胳膊肘，碰了有一分多钟，想引起我的注意，等到我愿意抬起头时，就看见一大摊金色的水从艾丽椅子底下向我这边蔓延过来。我不敢说话，不敢微笑，不敢朝她的方向眨一下眼睛。她大声喊叫着从教室里冲了出去。我试图抓住所有目光，却又不愿承担责任，于是侧过脸不由自主地对着空中傻笑。我觉得自己比艾丽·诺顿优越，于是开始感到狂躁，挣扎着想咽下一种刺痛的空虚感——我是在抛弃她吗?我们的老师气得不管我们，自己跑去了大厅。全班都不知所措，安静地转来转去。女孩们脸通红。男孩们傻傻地笑，直到校长马妮斯小姐出现。她穿着一件浅褐色上面点缀着深棕色圆点的连衣裙，像飞蛾一样立在教室中央，在阳光下闪闪发光，我们吓得不寒而栗，赶紧冲回自己的座位。马妮斯小姐讲到“身体不适有什么好笑的”。她突然停住口不说了，脸上露出一种厌恶的表情。她盯着我……我神情恍惚，心里既感到内疚又很兴奋，我坐在离我最近的椅子上，就是那张艾丽·诺顿刚刚离开的椅子。“洛威尔，”马妮斯小姐尖声喊道，“你打算一上午都泡在那里，呆头呆脑像个木头一样吗?”

艾丽·诺顿后来回来了，她对我的友好态度还跟以前一样，确实没有中断，但是里面却掺杂了某些东西，我站在她面前试图回应她那漫不经心的闲谈时，感到很别扭。我时时刻刻都在想她；现在我很少与她的目光接触，她在身边的时候我就觉得很富有又很生怯。我非常想留在布里默，最后那一年，5 月底的一个下午，我跟母亲撒了个小谎。我说:“马妮斯小姐恳求我留下来读五年级。”母亲指出五年级从来没有一个男孩。被人反驳我就更来劲了。我说:“如果马妮斯小姐求我留下，我为什么不能留下?”我提高了嗓门，用两个手掌拍打着地板。母亲感到厌烦又困惑不解，犯头痛上楼去了。“如果你不相信我，”我在她身后大声喊，“你为什么不给马妮斯小姐或诺顿太太打电话呢?”

3月和4月里，布里默学校在阳光明媚的下午就会停课，老师带着我们在公共花园那讲规矩、有风景的人行道上散步。那时候我会在古老的铁栅栏边磨蹭，张大嘴巴渴望地望着隔着查尔斯街的历史悠久的波士顿公共绿地，现在它基本上是城中的贫民公园。公共绿地里有座青苔覆盖的联邦士兵青铜浮雕，还有一辆缴获的德国坦克，身上装满了臭烘烘的报纸团。到处都是沙砾和垃圾，还有拉帮结派的爱尔兰人、黑人和拉丁美洲人。礼拜天下午，演讲者就在萨科和万塞蒂的塑像身边大发议论，而其他人则站在那里起哄，堵住人行道。机敏的年轻警察为了找事，懒洋洋地躺在长凳上。黄昏时刻会有一个警察中尉骑马巡察公共绿地。然而，在这边的公共花园里，只有利弗警官，一个满头白发、留着八字胡的显要人物，他曾经是工会俱乐部的门卫。他现在看起来更像是俱乐部的一个成员。我的外祖父温斯洛会说："利弗是个老于世故的城市佬。给他哈里斯粗花呢和一杯苏格兰威士忌，就可以和他称兄道弟。"利弗警官没有什么思想，也没有什么事迹，但是住在后湾和灯塔山的父母们就是喜欢他。没有人要求这个空洞的狮子一般的洛格国王①像千里眼一样来看护孩子们。

一天，在朱砂玉兰盛开的时候，我在英联邦大街的众目睽睽之下，把"牛头犬"宾尼撞在乔治·华盛顿的雕像基座上，磕得他的鼻子鲜血直流；然后我又把多西·丹·帕克揍得鼻子流血；然后我站在一个有日晷装饰的郁金香花坛中心，用湿肥向围成一圈的三年级小敌人开火猛掷。利弗警官接到了报警电话。利弗警官又赶紧给我母亲打电话。当着母亲和三十来个保姆和小孩子的面，我被驱逐出公共花园。我真是个坏孩子，我被告知"甚至连利弗警官也被迫严肃对待此事了"。

---

①　《伊索寓言》中一个有名无实的国王。

新英格兰的冬天很漫长。礼拜天上午也很漫长。我们家礼拜天上午的时间常常因准备招待客人而变得乏味。母亲会在九点钟开始打开收音机。每当天气冷得会冻伤人的时候，她就把书房的窗户关上，结果我们就被厨房里刺鼻的酸味袭击了，它从一个加建的难看的送菜升降机井口袅袅飘上来。于是窗户又被推开。我们坐在冰川般纯净和富有牺牲精神的气氛中，呼出的气都是白色的。父亲和我穿着母亲在菲尔斯名牌折扣店买的开司米羊绒无袖运动衫。一本“自己动手做”的书放在父亲的扶手椅上，里面有正确片切烤肉的刀法图解。随手就可以翻阅网球界的大佬比尔·蒂尔登、国际象棋界的卡帕布兰卡、西德尼·伦茨桥牌专栏的新闻剪报，还有一本大部头著作，里面有托马斯·利普顿爵士在“保杯”赛中失误的一些有美国民族主义倾向的素描画。父亲在这些消遣活动上进展甚微，但有一位作者向他保证，只要是能识字又有意愿的读者，就能掌握这门课程的知识。整个冬天，都有一道灰白色的光透过这间唯一的书房的窗户闪耀着。在那满是烟灰面色通红的砖砌走道上，一个防火梯靠在被烟熏黑的木栅板上，显得格外醒目。父亲认为，对一个海军士兵来说，去教堂做礼拜是件很不体面的事；他在礼拜天的早晨会干一些更有用的事情，比如在他的三个崭新的镀锌垃圾桶上刻上字母：R. T. S.洛威尔——U. S. N.。

礼拜天晚餐的客人通常是海军军官。海军军官不是母亲待见的那类人；在那个时候，很少有她能待见的人，这就是她的麻烦——一个非常真实、很人性化、貌似有理的难题，它使母亲的生活充满了痛苦。她不具备应对广泛的人类经验的自信；她需要被人喜欢，被人仰慕，被认可和熟悉的事物包围。她的傲慢和冷淡其实是恐惧的表现。她一开始会像一位贵妇那样讲话，然后就退到后面，僵硬地立着，闪烁其词，好像害怕会被她自己那大规模极具威胁性的冒犯之举打垮似的。

父亲在安纳波利斯的老室友，“战列舰臭比利”哈克尼斯中校，是里维尔街的常客，也是一个总把母亲搞得不知所措的人物。比利如同一颗天然钻石。他喜欢拿他的“全美家谱”开玩笑，坚持说他的名字，哈克尼斯，应该拼写成“赫克尼斯”。他来自肯塔基州的路易斯维尔，喝威士忌是为了“恢复他的波旁[①]血液，但他说话的口音——据他的同事们说——“就像一匹用麦麸喂养出来的种马”。比利中校跟我父亲一样，十四岁就进了海军军官学校，所以他的南方人特性早已荡然无存。因为对赛马、登山、民谣、火腿、酸辣酱、烟草……以及有多少肯塔基州的上校这些事情一无所知，他总是被人取笑。虽然他算不上是一位具有老弗吉尼亚风格的军官和绅士，但也称得上是一个与众不同的美德组合：他的科学课成绩在班上遥遥领先，他的长官们却称他为“一个有指挥习惯的数学疯子”。他和我父亲，他们班里年纪最小的两个人，经常被分派到同一艘舰艇上。臭比利的行政天才让父亲顺从的韧性显得可信，有了用武之地。他在聚会上喝得烂醉如泥，但在值勤时却能做到滴酒不沾。因此，大家认为哈克尼斯中校是07届最有可能成为四星上将的人也不是没有道理。

比利称自己的妻子为吉米或吉姆斯，提到她时的语气既粗鲁又友好：“噢，吉米是个聪明的贱货。”哈克尼斯太太是个不讨人喜欢的稀罕物，她是海军妻子中我们知道的唯一的大学毕业生。她身材平平，把自己的聪明才智隐藏在粗俗的举止和那紧张的叽叽喳喳的奉承话中。“夏洛特，”她几乎是在对着母亲尖叫，“这是海市蜃楼吧，这是你自己的餐厅，这真是个奇迹！”

---

① 波旁是美国肯塔基州的一个县城，此地酿造的威士忌非常有名，人称波旁威士忌。

然后妈妈可能会微微一笑，答话的声音听起来很遥远，但是很温馨，很有趣："我通常会设法让自己舒服一点。"

母亲的舒服是别致的、浪漫的、任性的。如果她的银器闪耀光芒，那一定是热烈而又完美的光芒，以谴责海军妻子们那种讲求实用的家庭生活。她决意要把她的环境打造得美丽奢华，但不又能让她的美丽奢华空无陪伴。过于专一地追求美，意味着一种艺术昏庸，她的姑外祖母萨拉·斯塔克·温斯洛就上演过这么一出滑稽戏。这位美人太高贵太独特了，无法步入婚姻的殿堂，她就像钢琴上的首席女高音，调子太高，根本不适合公开演出。唯美就意味着一个人因为自己的投资被爱干涉的亲戚管理而蒙受令人感伤的耻辱。另一方面，奢华对母亲来说，就是新建的斯塔特勒酒店大厅里看到的那种石膏线和愚人金的光泽。她厌恶伯克哈特教授家那种营养不良的包豪斯现代主义，但是她发怒的时候，又会谴责我们家那华而不实的迈尔斯桃花心木家具，说它们只"适合贝尔维饭店的政客"。她保持着一种中间路线，非常推崇意大利陶器上那种清新的农民色彩和严谨、轮廓鲜明的线条。她喜欢说"法国人的确很有品位"，但话里又带着双重讽刺，言下之意是法国人为达目的不择手段，没有道德标准，实际上不比海军里的粗蛮之人好多少。母亲那幢漂亮的房子，因外表华丽、内在实用而显得高贵有气派。

"我一直认为刀功是一种很有绅士风度的才能。"母亲曾经这样宣称。面对这一观点，父亲开始认真研读他的指导手册或不列颠百科全书中关于餐桌刀法的章节。最终，他在无数小型的、专业化的波士顿"大学"中发现了一个被称为厨房刀法学校的机构。从那以后，每个礼拜天他都会静静地对着面前的烤肉练习，笃行不倦，眼睛眨巴眨巴，脸色发白，气喘吁吁，从眉毛上擦去汗珠。他的目的是要一刀一刀再现他最后一节刀法课，而且他用刀片切的时候还得听从远程遥控，处理某个不靠谱的实验那点形式正确和特定错误。他喜欢说些冷调的俏皮话来开他的刀功师傅的玩笑——“一个自带马汉[1]风范的哲学家！”他喜欢假装是那位刀功师傅，说“没有两块切片是完全相同的”，因此，“每块切片都是向那个‘行刑者’提出的原始问题”。客人们会很开心听到父亲说：“我在断头台上不过是一介平民。来一大块我的烤牛肉杂碎吧。”

使父亲生气的是哈克尼斯太太一激动起来说话就肆无忌惮，她在研究他砍和劈的刀法。她肯定是说了些不得体的话，比如比利中校是个“抠门的刀法艺术家，能把华盛顿将军从钞票上用刀抠下来”。

而比利中校，这位天生的刀法大师，无视任何阻挠背诵起了韵文诗：

靠着我的刀功
　　日子还过得去；
但这份报酬微薄，
　　谁也比不过……

我片切的肉薄如纸，
　　我可以把一只珍珠鸡，
连同所有的杂碎、骨头和皮，
　　片成大餐让十个人大快朵颐。

而我，无缘无故突发脾气，脱口而出：“妈妈，温斯洛外公要掏

① 马汉（Alfred Thayer Mahan，1840—1914），美国海军军官、史学家。

出多少钱付给爸爸的刀法学校呢？”

这几个礼拜天都是跟哈克尼斯夫妇共进晚餐，总是闹哄哄的。父亲外向得有些不自然，他会带着我上前说：“臭比利，我要你看看我从婚姻契约中得到的第一张优惠券。”

比利中校会回答：“所以这就是你为未来战争准备的测距仪！”他们会让我敬礼，立正，稍息。比利对我说：“好一张天使的脸庞，你会成为一名飞行员的。”

当然，吉米·哈克尼斯是知道的，父亲正在一边焦急地与利弗兄弟肥皂公司谈判，一边安排他的辞职事宜，但什么也阻止不了她一次又一次提议“母鸡们向公鸭们敬酒”。吉米拖着母亲站起来，冲着鲍勃和比利尖叫：“敬鲍勃和臭比利，为他们下一艘战列舰还在一起干杯。”

07届是父亲和比利中校最喜欢谈论的话题。晚饭后，女士们移步到楼上的起居室。我被特许留在餐桌上和男人们坐在一起。他们一遍又一遍地谈论他们的舰旗在世界各地巡航，在中国内战期间逃脱“返航”，在长江上游搞炮舰外交，在关塔那摩调养休整，在毫无意义的尼加拉瓜政变期间巡逻帕帕加约湾，当时洗漱用的水每桶要价一美元，而且水里面大多是“碱和孑孓”。班里伤亡的同学包括：霍尔顿和霍尔科姆，因一艘刚下水的舰艇在汉普敦路线[①]附近沉没而淹死；鲍迪奇伯爵，被莫罗斯人杀死，他临终前对哈克尼斯中校说过一句著名的话：“我没事。干你的活去，臭比利。”

他们会谈到1918年那场可怕的流感疫情，他们同学因那场流感丧生的人数，超过了在所有小规模冲突甚至是在世界大战中牺牲的人

① 位于北美洲东海岸，美国马里兰州乞沙比克（Chesapeake）湾口的三个港埠：诺福克（Norfolk）、纽波特纽斯（Newport News）、朴次茅斯（Portsmouth）的总称。

数。然而，属于这样一个班级是一种荣誉，这个班有“木匠”卡彭德，他的驱逐舰“范宁号”是唯一一艘迫使德国潜艇破水投降的英美军舰。另一件值得骄傲的是，他们的三个同学，贝灵格、里德和另一个同学，就要执行第一次横跨大西洋的水上飞行任务。他们相信团队精神，像林德伯格[①]单飞巴黎的举动则被他们认为是不专业的，是报纸上的把戏。令父亲和比利中校怒不可遏的是“当之无愧的民主党人”搞出海军管理部门这样一个虚幻的“马巢”。难道不是布赖恩国务卿命令他们的老战舰“爱达荷号”友好出使瑞士的吗?“布赖恩，布赖恩，布赖恩，”比利中校瓮声瓮气地说，“虔诚的探险家们已经被告知，日内瓦湖吞并了亚得里亚海。”另一个“有假腮的人”，“由海军神职大臣加封的”约瑟夫·丹尼尔[②]，拒绝把父亲和比利送到战区。“看看吧，”比利常常慷慨陈词，“我们这些在那场著名的官僚主义胜战中的殉道者。我们的名字都成了红彤彤的印刷字。”有一个人他们非常佩服，那就是西奥多·罗斯福。比利曾经是参与帮助“护送泰迪熊[③]到巴拿马的一名幸运海军少尉”。也许是被恶意地取了一个不恰当的外号，“臭比利”，哈克尼斯中校总是用粗野的调侃来对付班里的那些假军人，那些行动不再听从军令的军官们。在更多伊壁鸠鲁式情绪中，臭比利会宣布他“打算从志得意满、好心好意，但被误导的西点军校军官们那里弄些钱来攒着，他们够轻率，轻易就把全部家当都压在陆军足球队那边”。

---

① 林德伯格（Lindbergh，1902—1974），美国飞行员，生于密歇根州底特律，是瑞典移民的后代。1924年，他开始随美国陆军航空军，训练成美国空军飞行员。1927年5月20日至21日，林德伯格驾驶单引擎飞机“圣路易斯精神”号，从纽约飞至巴黎，跨过了大西洋，其间并无着陆，共用了33.5小时。

② 约瑟夫·丹尼尔（Josephus Daniels，1862—1948），新闻编辑、出版人，后从政，被威尔逊总统任命为海军部长。

③ 指罗斯福总统。

“鲍勃，让我们瞧瞧你的‘无花果号’和吃水线。”比利会这么说。他羡慕父亲瘦削的腰围，对着他的秃顶露出熟悉的微笑。他说：“鲍勃，你一直保持着你的排水量，体型一点没变，只是顶部的防擦装置不知何故变得更加稀薄了。”

比利中校酗酒是件令人头疼的事。他会霸占父亲那把神圣的“犀牛皮”扶手椅，两腿叉开，让这个经受过考验且靠得住的框架发出呻吟，然后他会大声喊出冗长的所谓的祝酒词——“祝福我这个爱喝酒自大狂妄的爱尔兰酒鬼”，把母亲气得如同钉在了十字架上。他会举杯为我们的鸡尾酒调酒器庆祝：“为了洛威尔王国的古老甘露干杯。”他会扯着风箱一样的嗓门大喊：“嘿，嘿，万岁，马蒂诺先生，哈——我们的——哈——老船友，哈——07 届光荣的班员。”他每一次来我们家，都必定会一饮而尽，以干杯的形式向这个国家的元首致敬：“为赫伯植物园的胡伯干杯。”这是明目张胆地挖苦赫伯特·胡佛，因为后者在布鲁塞尔举行的一次战争救济宴会上，绝对正确但又绝对孤立地拒绝“喝下任何比溴塞尔泽更有效的东西”。比利中校那球茎一样的脑积水似的脑门上放射出愤怒的光芒，积水直流。一想到赫伯特·胡佛和禁酒令，他就无法克制自己。“是个混蛋！自从那可敬的泰迪熊之后，我们很久都没有由一位身体力行的绅士掌舵了。”他朗诵描写海洋的“湿”诗，例如插入在父亲课本里的那些诗句：

我迈着有节奏感的步伐踏上那座桥；
心中骄傲，但痛苦却是此刻脸上的表情——
难道那如毁人之罪般令我担心的事是
在海上哪里可以买到干杜松子酒？

几杯酒下肚，比利中校就表现得好像我们都是他的财产似的。他看起来像一个烟灰堆成的人。雪茄烟灰把纹章刺猬埋在他身边的烟灰缸上；雪茄烟灰撒得到处都是，弄脏了绣在桌盖布上的金鹳；雪茄烟灰落在他自己闪亮的蓝黑色制服上。母亲瞪得老大的眼睛一会发亮，一会阴沉。她悻悻地说："我从小被我爸爸当作海军军官养大，被教导要保持整洁，做到一尘不染。"

有一次，比利中校猛地向后仰靠，弄得扶手椅都快散架了。"你看哈，夏洛特，"他对我母亲说，"在更年期高峰，我会把鲍勃的椅子弄坏。"

哈克尼斯喜欢对艾米·洛威尔进行无聊又没有品位的滔滔指责，他大概认为这是他在饭后抽支雪茄时必不可少的节目。他会用一支气味难闻的细雪茄烟指着我母亲，自鸣得意地说："来一支细雪茄，夏洛特。把烟喷在这支黑色大方头雪茄上，你就可以和从只会讲西班牙语的共和国来的任何臭气熏天的美女小姐有得一比了，那里的人眼瞎是不是因为喝了鲍勃在浴缸里私自勾兑的烈酒就不得而知了。当你灰飞烟灭的时候，夏洛特，要记住咱们的'缅因号'[①]。记得艾米·洛威尔，那个嚼雪茄、狂笑、无知觉、无格律、身价数百万的女继承人，压在一个飘浮的堡垒上的重量级吉祥物。去他的模式！来支雪茄，全速前进！"

在我们家，艾米·洛威尔从来都不是一个受欢迎的话题。当然，没有人对洛威尔小姐不敬。她是那么有胆量，那么难以对付，美到无边，臊得无际，亨利·詹姆斯就可能会这么说。然而，虽然她自己显

---

① 美国的一艘战列舰，于1886年8月3日在布鲁克林海军船厂开建，1895年9月17日开始服役。1898年1月"缅因号"由美国佛罗里达州基韦斯特驶往古巴哈瓦那，三个星期后的2月15日下午9时40分，停在哈瓦那港的"缅因号"发生爆炸沉没，造成266名官兵死亡。此事成为美西战争的导火索。

然很体面，无可挑剔，但她就像梅·韦斯特一样，似乎挑起了别人身上的不雅行为。我那时还太小，有一件事弄不明白：就是艾米被纽约酒店相邻房间里举行的蜜月活动吵得睡不着导致偏头痛发作的事。艾米的亲戚们本想把她尊为一个人物，虽然有点出格，但行事还是完全合乎自然定律的，就像艾米少女时代的偶像杜丝[①]。或者至少，她的一生可能毫不含糊是悲剧性的，短暂的，是一个经典，就像她最后的偶像约翰·济慈。我的父母为洛威尔小姐的《济慈传》做过虔诚的辩护，理由是这本书耗尽了作者的生命，比她的诗歌更富有男子气概，而且通俗易懂。她的诗歌！但是，谁会把艾米那高调、专横、毫无淑女风范的中国式风格称作诗歌——不过是她的自由诗罢了！对于那些能理解这一点的人来说，她的问题无疑是无可指责的，但她那厚颜无耻的行为举止让我的父母很欣赏罗伯特·弗罗斯特所说的一句话："写自由诗就像打网球没挂网。"

一提到艾米·洛威尔，母亲就动怒。她可不管也不关心她的亲戚是受到表扬还是遭到批评，立马就会说："艾米有勇气坚持自己的信念。她工作起来就像马一样卖力。"母亲通常会得出一个典型的结论："艾米确实坚持要艰难地做每一件事。我想，也许她的哥哥，哈佛大学校长，为其他人做得更多。"

父亲似乎常常不太在意客人们的谈话。他会咂着嘴唇，心不在焉，脸上露出迷人的笑容，仿佛他在期待着舒舒服服的普通市民生活——在夏威夷海滨度过一个悠长的假期。然而哈克尼斯夫妇却把他吓住了。他开始掂量辞职一事，用一种意义含混不清的欺骗性口吻说："某些普通市民，不比你我更聪明，却能付得起高达船长年薪的所得税。"

---

① 杜丝（Eleonora Duse，1858—1924），意大利戏剧女演员。

遗憾的是，哈克尼斯中校从这些话中得出了不恰当的结论。如果不考虑“商业传奇”，他就会破口大骂资本。“是的，老鲍勃，”他气急败坏，语无伦次地说，“我一想到保险业和经纪人团伙用不正当的手段囤积居奇，我的心都要碎了。财富啊，成功啊，超越啊！要是我和鲍勃拥有那一半的赃款，耶鲁的哈克尼斯就会把钱捐给哈佛的洛威尔，让他为波士顿带英国口音的好基友们盖一大批乔治亚风格的房子！”他闷闷不乐，没完没了叽里咕噜地拿退休海军军官说事，说他们“被迫像苦力一样靠自己少了一半的工资生活。公麋党[①]万岁！”他大喊大叫。“柯利老板万岁！极左派万岁！”

比利中校讲起他1918年的一次外交使命时，什么都堵不住他的嘴。那时候“他亲眼看到了极左派遍布他故乡的荒野”。他到过布达佩斯，“那时贝拉·库恩[②]还在摇摆不定。贝拉在把那些匈牙利钱袋子和教育家们推到美国慈善事业的怀抱里”！

然后母亲会满怀憧憬地说：“妈妈总是说老派的匈牙利人确实很有品位。比利，你刚才提到布达佩斯，让我好想去欧洲。我非常非常渴望得到鲍勃和鲍比的允许，明年夏天去埃特列塔。”

少校比利·哈克尼斯立刻发挥所长，作了像《军功十字章》这样的诗句：

我向那家伙致敬，他漂洋过海，
　　在伦敦逗留了一年，
回到了心爱的妻子身边
　　问心无愧，清清白白，

---

① 美国历史上昙花一现的政党，是1912年成立的国家进步党的昵称，因其领导人西奥多·罗斯福自比为公麋而得此雅号。

② 第一次世界大战后匈牙利的领导人。

夜夜在皮卡迪利大街上徘徊
　　冷眼瞪着狂浪的妓女，
人一走近，他就说“臭比利啊
　　你是妈妈的宝贝小天使——”
现在他成了带军功章的人！

然而，母亲温和地微微一笑。她会说：“比利，我的表亲莱德亚德·阿特金森上将询问起你写的 vers de société 时，眼睛总是闪着一丝光芒。”

“‘汤米’阿特金森！”比利中校哼着鼻子不屑地说，“我对他可谓了如指掌。他是我在秘密写作的一本书中的第一章，我会把书交给海军档案室保管，书名就叫《我所知道的狂野的海军上将们》。现在，我可不能再光顾萨默塞特俱乐部的内室了，因为害怕汤米上将会用他的《谁赢得了日德兰海战》书中的五个新篇章来攻击我？”

在比利中校的热情推动下，坐在阿特金森家的树荫下感觉很好。表亲莱德亚德并不真是一位海军上将：他在二战期间临时被提升到这个级别，很快又降回到原来的上校军衔。1926 年，他都接近退休年龄了，仍然是一个上校。他掌管着一艘庞大、威武、舒适但又很反常的军舰，这艘军舰很少出海，只能紧靠着查尔斯敦的干船坞做近距离航行。表亲莱德亚德本人的样子也很威武，很反常。他神态安详，银发飘飘，长相酷似西班牙人，喜欢举行穿戴整齐的正式招待会，在他的船舱里像公鸡一样自鸣得意地啼叫，那里挤满了穿着制服的菲律宾人、古巴纪念品，还有成排的实验用火器，比如胡椒盒手枪和一挺使用电池的机枪。他滔滔不绝地讲着西班牙短语，讲述着与施莱海军上将一起服役的历险故事，使人联想起菲利普二世的无敌舰队中有一个指挥一艘大帆船但从未出过海的外交官。表亲莱德亚德用他妻子的钱买了一艘装有柚木甲板和一台新式柴油发动机的汽艇。当他的军舰永远停靠在锚地时，他总是驾驶这艘汽艇在港湾附近匆匆行驶。“啊，莱德·阿特金森终于有艘自己的快艇可以驰骋大海了！”这是我父亲能为他的亲戚说的最好听的话。身为实干家的比利中校则更心有同情：“汤米的时速高达一百马力。”然而这样一只恐龙，却几乎拿不出什么东西回敬一个07届的安纳波利斯毕业生。比利最后的判断是，表亲莱德亚德懂的三角学知识不比一个女学生多，他是阴错阳差或者是通过“装点门面”而得到晋升的，他“实际上正计划把航空母舰置于方帆上，以阻挡北方佬航海术日益衰落的浪潮”。母亲对阿特金森上校这种慢条斯理的聊天失去了热情——他“分不清哪个女人是哪个女人”。

表亲莱德亚德的妻子来自斯克内克塔迪的霍斯家，和我现在还活着的曾祖母迈尔斯是远房亲戚。她比她丈夫小二十岁，这使得她成了一个很难相处的伙伴，她年轻，精力充沛，因为年龄关系总要求别人向她致敬。有一次，在参加马特波伊西特网球锦标赛时，她的对手是一个年龄与她相仿的女人，但嫁给了一个年轻的丈夫，她对她的对手说：“我想我可以叫你露丝，但你可以称呼我阿特金森太太。”她是基督教科学派的信徒，穿着时髦的哔叽西装和镶着花边的衬衫到处乱跑。她钱包里装满了“科学”文献，在亨廷顿大街的基督教科学派的母庙里吹嘘“波士顿最伟大的大风琴”，她这样讲可不是在说反话。她小时候是在我们家现在这些迈尔斯家具的陪伴下长大的。她对母亲的品位嗤之以鼻，对我们不了解迈尔斯家族的历史极为不满，只把我们当作这些迈尔斯家具的保管人，憎恨任何改动，对表亲卡西与每件家具的联系桩桩件件都记得非常清楚。她才不听我母亲说神经痛是件痛苦的事呢；她把我的哮喘看作是“生长的疼痛”，并试图通过讲医生的坏话来振作我们。她一本正经地胡言乱语，精力实在是充沛。从吃第一道烤牛肉到喝第二杯清咖啡期间，阿特金森太太一直说个不停，她告诉我们她的医生如何“大吃一惊并让她大肠内一个囊肿人间蒸发”，听得我们直入迷。

我能听到我父亲试图向表亲莱德亚德或比利中校解释他从海军辞职的原因。他会用一种不自然的、纠缠不休的戏谑方式打趣说：“比利小子呀，这话说出来都不好意思，这个马萨诸塞州不赞成通过邮政服务来行使选举权和投票权。自从1907年我们毕业后，我就再没有机会在这里好好待过。我想我会把我的蓝色海军服收起来放进樟脑丸中，我之所以会成为一个普通市民，都是为了证明我仍然属于这个国家。坎布里奇的利弗兄弟肥皂公司的主管们……我猜对于普通市民来说，比利，他们做事真的有些效率，因为他们跟我说，希望我加入他们的团队。”

或者，父亲、表亲莱德亚德、比利中校，还有我，坐在餐后的桌旁，面对面地交谈。父亲会说：“我怕我会因称病上岸后变得很无聊。我不适合网球单打了，年纪太大，但是相对于那种被称为高尔夫的老态来说，又太年轻了。”

表亲莱德亚德和比利中校会静静地吸着雪茄。然后父亲会再尝试一次，语气幽幽地说：“我认为一个海军永远也不会成为一个外人，他不会将他当兵时交的朋友全部换掉。”

然后表亲莱德亚德会给父亲一个礼貌的、哀伤的表情，并说：“讲起高尔夫，鲍勃，你把我打得一蹶不振。三十年来我在比赛中一直处于不利地位，从未破过九十。”

比利中校更直率。他总是取笑父亲，说他成了共和党初级商会的“拾荒者”或“事务长”。他会假装父亲有被关进监狱的危险，因为他逃税去支持“山姆大叔的马戏团”。马戏团是比利中校对海军的戏称。这个词还让他想起一个比喻，有一次，他从餐桌边站起来，严肃地吼道：“听啊，静静地听，鲍勃·洛威尔，我们聪明的男孩，我们班的小宝贝，现在和‘响尾蛇狗屁老鼠’理查德森一样了，理查德森辞职离开了我们，成了塞勒-弗洛托马戏团的新闻官。他写信跟我说过这么一句话：‘亲爱的臭比利——在那些大象和穿着亮片衣服的人们前面打鼓时，我就常常想，为什么我遇到的同学这么少。’”。

那些晚餐，那些道歉！也许我夸大了他们的尴尬，因为他们的回忆如此灰暗，似乎是个不祥之兆，预示了我父亲作为一个普通市民和波士顿人会走下坡路。我想，父亲在等待着新生活的同时，会被铁锁链铐上一两年，远离他的老同志和旧兴趣，这也是意料之中的事。

礼拜天的晚餐，我常常一直坐在餐桌旁，从桌子上吸收寒气和焦虑。我想象着自己被我们继承来的维多利亚时期的迈尔斯家具包围着。在里维尔街这个冷冷清清的餐厅里，所有这些东西都没了从前那种从容淡定，那种气度只藏在卡西·朱利安-詹姆斯表亲的纪念册里那夏日薄纱般的面纸后面。在这里，餐桌、高脚五斗橱、椅子、屏风——红木的、樱桃木的、柚木的——看起来很别扭，比例不协调。它们似乎在退缩，摸着胳膊肘，从一只脚挪到另一只脚。那个高脚五斗橱上方，我们的金色国鹰高高在上，屈身向前，打着石膏显得老态龙钟。那些比纯银器更珍贵的谢菲尔德牌包银罐子，外层剥落了；梅森-迈尔斯冠饰纹章上的美人鱼，呈现出害羞般的金属铜红褐色。支撑我们餐具柜的青铜狮身人面像，在新英格兰刺眼的阳光下，看上去就像是大急流城[1]制造的便宜货。很明显，没有人着急想要将那台落地大座钟的分钟、日期、月份与它那柔和的、用来显示月相的古老的荷兰海景画面盘同步。被敲击的钟锣声仍然动人心魄，听起来就像是

---

① 美国密歇根州第二大城市，以生产家具而闻名。

蒸汽穿过管子时发出的砰砰声。为了适应北方佬低矮的天花板，迈尔斯上校那块高耸的藏式屏风被截短了，毫无敬畏之心。现在，它看上去粗糙又笨重，就像一头印度水牛在狂奔中被杀死，但仍然保持疯狂的冲力，这块屏风赫然出现在我们面前……把带柜子的洗涤槽藏了起来。

真正能夺得蓝带奖的 bête noir① 是卡西表亲的父亲，末底改 · 迈尔斯第四个也是最杰出的儿子：西奥多罗斯 · 贝利 · 迈尔斯上校的画像。这个上校和我们一半的新画像一样，都不过是一种旁系亲属关系；虽然他和詹姆斯 · 罗素 · 洛威尔一样跟我们很亲，但没有人称这位上校为“舅曾祖父”。因为得记住他的全名、军衔和亲属关系，母亲开玩笑地假装头疼，说她的脑袋瓜实在不够用。在这幅肖像画中，西奥多罗斯上校身穿黑色外套和灰色长裤，过分保守的衣着令人联想起殡仪员或交响乐厅的乐师。他的鞋套是用珍珠灰的长毛绒做的，还带珍珠纽扣。他的胡子可能是在模仿一个西部酒保的胡子。雄伟的藏式屏风把他包围着，仿佛他是来自拉萨的祖神，抱着一种亵渎神明却又虚假的态度。迈尔斯先生的上校标签被粗略地缝在一件平常穿的便服上，他的纽约游艇俱乐部的纽扣章像康乃馨一样闪闪发光，他那自负虚荣的相框有一英尺半宽。他的右手永远悬停在一个罩着模型机车的玻璃圆顶上。他隐约有些像中东人，在等待着什么。母亲缝纫圈里有位女士讲得很贴切，她把这张画像解读为“所罗门国王即将接受谢芭女王在波士顿和奥尔巴尼铁路公司的股份”。现在，这位上校在卡西表亲的华盛顿府宅中曾经拥有的那份荣誉地位已经不复存在。他对 1850 年的美女所做的迷人讽刺也已烟消云散，那是他写在一首名为《无衣可穿》的诗稿中的话，曾经像布雷特 · 哈特的一首讽刺诗那样

① 法语，意思是“黑色兽”，常用来称呼讨厌之人或物。

“在广袤的土地上到处流传”。他收藏的《独立宣言》所有签名者的亲笔书信这样的无价之宝也已失传。他曾经说过：“我的信件将成为我的墓碑。”西奥多罗斯·贝利·迈尔斯上校从来都不是新英格兰人。他的族谱还上溯不到萨默塞特郡一个叫温斯洛或洛威尔的默默无闻的自耕农。他甚至从来没有像他的父亲末底改那样，在1812年一场猩红的血战中大放光芒。他的肖像画平平凡凡，来自一个沉闷而又糟糕的时期。这位上校唯一的儿子羞怯地把自己的名字从梅森-迈尔斯改成了迈尔斯-梅森①。

在等晚餐结束、等客人离开的时候，我总是顶着胳膊肘身子向前倾，用大拇指撑住两边的颧骨，让其他手指相接在前额搭出一个笨拙的哥特式拱门。我会透过这个拱门向外凝望，试图让生活停下来。外面的小巷里，阳光毫不客气地猛照在我们家的三个垃圾桶上，那上面写着：R. T. S.洛威尔——U. S. N。当我闭上眼睛挡住太阳时，我首先看到一个橘色的圆盘，然后是一个红色的圆盘，然后是迈尔斯少校的肖像，阳光照在那像血迹一样鲜红的背心上，令他愈发显得庄严神圣。然而，这位俯视我们的少校身上并没有什么非常之事发生，他是个脸上发福的年轻人，是纽约州上流社会一个轻轻松松的赞助人，是罗伯特·利文斯顿和马丁·范布伦的朋友。高曾祖父迈尔斯从未对一桩塞勒姆女巫的审判案皱过眉头。他的眼睛里没有寓言，没有《五月花号公约》。相反，他平静地看着他的餐具柜，他的刻花玻璃瓶，他的酒橱——梅森-迈尔斯美人鱼的酥胸就刻在一个包银的罐子上。末底改要是能开口说话，他定会说：“我的儿女们，我的血脉啊，恩待你们所得的产业。我们都是二手家具的经销商。”

---

① 迈尔斯-梅森（Theodorus B. M. Mason，1848—1899），美国海军情报局的创始人。

在我的记忆中，坐在那幅老旧的末底改肖像画下的人并不是我父亲，而是比利中校——在父亲放弃了使命之后接任他的指挥官。比利坐在那里聊天吹牛，吹得满脸放光，浑身冒汗。尽管他吵吵闹闹，但他还是释放出了使他成为二战中的副将和英雄的那种魄力。我听到他用崇高的语言吹嘘自己在列宁和贝拉·库恩时代曾捍卫过民主；他如何“践行国王的运动”（即指挥一艘驱逐舰），如何像吉卜赛人一样穿梭在地中海、亚得里亚海和黑海——也不知道他听命于哪一位海军上将的领导，或者他的下一顿饭或者是燃油从何而来。

不过，这位中校总是为父亲历经波折从华盛顿调到波士顿这件事而感到大为恼火。他会质问母亲：“一个像鲍勃这样拥有一颗聪明脑袋瓜的人，为什么要搞砸自己的履历，竟然乞求去已经弃用的波士顿海军基地干二把手这种只有无能的黑人才干的活！”

我很难为情，不敢抬头，因为我知道，中校憎恶我母亲对父亲的统治，认为我的哮喘病是由华盛顿的瘴气所致简直就是天方夜谭，还认为我们最后一次飞往波士顿是一件丑闻。

而我母亲，则会尖锐地把话给顶回去，跟比利解释说，波士顿海军基地除了司令官德·斯塔尔上将外，没有什么接补人员。我父母本来应该住在海军基地内的，当他听说他们未经他的允许就把家安置在里维尔街 91 号后，都气疯了。这个海军上将命令父亲必须住在基地，但母亲却勇敢顽固地把守在里维尔大街上。

她会说：“一个真正伟大的人，知道如何礼貌地对待他的上级。”

然后中校哈克尼斯会绝望地举起双手，发表一通又长又滑稽的演说。他会讲：“你们会相信吗？德·斯塔尔，这个老态龙钟的笨蛋，要让鲍勃·洛威尔每周七个晚上，礼拜日还有两次，睡在海军基地那幢为他这个三把手提供的有二十个房间的宏伟可敬的房子里。‘鲍比，我的孩子，’这个家伙说，‘从今往后我要让你没有老婆陪睡。你每天晚上十点半、早上六点钟，要把你那漂亮的脸蛋推到我的卧房里来。别介意我就躺在德·斯塔尔太太身边，’这个老男孩扯着嗓子尖声说，‘我们不过是两个老人，就像弱不禁风的小孩子一样。但是罗比小子，别让我听见你在打电话，对着那个寄宿在里维尔街的弃妇俯首帖耳。如果我碰巧突然中风了，我可能得赶紧给你打电话。’”

中校双手抓住桌子，把椅子向后一仰，目瞪口呆地望着我，眼睛里充满巨大而又悲伤的惊奇：“我知道小鲍勃为什么是个独生子了。”

1956 年

# 在失衡的水族馆附近

1954年7月的一个早晨，我坐在纽约医院佩恩-惠特尼诊所三楼的卧室里，像往常一样试着把自己的形象矫正过来。我刚刚经历了一次躁狂发作，一种病理性激情的爆发。此时我看到的是医院其他部门那白花花的盲砖，在我的窗前升起。走廊那端，差不多隔着一个城市街区那么远的距离吧，我听到电梯的门关上了，像烧开的水壶一样嗡嗡作响，随着电梯升到顶层，我的十六个病友去了职业治疗中心，这是第二次，也是最后一次分配。我多少有点文学性，又多少有点肌肉发达，为了得出自己的正确形象，我一门心思寻找线索。找得心烦意乱之时，觉得医院的墙壁似乎都变了形，像一团团松软的白云。我想我看见了一个硬邦邦的搪瓷结婚蛋糕，旁边站着高大的白色石头新娘——我母亲，手里拿着那把仪式上用的银质钝刀。她的婚礼现在看来不像是过去真实的一天，而像是一张照片。

这座医院融合了本世纪（19世纪）二三十年代最新颖、最娇媚的哥特式加摩天大楼式的风格——拱门、穹棱、外角和不锈钢。

有那么一会儿我想起了塞纳河中的西岱岛，一个两面临水的小型曼哈顿，路易斯国王的圣礼拜堂所在的小岛，所有的纹章和色彩，所有的清白与无辜，都只为收藏一根刺而建！在那易碎的白色砖墙饰面的烘托下，这幢纽约的医院是多么规整，用钢筋筑成的框架是多么牢固，禁闭在它的治疗室里是多么的纯粹多么的严苛。我数着那一层层的金属窗框，就好像自己还是个孩子，在一块砖一块砖地搭建这座医院。

上午的时间都很漫长，因为吃过早餐，铺好床铺，做完一次非正式的闲逛，看完电视新闻之后，我们还被要求在院子里散步四十分钟。那个地方很正式，没有种花草，铺的全是亮灰色的八角形铺路石，就像某个幽静得难以解释、非常干净的法国广场。我们两两而行，一圈一圈地走着，没有任何支撑物，没有电视可看，没有消遣类游戏可玩，我们就试着交谈。如果我们和另一个男人走在一起，就会被认为是不合作和病态的。那些女人对我来说很可怕。她们有的脸颊凹陷、情绪低落，有的总是在担心医生的感情和言论，有的在恭维，有的在调情，有的则伶牙俐齿地在进行猛烈的抨击——她们全都在说话。而我，难以接近、说话带刺、好色下流、心不在焉、放诞无礼，这样的我和女士们走在一起，她们受伤害，我也受伤害。男人们几乎一样糟糕。我有走得很近的人，但很快我就让他们失去新鲜感了。这对我来说倒也无关紧要，我伤心的是，在短短几分钟内为了有新意或者是有新鲜感，甚至出现在那里，我用尽了所有的力气。然后是实习护士，面容清爽，内卷的齐肩发微微晃动，身穿浅蓝色粗斜纹棉布衬衫，她们一边阅读新出的《先驱论坛报》，一边密切监视着院子里那些战略性角落。如果有一天我磨磨蹭蹭落了单，或者一个人坐在长凳上，她们就会试图温柔地跟我说话，把我带回来。不开花的灌木绿油油的，长得很健壮，一片叶子都没掉，尽管我们周围是仲夏时节的纽约，灰蒙蒙、阴沉沉，但这里的一切似乎都很冷静、自然而然、尚可接受。其他病人看起来就是这个样子。一个大约二十英尺高的巨大铁门保护着我们免受城市和生活的侵扰。这扇大门稍微有点漂亮，比使用要求要更华丽一点。它是锁着的，病人必须是运动员或小偷才能爬上去。我们可以看到门外东河上那令人目眩的蓝色波光。通常有一艘橙色的拖船停泊在离我们几英尺远的地方。它的船头有一个鼓胀的用羊毛和生牛皮做的缓冲垫。它好像在乞求进入我们的庇护所一样，不断朝着水泥堤岸前进，发出刺耳的摩擦声。

我的思绪在良心的画卷中穿行，留在它的回忆里，失去重量，轻轻飘浮着。手摁在一张连手指上粉红的肉垫都能若隐若现的浅黄色半透明的薄纸上，我尝试写几行诗。

在波士顿，汉考克人寿保险大楼的信号灯突然闪亮
宣告天气恶劣，父亲，远在查尔斯敦海军基地。
几乎暖和了……

母亲临死前孤零零地躺在拉帕罗那家小小的私人医院里，那几个晚上，汉考克人寿保险大楼顶部的那根针一直在闪，警报着暴风雨的来临。乘出租车去波士顿机场的时候，我看到那怒气冲冲令人沮丧的红灯不停地闪烁。我的左边，远处的人们正在用喷灯除去旧战舰上的灰色起泡，停泊这些废弃战舰的查尔斯敦海军基地，曾是父亲的猎场。这里是他最后一次找到工作的地方，让他的乐观精神和基础扎实的高等数学知识有了用武之地。新罕布什尔州的白山可能已经被冰封。位于丹巴顿的家族墓园里的黑色小溪、修剪过的冷杉树干、铁矛篱笆和纪念石板可能变得更黑了吧。父亲的家族徽章上那句座右铭仍

然是 Occasionem Cognosce①，他就躺在他那块招摇的新近迁来有些水土不服的墓碑下，他是唯一姓洛威尔的人，那里还躺着大约二十五个斯塔克和温斯洛。当月光和灼人的寒冷照亮父亲岳父的墓碑时，人们可能会认为那上面刻着的名字是在抗议父亲在这片拥挤的土地上拥有一寸珍贵土地的权利，除非他与死去的妻子温斯洛葬在一起。

我赶到拉帕罗时，母亲已经在半小时前走了②。第二天早上，她去世的那家医院呈现出塞尚画作中的一个真真切切的热带场景：阳光穿过修剪过的湿漉漉的松林沙沙作响，照在利古里亚海边的一栋海滨别墅。母亲躺在那里，望着窗外那黑色、绿色、棕色和闪烁的粼粼波光。她的脸匀称有型，很清爽，就好像睡着了一样。她右眼上方有一块耳垂大小的瘀伤。那位在母亲临终前照料了她十天的护士站在床头。她身型高大，身穿灰色衣服，戴着一副眼镜，透明的蓝色镜框由一根发夹夹在一起。她手舞足蹈地拉开了盖在母亲脸上的床单，现在她用匕首式的目光盯着母亲的身体，仿佛死神是一个在生闷气的动物或孩子，只需吓唬吓唬就行。我们站在那里，泪水顺着我们的脸庞流下来，那个护士跟我聊了一个半小时，她的意大利语即使是意大利人也很难听懂。她告诉了我她能记得的关于母亲的一切。讲了十分钟，她可能还在模仿海滩上海浪碎裂的声音，但母亲在她说的意大利话中又鲜活了起来。我听说母亲以为自己还住在旅馆里，想出去散步，还说她只是有点消化不良，每天早上，她都要趁床铺还没有整理之前打开那两扇法式落地窗，让卧室彻底通一通风。她还一直尝试治疗自己的脑出血，叫人给她拿来二十个带有粉色塑料盖的瓶瓶罐罐，不停地往太阳穴上抹奶油和肥皂液。她觉得很过意不去，因为人家不让她早

---

① 拉丁语，意思是：机不可失。

② 夏洛特·洛威尔 1954 年 2 月 14 日去世，她的丈夫 1950 年去世。——原注

上冲凉，晚饭前泡个香香的热水澡。她不停地问起鲍勃和鲍比的情况。“我这辈子从未得过病。Nulla malettia mai①! Nulla malettia mai!”护士出去了。“Qua insieme per sempre②.”她关上门，把我留在房间里。

那天下午，我和母亲的医生坐在一起喝着西扎诺酒。他给我看了埃兹拉·庞德的《杰斐逊和/或墨索里尼》，那本书上有作者用表意文字写的签名，还有一句引语“Non...Comobruti③”。

葬礼在意大利举行，我做了父亲可能想要做的一切。我去见了那些居住在拉帕罗的英国殖民者，他们都是与母亲相识短暂的熟人。我将葬礼安排在一座简朴的英式红砖小教堂，请了一个严肃的英国教会牧师主持。然后我去了热那亚，给母亲买了一副黑金两色的巴洛克式棺材，原本很适合埋葬她心目中的英雄、死在巴黎荣军院的拿破仑。不是我说坏话，殡葬人员利用我不太懂意大利语和意大利人的价值观念，多收了我的钱不说，还犯了一个非常难看而且是没有品位的错误。他们在棺材上把母亲的名字拼写错了，写成了Lovel。母亲生前曾特意强调，要把她名字的字母一个一个刻写清楚，让人好辨认。我几乎能够听到她在纠正工人们的说话声：“我是来自波士顿万宝路大街170号的罗伯特·洛威尔夫人，L—O—W—E—L—L。”

我们起航的那个星期天早晨，热那亚整条海岸线都怒放着炽热的浪花。一个疯狂的皮埃蒙特人驾着一辆杂色的海橇艇在我们周围高速行驶，它的舷外马达没有消音，噪声很大。我们的小邮轮已经达到每小时二十海里的速度了，但那辆海橇艇却划着“8”字形行驶在我们船头。母亲永久密封在她的棺材里，躺在舱底，她孑然一身，就像去

---

① 意大利语，意思是：永远不生病。

② 意大利语，意思是：永远在一起。

③ 意大利语，意思是：不……就像野兽一样。

年9月她在马塔波依斯特的大西洋岸边独自漫步一样，那是“一年中最美好的季节”，因为闹哄哄的夏天已经过去，人们都走了。她身上裹着如婚纱般的锡箔，迈着匆匆的步履回家，张开双臂迎向长眠在白山下的丈夫。

母亲去世后的那段时间，我开始感觉到不知疲倦，极度乐观，感觉受人威胁，也威胁到他人。我进入了佩恩-惠特尼诊所，那是为“所有精神受折磨的人”提供的庇护所。一天晚上，我坐在男女混合的休息室里，享受着新的安宁，这是在我进来后的几天里花了不少心机才获得的。我记得自己花了几分钟编造和思考诸如“超脱的艺术”“不羁的参与”“文雅：自我控制策略的关键”之类的短语。但我心里那具有威胁性的欣快感越来越强烈。我看见安娜和她的护士走进我们的休息室。安娜住在收纳更为极端的患者的楼层，那天晚上她要到我们楼层来看看。我知道夜晚很快会过去，来访者大概也不会再回来了，我只有很短的时间来给她留下印象。安娜挺立在钢琴前，用力敲击出莫扎特奏鸣曲的片段，这几段奏鸣曲一半她记得，一半又被她抹杀了。她的身材跟俄罗斯芭蕾舞演员或安娜·卡列尼娜很相似，那件中欧风格的刺绣衬衣搭配了一个无折痕、有光泽、曲线紧绷的中世纪胸甲，让身材显得更加突出，更加耀眼。我的心随着音乐和那个音乐家在震颤。我开始漫无目的地大声对着整个房间东拉西扯。我在讨论一个问题的解决方案，这个问题一直困扰着我，我在大都会博物馆看到一件“斜立着的”盔甲，我觉得它太小巧，不够男子气概。我指着安娜说：“你看不出来吗？这副盔甲是为亚马孙人制作的！”但是没有人接过我的话题。我开始使自己的声音撞击出震耳欲聋的声调；我坚持说，那是一个天赐的缺陷，是听觉上的一道鱼梁，遮挡住无关的音效。我对安娜的手法作了挑衅性的奉承。可是根本没有人理睬我。

罗杰是奥柏林大学的本科在读学生，也是一位病友，他和安娜并排坐在钢琴凳上。他很小，黑色的头发和他的黑色法兰绒的布鲁克斯兄弟套装很相配，蓝黑色的眼睛和他的蓝黑色领带也相称。他穿了一件他母亲为他织的薄羊绒衫，黄色的羊毛袜是从设得兰群岛进口的。罗杰和安娜说话时带着一种有说服力的羞涩。偶尔，他会站起来，为她演奏一些初学者的作品。他解释说，这些作品取自贝拉·巴托克为抗议教师们通常使用的那些难以理解、枯燥乏味的例子而写的练习曲。罗杰坚持认为诊所的音乐教师可以很容易地教会她更熟练地读谱，安娜竟听得咯咯直笑，表示出难以置信的赞赏。突然间，我感到有必要开一个玩笑捉弄一下他们，于是我神秘兮兮假装真实地宣布，说罗宾斯坦宣称，对于艺术鉴赏家而言，眼睛当然是万恶的根源。“如果眼睛冒犯了你，就把它抠出来。”没人理解我的幽默。我的脸涨得通红，有点不知所措。房间里的空气在我周围开始凝固起来。我感觉就像蹲在一个巨大的实验室瓶子的底部，我要在我窒息之前尽力把黑色的橡皮塞推出去。罗杰穿着黑色套装，坐在那就像个橡皮塞。突然，我觉得只要我抓住罗杰的脚踝把他从椅子上拽下来，就能让空气流通起来。不知通过什么样的交叉逻辑，我推断我残忍粗鲁的行为是一种自我牺牲。我要退出这幅场景，把罗杰扔到安娜的怀抱。没有任何预兆，我的眼睛一直没有从安娜那件漂亮的胸甲衬衫上移开，我突然就抓起罗杰的黄色脚踝拉了起来。罗杰坐在地板上，眼里含着泪水。房间里突然响起一片惊愕不安的叹息声。我装出一副像慈父受到伤害的表情，但就在那一刹那，我感到很轻松，对每个人都深表同情。

护士长急匆匆走进休息室时，我假装自己是戴着白手套的警察，正在指挥交通。我举起张开的双手说：“夫人，不要动粗，只是单纯图个快乐！”罗杰站起身来，我朝他的方向发出了停止信号。我像詹姆斯·迈克尔·柯利那样咕噜咕噜，夸大其词地说："稍后他会感谢我的。"护士长见怪不怪了，她很宽容，带我到男士电视厅去看李伯拉斯的节目。我没有受到惩罚。但第二天早上，当我边称体重边在冷水中"净化"自己的时候，我大声唱道：

Rextremendae majestatis
Quisalvandos salvas gratis[①]

我用了自己最大的音量，还改编了原来的旋律。像猫鹊有时会"打断自己甜蜜的歌曲，完美地模仿某种刺耳的叫声，比如大冠鹟的叫声、母鸡的咯咯声或者猫的吐痰声"[②]一样，我把14世纪佛兰德僧侣的寂寞男高音与《扬基小调》里几个小节的音调和挂了锁的芭芭吉娜（《魔笛》）哼唱的姆姆姆—姆姆姆混在了一起。然后我就被转移到一个新的楼层，那里的病人都不让有裤腰带、睡衣扎带和鞋带。我们不得携带火柴，抽烟得让护理人员帮我们点燃。为了提住裤子，我发明了一种不用绳系但是颇为麻烦的方法，我认为那样子很好看，称之为马来亚式。每天早上吃早餐前，我穿着打了结的马来亚式睡衣，光着上身躺在那里，接受第一次我的全天候氯丙嗪注射：左肩、右肩、右臀、左臀。我的血变得像熔化的铅似的。我几乎无法吞咽早餐，因为我非常害怕整理床铺时必须重重地弯下腰。整理床铺这个事在理智上的急迫性比实际的动作更令人心烦意乱。我沉溺于羽毛球双打游戏，就像一个潜水员在海底翻滚着他的装备。我坐在那里张口结舌地

---

① 引自一首13世纪的拉丁语咏圣歌《愤怒之日》，这两句的意思是：威严赫赫的君王啊/你拯救了那些能得救赎的人。

② 引自福布希（E. H. Forbush）在1929年出版的三卷本《马萨诸塞州及其他新英格兰州的鸟类》。

看着拼字游戏，我连最简单的单词都拼不出来，得要护士来提示我，即使是这样，我也弄不懂护士为我写的那些单词是什么意思。我只能在电视上看巨人队和布鲁克林道奇队的比赛。

夏尔尼霍斯特王子是唯一观看比赛的病友，他是一位权威人士，他本可以为百科全书撰写一篇文章，介绍每位击球手的技术，以及有机会智胜他的投球方式。这位王子理解接球手罗伊·坎帕内拉向道奇队投手发出的信号，并同情地批评了坎帕内拉的策略，但具有与之平等的权威性。我的头疼得厉害，无法数清进球数和击球次数，它们都不过是屏幕上的一个闪。我回到卧室，把窗户开到最宽的六英寸。病人们在楼下院子里的铺路石上两两打转。我让自己的眼镜掉了下去。它在空中自由地闪烁了将近一分钟！在石头上摔得粉碎。然后院子里的每个人都挤了过来，把头伸向前看我的眼镜，好像我在撒玉米喂鸽子似的。我觉得我的倦怠升起来，然后又再次降下去。

因为吃了药，我的体重似乎已经达到了一千磅重，现在我走起路来跌跌撞撞，眼睛近视得几乎成了盲人。但是，当我感觉冷空气直接扫过我的眼球时，我的神经系统就会快活地震颤。我每次看到镜子里自己模糊的、现在不戴眼镜的、没有教授样子的脸时，就像重生了一般。然而在这段时间，我会发现自己一直在发牢骚，问自己："为什么不死？死了算了。"我对着镜子盘问自己那张脸，关于自杀的问题，但身体那暖暖的、未受到惊吓的呼吸给那张脸蒙上了一层迟滞的惰性。我说："我晚上的睡梦使我如此沉醉，我乐意睡在虚无的睡眠里。我早晨的梦是如此让我沉醉，我愿意继续活下去。"即使是现在，我有时也能听到这两句话一遍又一遍地在我耳边重复。我说着这两句话，打着唱歌一样的哈欠，感觉迷迷糊糊，发着光，跟小女孩似的，就像珀迪塔一样，或者是布莱克的《预言书》中那婀娜多姿的寓言人物中的一个。

“为了我的梦想，我要对白天忍耐，我要承受睡眠带来的清爽。”在一个十几岁的人身上，这些话也许有可能封印住一个浮士德式的契约。醒来时，我怀疑我的整个灵魂和它那数以千万计的精神纤维、非物质的神经末梢、可感知的触角、心灵的雷达等，都被一根橡皮软管给弄伤了。有人在场时，我是虚掩着的。但在我的梦里，我就像米开朗琪罗的一个结实又理想的雕像，可以滚下山而不会受伤。

父亲去世后的三天，贝弗利农场的房子几乎给人一种曾经住过的印象。房间的门都是开着的，什么内饰也没有，空荡荡的，给人很亲密的感觉。它们又恢复“空置期”。也许这种空空荡荡，这种踮着脚尖的空气，都源于我知道我周围的一切都在等待着父亲从殡仪馆回来，等了足足三天。但很明显，我的父母在贝弗利农场生活还不到十八个月。母亲买下贝弗利农场的房子是想补偿一下父亲，他十年来一直梦想着从波士顿搬到普吉特湾去，但是第二次心脏病发作彻底摧毁了他这个梦想。母亲恐惧地望着窗外的贝弗利农场，仿佛从一列火车的窗口望出去，火车正驶进她的目的地之外的一个站点。从一开始，母亲的眼睛就只盯着波士顿。她想住在波士顿，她害怕波士顿会嘲笑这栋新房子，因为它对父亲来说显然就像一个让人难为情的玩具屋。

父亲去世后的第三天是阴天。他那间船舱大小的卧室，蓝色的卧室，俯瞰着斜坡上的花园，那块巨大而又光滑的大石头，那条穿过猩红色的漆树林的炮铜色铁轨。一片黑色的大西洋上翻起的白浪，从花园修剪过的树梢上探过头来，像用粉笔在黑板上写字。卧室的蓝色色调是母亲通过一系列不显眼的装饰实现的：床罩顶部上的蓝色线条，窗帘上的蓝色流苏，中国式凉鞋上的蓝色天鹅绒带子，一件蓝色和服。蓝色象征着一天要泡浴两次，象征着柏拉图式的阳刚之气，象征着大海——Thalassa[①]！当然，卧室百分之九十九都是白色的。虽说清洁起来十分费力，但却极为简单——地板上那古老的宽软木板似乎被喷砂喷得干干净净。在一张白色的搪瓷床头柜上，除了一盏装有花边灯罩的玻璃灯，还摆放着莱卡迪奥·赫恩著的《不为人知的日本面容》第一卷。封面是橄榄绿的，上面装饰着银竹叶，像一本旧的教科书一样皱巴巴的，受过罚，褪了色。我祖母洛威尔在扉页上写道："给罗勃，来自母亲。1908 年 9 月。"这本书最初是一个名叫爱丽丝的人在 1908 年 1 月 23 日送给她的。这一点也被记录了下来。在另一页上，她写道："这本书在中国的长江上被读过很多遍，当时 R. T. S. L. 是在'别墅号'炮艇上服役。有一次下暴雨的时候它还被留在了一扇敞开的舷窗下。"这段题词与母亲的家人温斯洛们所写的很不一样：它拼写正确，没有试图要做任何取悦或提升。

母亲的卧室条件则好得多。它有四个父亲的房间那么大。更切合实际，更接地气，它俯瞰一条车道，侧面背对大海。这里有一些令人称慕的乐趣：一个外接的凉亭式浴室、一个靠窗的座位、一张梳妆台、几本从图书借阅室借来的带塑料封皮的侦探故事书、一张电热毯，或许最有意思的，是一个田园诗般有象征意义的热水瓶，银质的，上面刻有家庭徽章，刻纹有点像旧式的扁平小酒瓶，热水瓶上面盖着母亲亲手编织的松松的粉色羊毛衬垫。母亲的双人床，她的高衣柜，她的小衣柜，她的梳妆凳，她的电话架和高脚凳，她的摇椅，她的壁炉扫帚，她的支架可折叠的早餐托盘，都是相配的，都涂上了一种芥末黄，上面装饰着轮子以及绿色和金色相间的涟漪纹。啊，她在床上享用的那些清白的早餐——ubi sunt[②]！

---

① 希腊神话里一位原始的海洋女神，中译名：塔拉萨。

② 拉丁语，意思是"它们现在都在哪里"，感叹人生的无常。

到了第三天，有一间房就好像是一个人一样，似乎要经历父亲的缺席。就是那间“书房”。所有那柔软、舒适、带点凉意的皮革表面都闪着微光，都带有哀伤的情绪：那个温斯洛外祖父从巴勒莫带回来的包铁棕色橡木壁橱，那些棕色的地毯、灯罩和窗帘；还有那些棕色的切纸刀板、椅子、船形钟座、船形钟的舵手方向盘架子，一根跟拨火棍和风箱配成套的空心黄铜杆。他的象牙滑尺从书桌上的文件架上伸出来，套着皮套，随时可拿到，就像好战的房主的那把带着枪套的左轮手枪。

书桌上还有一个红色和金色的公文包，里面保存着 1945 年以来父亲完整而又清晰的收益情况记录。这是一本二十页的小册子，里面用五种颜色的墨水绘制，贝弗利农场每一间房都画在这么一页纸上，沙发、床、桌、椅等的摆放位置和尺寸都标得清清楚楚。父亲花了整整一个月的时间来设计和修改这本小册子，事实证明，这本小册子对于搬家工人来说是个天赐之物。还有一本类似的小册子，里面画满了重新整理塞勒姆博物馆陈列柜这个假想的替代方案。这些标明家具位置的小册子都是衍生艺术，父亲是从他的堂兄劳伦斯 · 洛威尔那里学会如何制作它们的。1908 年劳伦斯 · 洛威尔当选哈佛大学校长时，他把位于万宝路大街的家里的家具收拾好，搬到了海军基地。他是一个永远脚踏实地的人，他谦虚而富有远见地望入时光沙滩，在搬家之前，他为自己的老房子画了一张家具位置图。1936 年，他回到了万宝路大街——成了一位前任校长、鳏夫、八十多岁的老人，刚刚因为鲁莽驾驶而被吊销驾驶执照。但是，所有的旧家具没有一件丢失；当人家询问他家具摆放的位置时，每件家具都坚定不移地回到了原来的位置。最后这些是父亲关于安装西尔斯罗巴克烤炉的估算图，这种炉子燃料消耗低，可以用上十年，很划算。唯一缺失的是那些数不清的图表，战前父亲曾是投资顾问，也是他自己的主要客户，他为自己的私人投资设计出了无数的灾难预警系统，但是这些图表现在都找不到了。

我是唯一被母亲允许揭开棺材盖板的人。父亲躺在那里。他穿着他最好的运动服——面色粉红，样子很安逸、很顺从！临终前他对母亲说了一句史无前例的遗言："我感觉糟透了。"但是他脸上没有一丝扭曲或痛苦的表情。他应该有他上个夏天所特有的那种轻微暴躁的态度，这也是对的。他看上去完全是活着的样子，或者像他过去常说的那样，"W&H"——健康又快乐。真不敢相信我伸手去摸他的额头看看是不是发烫，我碰到的会是那冷冰冰的东西！还有花，不太多。在棺材的一侧，有人不小心留下了K—上将的镶框照片。在海军中，军官按军衔和年龄列示，父亲和K—曾是他们班里仅有的两个没有被年轻人超越级别的军官。在这张照片中，从一个又一个荣耀中提拔起来的K—上将站在他的地中海旗舰上，半举着双筒望远镜，眯起眼睛，似乎要透过那令人眼花缭乱的太阳强光，将目光投向那要么是折叠的遮阳篷要么是三十套挂在衣架上的制服。这张照片还有题字："献给我的老朋友+老同学+同船水手'鲍勃'洛威尔。"

职业治疗，或简称O. T.，是在医院顶楼的一个套房里进行的。这是一个阳光明媚、日新月异的世界；在这里，只要我无法用双手"思考"，每天就会有一个小时是在尴尬的痛苦中度过的。几个星期以来，我一直看见我那废弃的用松果编成的篮子躺在一堆废料里。当它沉入锯末和刨花当中时，它似乎在抗议我们的导师肯珀先生用翘曲、浸泡的方法试图重编和拯救它而费尽的苦心。在一个旧雪茄盒里，我看到了我做的那枚银戒指，材料很贵，样子很丑陋，而且大部分都是肯珀先生锻打，然后用在月牙的箭光下慢慢成形的一个易洛魁玉米秸秆堆的凹雕来完工的。当我站在那里，逢迎谄媚、鄙夷轻视、满心恐惧或是怒气冲冲之时，穿着沙滩色手感柔和的工作服的肯珀先生便会向我走来。他是个性格腼腆、做事严谨的人，他的脸涨得通红，好像是他自己做了什么放肆的事似的，他会讲些温和的有教育意义的轶事，以避免对我随意提出的技术问题作出粗浅、直截了当的回答。他对病人的不耐烦习以为常，但是，当他发现我很礼貌，犹豫不定，而且常常莫名其妙地提出一些错综复杂的细节问题，但又甚至连听他回答的样子都懒得表示的时候，他感到十分吃惊。我会在话说到一半时又提出新问题来打断人家，或者把一切都当作耳边风，盲目地把自己的工作搞得一团糟。

在职业治疗区内有两个房间，一个摆着织布机，另一个放着陶轮。我在每个房间都会待上几个上午，在那里刨根问底。但是，当织布机或陶轮放到了我手中时，我又借口逃走了，还跟他们解释了查尔斯·柯林伍德[①]的理论，即艺术绝不可能仅仅是手艺，“尽管我们的朋友，反浪漫主义的批评家，对灵感进行了种种抨击”。我假装我的医生允许我阅读《幸运的吉姆》。

当然，最终我还是被年轻的罗杰斯女士的绘画课吸引住了，这门课是在一间长长的灯光房里进行的，从房间的窗户可以看到外面的东河及其航运情况。有几天早上，我问了一些关于方法的问题，画了好多圆锥体，并试图记住那些互补的颜色；然后我就感到厌倦了，开始大声抗议，反对再现，反对透视法则，反对将美国好莱坞化。我把迈耶·夏皮罗[②]写的关于塞尚的一本小册子中的段落进行了慷慨激昂的分析。我称赞了那种“迟缓的性格上的凶残”，它毁了塞尚的《白衣僧侣》，但后来却使《塞尚夫人秦特·巴斯》的那种沉静和得意成为可能。夏尔尼霍斯特王子正在完成联合国大楼的一个精巧且在建筑学

---

① 查尔斯·柯林伍德（Charles Collingwood，1917—1985），美国知名战地记者。

② 迈耶·夏皮罗（Meyer Schapiro，1904—1996），美国艺术史学家。

上正确的夜景画。我把他的画称为“即兴的口哨”来激怒他，并对他的“大规模部署”发出了同情的嘲笑。我开始画真人大小的《温室里的塞尚夫人》，还猥亵地试图添加《沐浴者》中的男性裸体作为背景，然后，在罗杰斯女士的提示下，我同意让自己满足于画《大沐浴图》。罗杰斯女士把我的颜料混在一起，测量我画的人体比例，操纵起我的画笔。画到中途，我开始用后期的凡·高和杰克逊·波洛克的腭刀技术做实验。我的画最后几乎很像，几乎很迷人，但是在一个故意大肆搞破坏的瞬间，我在塞尚夫人的脸上涂了一道厚厚的达利式胡子，把画作弄得极其丑陋。后来我发现了保罗·克利。与此同时，夏尔尼霍斯特王子厌弃了绘画，现在坐在那里，为一幅新的瑞典胶合板单桅帆船的精确复制品做最后的修饰。我给他看了克利的复制画《高度》——一个有着三角形的身体和南瓜头的女孩，在粉色和紫色的眩光下走钢丝。王子说，这是一幅对儿童或精神病罪犯进行羞辱的作品，于是我开始临摹克利。我使用了一个公式，还是我的外祖母温斯洛，那个老糊涂，在我还是个孩子的时候教我的。通过制作不同大小的O，再添加长方形和几个点，我就可以画出一幅图，开始时是一座农舍、一个庭院、一条小径和一个池塘；然后说变就变！画成一个男人的脸。

在佩恩-惠特尼诊所待了六七个星期之后，我那种咆哮和躁狂的滑稽行为消失了。被宠坏的童年时期的那些形象在我内心回荡。我双手托着下巴，数着那些沙沙作响的白杨树，我的下方还有很多这样的同盟，它们列队排在医院的车道上，通向曼哈顿的各条街道，走向生活。“摇滚”是我为外祖父温斯洛在马萨诸塞州洛克镇的一处乡村地产取的名字。一条杨树林荫道从马厩一直通到松树林。这些树上的叶子总是脆脆的，亮亮的，落满灰尘，充满渴望。“我哪儿都不想去。我就要去‘摇滚’！”我的父亲和母亲在谈论去巴黎、普吉特湾、马塔波塞特等地的旅行时，我就这样打断他们的谈话。“摇滚”写在纸上的正式名字是“夏德萨”，取自我外祖父的三个孩子的名字——夏洛特、德弗罗和萨拉。

1922年8月的一个下午，我蹲坐在有纱窗的门廊上。门廊是牧场风格的，外祖父建造的每一样东西都有一个相同点，就是给人感觉非常舒服。是的，很舒服，但也严厉，没有分寸，专横跋扈。女仆赛迪和内莉进来，端着冰茶罐，冰茶是用柠檬、橘子和薄荷做成的。或者是一陶罐仙蒂高夫酒，是外祖父用自制的根汁啤酒和发酵的、滋滋冒气的、会小爆炸的自制啤酒混合而成。十五年来，夏德萨一直都是我们家的财产和度假胜地。除了一只愚蠢的害怕枪声的赛特种猎犬，没有谁死在那里。我坐在瓷砖上，一共占了三块半瓷砖。我的正式灰色新短裤已经穿了足有三分钟。谄媚的小水珠刺破我映在水盆里的脸庞。我觉得自己就像一只撑得饱饱的巨嘴鸟，长着会吸水的彩色的大喙。我的萨拉姑外祖母在空中、在玻璃门廊上演奏《荷兰飞人》的序曲。她在把那台做摆设的钢琴模型上的键盘敲得咚咚响，那个没有声音的小盒子，是她专门买给她的嫂子、我的外祖母温斯洛排遣情绪用的。除了亨德尔的《弥赛亚》中那个田园交响乐片段之外，外祖母对其他一切音乐都无感。但是有一次，外祖母心生烦躁，就说：“我不明白萨拉为什么非要整天敲她那听不见声音的东西。”萨拉姑外祖母戏剧性地把手举向哑巴钢琴的琴键，慷慨激昂地说：“我是后有野蛮，前有虚礼。”这就是新英格兰的下午茶时光。

我把我水手衫上蓝色的锚给刮坏了，弄得就像赛艇三角帆一样。我到底想要什么？别的都不想要，也许只想要一匹愿望是白马[①]的

① 这个词是从苏格兰的一句谚语“如果愿望是马，乞丐也会骑 (If wishes were horses, beggars would ride)”演变而来。

马，或者是一阵西风，它可以吹动水面，拉起我的布帆，载着我升起，飞过夏德萨的七个烟囱，飞过那栋白色的农舍，飞过为德弗罗叔叔的捕鸭器增援的那束刚蓝色猎枪枪管，飞过足足三英里宽、一个小岛都没有的大湖阿萨瓦姆塞特。我飞得很远很远，远远超出了有效距离。

我一直很喜欢德弗罗叔叔那栋位于波查沙湖和阿萨瓦姆塞特湖之间的夏德萨的狩猎小屋。现在我进去了。德弗罗叔叔差不多已经关门过冬了。他正用一个巨大的斯迪森扳手，想把最后一扇百叶窗上的栅木固定住。我蜷缩在一个角落，躲在堆成金字塔似的朋友牌烘豆罐头后面。阳光从敞开的门道照射进来，照亮了高声时期的海报，它们钉在小屋那易裂的原木上。在那些板子上，我看见潘奇先生，挺着圆圆的西瓜肚，穿着深红色的哈佛曲棍球紧身衣，一口接一口喝着一瓶皮姆先生的上马酒；一营英军的残余部队在可怕的草原上围成一个中空方阵，死在那个胆小鬼似的仇恨黑人的不为人看见的布尔人的纵向火力面前[①]；一群战前歌剧明星，鹅脖项、美人痣、公鸡尾巴一样的头式以及她们光荣的签名；最后，那个赞助了所有好女孩的人，“谅解协议”[②]本人，那个猪似的、得体的、威严的爱德华七世，将有“艳情巴黎”之称的一座城市的模型举起，高过大本钟。“那些姑娘多么养眼啊。”有人用铅笔临时涂写出这么一句。

我根本不是个孩子。我是尼禄宫殿里的阿格里皮娜，没人得见但却能看穿一切。我会恳求我的叔叔德弗罗给我读更多关于那位皇帝的故事，他为他的母亲建造了一艘死亡驳船，那艘船就像炮弹炸烂的捕鸭器一样坍塌了！现在我穿着水手衫，干干净净，就像我们家那匹驾

---

① 这句话应该是在描述第二次布尔战争（又称南非战争）时的一个画面。

② 指英王爱德华七世与法国1904年签订的旨在解决两国有关殖民地纠纷的《谅解协议》。

辕的马——贝亚德。德弗罗叔叔站在我身后。他的脸就像一团油灰。他的蓝大衣和白色法兰绒裤子变得越来越挺直，好像他是待在衣橱里似的。他的裤子就像瓶盖上的固体奶油。他的大衣就像一只蓝鸟的尾羽。他的脸表现生动，圣洁如僧侣。他的眼镜很像哈罗德·劳埃德[①]的眼镜。他因患无法治愈的霍奇金淋巴瘤而奄奄一息。

在我快出院的一天早晨，我跟我的心理医生讲述了我在战争期间的一次经历，当时我作为一个凭良心拒服兵役者在监狱里服刑五个月。我归属的一帮人每天早上都要走出监狱大门，建造一个谷仓。这份活不是很重，工人们动作缓慢，心不在焉。中间还有很长的停顿时间，这时我们就会坐在装满燃烧的焦炭的桶子周围，烤小麦种子。所有的囚犯都因为这样那样的原因被判了刑，他们最喜欢干的事莫过于坐在一起高谈阔论。

在众多的怪人中，有一组怪得出奇。他们是黑人，却自称是希伯来人。他们的仪式迫使他们剃光头，留胡子。但监狱的规定迫使他们刮掉胡子。于是，他们的脸都刮得光洁平整，很不自然，头上都裹着土耳其毛巾。 他们在焦炭桶周围瑟瑟发抖，谈论着智慧和谬论。他们胡言自己是被上帝选中的人。他们还在《圣经》里找到了一句经文做证据，经文上说："虽然我兄弟是白肤色的，但我是黑肤色的。"这句话使他们确信《旧约》中的人都是黑人。这些希伯来人相信现代犹太人都是骗子。他们的智慧是自古以来就对草药和大自然有着深刻的了解。他们总是用从田间地头采来的奇怪的草药给自己治病。

有一次，我们坐在焦炭旁边，这些希伯来人中最可敬也是最温和

---

① 哈罗德·劳埃德（Harold Clayton Lloyd，1893—1971），美国喜剧演员。因演过一个戴着大框眼镜的角色，被影迷们竞相模仿，劳埃德式的眼镜流行一时。代表作有《最后安全》等。

的人伸出手来。在他的下方是丹伯里镇，镇上到处都是那种可以说是加油站式的建筑；那里的乡村是康涅狄格州一块细长的起伏不平的肥沃土地。当一只鹿从一块未融化的雪堆旁跳过巨石墙时，人们会看到一道闪光。我的朋友伸出他的手臂，说："只有人才是苦的。"我告诉我的医生说，这句话概括了我的道德观和审美观。

我在写自传，其实就是为了"打发时间"。我很怀疑时间是否真的会消逝。不过，我也希望这个结果能给我提供一个襁褓或裹尸布，能给我受伤的神经提供一个宽大的绷带和龙涎香。因此，这本书的内容将止于 1934 年的夏天。这本书写完之后的几个月，我便恢复正常了。

在我试图写自己的自传时，脑子里自然会想到其他自传。我最后看的是一部自传电影，讲的是一条来自布鲁克林的斗牛犬。那条狗的名字我想是叫"着火屋"吧。它居住的那个地区很粗野，做大弥撒时最后三排的长凳上必须允许吸烟。"着火屋"的母亲被它父亲遗弃了。"着火屋"知道，它父亲是这世界上一条伟大的狗，一路战成了斗狗冠军，还囊括了各种展览会的冠军头衔。"着火屋"一直用它的布鲁克林口音说："我想成为冠军，这样我就能杀了我父亲。"但到最后，父子握手言和了。

我自己的父亲是一个温和、忠诚而又昏庸的人。我不知道我为何跟他这么相似。我希望我们之间也有和平。

1957 年

# 附录：致两位总统的公开信

## 致罗斯福总统

(1943 年 10 月 13 日，在向罗斯福总统发出以下信件和声明之后，洛威尔被传唤到位于纽约的美国地方法院受审，被判处一年零一天的监禁。在移送康涅狄格州丹伯里的联邦惩戒中心之前，他在纽约的西街监狱待了若干天。)

尊敬的总统先生:

非常遗憾，我必须拒绝您在 1943 年 8 月 6 日的来函中提供的机会，拒绝在武装部队服役。

谨随函附上一份声明副本，根据军队条例，我将于 9 月 7 日向纽约联邦地区检察官马蒂亚斯 · F. 科雷亚先生提交这份声明，并把副本函寄我的父母、亲戚朋友、华盛顿新闻局局长，以及一些负责任的、除了您自己以外都可能被怀疑从事颠覆活动的公民。

您当理解，对于一个家庭传统一直是通过负责任地参与民事和军事服务来维护我们国家的自由和荣誉的美国人（跟您自己的一样）来说，做出这样的决定是多么痛苦。

先生，我谨以最诚挚的忠诚和敬意将这荣誉铭记在心。

您的同胞：小罗伯特·特雷尔·斯彭斯·洛威尔

1943 年 9 月 7 日

## 个人责任声明

我于 1943 年 9 月 8 日应征入伍的命令刚刚抵达。让我们感到荣耀的信念是：赢得战争的方式不是通过非理性的勇敢，而是通过履行道义责任，因此，我发表以下声明，它也是一项决定。

我像大多数人一样，目睹了这场战争的临近。现代战争对民主国家的影响，已证明是颠覆性的。历史已经表明，它们是极权奴隶制的铁门。另一方面，自《独立宣言》以来，我的家族已经参加过我们的各种战争：我认为，我们的服役传统是明智而崇高的；如果允许偶尔受到金钱、政治和帝国主义的利用，就会严重损害我们传统的信誉，我们就注定要失败。

当珍珠港遭到袭击时，我想到了我们的国家正处于极度危险之中，无论发生什么，我们国家的生存都需要付出空前的牺牲。1942 年 3 月和 8 月，我自愿参军，先为海军，后为陆军。当我听到以前被称作暴行的报道时，我并没有感到不安，因为我认为，在我们国家为了生存而与邪恶的敌人进行斗争时，野蛮是不可避免的。

今天，这些敌人正在各个战线上被击退，战争的危机已经过去，但是却没有和平的迹象。6 月份，我们听闻对鲁尔大坝的轰炸造成了惊人的平民伤亡[1]；三周前，我们又读到了汉堡被夷为平地的消息，报道说那里在经历了一系列几乎是世界末日般的全面空袭之后，有二十万名非战斗人员丧生。

在一个名义上仍然信奉基督的世界里，这就是新闻。现在，魁北克会议证实了我们日益增长的疑虑：轰炸大坝和汉堡并非是孤立的军事权宜之计，它还标志着一项新的长期战略的开始，更得到了我们的行政长官的支持和协调。

战争已进入一个不可预见的阶段，一个可以被称为防御性的阶段，它的词意不可能再延伸了。我们要求无条件投降，我们表明对结果完全有信心，并且宣布，我们准备发动一场没有仁慈或原则的战争，永久摧毁德国和日本。

战争无条件投降导致的持久后果，美国人不可声称自己不知——我们的南方各州在遭受可怕的摧残，占领之后都七十五年了，仍然远远没有恢复到物质繁荣的状态。

我们美国民主的一项基本原则，不同于极权暴政的煽动和群体催眠，它要求我们每个公民在涉及国家福利的问题上做出自愿和负责任的决定。我因此认识到，在我有权利接受在我国武装部队服役之前，我有义务去赞同我们目前目标的审慎和公正。把我的道义责任委托给政府，不论这个做法是不是权宜之计，我都认识到，它在政府的形式下都是不允许的，因为政府的约束力来自被统治者的理性赞同。

我们的统治者对我们承诺，要对德国和日本进行无限制的轰炸。让我们诚实一点吧：我们打算永久摧毁德国和日本。如果这个计划得以实施，它将向世界表明：我们对国家间正义和慈善的法律那种马基

---

① 1943 年 5 月中旬，英国皇家空军炸毁了德国鲁尔河上的三条水坝，造成三千公顷农田被淹，伤亡人员数以千计。

雅维利式的蔑视；它将摧毁欧洲或亚洲民族自治的任何可能性；它将使中国和欧洲这两个未来的国家权力中心任凭苏联摆布。

1941 年，我们发动了一场爱国战争，以保护我们的生命、财富，以及我们的神圣荣誉，反对极权主义联盟的无法无天的侵略；1943 年，我们却与最无耻、最强大的极权主义独裁者合作，摧毁法律、自由、民主，最重要的是，我们已得到延续的国家主权。

我极其不情愿，也满怀希望自己能够被证明是错误的，但经过对我自己、对我的国家以及对建立起这个国家的祖先的长期思考，我得出的结论是，我不能光荣地参加这样一场战争。据我所能来判断，进行这场战争构成了对我们国家的背叛。

## 致林顿·约翰逊总统

（洛威尔在接受 1965 年 6 月 14 日举行白宫艺术节的邀请之后，重新考虑了他的决定，因为他对越南战争和“我们现行的外交政策”表示关注，并给总统寄了一封公开信。）

尊敬的约翰逊总统：

我上周接到电话，受邀在 6 月 14 日的白宫艺术节上朗诵诗歌，恐怕我当时接受得太快，有点贪图名誉。虽然我认为这种场合是一种纯粹的艺术繁荣，但每一位严肃的艺术家都知道，如果不做一点点公开承诺，他就无法享受公共庆祝。经过一周时间的思考，我决定听从自己的良心，郑重拒绝你们的礼貌邀请。我如今在一封公开信中这样表达，是因为我接受邀请的信息已经见诸报端，因为当局政府的行为最近甚是奇怪。

虽然我对您的国内立法和意图非常热心，但我只能以最大的沮丧和不信任来遵循我们目前的外交政策。作为一个主权国家，面对其他主权国家，我们将做什么，应该做什么，现在似乎都悬而未决，处于好与坏之间。我们正处于危险之中，可能不知不觉就变成了一个行事粗暴的沙文主义国家，甚至可能走向最后的核毁灭。我知道，勇于担责的人难以采取行动，对行事低调不够果断的人，敢于做出批评也是一件痛苦的事。在这个极度痛苦、微妙，也许是决定性的时刻，我觉得，不参加白宫艺术节就是我为您和我们的国家做出的最好的服务。

尊敬您的罗伯特·洛威尔

1965 年 6 月 3 日

# 注释和来源

《福特 · 马多克斯 · 福特》，刊于 1966 年 5 月 12 日的《纽约书评》（*New York Review of Books*）。作为前言发表于福特 · 马多克斯 · 福特的诗集《意外之获》（1966）。

《罗伯特 · 弗罗斯特》，刊于 1963 年 8 月 29 日的《纽约书评》。

《华莱士 · 史蒂文斯》，刊于《国家》（*The Nation*）第 164 期（1947 年 4 月 5 日）第 400—402 页。

《约翰 · 克罗 · 兰塞姆》，《兰塞姆先生的谈话》刊于《赛万尼评论》（*Sewanee Review*）第 56 期（1948 年夏）第 374—377 页。《约翰 · 克罗 · 兰塞姆（1888—1974）》刊于《新评论（伦敦版）》（*The New Review*）第 1 期（1974 年 8 月）第 3—5 页。

《威廉 · 卡洛斯 · 威廉姆斯》，《〈佩特森〉第一卷》刊于《赛万尼评论》第 55 期（1947 年夏）第 493—503 页。《〈佩特森〉第二卷》刊于《国家》第 166 期（1948 年 6 月 19 日）第 693—694 页。《威廉姆斯医生》刊于《哈德森评论》（*Hudson Review*）第 14 期（1961—1962 年冬）第 530—536 页。

《T. S. 艾略特》，《四个四重奏》刊于《赛万尼评论》第 51 期（1943 年夏）第 432—435 页。《两个矛盾的问题》写于 1965 年，首次发表于此。

《I. A. 理查兹》，是对 1960 年出版的《〈告别大地〉及其他诗作》（*Goodbye Earth and Other Poems*）的评论，刊于《遇见》（*Encounter*）第 14 期（1960 年 2 月）第 77—78 页。

《拜访泰特夫妇》，刊于《赛万尼评论》第 67 期（1959 年秋）第 557—559 页。重印于雷德克利夫 · 斯库尔斯主编的《艾伦 · 泰特和他的作品》(1972) 。

《伊沃 · 温特斯》，刊于《诗歌》（*Poetry*）第 98 期（1961 年 4 月）第 40—43 页的“伊沃 · 温特斯，一份致敬”。

《罗伯特 · 潘恩 · 沃伦的〈暴龙兄弟〉》，见《肯庸评论》第 15 期（1953 年秋）第 619—623 页。

《花甲之年的奥登》，刊于《夏纳多》（*Shenandoah*）（1967 年冬）第 45 页。

《伊丽莎白 · 毕肖普的〈北与南〉》，刊于《赛万尼评论》第 55 期（1947 年夏）第 493—503 页。

《斯坦利 · 库尼茨的〈父与子〉》，收录在安东尼 · 奥斯特罗夫（Anthony Ostroff）编写的《诗人与他的批评家 2》（*The Poet and His Critics II*），见 1962 年出版的《新世界写作》（*New World Writing*）第 21 卷第 155—159 页。

《兰德尔 · 贾瑞尔》，《评〈七里格长的拐杖〉》刊于 1951 年 10 月 7 日出版的《纽约时报书评》（*The New York Times Book Review*）第 7 页。《兰德尔 · 贾瑞尔（1914—1965）》刊于 1965 年 11 月 25 日出版的《纽约时报书评》。两篇文章重印于罗伯特 · 洛威尔、彼得 · 泰勒和罗伯特 · 潘恩 · 沃伦编著的《兰德尔 · 贾瑞尔 1914—1965》(1967 年由 FSG 出版）。

《狄兰·托马斯》，刊于《赛万尼评论》第 55 期（1947 年夏）第 493—503 页。

《约翰·贝里曼》，《评〈梦歌 77 首〉》刊于 1964 年 5 月 28 日的《纽约书评》第 3 页。更正见 1964 年 6 月 11 日刊。《致约翰·贝里曼（1914—1972）》刊于 1972 年 3 月 30 日的《纽约书评》。

《安德烈·沃兹涅先斯基》，是洛威尔在 1967 年 5 月 17 日的一场诗歌朗诵会的介绍词，首次发表于此。

《西尔维娅·普拉斯的〈爱丽儿〉》，刊于 1966 年 5 月 12 日的《纽约书评》。并作为前言发表于西尔维娅·普拉斯的《爱丽儿》(New York：Harper & Row，1966）。

《艺术与邪恶》，是 1956 年写的一篇讲稿，首次发表于此。

《伊利亚特》，见圣马克学校 1935 年 6 月出刊的《辩护人》（*The Vindex*）第 205—210 页。

《奥维德的〈变形记〉》，刊于《肯庸评论》第 17 期（1955 年春）第 317—324 页。

《霍桑的〈珀伽索斯〉》，作为引言发表在纳撒尼尔·霍桑重述的《珀伽索斯，有翼的飞马》(New York：Macmillan，1963）。

《谈〈葛底斯堡演讲〉》，1964 年 1 月 3 日朗读于国会图书馆。发表于艾伦·内文斯编的纪念文集《林肯与葛底斯堡演讲》(1964）。肯尼迪总统在达拉斯未发表的演讲词以这样一个希望作为结尾：“愿我们可以用智慧与克制来行使我们的力量，愿我们在自己的时代能永久实现‘大地和平，人人为善’的古老愿景。这必须永远是我们的奋斗目标，我们事业的正义性必须始终是我们力量的基础。因为自古有言：‘若非主把守着城池，看守之人就算警醒也是枉然。’”

《霍普金斯的圣洁》，原名《一个（关于杰拉尔德·曼利·霍普金斯的）注解》，刊于《肯庸评论》第 6 期（1944 年秋）第 583—586 页。以“霍普金斯的圣洁”为标题重印于肯庸评论家们编著的文集《杰拉尔德 · 曼利 · 霍普金斯》(1945) 第 89—93 页。

《英语格律》，刊于《哈德森评论》第 15 期（1962 年夏）第 317—320 页。

《诗人与戏剧》，写于 1964 年，首次发表于此。

《新英格兰及遥思》，除一个片段“新英格兰精神”刊于 1977 年 10 月 16 日的《纽约时报书评》第 34 页外，其余首次发表于此。

《史诗》，刊于 1980 年 2 月 21 日的《纽约书评》第 3 页。

《谈〈臭鼬的时光〉》，摘自《诗人与他的批评家 3》，安东尼 · 奥斯特罗夫主编的一个专题，见 1962 年出版的《新世界写作》第 21 卷第 155—159 页。

《谈翻译〈费德尔〉》，作为前言发表在《费德尔——诗译拉辛的 *Phèdre*》(1961)。

《谈〈模仿集〉》，作为前言发表在罗伯特 · 洛威尔《模仿集》(1961)。

《与弗雷德里克 · 赛德尔进行的访谈》，刊于《巴黎评论》（*The Paris Review*）第 25 期（1961 年冬春）第 57—95 页。

《与伊恩 · 汉密尔顿的谈话》，刊于 1971 年夏的《评论（伦敦版）》第 10—29 页。重印于《现代场合 2》（*Modern Occasions* 2）（1972 年冬）第 28—48 页。

《战前波士顿》，很可能写于 1957 年，首次发表在此处。

《里维尔街 91 号》首次发表在《宗派评论》（*Partisan Review*）第 23 期（1956 年秋）第 445—477 页。重印于《生活研究》(1959)，作为该诗集的中段部分。

《在失衡的水族馆附近》，很可能写于 1957 年，计划在 1987 年早些时候发表在《纽约书评》上。

# 罗伯特·洛威尔年表

1917 年 3 月 1 日，生于波士顿，独生子，父亲罗伯特·特雷尔·斯彭斯·洛威尔三世，母亲夏洛特·温斯洛，双方家族都系“波士顿婆罗门”，家族历史可追溯至“五月花号”。

1918 年至 1924 年，随作为海军中校的父亲辗转于各海军基地。先后在波士顿布里默幼儿园、费城以及华盛顿的幼儿园上学。

1925 年至 1928 年，父亲调离海军转至波士顿海军造船厂担任第二、第三负责人。就读于波士顿布里默学校。

1928 年至 1930 年，就读于利弗斯中学。

1930 年至 1935 年，就读于圣马克高中。在高中期间，受埃伯哈特的影响，立志成为一个诗人。

1935 年至 1937 年，就读于哈佛大学。

1936 年 5 月，鼓起勇气致信自己的偶像——当时还在意大利居住的埃兹拉·庞德，表达了追随的愿望。

1937 年，结识兰德尔·贾瑞尔，并与其保持终身友谊。在好友的鼓动下转学至肯庸学院，师从新批评派的著名人物约翰·克罗·兰塞姆。

1940年，从肯庸学院的古典文学专业毕业，并作为毕业生代表在毕业典礼上发言。与小说家琼·斯塔福德（1915—1979）结婚。同罗伯特·潘恩·沃伦一起在路易斯安那州立大学继续求学。改信罗马天主教。

1941年，与妻子搬至田纳西州的蒙特伊格尔，与艾伦·泰特夫妇同住。

1942年，美国加入第二次世界大战后，成为海军志愿兵。

1943年，因不满联军对德累斯顿的毁灭性轰炸和美国拟定的《战败国无条件投降协议》，拒绝服役被判十三个月的监禁。

1944年，出版诗集《异样的国度》。

1946年，出版诗集《威利爵爷的城堡》。

1947年，《威利爵爷的城堡》获普利策诗歌奖，同年还获得古根海姆奖。在纽约兰德尔·贾瑞尔招待的一次晚宴上初遇伊丽莎白·毕肖普，因互相倾慕，终身为友。

1948年，与琼·斯塔福德离婚。

1949年，与作家伊丽莎白·哈德威克（1916—2007）再婚，与其育有一女，名为哈丽特。

1950年，在爱荷华大学著名的爱荷华作家班任教。 父亲去世。

1951年，出版《卡瓦纳家的磨坊》，读者反应平平，之后创作生涯进入瓶颈期，数年未有作品出版。夫妇俩旅居意大利。

1952年，重返爱荷华作家班任教。

1954年，母亲去世后，第一次精神躁狂症发作，进入马萨诸塞州的麦克莱恩精神病院治疗。后在纽约的佩恩-惠特尼精神病诊所接受了三周治疗后病症缓解。随后搬至波士顿后湾的一间公寓，康复期间，在治疗医生的建议下开始进行自传写作。

1954—1959 年，先后在波士顿大学、辛辛那提大学、耶鲁大学任教。在波士顿时听课的学生中就有西尔维娅·普拉斯和安妮·塞克斯顿。

1957 年，为和诗伊丽莎白·毕肖普的《犰狳》，发表著名诗作《臭鼬的时光》。女儿哈丽特出生。

1959 年，出版诗集《生活研究》，该诗集成为洛威尔最有影响力的作品，被誉为自白派诗歌的开山之作。

1960 年，《生活研究》获得国家图书奖；在波士顿艺术节上朗诵著名诗作《献给联邦烈士》。

1961 年，出版译作《费德尔》，译诗集《模仿集》。

1962 年，《模仿集》获得博林根诗歌翻译大奖。

1963 年，在哈佛大学以及纽约社会研究新学院任教，往返于波士顿和纽约之间。

1964 年，出版诗集《献给联邦烈士》。

1965 年，出版戏剧集《古老的荣光》——一本根据赫尔曼·麦尔维尔和霍桑的作品改编的戏剧三部曲。受邀参加白宫艺术节，但后来以公开信的形式拒绝林顿·约翰逊总统的邀请。

1967 年，出版诗集《靠近大洋》，10 月参加了“进军五角大楼”的反越战示威游行，并作为该事件的主要发言人。同为发言人的还有诺曼·梅勒，后者在其非虚构小说《夜幕下的大军》中描述了这场和平游行，对洛威尔那天的表现做了印象式的记述。同年还在《呼吁抗拒非法权威》的反战宣言上签名。

1968 年，公开支持明尼苏达州参议员尤金·麦卡锡代表民主党竞选总统，在纽约为其募集竞选基金。

1969 年，出版译诗集《航行及波德莱尔诗集》、译著《被缚的普罗米修斯》。出版诗集《笔记本 1967—1968》，后经修订和扩充，次年出版时更名为《笔记本》。

1970 年，结识英国作家卡洛琳 · 布莱克伍德（1931—1996）。移居英国。

1971 年，接受英国作家伊恩 · 汉密尔顿的采访。

1972 年，与伊丽莎白 · 哈德威克离婚，与卡洛琳 · 布莱克伍德在英国结婚，并育有一子谢里丹。

1973 年，出版诗集《历史》《献给丽兹和哈丽特》《海豚》。

1974 年，《海豚》获普利策诗歌奖。

1976 年，出版《诗选集》(后于 1977 年修订再版)

1977 年，出版诗集《日复一日》；5 月，获得美国艺术与文学学会颁发的文学奖章和一万美元奖金。《日复一日》获当年的国家图书评论界诗歌奖。9 月 12 日在纽约因心脏病发作死于去探望前妻哈德威克的出租车上，葬于新汉普郡丹巴顿斯达克公墓。

**在罗伯特 · 洛威尔去世后出版的作品包括：**

**《埃斯库罗斯的〈俄瑞斯忒亚〉》(1978，译作)**

**《散文集》(1987)**

**《诗集》(2003)**

**《罗伯特 · 洛威尔书信集》(2005)**

**《诗选集》(2007)**

**《空中之词：伊丽莎白 · 毕肖普与罗伯特 · 洛威尔通信全集》(2008)**

**《新诗选集》(2017)**

# 译后记

罗伯特·洛威尔通常被认为是他那一代人中的重要诗人，他早期的作品注重形式，多审视历史，借古讽今。到 20 世纪 50 年代，他开始将公众与个人历史结合起来，诗歌风格从结构严密的形式主义转向更为开放的自由体诗和自传性主题，成为“战后美国诗歌中最强劲、最具原创力的声音”，是自白派诗歌的主要代表，影响深广。此后他又重拾格律，诗风趋于成熟。许多著名诗人如谢默斯·希尼、罗伯特·哈斯、德里克·沃尔科特都对他多有推崇。

洛威尔生前出版的诗集和译著多达十几本，但无一本文集推出。洛威尔的好友——出版人罗伯特·吉鲁克斯，目光独到，在洛威尔去世之后将他所写的散文汇编成册，让我们看到了一个更加完整而又独特的人，为全面深入了解这位诗人提供了极大的便利和可能。而且，正如编者所言，这些都是“优秀的散文作品”。有机会翻译这本散文集是我的一种荣幸。

才气纵横的罗伯特·洛威尔，博关经典，饱学诗书，他的散文同他的诗歌一样既有深度，又有广度，涉及的人和典故众多，语言极具风格，富有诗意和创造性，含蓄、幽默、诚实、自负，因此翻译这本书不啻为一个巨大的挑战。我知道自己笔墨尚浅，且翻译有期限，但仍愿勉力而为，不仅是想拓宽自己，更是想把这样一个立体的诗人形象带给对他感兴趣的读者。

感谢陈彦和朱红强在我遇到困难之时给予的支持与帮助。感谢张莉聆和黄娟娟为译文所做的校对工作。译事难为皆因能力有限，译文若有不当之处，诚望斧正。

程佳

2019 年 2 月